반마취 상태

반마취 상태

이디스 워튼

손정희 옮김

은행나무세계문학 에세 • 9

은행나무

차례

일러두기

1 번역 대본으로는 Edith Wharton, *Twilight Sleep* (Scribner Paperback Fiction Edition, Simon & Schuster, 1997)를 사용했다.

2 본문 하단의 각주는 모두 옮긴이의 것이다.

3 원문의 이탤릭체가 강조의 의미일 경우 고딕체로 표기했다.

1부

1

완벽한 비서인 브러스 양은 (맨퍼드 부인의 아이들이 '사무실'이라 명명한) 부인의 내실 문 앞에서 아주 친절하면서도 거절하는 몸짓으로 노나 맨퍼드를 맞이했다.

"얘야, 알다시피 어머니는 항상 너를 만나기를 **원하셔**." 메이지 브러스는 연속적인 전화 통화로 가늘어지고 날카로워진 목소리로 어머니의 입장을 대변했다. 브러스 양은 맨퍼드 부인의 두 번째 결혼 직후부터 부인의 비서 역을 맡았기에 노나를 어린 시절부터 알고 있었다. 지금도 노나를 대하는 자애롭고 친밀한 태도는 그녀가 독보적인 특권을 누리고 있음을 보여주었다. 자애로움이야말로 맨퍼드 가정의 특징이었다.

"그런데 네 어머니의 일정표 좀 보렴. 오늘 오전에만도 이 정도야!" 비서가 모로코가죽으로 테를 두른 큼지막한 메모판을 건네며 말을 이었다. 메모판에는 개성 없는 비서다운 필체로 일정이 적혀 있었다.

'7시 30분 정신 고양. 7시 45분 아침 식사. 8시 정신분석. 8시 15분 요리사 면담. 8시 30분 침묵 명상. 8시 45분 얼굴 마사지. 9시 페르시아 소품 상인. 9시 15분 편지 쓰기. 9시 30분 매니큐어. 9시 45분 율동 운동. 10시 머리 말기. 10시 15분 흉상 모델. 10시 30분 어머닐날 대표단 접견. 11시 댄스 교습. 11시 30분 모 부인 댁에서 산아제한 위원회 모임.'

"매니큐어가 아직도 진행 중이란다. 언제나 그렇듯 일정이 늦어지고 있거든. 그런 식으로 너희 어머니를 순교자로 만들고 있지. 모두가 그렇게 시간을 안 지키니 말이야. 이런 식의 뉴욕 생활이 너희 어머니를 무척 힘들게 하고 있단다."

"전 시간을 지키지 않은 적이 없어요." 문가에 기댄 채 노나 맨퍼드가 말했다.

"그렇고말고. 기적이기도 하지! 너희 여자애들은 밤새도록 춤을 추는데 말이야. 너와 리타 말이다. 둘이 대단한 시절을 보내고 있다니까!" 브러스 양은 거의 어머니 같아지고 있었다. "하지만 그 일정표를 훑어보렴. 어머니가 점심 전에 너를 만나리라고 **예상하고** 있지 않은 건 알겠지? 아님 그렇게 예상하고 계실까?"

노나는 고개를 가로저었다. "아니요. 하지만 나를 좀 끼워 넣어줄 수 있을까 하고요."

노나는 친밀하고 합리적인 어조로 이 말을 했다. 분명 양측 모두 공정함과 호의를 원하며 이 문제에 대해 검토해보고 있었다. 노나는 어머니의 약속들에 익숙했고, 신앙요법사, 미술 중개상, 사회복지사들과 손톱 손질사 사이에 끼워 넣어지는 것에도 익숙했다. 폴린 맨퍼드 부인은 실제로 자기 아이들을 만날 때는 그들에게 완벽했다. 하지만 점점 늘어나는 의무와 책임을 부과하는 이런 살인적인 뉴욕 생활에서 가족들이 아무 때나 들이닥쳐 시간을 잡아먹도록 허락했더라면, 그녀의 신경계가 그만 견딜 수가 없었을 터다. 그랬더라면 얼마나 많은 의무들이 완수되지 못한 채 남겨졌을까!

"모든 것을 위한 시간이 있는 법이다." 그것이 언제나 맨퍼드 부인의 좌우명이었다. 그러나 이러한 낙관적인 관점이 그녀를 저버리는 때가 있었고, 부인은 모든 것을 위한 시간은 없다고 생각하기 시작했다. 가령 오늘 아침에 브러스 양이 지적했듯이, 지난달 뉴욕에서 선풍을 일으킨 새로운 프랑스인 조각가에게 11시 30분에 모 부인 댁에서 산아제한 위원회 모임이 있기 때문에 15분 이상은 모델로 앉아 있을 수가 없다고 말해야만 했다.

노나가 이런 미팅들에 도움을 주는 경우는 드물었다. 노나 자신의 시간도 — 진짜 좋아서라기보다는 습관의 힘으로 — 연습, 운동, 그리고 젊음의 행복한 특권이라 여겨지는, 짜릿함에서 짜릿함으로 이어지는 바쁜 일정에 완전히 매여 있었으니 말이다.

하지만 그런 장면에 대한 맛보기 경험은 충분히 했다. 똑똑한 노년의 여성 청중 말이다. 이 백발 여성들은 지나치게 마사지를 받은 얼굴에 잔주름 자국이 보이는 채로 율동적으로 움직이고, 테가 없는 코안경처럼 무표정한 박애의 미소를 띠고 있었다. 그들은 모두 가차 없이 진지하고, 목적 없이 친절하며, 깊이를 알 수 없을 정도로 순수했다. 그 자리의 '주역 여성들'만 빼고는 모두가 다소 지나치게 격식을 갖춰 옷을 차려입었다. 주역 여성들은 대개 초라한 옷을 입었고, 철테 안경을 끼고 흐트러진 머리를 하고 있었다. 어떤 문제가 다루어지고 있든지 간에 이런 숙녀들은 언제나 똑같아 보였고, 한결같은 열정으로 산아제한과 무한한 모성, 자유연애나 미국 가정의 전통으로의 회귀를 옹호했는데, 그들이나 맨퍼드 부인 어느 쪽도 이 원칙들 사이에 모순적인 면이 있다는 것을 인식하지 못하는 것 같았다. 그들이 아는 건 다만 자신들이 어떤 사람들에게 그들이 하지 않는 편을 선호하는 일을 하도록 강요하기로 결정했다는 것이다. 노나는 층층의 일정표를 눈으로 훑어 내리다가 어머니의 전남편인 아서 와이언트의 말을 기억했다. "네 어머니와 그 친구들은 어떻게 기도를 하는지, 어떻게 이를 닦는지를 전 세계에 가르치고 싶어 할 거다."

노나는 웃음을 터뜨렸다. 와이언트의 재치 있는 말에는 웃지 않을 도리가 없었다. 그러나 사실 그녀는 어머니의 열정을 찬미했다. 물론 때로 약간은 너무 마구잡이인 것이 아닌가 싶기도 했지만 말이다. 노나는 맨퍼드 부인이 두 번째 결혼에서 낳은 딸이었다. 노나의 아버지 덱스터 맨퍼드는 세상에서 출세해야만 했었기에, 노나에게도 활동 자체를 미덕으로 존중하도록 가르쳤다. 그가 폴린의 열정에 대해 이야기할 때의 어조는 와이언트와는 매우 달랐다. 그는 일이란 **일 자체로서** 미덕이 있다고 생각하도록 교육받았다. 그 일에 다람쥐를 쳇바퀴 돌게 하는 걸 넘어서는 유용한 목적이 없다고 하더라도 말이다. "너희 어머니는 너무 넓은 범위를 해내려는 것 같아. 하지만 너도 알다시피 정말 대단한 거야. 전혀 자신을 아끼지 않잖아."

"우리도 빼주지를 않죠!" 노나는 때로 이렇게 한마디 덧붙이고 싶다는 유혹을 느꼈다. 그러나 맨퍼드의 찬탄은 전염성이 있었다. 그렇고말고, 노나는 어머니의 이타적인 열정에 진심으로 감탄했다. 그러나 그녀나 오빠의 아내인 리타가 그런 예를 따라갈 수 없다는 건 충분히 잘 알고 있었다─리타는 고사하고 자신도 그랬다. 그들은 다른 세대에 속했다. 대전쟁* 이후에 성장한, 마법에서 깨어나 어리둥절한 젊은이들로서, 그들의 에너지는 보다 돌발적이고 덜 확정된 방향성을 지니고 있었다. 무엇보다도 그들은 개인적인 표출구를 원했다. "볼리비아에 지진이 나든 말든!" 리타

---

* 　1차 세계대전을 가리킨다.

는 언젠가 노나에게 속삭였다. 세계 반대편에서 난 지진 재해 문제로 맨퍼드 부인이 똑똑한 노년 여성들을 소집했을 때였다. 이들 숙녀분들은 자신들이 볼리비아 사람들이 하고 싶어 하지 않을 어떤 것─가령 지진을 **믿지** 말라는 것─을 하도록 가르치기 위해 즉시 사절을 파견한다면 지진 같은 대재난이 반복되는 것을 막을 수 있으리라고 느끼는 것 같았다.

젊은이들은 당연히 다른 사람들의 집을 자신들이 정돈해야 한다는 그런 유의 욕망을 느끼지 않았다. 볼리비아 사람들이 볼리비아에 살기로 선택했다면 왜 지진을 겪어서는 안 된단 말인가? 그리고 왜 폴린 맨퍼드가 그 때문에 뉴욕에서 잠을 자지 못해 밤을 새워 생긴 주름을 없애려고 마하트마*가 개발한 운동의 새로운 세트를 배워야만 한단 말인가? '우리가 그렇게 느낀다면 그건 어쩌면 우리가 너무 게을러서 관심을 가지지 못하기 때문일 거야.' 노나가 이렇게 생각하는 건 특유의 어쩔 수 없는 정직함 때문이다.

그녀는 어깨를 살짝 으쓱하면서 브러스 양으로부터 돌아섰다. 그리고 "음, 글쎄요"라고 중얼거렸다.

브러스 양이 부러 설명을 이어갔다. "애야, 너도 알겠지만 시즌이 진행될수록 항상 상황이 더 악화되잖니. 2월의 마지막 2주

---

* 동양에서 영적 스승이나 성인(聖人)을 이르는 표현.

가 가장 최악이야. 특히 부활절이 올해처럼 일찍 오면 말이지. 나는 부활절을 왜 그렇게 애매한 날짜로 선택했는지 정말 **알 수가** 없어. 아마도 저 플로리다 호텔 사람들이 그랬던 모양이야. 오늘 아침 네 어머니는 안타깝게도 네 아버지가 시내로 나가기 전에 만날 수도 없었단다. 조용히 얘기할 잠깐의 시간도 가지지 못한 채 그렇게 사무실로 가게 하는 건 **완전히 잘못되었다**고 생각하는데도 말이야……. 하루를 좋은 기분으로 보내게 해줄 격려의 말 한마디를 못 하셨어……. 아, 그런데 애야, 혹시 아버지가 오늘 저녁에 집에서 식사할 건지 얘기하시는 거 들었니? 너도 알다시피 네 아버지는 자기 일정에 대해 얘기해두는 것을 기억하는 법이 **정말이지** 없으시잖니. 만일 말이 없으셨다면, 오늘은 후작 부인을 위한 성대한 만찬의 밤이라는 걸 상기시키기 위해 사무실로 전화를 하는 편이 낫겠다."

"글쎄요. 아버지가 저녁 식사를 집에서 하진 않으실 것 같은데요." 노나는 무관심하게 얘기했다.

"않으신다고…… 않으신단 말이지…… 않으신다는 거지? 세상에나!" 브루스 양은 혀를 차며 방을 가로질러 개인 책상 위에 놓인 전화기로 달려갔다.

약속 일정표가 그녀의 손에서 흘러 떨어졌다. 노나 맨퍼드는 일정표를 집어 들며 슬쩍 훑어보았다. '오후 4시 A 만나기. 오후 4시 30분 토프리드 로브의 뮤지컬 감상.'

'오후 4시 A 만나기.' 노나는 맨퍼드 부인이 이혼한 남편인 아서 와이언트를 오늘 만날 것이라고 거의 짐작했었다. 맨퍼드 부인의 일정표에는 언제나 'A'라고 명기된, 숨겨진 의문의 사람이지만, 아이들에게는 '전시품 A'라고 알려져 있는 사람. 노나도 그쯤에 그를 만나러 갈 작정이었기 때문에 성가시게 되었다. 그녀는 항상 맨퍼드 부인의 방문과는 겹치지 않도록 방문 일시를 잡았다. 아서 와이언트와 친구로 지내는 것을 어머니가 인정하지 않아서가 아니었다. (어머니는 노나가 그에게 그런 친절을 보이는 것이 아름답다고 생각했다.) 그렇다기보단 와이언트와 노나가 만날 때는 와이언트 전부인의 존재가 그들의 재미를 망친다는 것에 동의했기 때문이었다. 그러나 어머니의 일정에 대해 할 수 있는 일은 없었다. 맨퍼드 부인의 계획들은 변경이 불가능했다. 심지어 질병이나 죽음도 거의 영향을 줄 수 없었다. 맨퍼드 부인의 약속 일정표의 꽉 짜인 모자이크를 흩뜨려놓으려고 하느니, 양산으로 피라미드를 찔러서 넘어뜨리려고 하는 편이 나을 것이다. 맨퍼드 부인 자신도 그런 일을 해낼 수는 없을 것이다. 온 세상의 최선의 의지로도 안 될 일이었다. 그리고 맨퍼드 부인의 의지는 그녀의 아이들이나 식솔들 모두가 아는 것처럼 세상에서 **단연** 최고였다.

노나 맨퍼드는 마지막으로 어깨를 으쓱하고 물러났다. 좀 중요한 일에 대해 어머니에게 이야기하고 싶었다. 전날 밤에 이부오빠 짐* 와이언트의 아내이자 올케인 리타의 반쯤만 형성된 듯한 알 수 없는 마음속에서 다소 놀라운 사실을 목격했다. 브루스 양이 말했듯이, 노나와 밤새도록 춤을 추는 그 리타 말이다. 노나에게는 바로 짐만큼, 그녀보다 예닐곱 살 위인 짐만큼 이 세상에서 소중한 사람이 없었다. 그는 그녀에게는 오빠이고 동료이자 보호자이며, 거의 아버지 같은 존재였다—아버지인 덱스터 맨퍼드는 매우 영리하고 유능하며 친절하지만 거의 언제나 사무실에서 너무나 바빴고, 맨퍼드 부인에게 너무나 단단히 매여 있는 존재였기에, 그가 집에 있을 때에는 딸을 위해 시간을 낼 수가 없었다.

다행히 짐은 언제나 시간이 있었다. 물론 어머니가 짐이 게으르다고 하는 건 바로 그런 뜻이다—한번은 드물게 그녀가 참지 못하고 순간적으로 짐에게 그의 아버지처럼 게으르다고 말한 적이 있었다. 맨퍼드 부인에게는 누군가가 배분되지 않은 시간을 조금이라도 갖고 있으면서도 즉시 뭔가를 하기 위한 계획을 세우지 않는 것만큼 짜증 나는 일이 없었다. 그들이 그 시간을 **자신에게** 줄 수만 있다면! 그런데 (다른 모든 가족과 마찬가지로) 어머니를 사랑하고 존경하는 짐은 항상 꾸준하게 시간을 채우려고, 또는 때로 비어 있는 시간을 그녀로부터는 숨기려고 노력하고 있

---

*   제임스의 애칭.

었다. 하지만 그는 바삐 서두르지 않는 태도를 지녔다. 그것은 어린 노나에게는 큰 도움이 되었다. 노나에게 그는 함께 차를 타거나 걸어주고, 함께 연주회나 '영화'를 몰래 보러 가주는 존재, 더좋은 건 그저 **거기에 있어주는** 그런 존재였다. 시골의 별장, 시더리지의 주인 없는 서재나 타운 하우스 3층의 너저분한 서재에서 빈둥거리면서 질문에 답해주거나 사전에서 어려운 단어를 찾는 것을 도와주거나 골프채 수선을 해주거나 실리엄테리어 강아지의 발에서 가시를 제거해줄 준비가 되어 있는, 언제나 믿을 만한 존재였다. 짐은 손재주가 훌륭했다. 그는 시계를 수선하거나 자동장난감들을 만들어내거나 집과 정원을 본뜬 멋진 모형을 만들거나 지혈대를 대주거나 스크램블드에그를 만들어주거나 어머니의 방문객들—특히 어머니의 황금빛 응접실에서 '대의명분'이나 '메시지'를 내세우는 '진지한' 사람들—의 흉내를 낼 수 있었다. 또한 노나가 수많은 이야기를 써낸 상상 속 대륙들이 맛깔스럽게 색칠이 된 지도들을 만들 수 있었다. 그런데 슬프게도 그는 자신이 가진 이 모든 재능을, 어린 이부누이를 매료하기 위해서 말고는 아직까지 특별히 사용하지 않고 있었다.

그의 아버지, 가엾은 무용지물 '전시품 A'의 경우에도 마찬가지인 것을 노나는 알고 있었다! 맨퍼드 부인은 그건 그들 부자의 '뉴욕 구혈통' 때문이라고 말했다. 그녀는 경멸과 자부심을 동시에 느끼며 그들에 대해 말했다. 마치 그들이 수천 년의 통치 후에 소멸된 프랑스 카페왕조*의 마지막 후손이기라도 한 듯이 말이다. 자신의 피는 보다 평민의 색조로 물들여져 있었다. 조상들은 펜실베이니아 탄광에서 일했고, 익스플로이트**에서 자전거를 만들었으며, 지금은 미국의 가장 인기 있는 자동차 중 하나에 이름을 준 가문이었다. 그녀의 유전적 배합에서 다른 성분들이 부족하다는 건 아니다. 그녀의 어머니는 탤러해시***의 파스칼**** 같은 사람으로서 남부 귀족층에 기여했다고 한다.

맨퍼드 부인은 기분에 따라서는 '탤러해시의 파스칼들'이 마치 그녀 안의 가장 귀족적인 전부를 설명해주는 양 그들에 대해 이야기했다. 하지만 그녀가 짐에게 움직이도록 권고할 때 환기시키는 건 자신의 아버지의 혈통이었다. "파스칼 전통에도 불구하고, 결국에 장사 일을 한다고 부끄러울 건 없단다. 나의 할아버지는 스코틀랜드에서 오실 때 주머니에 6펜스 동전 두 개밖에 없었지……." 이런 식으로 맨퍼드 부인은 용서될 만한 자존심을 세우

---

* 프랑스의 가장 오래된 왕조.
** 폴린은 뉴욕 구혈통 출신인 와이언트 가문과는 대조되는 미국 서부의 신흥 부유층 출신이다. '착취하다' 또는 '(부정적인 의미의) 업적'을 뜻하는 단어인 익스플로이트(Exploit)를 가상의 서부 도시명으로 사용함으로써, 사업가 집안 출신의 폴린이 뉴욕 구혈통과는 대조적이며 공격적이며 때로 위협적임을 암시하고 있다.
*** 미국 플로리다주의 주도(州都).
**** 17세기 프랑스의 수학자, 물리학자, 철학자.

며 식당 벽난로 위의 영광스러운 게인즈버러*의 작품을 바라보곤 했으며(때로 그녀는 그 초상화를 선조의 초상화로 거의 착각하는 것 같았다), 조지아풍의 은식기와 집 온실에서 자란 난초로 장식된 만찬 식탁에 둘러앉아 있는 건강하고 잘생긴 식구들을 바라보곤 했다.

노나는 문지방을 넘어 나가다가 브러스 양 쪽을 뒤돌아보며 말했다. "어머니한테 아마 나는 짐 오빠 부부와 점심을 먹을 거라고 말해주세요." 그러나 브러스 양은 보이지 않는 통화 상대에게 열정적으로 이야기하고 있었다. "오, 하지만 리글리 씨, 맨퍼드 부인이 오늘 저녁 식사에 맨퍼드 씨가 오리라고 기대하고 있다는 것을 **반드시** 이해시키셔야만 합니다……. 아시다시피 후작 부인을 위한 만찬 무도회니까요."

노나 맨퍼드에게는 이부오빠의 결혼이 처음으로 정말 슬펐던 일이었다. 그의 선택에 찬성하지 않았기 때문이 아니었다. 누가 그렇게 재밌고 무책임한 리타 클리프를 반대할 만큼 심각하게 받아들일 수 있겠는가? 올케와 시누이는 곧 가장 친한 친구가 되었다. 노나가 리타에게서 흠잡을 것이 있다면, 비교 불가한 존재인 짐을 리타가 자신만큼 숭배하지 않는다는 것이었다. 하지만 리타

---

*   영국의 초상화가.

는 숭배하는 것이 아니라, 숭배받도록 만들어진 존재였다. 그건 그녀의 길고 가느다란 연갈색 눈의 고요한 응시와, 사랑스럽고 정적이며 변함없는 미소와, 가늘지만 보조개가 잡힌, 아직 다 자라지 않은 듯한 두 손의 형상에 잘 드러났다. 그녀의 손은 그저 입맞춤 받기 위해 무심하게 기다리고 있는 듯 손목에서부터 축 늘어져 있거나, 게으르게 누워 있는 그녀의 몸 주위에 사치스럽게 쌓여 있는 쿠션들 위에 희귀한 조개껍데기나 말려 올라간 목련 꽃잎처럼 놓여 있었다.

짐 와이언트 부부가 결혼한 지는 이제 거의 2년이 되었다. 아기는 6개월이 되었고, 부부는 뉴욕의 결혼 제도 내에서 빠져나오기 힘든 상황에 안착된 이정표 중 하나, 그들 부류의 '구커플' 중 하나로 여겨지기 시작하고 있었다. 오빠에 대한 노나의 애정에는 사심이 전혀 없어서 이 사실에 대해 기뻐할 수밖에 없었다. 무엇보다도 그녀는 짐이 행복하기를 바랐고, 그가 행복하다는 것을 확신했다. 적어도 최근까지는 그랬다. 그저 맨퍼드 부인의 철갑 같은 규칙에서 벗어난 것만으로도 아마 그 자신이 생각하는 것보다 더 큰 위안이었을 것이다. 그래도 그는 여전히 리타의 숭배자 중 최선봉에 있었다. 그는 여전히 리타의 유치한 변덕, 시간을 지키지 않는 성정, 무책임함에 매료되어 있었다. 리타의 그런 면들은 이전에 어머니의 완벽한 시설 속에서 시계 같은 일상을 지냈던 것에 비하면 그녀와 함께 사는 것을 불안정하지만 짜릿한 일로 만들어주는 것이었다.

노나는 이런 모든 것에 기뻐했지만, 때로 그 완벽한 시설에서 고독감으로 괴로웠다. 이제는 그 시설을 뒤흔들던 단 하나의 요소였던 짐이 떠나버린 것이다. 그녀는 짐이 자신의 고독감을 짐작하고 있다고 확신했다. 아내와 이부누이 간의 친밀감이 커지도록 장려하고, 자신의 집이 노나에게 또 다른 집처럼 느껴질 수 있도록 노력하는 것이 바로 그였다.

리타는 언제나 노나에게 호의적이었다. 두 사람은 근본적으로는 아주 다르지만, 거의 비슷한 나이였고, 온갖 운동에 대한 넘치는 열정으로 의기투합했다. 리타는 부드럽고 웅크린 태도를 지녔지만 지칠 줄 모르고 춤추었을 뿐만 아니라, 자신감은 없지만 테니스 실력이 훌륭했으며, 사냥개들을 모험적으로 추격하곤 했다. 늘어져 있는 시간과 호박 향이 나는 담배를 피우는 시간 사이에 있는 그녀 삶의 모든 순간은 춤, 경마, 놀이들로 꽉 채워져 있었다. 아기가 태어나기 전 두세 달 동안 리타가 부분적으로 움직이지 못하는 상태가 되었을 때, 노나는 리타가 지속적으로 새로운 '전율'을 갈망하는 것이 어떤 해로운 시간 죽이기 행태─가령 술이나 마약 같은, 그녀 부류의 젊은 여성들 사이에 유행하던 행태─로 이어질까 걱정했다. 하지만 리타는 미소를 짓는 동물 같은 인내력의 상태로 빠져들었다. 마치 그녀의 부드러운 몸 안에 일어나고 있는 어떤 신비로운 작용이 그녀에게 신성한 의미를 갖는 것 같았고, 가만히 누워 상황에 맡기는 것으로 충분했다. 그녀가 요구한 것은 단 한 가지, 그녀를 '아프게' 하는 것이 없어야 한다는 것뿐이었다. 그녀 부류의 젊은 여성 대부분은 공통적으로 육체적 통증에 대해 맹목적인 두려움을 갖고 있었다. 그러나 요새는 그런 것이 너무나 쉽게 처리되었다. 맨퍼드 부인은 (리타가 고아였으므로 아이 낳는 일의 총책임을 졌고) 시골에 있는, 가장 완벽한 '반마취 상태'* 분만을 사용하는 시설을 물론 알고 있었으며, 리타를 그중 가장 사치스러운 병실에 집어넣었다. 그런 뒤 그녀의 방들을 봄꽃, 온실에서 난 과일, 새로운 소설들, 그리고 가장 최신 호 만화책들로 가득 채워주었다. 그곳에서 리타는 인식도 못 한 채 가볍게 모성으로 미끄러져 들어갔다. 마치 그녀의 침대 옆에 있는 아기 침대에 어느 날 갑자기 나타난 그 밀랍 인형이, 매일 아침 그녀의 베개 위에 놓이는 커다란 온실 장미 꽃다발 더미 속에 담겨 오기라도 한 듯이 말이다.

"물론 출산에 '고통'이 있어서는 안 되지……. 그저 '아름다움'만이 있어야 해……. 아이를 낳는 건 세상에서 가장 사랑스럽고, 가장 시적인 일이어야만 해." 맨퍼드 부인은 밝고 유능한 목소리로 선언했다. 그건 마치 사랑스러움과 시(詩)가 발전된 산업화의

---

* 작품의 제목이기도 한 '반마취 상태(Twilight Sleep)'는 여성들의 산고를 줄여주기 위해 마취제를 사용한 분만 방식을 의미한다.

표상이며, 아기들은 포드사의 자동차처럼 시리즈로 생산되는 존재들이라고 말하는 듯한 목소리였다. 아들을 얻은 짐의 기쁨은 한이 없었다. 그리고 리타는 정말로 전혀 개의치 않았다.

2

후작 부인은 맨퍼드 부인의 삶에서 불규칙하지만 불가피하게 발생하는 일이었다.

대부분의 사람들은 후작 부인을 골칫거리로 여겼을 것이다. 어떤 이들은 확실하게 불편한 대상으로, 염세주의자들은 불운으로. 후작 부인과 관련해 그런 측면이 있다는 것을 인식하고 있으면서도 항상 보여주기식으로 화려할 뿐만 아니라 심지어 부러움을 살 만한 어떤 일을 만들어냈다는 것은 맨퍼드 부인의 의식적인 자랑거리였다.

왜냐하면 (전남편이라 하더라도) 남편에게 루체라 공작가의 아말라순타라고 불리는 사촌이 있고, 그녀가 나폴리의 위대한 가문 중 하나인 산페델레의 후작 벤투리노와 결혼했는데, 그런 이름과 상황의 조합을 어떤 식으로든 이용하지 않는 건 결국 어리석고 소모적인 일 같았기 때문이다. 하지만 와이언트 가문 사람들은 아말라순타가 뉴욕에 올 때는 항상 돈을 얻어내거나 그녀의 끔찍한 아들을 새로운 곤경에서 구하거나 혹은 벤투리노의 체계적인 침략에 대항해 자신의 남은 재산이라도 지키기 위한 새로운 방식을 가족 변호사들과 상의하러 오는 것이라고만 기억했다.

맨퍼드 부인은 아말라순타의 이런 시도들이—자신에게서 돈을 빌리는 일 말고는—모두 소용이 없다는 것을 미리 알고 있었다. 그녀는 항상 아말라순타에게 2~3천 달러를 빌려주었다. (그리고 자신이 세심하게 기록하는 개인 장부의 수입과 지출란에 적어두었다.) 그녀는 심지어 후작 부인에게 지난해에 자신이 입던 옷들을 솜씨 있게 고쳐서 주었다. 그리고 그에 대한 보답으로 아말라순타가 맨퍼드 가문이 주관하는 행사에서 이국적인 광채를 뿌려주기를 기대했다. 그 광채는 스페인의 귀족이자 교황청의 대단한 고위성직자인, 공작의 가까운 친척이 아말라순타와 함께 먼지가 가득한 좁은 길을 따라 느리게 걸을 때 뿜어내는 그런 것이다. 비록 아말라순타의 어머니는 그저 올버니의 메리 와이언트였지만 말이다.

맨퍼드 부인은 성공적이었다. 후작 부인은 고심하지 않고 자연스럽게 그녀에게 할당된 역할을 해냈다. 그녀의 험악하고 불확실한 삶에서, 뉴욕은 부자 친척들이 살고 있는 곳이었다. 그곳에서 그녀는 항상 몇천 달러와 한 해를 견딜 수 있을 만큼의 옷들과 벤투리노를 압박하는 것에 대한 유용한 조언을 갖고 돌아갔으니, 뉴욕은 천국을 미리 맛보는 곳 같았다. "거기 살라고? 카리나, **안 될 말이야!** 거기는 너무, 너무 사건이 없어. 천국이 아마 그럴 게 틀림없지. 모든 사람이 천국처럼 친절하기는 하지만…… 벤투리노는 내 미국 친척들이 허용하지 않는 것들이 있다는 걸 알게 됐고." 아말라순타가 로마, 나폴리 혹은 장크트모리츠의 응접실에서 이야기를 할 때는 뉴욕 방문을 이런 식으로 표현했다. 반면에 뉴욕에서는 아주 부주의하고 생각 없이—아말라순타보다 더 단순한 마음을 가진 사람은 아무도 없었기에—이름들을 거론하고 제안들을 내세웠다. 그런 말들이 남쪽으로는 월스트리트, 다른 방향으로는 롱아일랜드로 구획 지어진 좁은 세계 위로 낭만적이고 비현실적인 광채를 던져주었다. 그리고 이 광채를 빌려 폴린 맨퍼드는 항상 다른 손님들에게 빛을 쪼이게 해주려고 열심이었다.

'내 남편의 사촌'(와이언트와 이혼 후에는 '내 아들의 사촌 고모'가 된)은 27년이 지난 후에도 여전히 유용한 사회적 카드였다. 산페델레 후작 부인은 이제 50세 여성이 되었으나 여전히 폴린이 아는 사람들 중에는 만찬의 구실이자 사회적 점수를 따는 수단이었으며, 불확실한 뉴욕 하늘의 작지만 한결같은 별이었다. 폴린은 항상 무심하고 눈에 띄지 않는 검은색 옷을 입은 (심지어 맨퍼드 부인이 준 헌 드레스를 입었을 때조차) 좀 쓸쓸해 보이는 그녀의 가녀린 자태를 볼 때면, 소리가 울리는 로마의 계단들, 루체라 가문의 환영식에 추기경들이 횃불을 켜고 도착하는 광경, 그리고 교황과 제후들, 황폐한 궁전들, 사이프러스 나무로 둘러쳐진 대저택들, 여러 스캔들, 비극적 이야기들, 유산에 대한 끝없는 반목이 새겨진 거대한 프레스코 벽화 같은 배경의 환상을 언제나 떠올리지 않을 수 없었다.

"정말이지 너무 끔찍해……. 위대한 로마 가문들은 사악한 삶을 살았어. 하지만 가엾은 아말라순타는 태생적으로 선한 미국 혈통을 가졌지. 그녀의 어머니는 와이언트 가문 사람이거든. 맞아―메리 와이언트는 라고 네그로의 왕자인 오타비아노, 즉 루체라 공작의 아들이 워싱턴의 이탈리아 공사관에서 지낼 때 그와 결혼했던 거야. 하지만 이혼이 허락되지 않는 나라에서, 여성은 그저 **모든 것**을 감내해야만 하는 나라에서 아말라순타가 무엇을 할 수 있겠어? 교황은 매우 친절했어. 그는 전적으로 아말라순타의 편을 들어주었으니. 그러나 벤투리노의 사람들 또한 권력이 막강했지―그들은 나폴리의 위대한 가문이었거든―그랬지. 라벨로 추기경이 벤투리노의 삼촌이었으니까……. 그래서 전반적으로는 아말라순타에게 끔찍했던 거야……. 자신과 같은 부류의 사람들에게 돌아오는 건 그녀에게 오아시스 같은 것이지……."

폴린 맨퍼드는 그 생활이 아말라순타에게 끔찍하다고 진심으로 믿었다. 폴린 자신으로서는 이혼을 인정하지 않는 사회보다 더 충격적인 것을 상상할 수가 없었다. 그건 지하 창고처럼, 사람들의 삶을 정기적으로 소독하고 새로 칠하도록 하는 대신에 가정 내의 모든 종류의 악이 그대로 부패하도록 내버려두는 것이다. 그러나 이 모든 것을 생각하는 동안—사실은 그것을 생각하는 행위 자체에서—맨퍼드 부인은 벤투리노의 삼촌인 라벨로 추기경이 그해 겨울 볼티모어에서 열릴 예정인 로마 가톨릭 회의의 대표 후보로 언급되는 사람들 중 하나라는 것을 기억해냈고, 그래서 추기경을 위한 저녁 만찬을 아말라순타의 도움으로 조직할 수 있을까 생각하고 있었다. 심지어 횃불을 나르는 (실크 스타킹을 신은) 하인들이 맨퍼드 저택의 계단—정말 다행히도, 대리석으로 만들어진 것이다!—에 줄지어 서 있는 효과에 대해 상상하기까지 했다. 덱스터 맨퍼드와 짐이 문간에서 교회의 제후*를 맞이해, 은촛대를 쥐고 뒷걸음질로 계단을 걸어 올라오는 모습이라니. 그런 일을 하도록 그들을 설득할 수 있을지는 폴린이 확신할 순 없었지만 말이다.

폴린은 로마 교회의 죄악에 치를 떨면서도, 모든 격식을 갖춘 의례에 맞춰 귀빈을 영접할 수 있기를 갈망했고, 이 두 가지 생각에 모순이 있다고 느끼지 않았다. 그녀는 이런 식의 신속한 조율에 익숙했고, 온갖 범주의 모순적인 의견들이 그녀 마음속에서 유랑 서커스가 전시하는 '행복한 가족들'만큼이나 평화롭게 함께

---

* 추기경을 뜻한다.

안주한다는 데에 자부심을 느꼈다. 그리고 물론 추기경이 **정말** 그녀의 집에 온다면 폴린은 뉴욕의 주교—즉 성공회 주교—를 초대함으로써 자신의 미국적 독립성을 보여줄 것이다. 그리고 아마도 (그녀의 친구이기도 한) 랍비장(長)과 물론 많은 비난을 받고는 있지만 너무나도 놀라운, 그녀가 여전히 전적으로 믿고 있는 '마하트마'도 초대할 것이다…….

그러나 그 단어를 떠올리자 그녀는 정신이 번쩍 들었다. 그렇다, 확실히 그녀는 마하트마를 믿었다. 그럴 이유가 충분했다. 그녀는 드레스룸의 높은 삼면거울 앞에 서서, 그 너머의 커다란 욕실을 응시했다. 욕실은 마치 생물학 실험실처럼 보였다. 거기에는 새하얀 타일과 반짝이게 윤을 낸 파이프, 몸무게 저울, 피임법의 하나로 사용되는 질 세척 장치, 그리고 체조와 '체력 단련'을 위한 신비로운 장치들이 가득했다. 욕실을 보자 그녀는 감사하며 회고했다. 다른 건 모두 실패했지만 마하트마가 '신성한 황홀경'이라고 칭하는 이 율동 운동들이 엉덩이 사이즈를 줄여주었다. 그리고 엉덩이가 줄어든 것에 대한 감사의 마음은 깔끔하게 정리된 목록 같은 그녀의 마음속에서는 자아 소멸, 전생(前生), 영적세계와의 친연성*에 대한 놀랍고 신비로운 가르침들에 대한 그

---

* 마하트마는 당대에 유행한 신지학에서 설명하는 영적 변화에 대한 가르침을 설파하며 이러한 개념들을 사용한 것으로 보인다.

30

녀의 열렬한 믿음과 정확하게 같은 차원의 것이었다. 그건 모두 너무나 불가사의하고 너무나 순수하다……. 그렇다, 그녀는 분명 마하트마를 부르게 될 것이다. 그와 이야기를 나누는 것은 추기경에게도 도움이 될 것이다. 추기경이 감정에 겨워 떨리는 목소리로 이렇게 말하는 소리가 그녀에게 들릴 지경이었다. "맨퍼드 부인, 이런 놀라운 사람을 만나게 해주어 고맙다고 하고 싶어요. 당신이 아니었다면……."

아, 그녀는 "당신이 아니었다면……!"이라고 말하는 사람들을 정말 좋아했다.

화장대 위의 전화가 울렸다. 브러스 양이 내실에서 전화를 연결해주었다. 맨퍼드 부인은 수화기를 들면서 초조하게 시계를 흘끗 바라보았다. 마르셀 스타일 머리 말기** 시간에 벌써 7분이나 늦었다. 그런데…….

오, 덱스터의 목소리였다! 그녀는 자동적으로 아내답게 평온한 미소를 짓는 표정을 지었고, 목소리도 그에 상응하는 어조로 바꾸었다. "네, 여보. 폴린이에요. 오, 오늘 밤 만찬 말이죠? 당신도 잘 알잖아요. 아말라순타요……. 짐과 리타와 극장에 간다고요? 그렇지만 덱스터, 그럴 수 없어요! 그 애들도 여기서 저녁 식사를

** 미국에서 당시에 유행한, 머리에 웨이브를 주는 헤어스타일. 이를 창안했다는 프랑수아 마르셀은 일명 '고데기'에 대해 특허를 획득했다.

할 거예요. 짐과 리타 말이에요. 하지만 **물론이죠**······. 그래요, 뭔가 착오가 있었던 것이 틀림없어요. 리타는 참 예상을 할 수가 없다니까요······. 알고 있어요······. (미소가 약간 일그러졌고, 목소리도 표정을 따라 좀 거칠어졌다. 그렇지만 인내심을 가지고) 그래요, 그 밖의 다른 일은요? ······오, 덱스터······ 무슨 말이에요? ······마하트마요? **뭐라고요?** 이해를 못 하겠군요!"

그러나 그녀는 이해하고 있었다. 세심한 화장 아래로 얼굴이 하얗게 변하고 있는 것을 인식했다. 지난 몇 주 동안 그녀 깊숙한 곳 어딘가에 바로 이런 일에 대한 표현할 수 없는 두려움이 스며들고 있었다. 지난 2년 동안 뉴욕의 위대한 '영적 상승'을 이끈 힌두 현자의 가르침을 반대하는 사람들이 세력을 얻어 위협하기 시작할 것이라는 두려움 말이다. 그리고 지금, 온갖 불쾌한 일들이 얽혀 있을지 모르는 마하트마의 '오리엔탈 사상 학교'의 상황에 대해 조사를 해달라는 요청을 받았다고 덱스터 맨퍼드가 실제로 이야기하고 있는 것이다. 물론 덱스터는 결코 전화상으로 자신의 직업과 관련된 일에 대해 많은 이야기를 하는 법이 없었다. 집에 와서도 그런 일들에 대해 충분히 이야기하지 않는다는 것이 폴린의 생각이었다. 그러나 지금 수집한 약간의 내용만으로도 그녀는 매우 불편한 심정이 되었다.

"오, 덱스터, 이 문제로 당신을 만나야만 해요! 지금 당장이요! 점심 먹으러 집에 올 수는 없겠죠? 도저히 안 되겠죠? 아니요, 오늘 저녁에는 기회가 없을 거예요. 그래요, 아말라순타를 위한 만찬이 있잖아요 — 오, 제발 그걸 **또** 잊어버리지 말아줘요!"

수화기에 한 손을 얹고 다른 손은 (브루스 양이 갖고 있는 것의 복사본인) 약속 일정표를 향해 뻗어, 제대로 보지도 못하면서 초조하게 힐끗 훑어보았다. 스캔들이라니, 또 한 번의 스캔들이라니! 그래서는 안 된다. 그녀는 스캔들을 혐오했다. 게다가 그녀는 마하트마를 진정 믿었다. 그는 '비전'을 갖고 있다. 잡지 기사에서 그 단어를 봤던 그 순간부터 그녀는 자신이 그에 대한 완벽한 답을 갖고 있다고 느꼈던 것이다…….

"그렇지만 덱스터, 오늘 저녁 전에 당신을 봐야만 해요. 기다려봐요! 내 약속들을 살펴보고 있어요." '오후 4시 A 만나기. 오후 4시 30분 토프리드 로브의 뮤지컬 감상'이 보였다. 안 될 말이지. 토프리드 로브를 포기할 수는 없다. 지난겨울에 그를 '발굴한' 50~60여 명의 숙녀들 중 한 명이 자신이었으니까. 그녀는 공연에 자신이 참석하기를 그가 기대하고 있음을 알고 있었다. 그렇다면 이번 한 번만은 'A'가 희생되어야 한다.

"덱스터, 들어봐요. 내가 4시에 사무실에 가면요? 그래요, 정각에요. 괜찮아요? 그럼 내가 당신을 볼 때까지는 아무것도 하지 마세요. 약속해요!"

그녀는 안도의 숨을 내쉬며 전화를 끊었다. 그다음 날 'A'를 보기 위해서 약속들을 재조정할 작정이었다. 다만 최절정 시즌에 일정표를 재조정하는 것은 대수술만큼이나 진 빠지는 일이었다.

순간적으로 짜증이 나자 그날의 일정표에 나타나 조정된 스케줄을 흩뜨려놓은 것이 마치 아서의 잘못인 양 느껴질 지경이었다. 가엾은 아서—처음부터 그는 폴린의 실패작 중 하나였다. 매우 작기는 하지만, 그녀는 그런 실패들의 자그마한 묘지를 갖고 있었다. 그 묘지는 빨리 자라나는 것들로 덮여 있는 곳이라서, 아마 누군가 그녀 인생 전체를 걸어서 통과하더라도 그 안에 무덤이 있으리라고는 알아채지 못할 수도 있다. 익스플로이트의 공장 연기에서 갓 나온, 경험이 없던 30년 전 애송이 시절의 폴린에게 아서 와이언트는 돈을 버는 데 몰두하는 도시와 돈을 즐기는 일에 전념하는 사교계라는 매력적인 대조를 상징했었다. 그렇게 찬란한 모습이었는데—그 모습뿐, 아무런 성과가 없었다! 그녀는 자신이 정확하게 무엇을 기대했는지 몰랐다. 그 당시 남성의 성취에 대한 자신의 이상은 오로지 이웃 사람들보다 더 빨리 부자가 되는 능력에 기반했었다. 그리고 아서는 절대 그렇게 할 리가 없었다. 익스플로이트에 살던 그의 장인은 그를 자동차 사업에 끌어들이는 것은 소용이 없다는 것을 단박에 알았으며, 폴린에게 "그를 그저 보석 한 점으로 여겨라. 우리가 그 정도는 감당할 여유가 있을 것 같구나"라고 달관한 듯 말했다.

그러나 보석은 적어도 반짝여야만 한다. 그런데 아서는 왠지—퇴색했다. 한때는 그가 주(州) 정치에서 역할을 맡았으면 하고 바랐고, 그러한 전망의 끝에는 워싱턴과 매혹적인 외교 사교계가 있었다. 그러나 그는 어깨를 으쓱하며 자신이 '장사'라고 지칭하는 것들에 대해 늘 그랬듯이 경멸적으로 그 일을 거절해버렸다. 그는 시더리지에서 농사를 좀 지었고, 회계 문제로 소란을 떨다가 그녀의 돈을 탕진해버렸다. 그녀는 결국 그를 숙련된 관리자로 대체했다. 도시에서는 클럽에서 브리지 게임을 하느라 몇 시간이고 보냈고, 경마에 간헐적으로 관심을 가졌다가, 매일 오후에는 어머니인 와이언트 노부인과 함께 앉아 시간을 보냈다. 한 번도 '보수된' 적 없고 여전히 카르셀등*이 켜져 있는, 스타이버선트 광장 근처의 황량한 집에서 말이다.

그는 항상 방해물이자 실망스러운 존재였다. 아마도 그녀는 그의 무능과 성과 없는 계획, 몽상과 배회, 심지어 심해져만 가는 음주 버릇을 그 시대 아내들은 그런 결점들을 견뎌내야 한다고 배운 대로 참았을 것이다. 만일 그가 '부도덕'했다는 것을 발견하지 않았더라면 말이다. 부도덕은 어떤 고상한 여성도 용서할 수 없는 일이다. 그래서 캘리포니아에서 휴식 요법을 하고 돌아왔을 때, 그가 그의 어머니와 살고 있던 더부살이 사촌과 몰래 연애를

---

* 프랑스 시계 제조공인 베르나르 카르셀이 발명한. 19세기 가정에서 사용된 등의 일종. 이는 오래된 물건을 그대로 사용하고 있는 '구뉴욕'을 표상하는 와이언트 가문의 특징을 보여주는 한 예이다.

벌였다는 것을 발견하자, 폴린이 알고 있던 모든 자존심의 법칙은 그와 이혼하도록 엄명했다. 와이언트 노부인은 공포에 질려서 사촌을 추방했고, 아들을 위해 간청했지만, 폴린은 단호했다. 그녀는 떠오르는 이혼 전문 변호사인 덱스터 맨퍼드에게 의뢰했고, 그의 유능한 손에서 사건은 신속하고 신중하게, 스캔들이나 분쟁, 그리고 소송 없이 해결되었다. 와이언트는 어머니의 집으로 물러났고, 폴린은 유럽으로 갔다. 자유의 여인이 되어서.

새로운 세기로 바뀌던 그 시절에 이혼은 뉴욕에서는 아직 사회적으로 용인되는 제도가 아니었다. 그래서 와이언트의 자존심에 가해진 타격은 폴린이 예상했던 것보다 더욱 심각했다. 그는 어머니의 집에서 완전히 은거하는 삶을 살았다. 법정에서 정해준 날짜에만 아들을 만났고, 일종의 조숙한 노년기로 몰락했다. 그것은 폴린의 회복된 젊음과 탄력과는 대조적이어서—심지어 폴린 자신에게도—고통스러웠다. 그러한 대조를 회고하면 그녀는 괴로워졌다. 그런데 두 번째 결혼과 와이언트 노부인의 죽음 이후에, 그녀는 점차 가엾은 아서를 불만거리가 아니라 책임질 대상으로 여기게 되었다. 그녀는 책임을 소홀히 한 적이 없다는 것에 자부심을 느꼈다. 그러니 아서가 그날 약속들 사이에 등장해서 그녀가 그와의 만남을 연기하게 만든 것에 대해 당연할 수밖에 없는 노여움을 느꼈다.

화장대로 돌아왔을 때, 그녀는 키 큰 삼면거울에 비친 자신의 모습을 보았다. 눈꺼풀과 입술 주변의 미세한 주름들과 양미간의 세로 주름들이 다시 생겼군! 그녀는 한순간도 그것을 허용하지 않을 것이다. 안 되고말고, 단 한 순간이라도 안 된다. 그녀는 자신에게 명령했다. "자, 폴린, **걱정을 멈춰**. 걱정이라는 것은 존재하지 않는다는 걸 완벽하게 잘 알고 있잖니. 그저 소화불량이나 운동 부족일 뿐이야. 모든 것이 정말로 괜찮다니까." 마치 엄마가 타박상을 입은 아기를 어르듯이 솔직하지 못한 어조였다.

그녀는 다시 바라봤다. 주름들이 진짜로 옅어지고, 깊이도 덜해진 것 같았다. 다시 한번 운동으로 다져진 곧은 자세의 여성이 그녀 앞에 있는 것을 바라보았다. 완벽한 머리카락, 완벽한 이빨을 지니고, ('사람들이 다 그렇게 하기 때문에') 입술에 루주를 살짝 발라서 여전히 젊고 건강한 안색을 환하게 만든 모습이었다. 조그맣고 균형 잡힌 이목구비와 똑바로 바라보는 당당한 회색 눈 위로 가볍게 그어진 검은 눈썹, 희어지고는 있지만 머리 말아주는 요술봉에 여전히 신선하게 반응하는 풍성한 머리카락과 아치 모양의 발등이 가느다란 발목으로 이어지는 발로 단단하게 짚고 선 모습을 보았다.

얼마나 터무니없는가. 얼마나 그녀답지 못한가. 그런 어이없는 소식에 당황하다니! 그녀는 덱스터를 찾아가서 5분 내로 마하트마 상황을 해결할 것이다. 스캔들이 있을 것 같다면, 덱스터가 휘말리게 내버려두지 않을 것이다—무엇보다도 마하트마에 반대하는 스캔들이라면 말이다. 그녀에게 영적 신통력이 있다고 처음 말해준 사람이 마하트마였다는 것을 결코 잊을 수가 없었다.

하녀가 내실 문을 조금 열고 나무라듯이 말했다. "부인, 미용사가 와 있습니다. 브러스 양이 알려드리라고 해서요……."

"알았어요, 알았어요, 알았어요." 맨퍼드 부인은 급하게 대답했다. 그러고는 기모노를 서둘러 입고 화장대 앞에 자리를 잡으며, 낮은 목소리로 반복해서 말했다. "이제 재촉당한다고 느끼는 것을 금하겠어. 너도 재촉 같은 건 존재하지 않는다는 것을 **알잖니**."

그러나 그녀의 눈은 다시 향수병 사이에 놓인 작은 시계로 걱정스럽게 향했다. 그리고 그녀가 머리를 말고 매니큐어를 하는 동안에 메이지 브러스에게 받아쓰게 하면 시간을 절약할 수 있지 않을까 하고 생각했다. 그녀는 책임 의식이 없는 여자들이 부러웠다―가령 짐의 사랑스러운 리타처럼 말이다. 폴린의 경우, 자신이 아는 유일한 세계가 어깨 위를 짓누르고 있었다.

3

노나가 짐의 집에 1시 15분에 도착했을 때, 와이언트 부인은 아직 아래층으로 내려오지 않았다고 했다.

"와이언트 씨도 아직 안 오셨겠죠? 내 말은 사무실에서 말이에요." 젊은 집사의 놀란 듯한 모습에 노나는 덧붙였다.

폴린 맨퍼드는 아들이 결혼했을 당시에 매우 관대했다. 그녀는 아들이 정착한 것에, 그리고 결혼을 하는 건 직업을 선택하고 규칙적인 습관이라고들 부르는 것을 선택하는 것임을 아들이 이해하는 듯 보이는 것에 안심했다. 짐의 변칙성은 물론 그 표현이 보통 암시하는 바와 같은 적은 없었다. 그의 변칙성은 주로 자신의 삶으로 무얼 할지 결정을 할 수 없는 것(그 점에서 가엾은 그의 아버지와 정말 똑같았다!)을 의미했다. 혹은 언제나 몇 시인지, 어머니가 자신을 위해 잡아놓은 약속들이 무엇인지 잊어버리

거나, 시더리지에 자신을 위해 안성맞춤으로 꾸민 화학 실험실을
원하고는 막상 완성이 되자 폭스테리어 강아지들을 번식시키는
사육장으로 사용하더니, 그 후에는 바이올린을 조용히 연습하는
장소로 사용하는 그런 일들을 가리키는 것이었다.

노나는 이런 방황이 얼마나 어머니를 괴롭혔는지 알고 있었고,
아들이 리타에게 폭 빠져 그녀가 그를 받아주기만 한다면 다른
모든 남편들처럼 사무실에서 열심히 일하겠다고 맹세했을 때 맨
퍼드 부인이 얼마나 안심을 했는지도 잘 알고 있었다.

리타가 그를 차지하다니! 돈 한 푼 없는 고아에, 세상에서 그녀를
이끌어줄 사람이라고는 엉망진창의 허세 가득한 이모, '대단히
곤란한' 퍼시 랜디시 씨 부인밖에 없는 리타 클리프가 말이다! 맨
퍼드 부인은 아들의 훌륭한 결심을 칭찬해주면서도 아들의 겸손
함에 미소 지었다. "이번 경험이 사랑스러운 짐을 남자로 만들어
주었군"이라고 말하며, 가장 최근에 자신의 낙관주의를 확인시켜
준 이 사건에 은근히 의기양양해했다. "지속이 되기만 한다면 말
이야……!"라고 이어서 말하면서, 인간이라면 상습적으로 빠지게
되는 불확실성을 다시 보이기는 했지만 말이다.

"어머니, 그럼요, 그럴 거예요. 보시면 알 거예요. 리타 언니가
그를 싫증 내지만 않는다면 말이에요." 노나는 어머니를 안심시
켰다.

"않는다면…… 이라고? 하지만 얘야, 리타가 도대체 왜 짐에게

싫증을 내겠니? 돌봐줄 사람이 키티 랜디시밖에 없는 리타 같은 애가 그런 남편을 얻는다는 게 기적이라는 걸 네가 잊고 있는 것 같구나!"

노나는 자신의 입장에 완고했다. "글쎄요—주변을 한번 보세요, 어머니! 사람들은 다 서로에게 싫증을 내지 않나요? 그럴 때면 그들이 다시 한번 시도하는 걸 막을 수 있는 게 있나요? 어머니의 만찬들을 생각해보세요! 메이지 양은 매번 낱말 맞히기 게임만큼 긴, 이전 결혼의 명단을 작성하지 않나요? 어머니가 잘못된 이름으로 사람들을 부르지 않게 하려고요."

맨퍼드 부인은 그런 도전적 발언을 무시해버렸다. 그러면서 그녀로서는 다소 힘없이 이렇게 덧붙였다. "짐과 리타는 그렇지가 않단다. 그리고 노나, 그런 식으로 이혼에 대해 말하는 거 마음에 들지 않는구나." 노나가 상기시켰듯이 그녀 자신도 이혼에 대해서 말하는 방식은 시간과 장소와 어떤 이혼이냐에 따라 당황스러울 정도로 다양했으니까.

어린 소녀는 오빠와 올케를 앉아서 기다리며 여유롭게 이전의 이 대화를 돌이켜보았다. 실내장식을 새로 한, 부러 공간을 많이 비워둔 집에는 그녀를 환영해주는 사람이 아무도 없는 것 같았다. 그녀가 맨 처음 안부를 물었던 아기는 자고 있었고, 아기의 어머니는 아직 깨지 않았으며, 집안의 가장은 아직 '사무실'에 있었다. 노나는 거실을 둘러보며 살펴보았다—그렇게 하는 습관이 점점 생기고 있었다.

갑자기 그녀에게 떠오른 생각은, 이 거실이 현대 결혼의 상태를 잘 표현해주고 있다는 것이었다. 세심하게 계획된 효과들과 '가치 있는 것들'과 보색과 현대의 실내장식가들이 밤새 고심하는 것들에 약간 신경증적으로 주의를 기울였음에도 불구하고, 그 거실은 안락한 삶의 양식의 배경이라기보다는 마치 화려한 철도역의 대기실 같아 보였다. 이 안의 어떤 것도 짐답거나 편안한 것이 없었다―연한 담황색 실크 벽에 걸려 있는, 턱수염을 늘어뜨린 현자가 그려진 일본식 족자부터 텅 빈 사막 같은 탁자 위에 고립된 채 놓여 있는 송나라 시대의 백색 꽃병에 애도하는 듯이 꽂힌 세 송이의 아이리스꽃에 이르기까지 말이다. 방 안에 생기가 있는 것이라곤 구 모양의 거대한 수족관 안에서 부산하게 움직이는 이국적인 금붕어들뿐이었다. 그러나 금붕어들도 일시적으로 살아 있을 뿐이었다. 리타는 수족관을 밤이나 낮이나 전구로 밝혀놓기를 고집했고, 잠을 못 자는 물고기들이 항상 쉽게 죽어나가서 다시 새 금붕어들로 교체되어야만 했으니까.

맨퍼드 부인이 집과 집의 실내장식에 대한 비용을 지불했다. 이건 부인 자신이 원했을 스타일은 아니었다―그녀는 현대식의 텅 비고 선택적인 스타일을 아직 완전히 따라잡지는 못했다. 그러나 그녀도 젊은 부부가 자신이 선호하는 식으로 태피스트리와 '특정 시대' 고가구들로 가득 찬 환경에서 살 것을 바라지는 않았다. 무엇보다도 그녀는 부부가 시대를 따라가기를 원했다. 다른 젊은 커플들이 하는 것들을 똑같이 하기를 바랐다. 그녀는 심지어—공포에 떨면서도 한 번에 꿀꺽 삼키는 심정으로—리타의 새까만 안방조차 소화해냈다. 그 방에는 검은 벨벳 쿠션들이 흩어져 있었고, 맨퍼드 부인이 큐비즘풍으로 이해한다고 해야만 간신히 부적절함을 최소화할 수 있었던 동상이 그것들을 굽어보고 있었다. 그러나 그녀가 해준 모든 것을 생각했을 때 노나의 힌트처럼 리타가 짐에게 싫증이 날 수도 있다는 건 정말이지 잔인했다!

그러한 발상이 노나를 딱히 신경 쓰이게 한 적은 없었다—적어도 최근까지는 말이다. 지금도 뭔가 확실한 생각이 있는 건 아니었다. 리타 같은 여성이 자신이 영위하고 있는 삶이 갑자기 싫증 난다면 어떻게 될까 하는 막연한 질문이 있었을 뿐이다. 그러나 그 질문이 계속해서 자주 떠오르곤 해서 그날 아침에는 정말이지 어머니와 그 문제에 대해 상의하고 싶었다. 어머니 말고 상의할 사람이 누가 있겠는가? 아서 와이언트? 하지만 가엾은 아서는 자신의 사소한 문제들조차 조금도 상식이나 일관성을 갖고 해결할 수 없었다. 누군가가 짐에 대해 싫증을 낼 수 있다는 암시라도 한다면, 그는 맨퍼드 부인만큼이나 격분할 것이다. 어머니처럼 감정을 조절할 수 있는 능력은 전혀 없는 채로 말이다.

덱스터 맨퍼드와? 글쎄…… 의붓아들의 결혼이 실패할 위험에 처했다 하더라도 그건 덱스터 맨퍼드의 일이 아님을 그의 딸은 인정해야만 했다. 게다가 노나는 아버지가 항상 얼마나 일에 압도되어 있는가를 알고 있어서 이런 부담을 추가로 안겨주는 게 망설여졌다. 그건 정말 부담일 테니까. 맨퍼드는 짐을 정말 좋아했고(실제로 사람들 모두 그랬다), 그에게 극도로 친절했다. 모호하고 믿을 수 없는 사람으로 여겨지던 짐이 합병 신탁회사에 이렇게 둥지를 잘 틀고 있는 것은 전적으로 맨퍼드의 영향 때문이었다. 맨퍼드는 짐이 직업을 잘 유지하고 있는 것에 매우 기뻐했다. 꼭 짐 오빠다워. 노나는 다정하게 생각했다―뭔가를 하도록 유도할 수만 있다면 그는 언제나 놀라울 정도로 깔끔하고 꾸준하게 그 일을 했다. 그리고 리타와 아들을 위해서 일하고 있다는 동기는 그를 평생 그 일에 묶어놓을 만했다.

새로운 향기가 났다. 뭔지 알 수는 없지만 강렬했다. 그 향을 따라서 리타 와이언트가 등장했다. 반쯤은 춤추듯 반쯤은 떠다니듯이, 목걸이를 차면서, 노랫가락을 흥얼거리며, 그녀의 작고 둥근 머리가 나타났다. 긴 목 위의 금붕어 빛깔의 머리카락, 진줏빛 안색과 멍한 갈색 눈을 가진 머리가 마치 새처럼 곁눈질로 양편을 돌아다보며 등장했다. 그녀는 노나를 보고 놀라면서도 기뻐했지만 남편이 도착하지 않은 것에는 무관심했고, 점심 식사가 30분 동안이나 식탁에 차려져 있었다는 것은 전혀 인식하지 못하고 있었다.

리타가 말했다. "운동 후에 샌드위치하고 칵테일을 먹었어. 다시 배가 고파질 때는 아닌 것 같은걸. 그런데 아가씨는 배가 고플지도 모르겠네. 오래 기다리고 있었어?"

"아니에요! 시간을 맞추려고 애쓰지 않을 만큼은 언니를 잘 아니까!" 노나는 웃었다.

리타는 눈을 크게 떴다. "내가 시간을 지키지 않는다는 뜻이야? 그렇다면 아가씨의 그 이상적인 오빠는 어때?"

"오빠야 언니와 언니 아들의 머리 위에 지붕을 얹어놓기 위해 일하러 시내에 있잖아요."

리타는 어깨를 으쓱했다. "오! 지붕 말이군—나는 지붕들을 별로 좋아하지 않아. 아가씨는 좋아해?—아니, **집웅들**인가?* 아무튼이 지붕은 별로야." 그녀는 팔을 뻗어 노나의 양쪽 어깨를 쥐고, 고개를 살짝 옆으로 하고는 설득하듯이 눈을 가늘게 뜨고 물어봤다. "이 방은 **끔찍해**. 그렇지 않아? 이제 그렇다고 인정하라고! 그런데 짐이 개조할 돈을 주지 않아."

"개조라고요? 하지만 언니! 2년 전에 언니가 원하는 대로 고쳤잖아요."

"2년 전이라고? 2년 전에 좋아했던 것 중에 지금도 좋아하는

---

* 리타는 '지붕들(roofs)'의 철자가 '집웅들(rooves)'이냐고 노나에게 확인하고 있다. 이는 리타가 교육을 제대로 받지 않은 것을 암시하는 한 예이다.

게 하나라도 있다고 말하려는 거야?"

"그래요. 언니요, 언니를 지금도 좋아하잖아요!" 노나는 반박했다. 하지만 다소 무력하게 이렇게 덧붙였다. "게다가 모두가 이 방을 엄청 칭찬하잖아요……." 그녀는 자신이 꼭 어머니처럼 말하고 있다는 것을 느끼고 말을 멈췄다.

리타의 작은 두 손이 절망한 듯한 몸짓으로 툭 떨어졌다. "바로 그거야! **모두가** 칭찬한다고. 어머니까지도 말이지. 그리고 **모두가** 칭찬하는 것들이 뭔지 생각해봤을 때는! 아가씨, 아닌 척해봐야 뭐 하겠어? 이건 그저 전형적으로 **진부한** 거실이라고. 우리가 결혼한 그해에 결혼한 모든 커플이 이런 걸 갖고 있어. 토미 아드윈 말이야, 새로운 실내장식가 있잖아. 그가 여기를 봤을 때 처음 한 말이 '세상에, 이 모든 것이 참 친숙하군요!'였다니까. 그러고는 '**즐거운 우리 집**'을 휘파람으로 불기 시작했다고!"

"바보 같군요! 그 사람이야 당연히 그러겠지요. 그가 원하는 건 장식을 새로 해달라는 요청을 받는 걸 텐데요."

리타는 한숨을 쉬었다. "그가 그렇게 해줄 수만 있다면! 아마 그는 이 집에 만족하라고 할 거야. 하지만 그 누구도 내가 이 거실에 만족하게 할 순 없어." 그녀는 형용할 수 없는 혐오를 담아 주변을 훑어보았다. "여기 있는 모든 것을 거리로 던져버리고 싶어. 여기가 너무 지겨워졌다고."

노나는 웃었다. "언니는 어디서든 지겨워하잖아요. 토미 아드원 같은 사람이 또 나타나서, 질려 하는 것이 얼마나 **진부한 상투어구**인지 말해주면 좋겠네요."

"**진부한 상투어구**라고? 왜 그러면 안 되지? 인생이라는 것 자체가 지겨운 건데? 인생을 새로 장식할 수는 없다고!"

"만일 할 수 있다면 언니는 뭘 제일 먼저 거리로 던져버리겠어요? 아기?"

리타의 눈이 불이 번쩍이듯 뜨였다. "바보같이 굴지 마! 내가 아이를 얼마나 사랑하는지 알잖아."

"그러면 짐 오빠는?"

"내가 나의 짐을 얼마나 사랑하는지 알잖아!" 젊은 아내는 자신의 감정을 흉내 내는 듯한 어조로 똑같은 말을 되풀이했다.

"안녕─그거 불길하게 들리는걸!" 짐 와이언트가 신선하고 기분 좋은 존재감으로 산뜻한 분위기를 자아내면서 들어왔다. "나의 신부가 나를 사랑한다고 말할 때는 겁이 난다니까"라고 말하며, 그는 노나를 오빠답게 다정하게 안아주었다.

그가 거기 서 있었다. 반짝이는 푸른 눈과 짧고 뭉툭한 코를 가진 얼굴, 약간 작지만 건장한 체구, 약간 그을린 피부색을 띤 모습이다. 그런데 그 안의 모든 것이 너무나 멋지게 짜여 있고 너무나 안전하고 멀쩡하게 보였기에, 노나는 다시 위험한 의구심이 들었다. 뭔가가 그의 얼굴에서 사라졌다─모든 야생적이고 불확실한 것들, 바이올린, 모형 만들기, 발명, 꿈꾸기, 방황하기. 냉철한 눈

속의 작은 반짝임 말고는 그녀가 가장 좋아했던 모든 것이 사라졌다. 지금 남아 있는 것은 순수한 유용성뿐이었다. 물론 그 편이 낫다—리타를 본다면 말이다! 노나의 시선이 두 개의 벽면 사이 거울에 비친 올케와 그 옆에 비친 자신의 얼굴로 향했다. 너무 대조가 되어서 움찔했다. 아무리 상태가 최상이어봤자 그녀에게는 저런 우윳빛의 반투명한 피부나, 마치 나무 속에 살고 있는 공기의 떨림처럼 계속 움직이는 듯한 느낌을 주는 긴 몸선 같은 것들이 없었다. 노나도 비슷하게 키가 큰 데다 말랐지만, 자신은 다부져 보이는 반면 리타는 물보라와 햇빛으로 직조된 것 같았다. 아마도 노나가 대체로 갈색이기 때문일 것이다. 노나는 덱스터 맨퍼드처럼 곱슬곱슬한 갈색 머리카락과 그저 평범해 보이는 회색 눈을 장식하는 억세고 검은 속눈썹을 타고났다. 그녀의 건강하고 어두운 피부의 감촉은 리타에 비하면 거칠고 불투명했다. 이렇게 비교가 되니 대체로 모호했던 실망감이 더 커지며 이런 생각이 들었다. '내가 아름다워 보이는 날은 아니군!'

짐은 자기 팔 안쪽으로 그녀의 팔을 끌어당겼다. "이리 와. 점심이 준비되어 있나?" 그는 식당으로 돌아서며 물었다.

"아, 아마도. 이 집에서는 항상 같은 일이 매일 일어나고 있으니." 리타는 약간 찡그리면서 시선을 돌렸다.

"음, 그렇다니까 기쁜데. 점심 먹으러 이렇게 황급히 집에 들를 수 있는 날에는 말이야."

"리타 언니는 다른 날엔 금붕어 먹이를 먹어요." 노나가 웃었다.

"부인, 점심 준비가 되었습니다." 집사가 알렸다.

리타의 지붕 아래서 특별식은 늘 식사 지연과 번갈아 일어났다. 맨퍼드 부인이라면 불확실한 서비스와 비일관적인 메뉴로 인해 정신이 나갔을 것이다. 하지만 그녀도 리타의 요리사보다 필래프를 더 잘 만드는 이는 없다는 것은 인정했을 것이다. 세련된 미각은 짐에게는 관심사가 아니었다. 와이언트 마데이라주*를 소유하고 있는 것에 대한 짐의 무관심은 그의 아버지를 가장 괴롭게 하는 일 중 하나였다. ("노나, **네가** 관심 없었다면 놀라지는 않았을 거야. 결국 너는 맨퍼드 핏줄이니까. 그런데 와이언트 가문 사람이 오래된 와인을 존중하지 않다니!" 아서 와이언트는 종종 그녀에게 한탄했다.) 리타의 경우, 새로운 건강식을 무심하게 오물오물 먹거나, 자기 앞에 차려진 것 중 가장 소화하기 어려운 요리를 게걸스럽게 먹어치웠다. 오늘은 짐이 마치 자기 앞에 차려진 것이 그저 통조림 소고기라는 것을 모른다는 듯이 게걸스럽게 먹는 동안에 그녀는 멍하니 무심하게 몸을 젖히고 있었다. 노나는 경계하는 시선으로 둘을 지켜보았다.

전화기가 울렸고, 집사가 알렸다. "부인, 맨퍼드 씨입니다."

---

* 독특한 향미가 있고 오래 보존할 수 있는 것으로 유명한, 마데이라제도에서 나는 포도주.

노나가 올려다보았다. "나를 찾으시나요?"

"아닙니다. 와이언트 부인이요."

리타는 갑자기 활기를 띠며 일어섰다. "아, 알았어요……. 나 기다리지 말아요." 그녀가 문 쪽으로 향하며 어깨 너머로 말했다.

"여기로 수화기를 가져오게 해." 짐이 제안했다. 하지만 그녀는 귀담아듣지 않고 획 나갔다.

"이건 새롭군. 리타가 전화를 받으러 달려가다니!" 짐이 웃었다.

"그것도 아버지와 전화하기 위해서라니!" 노나는 왜 자신이 막연히 당황해서 흠칫했는지 아무리 애를 써도 설명할 수 없었을 것이다. 덱스터 맨퍼드는 항상 의붓아들의 아내에게 매우 친절했다. 그러나 모두가 리타에게 친절했다.

짐은 필래프 위로 머리를 숙이고 있었다. 그는 음미하지 않고 재빠르게 먹어치우고 있었다.

"뭔가 그녀를 즐겁게 할 얘기를 해줬으면 좋겠군. 요즘은 어떤 일도 그녀를 즐겁게 하는 것 같지 않아."

노나의 혀끝에 이런 답이 맴돌았다. "아, 맞아요. 즐거운 일이 없다고 말하는 것이 언니를 즐겁게 하죠." 하지만 그녀는 오빠의 얼굴을 바라봤다. 표면은 고요했지만 희미하게 불안감이 있고, 자제하고 있는 얼굴이다.

그 대신 그녀는 마호가니 식탁에 비친, 청동으로 만든 항아리에 꽂힌 두 송이의 노란 아룸*의 아름다움에 대해 언급했다. "리타 언니는 꽃에는 천재예요."

"그 밖의 모든 것에 그래. 다만 그녀가 원할 때만 말이야."

문이 열리고 리타가 느긋하게 되돌아와 자리에 털썩 앉았다. 그녀는 건네진 필래프에 경멸하듯이 고개를 가로저었다. 잠시 침묵이 흘렀다.

"자, 무슨 뉴스야?" 짐이 물었다.

그의 아내는 아름다운 이마를 찡그렸다. "뉴스? 그런 건 당신이 제공해줬으면 하는데. 나는 이제야 일어났다고."

"내 말은……." 그는 말을 멈추고 집사에게 손짓해서 접시를 치우게 했다. 다시 침묵이었다. 그때 리타의 작은 머리가 질문하듯 목을 빼고 노나를 향했다. "오늘 저녁 맨퍼드 궁**에서 연회가 있는 모양이야. 알고 있었어?"

"알고 있었냐고요? 뭐예요, 리타 언니? 지난 몇 주간 그 얘기 말고 들은 얘기가 없어요. 후작 부인을 위한 연례 연회잖아요."

리타는 침착하게 말했다. "나는 들은 적이 없어. 난 약속이 있는데 말이지."

짐은 급작스럽게 머리를 들었다. "2주 전에 들었잖아."

---

*   큰 꽃잎의 꽃이 피는 아프리카산 식물.

**   리타는 맨퍼드 가문의 저택을 '맨퍼드 팔라초'라고 이탈리아식으로 지칭하면서, 이탈리아 귀족 가문과 결혼한 아말라순타를 위해 폴린이 주최하는 만찬 파티를 비꼬고 있다.

"아, 2주라고! 뭔가를 기억하기엔 너무 긴 시간이잖아. 마치 아가씨가 내가 2년 전에 좋아한 거실을 지금도 좋아해야 한다고 말하는 것과 같아."

그녀의 남편은 황갈색 머리카락의 뿌리까지 빨개졌다. "좋아하지 않는다고?" 그는 소년처럼 당황해서 물었다.

"자. 리타 언니는 이제 행복할 거예요. 언니가 원하던 대로 됐거든요!" 노나는 약간 불안하게 웃었다.

리타도 웃음에 합류했다. "이 사람 자기 어머니 같지 않아?" 리타는 어깨를 으쓱했다.

짐은 침묵했다. 아내가 만찬 약속을 무시하려는 결정을 굳힐까 봐 더는 강요하기를 두려워하는 것 같다고 그의 누이는 추측했다. 같은 이유로 노나도 더 이상 말하는 것을 멈췄다. 점심은 다른 일들에 대해 시끄럽게 떠들다가 끝났다. 그러나 노나는 자신의 아버지가 리타와의 통화에서 그녀가 그날 밤 그 집에서 저녁을 먹기로 되어 있다는 사실을 언급한 것 같아 아리송했다. 브러스 양이 미친 듯이 전화한 것이 입증하듯, 그 사실을 스스로 기억하고 있는 건 덱스터 맨퍼드답지 않은 일이다. 더구나 그의 아내의 손님들에게, 설사 그 사람들이 누군지 안다고 해도, 약속을 상기시키는 것은 더더욱 그답지 않다ㅡ그는 좀처럼 그런 일을 하지 않았다. 노나는 곰곰이 생각했다. '함께 어디를 가려고 했던 것이 틀림없어. 아버지는 오늘 밤 약속이 있다고 내게 말했거든. 리타 언니는 그 약속이 깨져서 화가 났고. 오늘 모든 일에 대해 성질을 내고 있긴 하지만.' 노나는 이 말로 자신의 모든 당혹감을 감추려고 노력했다. 그녀는 짐에게도 감출 수 있었는지는 확신하지 못했다.

4

　리타 와이언트의 집과, 두 시간 후 리타 와이언트의 멋진 브루스터 자동차 좌석에서 내려 마주한 집보다 더 대조적인 걸 찾기는 어려울 것이라고 노나 맨퍼드는 생각했다.

　노나는 자동차 문에 손을 댄 채 멈췄다. "언니, 들어가지 않을래요? 엄청 좋아하실걸요."

　리타는 그 제안에 고개를 저었다. "그럴 기분이 아니야."

　"그렇지만 그분은 정말 재밌잖아요. 누구보다 같이 있기 좋은 사람일 수 있어요."

　"오, 아가씨한테야 그분이 최고겠지. 나한테는 의무야. 나는 의무를 다할 기분이 아니고." 리타는 꽃 같은 손을 흔들며 사라졌다.

　노나는 수두 자국같이 파인 갈색 계단을 걸어 올라갔다. 그 집은 와이언트 노부인의 것이었다. 유행도 사업도 오래전에 흘러가 버린 거리에 있는, 퇴색하고 버려진 거주지였다. 어머니가 돌아가신 후에, 와이언트는 절약을 할 생각으로 집을 작은 아파트 두 개로 나누었다. 한 층은 자기가 사용했고, 위층에는 그의 어머니의 이전 동거인이자 이혼의 원인이 되었던 더부살이 사촌이 살았다. 와이언트는 그녀와 결혼하지 않았지만, 그렇다고 그녀를 버리지도 않았다. 노나 생각으론 그의 이런 행동이 그가 어떤 사람인지 짐작할 수 있게 했다. 그가 아팠을 때―이상한 신경성 건강 염려증을 다소 초기에 발견했을 때―사촌은 아래층에 내려와서 그를 돌봤다. 그가 나은 이후, 그의 방문자들이 그녀를 본 적은 없었다. 그러나 소문에 의하면, 그녀가 그의 바느질을 해주고, 그의 장부가 최소한의 질서를 갖추도록 도와주며, 그가 파렴치한 사람들의 먹잇감이 되는 것을 막아주고 있다고들 한다. 폴린 맨퍼드는 그게 아마 최선일 거라고 말했다. 그녀 자신은 전남편이 그의 사촌과 당연히 결혼했어야 했다고, 실은 그게 적절하다고 생각했을 것이다. 그러지 않았기 때문에 이혼 후에는 두 사람이 '그저 오래된 친구'였다고 결론 내리는 편을 선호했다. 와이언트 가문의 코드는 폴린에게는 언제나 수수께끼였다. 그녀는 전남편을 방문할 때 사촌을 본 적이 한 번도 없었다. 그러나 짐은 1년에 두세 번 위층 아파트 벨을 울리곤 했고, 모습을 보이지 않는 거주인에게 크리스마스에는 진달래꽃을 보냈다.

노나는 와이언트의 문을 향해 계단을 뛰어올랐다. 어두운 얼굴을 한, 머리가 센 마른 숙녀가 문턱에서 그녀를 기다리고 있었다.

"들어와, 어서. 그는 통풍에 걸린 바람에 일어나서 문을 못 열어. 저녁거리로 좀 먹을 만한 것을 사 오라고 요리사를 보내야만 했지."

"아, 고마워요. 엘리너 아주머니." 노나는 약간 비극적인 상대방의 눈을 동조하듯 들여다봤다. "가엾은 전시품 A! 다시 아프다니 유감이에요."

"그가 신중하지 못했어. 그래도 최악은 지나갔지. 너를 보면 기분 좋아할 거야. 스탠리가 와 있어."

"그래요?" 노나는 얼굴이 살짝 붉어지는 것을 느끼면서 물러섰다.

"스탠리는 금방 갈걸. 와이언트 씨는 네가 안 들어가면 실망할 텐데."

"물론 들어가요."

나이 든 여성은 피곤한 미소를 띠더니, 노나가 모피를 벗는 동안에 2층으로 사라졌다. 소녀는 엘리너에게 머물라고 해봐야 소용없다는 것을 알고 있었다. 그녀를 만나고 싶다면 그녀 집 문의 벨을 울려야 했다.

아서 와이언트의 초라한 거실은 2월의 햇빛, 삽화가 있는 잡지들, 신문들과 시가의 재로 가득 차 있었다. 책장에는 책들이 좀 있었고, 이것들 역시 허름했다. 와이언트는 분명 한때 책을 좋아했었다. 그리고 책 이야기를 하면 여전히 예전의 교양에 어렴풋이 젖어 들었다. 특히 노나나 스탠* 휴스턴 같은 방문객들이 함께할 때는 말이다. 하지만 그가 언급하는 이야기들의 범위를 보면, 그가 책 읽기를 멈춘 지가 몇 년이나 되었다는 것을 알 수 있었다. 소설들조차도 그의 신경에는 상당한 부담을 주었다. 노나가 기억할 수 있는 한 그가 읽어낼 수 있는 것은 유행하는 잡지, 만화책, 그리고 사회적 추문에 대한 주보 정도였다. 그는 이제 자신이 참여하기를 그만둔 세상의 사적인 사건들에 지대한 관심을 갖고 있었다. 비록 노나나 휴스턴에게 이야기를 할 때는 이런 관심을 항상 비웃기는 했지만 말이다.

그는 굽은 어깨, 숙인 머리, 붕대를 감아 불편해 보이는 발을 지닌 모습으로 안락의자에 깊숙이 앉아 있었다. 하지만 노나는 늘 그랬던 것처럼, 자신이 아는 어떤 사람보다도 더 키가 크고, 더 날씬하고, 더 멋지게 당당한 존재로 그를 보았다. 지금은 서 있을 때조차도 구부정했다. 그는 나이보다 일찍 노화했고, 아마도 그 사실 때문에 자신이 아주 젊은 청년이었을 적에나 존재했을, 이제는 사라져버린 제도들과 더 쉽게 연결되었다.

아무튼 그는 노나에게는 언제나 벽난로 위에 놓인 누렇게 바랜

---

* 스탠리의 애칭.

사진 속 경마 대회 그룹의 아서 와이언트일 것이었다. 긴 회색 재킷을 입고 80년대 초의 정장용 실크 모자를 쓰고, 비슷한 복장을 하고 줄지어 선 키 큰 사람들 중에서도 가장 키가 크고, 부풀린 소매가 달린 옷을 입고 정교한 머리 위로 작은 모자를 살짝 기울여 쓴 숙녀들 뒤에 서 있는 모습으로 말이다. 그들 모두가 쫓기는 것 하나 없는 듯 얼마나 평화롭게 미소를 짓고 있는지! 노나는 그들을 볼 때마다 늘 자신이 이륜마차와 사륜마차, 한가로운 테니스와 오후의 방문들을 즐기던 여유로운 시절에 태어나지 않았다는 것에 대해 유감스러워하며 고통을 느끼곤 했다……

와이언트의 얼굴은 그의 모습보다도 더 그를 과거와 연결해주었다. 모양 좋은 작은 머리, 기울어진 좁은 이마 위로 드리운 숱 없는 곱슬머리, 여전히 반짝임이 남아 있는 두 눈, 그 눈들은 아마도 머리카락이 갈색이었을 때는 파란색이었을 테지만 지금은 다른 것들과 함께 색이 바랜 것 같았고, 머뭇거리며 확신을 하지 못하는 냉소적인 입술 위에는 연한 금발 콧수염이 나 있었다.

낭만적인 모습. 아니면 그랬던 때의 빛바랜 사진이랄까. 그랬다, 어쩌면 아서 와이언트는 항상 빛바랜 모습이었다―탁한 거울 속에 비친 매력적인 모습처럼. 그의 팔다리의 길이나 풍채의 아름다움은 다른 사람을 위한 것 같았다. 와이언트가 단지 꿈꾸기만 했던 일들이 실제로 일어났던 그런 다른 사람 말이다.

그의 방문객은 같은 혈통이었지만, 그런 감상은 절대로 불러일으키지 않을 것이었다. 스탠리 휴스턴은 훨씬 젊었고―30대 중반 정도일까―그의 경우 대부분의 것들이 중간쯤 되었다. 키, 안색, 이목구비 모두. 그러나 그는 두드러지는 이마를 갖고 있었고, 입의 곡선은 힘과 조롱을 표현하고 있었다. 다만 작고 재빠른 눈만이 와이언트 핏줄의 어머니로부터 물려받은 불확실성과 태만함을 노출하고 있었다.

노나가 다가가자 와이언트는 건조하고 열감 있는 손을 내밀었다. "자, 이건 행운이군! 스탠은 네 어머니가 온다는 말에 막 줄행랑을 칠 참이었거든. 근데 대신 네가 등장했어!"

휴스턴은 일어섰고, 다소 격식을 갖춰 노나에게 인사했다. "그래도 줄행랑을 놓는 편이 낫겠어요"라고 독특하게 유쾌한 음성으로 말했다. 그의 눈은 소녀의 눈에 고정되었다.

그녀는 살짝 몸짓을 했다. 그를 제지하거나 쫓아버리기 위해서라기보다는 완벽한 무관심을 나타내기 위한 것이었다. 노나는 와이언트에게 질문했다. "어머니가 곧 오시지 않나요?"

"아니. 나는 내일로 미뤄졌단다. 마지막 순간에 계획을 바꾸게 할 만한 큰 소란이 있었음이 틀림없구나. 앉아서 그 얘길 해다오."

"소란이 있는지는 모르겠는데요. 오늘 저녁에 아말라순타 아주머니를 위한 만찬이 있을 뿐이에요."

"아, 그렇지만 그런 일은 네 어머니에겐 일도 아니지. 네가 어머니의 능력을 과소평가하는구나. 스탠은 화산 폭발처럼 훨씬 격렬한 어떤 일이라는 힌트를 주고 있었어."

노나는 내심 떨렸다. 리타의 이름을 듣게 되려나? 그녀는 약간 적대감을 가지고 휴스턴에게 시선을 옮겼다.

"아, 스탠의 힌트라면……."

"도시와 사람들에 대한 내 생각에 대해 노나가 어떻게 생각하는지 아시겠죠." 휴스턴은 어깨를 으쓱했다. 그는 작별을 고하려는 듯이 계속 일어서 있었다. 그러나 다시 한번 소녀는 그의 관심 어린 눈이 자신을 향하고 있는 걸 느꼈다.

"나랑 같이 집으로 걸어가려고 기다리고 있는 건가요? 그럴 필요 없어요. 여기 몇 시간이나 있을 거니까." 그녀는 친츠 안락의자 하나에 털썩 앉으며, 그를 지나쳐 와이언트에게 미소를 지었다.

"스탠한테 좀 심한 것 아니니?" 와이언트는 방문객 뒤로 문이 닫히자 물었다. "너하고 함께 집으로 걸어가고 싶어 하는 것이 뭐 딱히 범죄는 아니잖니."

노나는 성마른 몸짓을 했다. "스탠은 지루해요."

"아, 그렇지. 그 애가 뭐 대단히 새롭지는 않다고 생각해. 혹은 충분히 신세대가 아니랄까. 네 데이트 상대로선 말이야. 그 애의 생각들 중 어떤 건 나한테는 꽤 전복적으로 느껴지거든. 하지만 너나 리타의 무리에게는 하루 종일 재즈 음악을 듣고 밤새워 술을 마시지 않는—혹은 그 반대로 하는—젊은 남자는 시대에 뒤처진 사람이겠지."

소녀는 이 말에 응수하지 않았다. 잠시 후 와이언트는 반쯤은 조롱하는 듯하고 반쯤은 불평하는 듯한 목소리로 계속했다. "아니면 그가 충분히 '영적'이지 않은 건가? 그게 최신 유행이지 않니? 너희들은 높이차기를 하지 않을 때는 모두가 높이 사고를 하고 있잖아.* 그러고 보니 스탠이 말한 소식이 떠오르는구나⋯⋯."

"뭔가요?" 노나는 바싹 마른 입술 사이로 대답했다. 그녀의 시선은 와이언트에서 벽난로의 타들어가는 석탄으로 옮겨 갔다. 지금은 어떤 사람의 얼굴도 마주하고 싶지 않았다.

"듣자 하니 대단한 추문을 폭로할 모양이더라—이제까지 있던 일로는 최악 중 하나일 거라면서. 마하트마 관련해서 말이야. 네 어머니가 항상 이야기하는 그 흑인 친구 있잖아. 〈루커온〉 잡지 지난 호에 약간의 힌트가 있었어. 여기⋯⋯ 어디였더라? 하지만 신경 쓰지 말아라. 거기서 말하는 건 사실에 비하면 아무것도 아니라더라. 스탠 말이 그래. 그 오리엔탈 사상 학교—뭐라 하더라.

---

* 와이언트는 당대 재즈 시대에 댄스가 유행했던 것과 다양한 영적 가르침을 전파하는 유사종교가 많았던 상황을 비판적으로 언급하고 있다. 댄스 동작인 높이차기 (high-kicking)와 높이 사고(high-thinking)를 대구로 사용하여 재치 있는 표현을 구사하고 있다.

돈사이드라고 했던가? 그랜트 린던가 딸이 거기로 '피정'인지 뭔지 아무튼 그걸 가곤 했던 모양인데, 거기서 일어나고 있는 일들이 커져서 이제 제대로 캐보기로 작정한 모양이야. 사람들 말이 우리가 아는 사람들이 너무 많이 연루되어 있어서 경찰이 움직이고 싶어 하지 않는다고 하더라. 하지만 린던이 화가 났고, 대배심원들 앞에 이 사건을 올릴 때까지 멈추지 않겠다고 맹세하고 있어……."

와이언트가 이야기를 해나가자 노나의 가슴에서 무거운 짐이 덜어졌다. 마하트마나 그랜트 린던가 사람들에 대해서 그녀가 뭐 그리 신경을 쓰겠는가! 답답한 구닥다리 사람들—그녀는 비 린던이 그런 부모로부터 도망친 것이 이상하지 않았다. 비록 그 애는 분명 멍청한 바보지만 말이다. 그 밖에도 마하트마는 맨퍼드 부인의 엉덩이 사이즈를 줄여줬다. 게다가 그녀가 불안증을 덜 보이도록 해줬다. 맨퍼드 부인이 아무리 숨 가쁘게 휴식을 추구하더라도 그녀에겐 때로 불안증이 **있었으니까**. 물론 가엾은 아서 와이언트와 같이 불만스럽고 조절되지 않는 식의 불안증은 아니었다. 그는 정신 고양 훈련을 받거나 평정심, 무한함과 조응하는 것에 대해 교육받은 적이 없었고, 오히려 평온하려는 끊임없는 노력에 동요되는 사람이었다. 그런 점에서 마하트마의 율동 운동은 의심할 여지 없이 도움이 되었다. 아니다, 노나는 오리엔탈 사상 학교에 관한 추문에는 조금도 신경 쓰지 않았다. 그리고 말이 나와서 듣게 될까 봐 두려워했던 그 이야기는 와이언트의 귀에는 닿지조차 않았다는 것을 확인한 안도감에 마음이 가벼워졌다.

노나에게는 그녀 세대에 맞지 않는 책임감과 불안감, 떨쳐버릴 수는 없지만 아직 충분한 삶의 경험을 쌓지는 못해 어떻게 대처해야 할지를 알지 못하는 걱정들로 압박을 느끼는 순간들이 있었다. 그녀의 여자 친구들 한두 명도 비슷하게 막연한 불안을 느낀다고 전율과 짜릿함 사이의 막간에 고백했다. 중년인 사람들은 낙관적으로 결심을 하고 하나같이 슬픔과 악을 무시하려는 것 같았다. 그들은 슬픔과 악이 마치 계몽된 미국인들에게는 가당치 않은 유럽의 폐기된 미신들이 노쇠한 악귀처럼 다시 살아난 것인 양 '생각에서 몰아내버리려' 했다. 미국인들은 수도 설비와 치과 의학으로 더 높은 기준을, 이중 초점 안경으로 우주에 대해 더 명확한 시각을 가지게 되었다. 이건 마치 구세대가 무시한 악귀들이 자연적 먹이가 사라지자 굶주린 그림자를 젊은이들에게 드리우는 것 같았다. 결국 세상의 모든 가족마다 한 명씩은 사악함, 고통, 죽음과 같은 것들이 아직은 지구에서 추방되지 않았다는 것을 기억해야만 했다. 마사지와 낙관주의로 무장한, 낯빛이 밝고 머리가 센 어머니들은 모두 마치 선(善)과 미(美) 외에는 어떤 것도 들어본 적이 없다는 듯 행동했고, 그들의 아이들이 대신 희생양으로 봉사해야만 했을 것이다. 노나 맨퍼드는 당황한 어린 이

피게네이아*처럼 불안하게 이런 식으로 주장하는 때가 있었다. 또 다른 때 젊음과 경험 부족이 다시 부상하면 무거운 짐은 그녀에게서 떨어져 나갔다. 그럴 때면 윗세대처럼 어둠의 힘을 이기기 위해서는 사람은 항상 활달하고 자선을 베풀고 우호적이기만 하면 된다는 걸 왜 자신이 한결같이 믿지 않았는지 의아해졌다.

그녀는 지금 이런 식의 안도감을 느꼈다. 하지만 막연한 불안감은 여전히 남아 있었다. 불안감을 덜고 자신이 불안하지 않다는 것을 스스로에게 증명하기 위해서 그녀는 짐과 리타와 함께 점심을 먹었다고 와이언트에게 언급했다.

와이언트는 아들의 이름을 들을 때면 늘 그렇듯이 얼굴이 밝아졌다. "가엾은 짐! 어제 들렀는데, 너무 과로하는 듯 보였어. 때로는 네 아버지란 사람이 와이언트 가문 사람이 소화할 수 있는 것보다 더 많은 짐을 지우는 게 아닌가 싶더구나." 와이언트는 기분 좋게 이야기했다. 자신을 대체한 사람에 대한 처음의 씁쓸함(폴린은 이것을 야만적이고 중세 시대 같은 감정이라고 했지만)은 덱스터 맨퍼드가 짐에게 보인 친절함에 대한 감사 속에서 점차 사라졌다. 와이언트, 폴린, 그녀의 새 남편, 이상한 조합의 삼총사

---

* 그리스신화의 아가멤논과 클리타임네스트라의 딸. 아가멤논이 진노한 아르테미스 신에게 제물로 이피게네이아를 바치려고 했던 일로 인해 희생을 상징하는 인물로 간주된다.

는 두 결혼에서 나온 자손들에게 서로 다정하게 대함으로써, 말로 표현이 안 되는 일종의 이해에 도달했다. 맨퍼드는 거의 와이언트가 노나를 사랑하는 것만큼 짐을 사랑했다.

소녀는 말했다. "음, 글쎄요. 짐 오빠는 언제나 온 힘을 다해 모든 일을 해요. 그리고 지금은 리타 언니와 아기를 위해서 일을 하고 있으니까 하고 싶어 하든 말든 계속해야만 하고요."

"그런 것 같구나. 그렇지만 왜 '하고 싶어 하든 말든'이라고 하는 거니?" 와이언트는 당황스러운 반격을 하면서 물었다. "그 애가 하고 싶어 하지 않는 것이니?"

노나는 자신의 실수에 당황했다. "물론 하고 싶어 하죠. 제 말은 오빠가 예전에는 다소 변덕이 심했지만, 결혼이 오빠에게 목적을 주었다는 것뿐이에요."

"참 구식이다! 얘야, 너는 **정말** 구식이구나. 재즈 음악을 좋아하는데도 말이야. 아마도 맨퍼드가 짐을 현대화시킨 것에 대한 대가로 내가 **너를** 그렇게 만들어줬나 보다. 별로 대단한 대가는 아닌 것 같긴 하지만. 그렇지만 네 생각에 리타가 짐에게 목적이 되는 일에 신경 쓰는 게 얼마나 오래갈 것 같니?"

"왜 신경을 쓰지 않겠어요? 언니는 아기만큼은 계속 신경을 쓸 거예요……. 물론 제 말이 그런 뜻은 아니고요……."

"아, 알고 있다. 정말 굉장한 아기야. 너도 알다시피 특이하지―그 애가 와이언트의 코와 이마를 갖게 되리라는 걸 알 수 있어. 우리가 물려줄 수 있는 거의 전부지. 그런데 자, 보렴. 마하트마에 대해 더 들은 바가 정말 없는 거니? 린던가 딸은 네 친구인 줄 알았는데. 자, 들어보렴……."

노나 맨퍼드가 거리에 나왔을 때, 스탠리 휴스턴이 스타이버선트 광장을 가로질러 그녀를 향해 걸어왔고, 그녀는 놀라지 않았다. 두 사람 중 누구도 놀라지 않았고, 둘 다 유감으로 여기지도 않았다. 그녀가 무엇을 하든, 그와의 가까움이 주는 편안함과 안락감을 절대 억누를 수 없었다. 그렇지만 노나는 항상 같이 있는 시간의 절반은 그에게 화를 내고 그를 떠나보내려고 하면서 보냈다. 그들 사이의 관계가 짐과 자신 사이의 관계처럼 단순할 수만 있다면! 휴스턴이 짐의 사촌이고 나이가 거의 그녀의 두 배라는 점을 본다면 둘의 관계는 그랬을 것이고, 그래야만 했다. 그랬다. 그는 그녀가 학교를 졸업하기도 전에 결혼했다. 정말로, 그녀의 격분은 정당화될 만했다. 그렇지만 누구도 스탠리만큼 그녀를 이해하지 못했다. 심지어 훨씬 더 친하고 더 사랑스러운 짐조차도 말이다. 인생은 노나 맨퍼드에게는 혼란스러운 일이었다.

"말도 안 돼! 기다리지 말라고 했잖아요. 어두워진 후에는 혼자 밖에 다닐 수 없을 만큼 내가 어리다고 생각하는 것 같네요."

"그런 생각은 해본 적이 없어. 그리고 당신하고 집으로 걸어가려고 기다리고 있는 건 아니야." 휴스턴이 약간 퉁명스럽게 응답했다. 그러곤 설득하는 목소리로 덧붙였다. "하지만 두 마디 정도

66

하고 싶긴 하군."

노나는 발꿈치를 도로에 단단히 디디며 멈춰 섰다. "항상 얘기하는 그 두 마디예요?"

"아니야. 게다가 항상 하는 얘기는 두 마디가 아니라 세 마디야. 제대로 세지를 못한다니까." 그는 망설이더니 이렇게 말했다. "이번엔 그저 아서 삼촌에 대한 거야……."

"도대체 무슨 일인데요?" 다시 그녀 안에 두려움이 일어났다. 정말로 와이언트가 짐과 리타 사이에 뭔가, 묵직한 뭔가가 잘못되어 있다고 의심하기 시작했으며, 그저 노나가 의심을 알아채지 못하게 할 만큼 영리했던 것이면 어떻게 하지?

"눈치채지 못했어? 끔찍해 보이잖아. 다시 술을 마시고 있는 거야. 엘리너 아주머니가 말해줬어."

"어머, 세상에." 그랬다―모든 책임과 걱정은 항상 노나에게 쏟아졌다! 그러나 이번 건 결국 상대적으로 견딜 만했다.

"스탠, 내가 뭘 할 수 있겠어요? 왜 **내게** 말하는지 모르겠군요."

그는 조롱하듯이 기묘하게 미소 지었다. "모두 그러지 않아? 사실은 말이야―짐을 성가시게 하고 싶지 않았어."

그녀는 가만히 있었다. 이해됐지만, 그가 자신이 이해하고 있다는 것을 알고 있는 건 화가 났다.

"짐 오빠는 성가셔져야 해요. 자기 아버지를 돌봐야 하잖아요."

"그렇지. 하지만 나는 말이야……. 이봐, 노나. 모르겠어?"

"뭘 몰라요?"

"글쎄…… 만일 짐이 지금 아버지를 걱정하게 된다면 ─짐은 괴상한 친구잖아. 그는 쉰 가지 일을 시도했지만 한 가지도 계속하지 않았어. 다른 모든 일에 더해 지금 충격을 받는다면 ……."

노나는 입술이 굳어지는 걸 느꼈다. 오빠에 대한 자긍심과 애정이 가슴 주변에서 얼음처럼 굳어갔다.

"무슨 말인지 모르겠네요. 짐 오빠는 성인이에요 ─사태를 직면해야 한다고요."

"그래, 알지. 나도 같은 말을 들어왔으니까. 하지만 미끌거리며 스쳐 지나가버리는 이 현대사회에서는 직면할 기회조차 없는 것들이 있다고. 눈앞에 제대로 나타나지도 않으니까 말이야. 그저 숨어서 가끔 빼꼼히 내다보거나 소리 없이 구시렁댈 뿐이지. 정확히 내 경우야. 도대체 애기* 휴스턴에 대해 직면할 수 있는 게 뭐가 있겠어?"

노나는 갑자기 걸음을 멈췄다. "당신하고 애기 얘기를 하고 있는 게 아니잖아요."

"물론 그렇지. 나 자신을 예로 들었을 뿐이야. 하지만 그 밖에 다른 예들도 많아."

그녀의 목소리는 노기를 띠었다. "지금 당신의 결혼 생활을 짐

* 애그니스의 애칭.

오빠하고 비교하는 건 아니죠?"

"세상에, 아니야. 절대로!" 그는 메마른 웃음을 터뜨렸다. "애기의 삶과 리타의 삶을 생각할 때……!"

"리타 언니의 삶은 상관 말아요. 그에 대해 아는 것도 없잖아요. 스탠, 우리가 대체 왜 다시 싸우고 있지요?" 그녀는 목구멍에서 눈물이 올라오는 걸 느꼈다. "그저 당신의 가엾은 아서 아저씨에 대해서 나한테 말하고 싶었던 거였잖아요. 그리고 나도 그건 짐작했어요. 뭔가 조치가 필요하다는 건 알고 있어요. 하지만 **무슨** 조치요? 도대체 내가 어떻게 알겠어요? 모든 사람이 어떻게 하면 좋을지 내게 물어보는데…… 때로 나는 내가 모든 걸 판단하고 결정하기에는 너무 어리다고 느껴요……."

휴스턴은 침묵 속에 그녀를 지켜보며 서 있었다. 갑자기 그가 그녀의 손을 잡더니 자신의 팔 안쪽으로 끌어당겼다. 그녀는 저항하지 않았다. 그렇게 엉켜서 천천히, 더 이상 말하지 않고, 차갑고 황량한 거리를 걸어갔다. 사람이 더 많은 지역에 가까워지자 그녀는 그에게서 팔을 빼고, 택시를 불렀다.

"나도 함께 가도 돼?"

"아니요. 큐비스트 카바레에서 리타 언니를 만날 거예요. 4시까지 간다고 약속했어요."

"아, 알았어." 택시가 다가와 서자 그는 그녀를 주저하며 바라봤다. "제발 당신이 괴로울 때 당신을 도울 수 있게 항상 곁에 있을 수 있다면 좋겠어."

그녀는 고개를 가로저었다.

"절대로 안 돼?"

"애기가 있는 한 안 돼요."

"절대로 안 된다는 뜻이군."

"그렇다면 절대로 안 되는 거죠." 그녀는 손을 내밀었다. 하지만 그는 돌아서서 벌써 반대 방향으로 활보해 사라지고 있었다. 그녀는 운전사에게 주소를 던져주고 차에 올랐다.

"그래. 아마 절대로 안 될 거야." 혼잣말을 했다. 결국 스탠은 와이언트 문제를 해결하는 데에 도움을 주는 대신 다른 문제를 보태주었다. 자신의, 하지만 그녀의 것이기도 한 문제를. 애기 휴스턴, 고파 교회*의 관행과 암울하지만 효율적인 자선 활동에 몰두하고 있는 일종의 평신도 수녀인 그녀가 이혼을 계속 반대하는 한, 노나는 휴스턴이 그녀에게 이혼을 강요할 권리가 조금이라도 있다고 인정하지 못할 것이다. "그건 그녀 방식으로 그를 사랑하는 거야"라고 스스로에게 수백 번째 말했다. "그녀 자신을 위해서도 그를 잡고 싶은 거야―비록 스스로는 모르겠지만 말이야. 하지만 그녀는 무엇보다도 그를 구원하고 싶어 하고, 그렇게 하는 게 맞는 방법이라고 생각하는 거지. 사람들을 **정말로** 구원할 방법

---

*   영국 국교회의 한 파.

이 있다고 생각을 한다는 게 존경스럽기도 해……." 노나는 그 문제를 다시 마음 뒤편으로 밀어 넣고, 다른 문제로, 훨씬 더 절박한 쪽으로 생각을 옮겨 갔다. 가엾은 아서 와이언트가 점차 노쇠해지고 있다. 특히 지금 시점에 짐에게 이야기하지 않는 건 아마도 스탠리가 옳을 것이다―스탠리가 당최 짐의 문제에 대해 어떻게, 얼마나 알고 있는 것일까? 그리고 그녀 자신이 결국은 아서 와이언트를 다룰 수 있는 유일한 사람일 것이다. 걱정스러운 생각을 잠시 더 하던 그녀는 가장 좋은 방법은 아버지에게 조언을 구하는 것이라는 결론에 이르렀다. 한 시간 동안 춤을 추고 나면 기분이 나아지고 자신이 더 살아 있다고, 유능하다고 느낄 것이다. 그때도 맨퍼드의 사무실로 달려갈 시간이 여전히 있을 것이다. 사무실은―경험상 알게 된 것이지만―맨퍼드가 자신을 위해 시간을 내줄 가능성이 있는 유일한 곳이었다.

5

떠나는 고객 뒤로 사무실 문이 찰칵 닫히자, 덱스터 맨퍼드는 건장한 어깨를 털며 책상에서 일어나 어정쩡하게 서 있었다.

'토요일에는 시더리지에 골프 치러 가야 해.' 그는 생각했다. 그는 골프를 만병통치약으로 여기는 사람들 사이에서, 그리고 만병통치약의 존재를 믿는 세계에서 살고 있었다.

그렇게 서 있다가 벽난로 위에 걸린 거울에 시선이 닿자, 그는 자신의 이미지를 초조한 듯 바라봤다. 자기 나이의 남자가 거울에 비친 자신의 모습을 마치 날라리 이탈리아인 춤 교습 선생처럼 보다니 기이한 일이다! 곧은 코를 가진 가무잡잡한 얼굴, 관자놀이께에 흰머리가 생기고 있는 짙고 구불거리는 머리카락, 깊은 수직 계곡을 가로지르고 있는 찌푸린 짙은 눈썹 아래 검은 두 눈이 보였다. 혈색이 좋았던 안색은 창백해지고 있고, 눈은 무거워 보인다─다음에는 진찰하듯 혀라도 내밀까? 그의 문제는…….

그는 다시 책상 의자에 털썩 주저앉아 수화기를 들었다.

"제임스 와이언트 씨 부인은요? 네……. 아! **나갔다고요?** 확실한 가요? 언제 돌아올지는 모르고요? 누구냐고요? 네, 맨퍼드입니 다. 와이언트 부인에게 전할 말이 있었어요. 괜찮습니다."

그는 전화를 끊고 몸을 뒤로 젖히며 다리를 책상 아래로 뻗으 면서, 자신 앞에 정돈되어 있는 모로코가죽 테를 두른 바구니들 안의 편지와 법률 서류 더미를 침울하게 노려보았다.

'내 나이보다 10년은 늙어 보이는군.' 그는 생각했다. 그렇지만 이름이 볼러드 양인가 뭔가 하는, 최근에 새로 온 타자수는 마치 뭐라도 된 듯이 행동했다……. 그가 보고 있지 않는다고 생각할 때면 항상 그를 바라보곤 했으니까……. "아, 터무니없어!" 그는 소리쳤다.

오늘 그의 하루는 요즘 그가 보내는 매일과 같았다. 엄청난 압 박감, 중요성, 권위를 느끼며 시작해서, 끝날 때는 진부함과 허무 함으로 추락한다.

전날 저녁에 주치의에게 들렀을 때, 과로하고 있으므로 신경안 정제와 환경 변화가 필요하다는 말을 들었다. "서인도제도로 크 루즈 여행을 가세요. 아니면 그런 비슷한 무언가를 해보세요. 3주 나 4주 정도 시간 내서 떠날 수 없나요? 안 된다고요? 그러면 어 쨌든 골프라도 더 치세요."

세상일들에서 떠나는 것. 돈벌이를 하는 것과 관련된 곳만 제외하고는 그의 주변 어디서나 도덕적, 정신적, 육체적으로 끊임없이 회피하라는 설교를 들어왔고 그게 실행되는 것을 보아왔다! 덱스터 맨퍼드, 그는 미네소타의 농장에서 자랐고, 스스로 학비를 벌어 델로스 주립대학을 다녔으며, 이어서 하버드 법학대학원 과정을 밟았다. 그는 그 이후로 건강하고 유능한 신체를 가진 50세의 남자가 느낄 법한 정도보다 더 많은 긴장감이나 더 강한 회피(그는 도망이라고 부르는) 욕구 없이 자신이 할 수 있는 한 최고로 일해왔다! 그의 임무가 단지 돈을 벌어들이는 것이었다면, 그는 지루함을 이해하고—또 인정했을지도 모른다. 하지만 그는 자신의 직업을 자랑스러워했다. 보상뿐만 아니라 노고와 어려움들까지도 말이다. 그는 일에서 지적인 만족감을 느꼈고, 일에 통달하고 있다는—자신뿐 아니라 다른 사람들까지도 장악하고 있다는—평온함을 느꼈다. 그건 오직 하기 위해 타고난 바로 그 일을 하고 있는 사람들만 아는 느낌이다.

물론 그는 경력의 매 단계에 열심히 일하는 삶과는 분리될 수 없는, 수천 가지의 짜증 나는 일들을 겪었고, 미끄러지기 쉬운 정상 위에 서 있는 지금보다 더 심했던 적은 없다. 시간을 낭비시키는 사소한 일들, 인내심을 소진시키는 바보들, 최선으로 짠 계획들이 교묘하게 어긋나는 것, 이해의 가파른 언덕 위로 인간의 어리석음을 굴려 올려야 하는 끊임없는 노고를 감내해왔다. 그런데 최근까지는 이런 것들이 자극제였을 뿐이다. 사소한 일들을 털어내고, 지루한 사람들을 당황시키고, 실패를 피하고, 어리석은 사람들이 똑똑한 일을 하도록 설득하면서 자신의 정신적 근육을 운동시키는 것이 즐거웠다. 그에게는 개척자의 피가 흘렀다. 매일 아침 그는 밤새 새로 자라난 편견과 장애물을 베어내고 길을 개척하곤 했다. 물론 큰 수임료를 받는 것을 좋아하기도 했지만, 그는 사건을 변호하는 것을 훨씬 더 좋아했다.

직업상 그는 지적으로 외로움을 느끼는 것에 익숙했고 더 이상 그걸 개의치도 않았다. 직업 밖에서 그는 평균 이상의 두뇌를 갖고 있었다. 그러나 일반교양에 있어서는 그렇지 않았다. 그의 지성이 준비되어 있다면 즐길 수 있었을 것과 실제로 자신의 지성이 받아들일 수 있는 것 사이의 간극을 알기에, 그는 교양 있는 집단이라 생각되는 곳에서는 겸손하거나 거의 수줍은 사람처럼 행동했다. 그는 오랫동안 아내가 교양을 갖췄다고 생각해왔다. 왜냐하면 그녀가 열렬히 책을 구매했고, 뉴욕의 집에는 값비싸게 장정된 장서들이 있기 때문이다. 경험 없는 청춘 시절, 옛날 델로스 대학 시절에는 자신만의 작은 서재를 갖고 있었다. 로버트 잉거솔의 강의가 과학을, 시카고의 프랭크 건술러스 목사의 설교가 신학을, 존 버로스가 자연사를, 재러드 스파크스와 밴크로프트가 거의 모든 역사를 대표했었다. 그는 차츰 이들 안내서가 불충분하다는 것을 발견했지만, 그것들을 대체하기 위한 노력은 별로

하지 않았다. 때로 너무 피곤하지 않을 때나 드물게 조용한 저녁을 보낼 기회가 있을 때 폴린의 탁자에서 책을 집어 들었다. 그러나 그녀가 들여놓은 책들은 너무나 이질적이고 가치도 제각각이라서, 그가 읽을 만한 책을 찾아내는 경우는 드물었다. 탤런타이어 부인이 쓴 《볼테르》는 계시 같았다. 놀랍게도 그는 볼테르가 누구인지, 그가 어떤 세계에 살았는지, 왜 그의 이름이 살아남았는지 자신이 제대로 안 적이 없다는 것을 알았다. 그 후로 맨퍼드는 유럽 역사 코스부터 시작하기로 결심했고, 매콜리*의 첫 권을 침대로 가져가는 데에 이르렀다. 하지만 밤에는 피곤했고, (비록 매콜리의 달변은 그의 재판 관련 본능에 호소하기는 했지만) 매콜리의 명문(名文)은 너무 길었다. 그런 역사 공부를 위한 시간은 전혀 나지 않았다.

아내의 세계에 대해 잘 모르던 결혼 초기에는 집에서 보내는 조용한 저녁을 꿈꿨다. 벽난로 옆에 앉아 고요한 내면의 정신적 방에서 사건들을 넘겨보는 동안, 폴린이 교훈적인 책들을 소리 내어 읽어주는 저녁 말이다. 그러나 폴린은 유아기의 불만을 극복해가고 있는 아이들 말고는 책을 소리 내어 읽어주기를 원하는 사람을 본 적이 없었다. 그녀는 그런 욕망을 거의 병적 증상으로 간주했고, 덱스터가 '사기 돋우기'를 필요로 하며 그를 즐겁게 하

* 19세기 영국의 문호이자 정치가. 제임스 2세부터의 영국 역사를 기술했다.

기 위해 자신이 뭔가를 더 해야만 한다고 결론 내렸다. 노나를 낳고 움직일 수 있게 되자마자, 그녀는 이 새로운 의무를 위해 단단히 준비했다. 그날부터 사무실 밖에서의 맨퍼드의 삶은 끊임없는 사회적 활동이 되었다. 처음에는 끝없는 외출이 당황스러웠고, 얼마 동안은 즐겁기도 하고 우쭐하기도 했다. 그러고 나서 그건 점차 사무실에서 고강도의 시간을 보낸 후에 일종의 가벼운 약을 먹는 것처럼 위안을 주는 일상이 되어갔다. 그러나 최근 그 일은 — 결국 맨퍼드가 깨닫게 되었듯 — 폴린이 그것 없이 살 수가 없기 때문에 지속되어야만 하는 의무, 그저 지겨운 일이 되었다. 20년의 결혼 생활 후 그는 이제야 지적 통찰력을 아내에게 사용하기 시작했다.

폴린 생각을 하니 시계를 보게 되었다. 그녀가 당장이라도 들이닥칠 것이다. 그는 다시 수화기를 들고, 짜증 내며 전과 같은 번호를 댔다. "나가 있다는 건가요? 아직도?" (똑같은 어리석은 목소리가 똑같은 어리석은 답을 하고 있다니!) "아닙니다. 괜찮아요. **괜찮다고 말했습니다**." 그는 수화기를 제자리에 놓으면서 거의 소리를 쳤다. 바보 같은 하인들 중에서도 하필이면……!

예민한 타자수 볼러드 양은 싱글 컷으로 자른 머리를 문밖으로 내밀어 바깥에 있는 누군가에게 "**네, 알았어요**"라고 부럽다는 듯 한숨을 쉬며 말하고는, 고용주의 아내가 활달하게 들어오기 전에 자리를 떠났다. 맨퍼드는 일어섰다.

"아, 여보." 그는 황송하게도 자신과 결혼해준, 와이언트 부인이었던 그녀의 존재에 여전히 약간은 경외심을 느끼고 있었고, 세심하게 벽난로 근처로 안락의자를 밀어주었다. 폴린은 입고 있는 모피를 뒤로 젖히며, 살림을 하는 시선으로 재빠르게 주변을 둘러봤다. 그녀가 사용하는 향수는 항상 그에게는 최고급 소독제를 생각나게 했다. 다음 순간 그녀가 평계를 대며 장갑을 낀 손끝을 책상 위나 벽난로 위에 대보고 먼지 한 톨 없다는 것을 확인하려들리라는 걸 알고 있었다. 자신이 새 사무실로 이사를 올 때, 그녀가 병원 병동이나 위생적인 요양원에 있는 것 같은 오목한 몰딩을 하도록 거의 강권했다. 그녀가 모든 구석과 모서리에 맞춰 오목한 타일을 붙이는 아이디어를 열광적으로 채택했던 터라, 먼지가 쌓일 만한 구석이 어디에도 없었다. 내부에 구석진 곳이 하나도 없는 상태. 사람들의 삶은 그와 같아야만 했다. 그녀는 삶에서도 세균을 박멸하기를 원했다.

그러나 사무실의 경우에 맨퍼드는 저항했다. 그는 지금은 그런 유행이 폐품 더미가 되었다는 것을 알았다 ─ 무수히 많은 다른 것들과 마찬가지로!

"너무 불 가까이에 말고요." 폴린은 안락의자를 뒤로 밀고, 천장의 환풍기가 작동하고 있는지 보려고 위를 바라보았다. "정기적으로 공기를 순환시키고 **있지요?** 모든 것은 통풍에 달렸어요. 그거하고 생각의 방향을 잡는 거요. 마하트마가 '정신적 심호흡'이라고 부르는 것이죠." 그녀는 설득하듯 미소를 지었다. "덱스터, 당신 피곤해 보여요……. 피곤하고 핼쑥해 보이네요!"

"아, 제기랄! 담배 피우겠소?"

그녀는 작은 머리를 단호하게 가로저었다. "잊었나 본데요, 나 담배 피우는 것도 그가 치료했잖아요—그 마하트마 말이에요." 그녀는 갑자기 외치듯 말했다. "덱스터, 당신을 걱정시키는 게 그 랜트 린던네의 그 우스꽝스러운 일인 게 틀림없어요. 그 일에 대해 이야기하고 싶어요. 당신하고 해결을 보고 싶다고요. 당신이 그 일에 관여하는 것은 절대 안 될 말이에요."

맨퍼드는 책상 의자로 되돌아갔다. 자기 자리에서 그는 더 편안하고 자기 자신을 더 잘 장악하고 있는 느낌을 갖는 것이 습관이 되었다. 폴린은 그를 마주하는 자리에 앉아 빛을 한껏 받고 있었는데, 그저 조언을 해줄 고객이거나 설득을 해야 할 경쟁자처럼 보였다. 그는 그녀도 차이를 느꼈다는 것을 알았다. 이제까지 그는 직업적 사생활과 직업적 권위를 그럭저럭 지켜왔다. 그가 '사무실에서' 한 일들은 가족들이 볼 수 없도록 '일'이라는 막연한 용어 뒤에 가려져 있었다. 그 용어를 쓰면, 남자가 방해받고 싶어 하지 않는다는 것을 의미했다. 폴린은 법을 집행하는 것과 자동차를 제조하는 것 사이에 진정한 구별을 둔 적은 없었다. 맨퍼드도 그녀가 그래주길 바란 적이 없었다. 그러나 오늘 그는 그녀가 자신의 탁월한 '재주'가 허용하는 최대치를 발휘해 참견을 할 작정이라는 생각이 들었다.

"이 사건 조사에 개입하면 안 돼요. 누구 다른 사람에게 넘기지 그래요? 앨프리드 코즈비, 아니면 그 새로 온 똑똑한 유태인은 어때요? 린던가 사람들은 당신이 추천하는 사람이면 누구든 받아들일 거예요. 물론—" 그녀는 말을 이어갔다. "당신이 소송을 그만두라고 설득할 수가 없다면 말이죠. 그 편이 훨씬 더 낫겠지만요. 덱스터, 난 당신이 그럴 수 있을 거라 확신해요. 당신은 무슨 말을 할지 언제나 알고 있고—당신 의견은 무게가 있잖아요. 게다가 그들이 불평하는 것이 뭔가요? 비가 하는 터무니없는 소리라고 확신해요, 그 애가 학교에서 오리엔탈 사상 휴식 요법을 받았잖아요. 그 사람들이 그 애를 제대로 키웠다면 문제가 없었을 거예요. 노나를 봐요!"

"아, 노나!" 맨퍼드는 자부심의 웃음을 지었다. 노나는 그의 인생에서 항상 태양이 비치는 모서리처럼 언제나 따뜻하고 풍요로운 지점이었다. 그 타락한 바보 같은 비 린던과 자신의 노나를 비교하고, 게다가 '양육'이 차이를 만들었다고 상상하다니! 그럼에도 불구하고 그는 폴린이 언제나, 특히 어머니로서 감탄할 만하다는 것을 인정해야만 했다. 그런 그녀도 이런 신지학적* 바이러

---

* 덱스터가 이 표현을 사용한 것은 마하트마의 영적 운동이 당대 유행했던 신지학의 배경을 갖고 있다고 보기 때문이다.

스에 물들었다니!

그는 양손을 호주머니에 넣고, 한 다리는 흔들면서 몸을 뒤로 젖혔다. 도덕적 평온이 줄어들자 그는 본능적으로 더 평온한 태도를 취하려 했다.

"여보, 이 사무실에서 일어나는 일은 나와 내 고객들 사이의 일이라고 이제껏 합의한 게 아니었소……?"

"아, 말도 안 돼요. 덱스터!" 그녀가 그런 어조를 띠는 경우는 드물었다. 그는 그녀가 자기 통제력을 잃고 있다는 것을 알았다. "그래요, 간섭하지 않는 걸 규칙으로 하고 있지요. 당신도 말했듯이요. 하지만 지금 간섭을 하는 건 내게 그럴 권리가 있고, 그게 의무이기 때문이에요. 린던가 사람들은 내 아들의 친척들이에요. 패니 린던이 와이언트 가문 사람이라고요. 충분한 이유 아닌가요?"

"그것이 린던가 사람들의 이유 중 하나였고, 바로 그런 점 때문에 내게 부탁한 거요."

폴린은 짜증 섞인 웃음소리를 냈다. "패니답군요! 언제나 멋대로 들이닥쳐선 이것저것 주장하잖아요. 그런 주장에 당신이 속은 게 의아하네요. 제발 곰곰이 생각해봐줘요, 덱스터! 나는 마하트마에 대해 뭔가 잘못된 것이 **있을 수도** 있다는 걸 한순간도 인정하지 않겠어요. 그런데 만일 있다고 가정해본다면……." 그녀는 정신을 차리며 입술을 꽉 다물었다. "내가 어떤 식으로든 직업적인 비밀을 존중할 줄 아는 거라고 생각하고 싶네요. 당신더러 그들이 한 고약한 말들을 반복하라고 요구하지는 않겠어요. 사실 당신도 알듯이 나는 항상 고통스럽거나 모욕적인 말을 듣는 것을 피하려고 특별히 노력하니까요. 하지만 그들이 말하는 것에 어떤 근거라도 있다고 가정한다면 말인데, 사건이 알려지면 비의 평판에도 영향을 미치리라는 것을 그들은 알고 있는 건가요? 그리고 당신 때문에 경찰이 조사를 해서 짐의 사촌이자 당신 딸의 친구이기도 한 소녀의 이름을 기사화하는 것을 보면 당신 기분은 어떻겠어요?"

맨퍼드는 의자에서 불안하게 움직였다. 그렇게 하면서 거울에 비친 자기 모습을 보았고, 자신의 턱이 강직한 전문가다운 각을 잃고 있는 것을 알았다. 되찾으려고 시도해봤지만 성공하지 못했다.

"하지만 이 모든 건 터무니없어요." 폴린은 좀 더 부드러운 어조로 계속했다. "마하트마와 그의 친구들에 대해 염려할 일은 아무것도 없어요. 누구의 판단을 우선 신뢰하겠어요? 나인가요, 아니면 가엾은 패니인가요? 내가 정말이지 신경 쓰이는 건요, 린던가 사람들이 마하트마가 아니라 자신들을 불명예로 이끌게 될 일로 당신을 끌고 들어가도록 당신이 허락했다는 거예요." 그녀는 밝지만 냉정한 미소를 지었다. "당신도 내가 당신의 직업적 명성에 대해 얼마나 자랑스러워하는지 알잖아요. 당신이 실패와 연관

되는 건 끔찍하다고요." 그녀는 말을 멈추었고, 그는 그녀가 이제 그만하려는 걸 알았다.

"이건 꽤 심각한 사건이오. 린던네는 제대로 증거를 갖췄거든." 그가 말했다.

폴린의 얼굴이 상기되어, 흔들림 없이 평온한 표정을 잃어버렸다. "덱스터, 그런 쓰레기 같은 말들을 어떻게 믿을 수가 있어요? 당신이 내 말이 아니라 패니 린던의 말을 믿는다면—"

"이건 당신 말이나 그녀의 말의 문제가 아니오. 린던은 완벽하게 자료를 갖추었소. 그럴 때까지 찾아오지 않았던 거지. 미안하오, 폴린. 하지만 당신도 속았던 거요. 그 남자의 정체는 밝혀져야만 하고, 린던가 사람들은 다른 모든 사람이 그 일을 피할 때 용기를 냈던 거요."

성나서 붉어졌던 폴린의 안색이 돌아왔다. 그녀는 일어나더니 혼란스러워 확신을 못 하겠다는 듯이 남편 앞에 섰다. 그러고 나서 확연히 자신을 제어하려 노력하면서 다시 자리에 앉더니, 바닥에 금장식이 박힌 가방을 두 손으로 꽉 쥐었다.

"그럼 당신은 만일 추문이 있다면, 세상 앞에 펼쳐놓아야만 한다는 건가요? 신문기자들하고 사교계를 붕괴시키고 싶은 사람들 말고 도대체 누가 그런 일에서 이득을 얻게 되나요? 그리고 노나 아니면 리타가 증인으로 출석요구를 받는다면 기분이 어떻겠어요?"

"말도 안 되는 소리." 그도 갑자기 말을 멈추고 일어섰다. 그의 생각보다 이야기가 더 길어지고 있었지만 끝낼 말을 찾지 못했다. 그의 머릿속은 갑자기 텅 빈 것 같았다―그 어떤 주장이나 공식도 없는 상태로. "당신이 왜 계속 노나나 리타를 끌어들이려고 하는지 모르겠군."

"내가 그러는 게 아니에요. 당신이에요. 당신이 그럴 거라는 말이죠. 이 사건을 맡는다면 말이에요. 비와 노나는 아기 때부터 서로 친했고, 비는 항상 리타네 집에 있다고요. 당신이 그가 싸우도록 **만든다면** 마하트마의 변호사들이 그걸 이용하지 않으리라 생각해요? 당신은 준비가 되었다고 말하겠죠. 당신의 용기를 칭찬해요―하지만 내가 그 용기를 공유할 수는 없어요. 우리 아이들이 연루될 거란 생각을 하면, 난 정말 병이 날 것만 같아요."

"노나나 리타는 내가 알기로는 이 현학자 사기꾼하고 아무 관계가 없소." 맨퍼드는 짜증 내며 말했다.

"노나는 우리 집에서 그의 율동 강좌에 참석했고, 나하고 그의 강의에도 갔어요. 한번은 강렬하게 흥미를 느끼기도 했고요." 폴린은 멈추었다. "리타는 모르겠어요. 그 애의 결혼 전 생활은 잘 모르니까요."

"노나의 다른 친구들처럼 살았겠지."

"아마도요. 키티 랜디시가 우리에게 알려줄 수 있겠죠. 하지만 물론 **그렇다고 해도**……." 그는 그녀가 약간 미심쩍게 강조하는 것에 주의를 기울였다. "리타가 마하트마를 알거나 믿는 게 불가능한 것은 아니라고 생각해요. 그리고 당신도 기억해야 해요. 누구보다도 내가 가장 깊이 관련되어 있다고요! 나는 3월에 돈사이드에서 휴식 요법을 할 작정이었어요." 그녀는 옛날에 애들의 말썽을 놀릴 때 사용했던 약간 장난스러운 웃음소리를 냈다.

맨퍼드는 압지용 받침을 톡톡 두드렸다. "이봐요. 이걸 지금 당장은 그만둔다고 가정해봐도……."

그녀는 손목시계를 봤다. "당신이 시간을 더 낼 수 있다면……."

"시간을 더 내라고?"

"당신이 약속할 때까지는 가지 않을 거예요." 그녀는 부드럽게 답했다.

맨퍼드는 그 어조—단호하면서도 아주 여성적인 그 어조가 자신을 흔들어놓는 힘이 있던 시절을 기억할 수 있었다. 폴린이 아내로서 협상을 할 때는 특유의 우아함, 유능함, 설득의 어조를 거의 사용하지 않았기에, 예전에 그녀가 그걸 사용할 때면 저항하기가 어려웠다. 그러나 그런 시절은 지나갔다. 그녀의 두뇌에 대한 감탄과 그녀의 성격에 대한 존경 속에서 그는 최근 살금살금 스며드는 지루함을 느꼈다. 그녀는 지나치게 똑똑하고, 지나치게 유능하며, 지나치게 한결같이 현명하고 평온했다. 아마도 그자신의 직업적, 사회적인 힘이 커가는 것을 인식하게 되자 그녀의 힘에 대한 경외감이 줄어들며 처음에는 자신이 그녀와 동등하다고 느꼈고, 그리고 나서는 자신이 그녀보다 우월하다고 느끼게 된 듯했다. 그는 그런 변함없는 유능함 안에서 뭔가 우둔한 것을 감지하기 시작했다. 그리고 그가 직업적으로 더 높은 권위를 가지게 되면서 일에 대한 간섭을 더 경계하게 되었다. 아내는 적어도 그것을 이해는 해야 했다! 그녀의 훌륭한 재치가 통하지 않는다면 무엇이 남을까? 그는 자문했다.

"폴린, 들어봐요. 당신도 이런 모든 것이 부질없다는 걸 알잖소. 전문적인 일에서는 누구도 나 대신 판단할 수가 없소. 난 오늘 오후에 바쁘오. 당신도 그런 줄 아는데……."

그녀는 안락의자에 더 깊숙이 앉았다. "덱스터. 당신한테만은 너무 바쁜 일이란 없어요."

"고맙소, 여보. 하지만 내가 당신한테 내달라고 하는 시간이란 업무 시간 외의 시간을 말하오." 그는 살짝 미소를 지으며 답했다.

"그럼 이제 가라는 건가요?" 그녀도 되받아 미소 지었다. "알겠어요. 벨을 울릴 필요는 없어요!" 그녀는 다시 평온해진 모습으로 일어나서 그의 어깨에 가볍게 손을 얹었다. "성가시게 해서 미안해요. 자주 그러지는 않잖아요, 그렇죠? 내가 요구하는 건 다만 다시 한번 생각해보라는 거예요."

그는 그녀의 손을 입술로 가져갔다. "물론이오. 물론이지." 이제 그녀가 갈 것이었기 때문에 그렇게 말할 수 있었다.

"나 용서받은 건가요?"

그는 미소를 지었다. "용서했소." 문간에서 그녀는 거의 명랑하게 외쳤다. "오늘 밤 잊지 마요—아말라순타요!"

의자로 돌아서며 그의 이마가 어두워졌다. 이상하게도—그도 이상함을 인식하고 있었다—그가 거쳐온 피곤한 상황 때문이 아니라 아내가 일정을 상기시킨 것 때문에 어두워진 것이다. "빌어먹을 만찬." 그는 혼잣말로 욕을 했다.

그는 전화기로 돌아서서 세 번째로 수화기를 들고, 같은 번호로 전화를 걸었다.

그날 저녁, 현관문에 열쇠를 밀어 넣었을 때 덱스터 맨퍼드는 문 뒤에 있는 모든 것에 압박감을 느꼈다. 그는 집에 들어갈 때면 어김없이 그 행동의 중요성을 조금은 의식하곤 했다—기술로 치장하고, 돈으로 구입하고, 폴린의 창의성이 조화로운 전체로 결합해놓은 온갖 조명과 온기와 사치와 그를 향해 올라가는 대리석 계단을 가진 큰 홀을, 완벽하게 공명을 일으키는 복도를 한 번도 당연하게 여긴 적이 없었다. 그는 초창기에 승소 후 델로스의 어머니 집에 욕실을 만들어드렸고, 이웃들이 모두 그것을 보려고 수 킬로미터 떨어진 곳에서 운전해서 왔던 날을 잊은 적이 없었다.

그러나 사치가, 무엇보다도 안락함이 그에게 무겁게 느껴진 적은 없었다. 그는 그런 것을 생각하기에는 너무 바빴고, 그런 것들을 당연한 권리로 받아들일 만큼 자신과 자신의 능력을 확신했다. 그를 압박하는 것은 집의 휘황찬란함이 아니라 집이 강요하는 회사 주식 같다는 생각 때문이었다. 집은 어디선가 사진으로 보았던 새 둥지들의 기이한 창의성으로 합쳐진, 정교한 사회적, 가정적 구조물의 일부 같았다. 그 자신의 경력, 폴린의 다양한 활동들, 가엾은 아서 와이언트 문제, 노나, 짐, 리타 와이언트, 마하트마, 지겨운 그랜트 린던네, 오늘 밤 집에 불을 밝히게 만든, 불가피하게 계속 반복될 아말라순타―이 모든 것들이 그가 계단을 올라가며 밟는 바로 그 카펫을 짜는 데에 쓰인 가닥들이었다. 그는 식당을 지나가면서 반쯤 열린 문을 통해 유리잔과 은식기들이 반짝이는 것을 보았다. 셔츠를 입은 남자가 긴 테이블에 장미 꽃병을 배치하고 있고, 창백해 보이지만 줄기차게 일하는 메이지 브러스가 영국인 집사인 파우더에게 만찬 카드들을 배분하고 있었다.

6

폴린 맨퍼드는 테이블을 따라 만족스러운 시선을 보냈다.

그녀가 보상을 눈에 띄게 수확하는 건 이런 때였다. 실력 있는 요리사와 원활하게 돌아가는 서비스와 무척 은은하면서도 밝은 조명을 갖춘 만찬 테이블을 차리고, 그 테이블에 부유함이나 패션으로 저명할 뿐만 아니라 서로와의 교제에서 즐거움을 찾을 수 있는 사람들을 모으는 기술을 가진 사람은 뉴욕에서 폴린 외에는 없었다.

뮤즈의 힘을 빌려 간신히 만들어낸 것 같은 친밀한 재회의 모임들을 꾸리는 건 폴린의 일이 아니었다. 그걸 알고 있었기에 그런 시도는 좀처럼 하지 않았지만, 시도를 할 때면 왜 성공하지 못하는지 알 수가 없었다. 그러나 큰 규모의 만찬을 조직하고 시행하는 데 있어서는 능숙한 마스터의 경지를 알고 있었다. '왕관을

쓴 사람들'이 다른 계급인 것처럼 따로 떨어져서 대접을 받고, 단
조로운 시즌 내내 서로를 마주하도록 계속 초대를 받던 옛 시절
의 바보 같은 성대한 만찬이 아니었다. 폴린의 만찬은 그런 종류
에 비하면 너무나 모던했다. 그녀는 월스트리트와 보헤미아를 현
명하게 섞어놓는 데 탁월했다. 후자의 요소를 선택하는 데 있어
서 그녀에게 특별한 기술이 있었다. 물론 폴린에게는 두 집단이
모두 똑같이 보헤미아 사람들처럼 이국적이었다. 노나에게 언젠
가 말했듯이 사람들은 똑똑하다고 해서 항상 유쾌한 것은 아니었
고, 부자라고 해서 항상 지루한 것도 아니었다—물론 마지막 말
에 노나는 믿을 수 없다는 듯이 코를 찡그렸다……. 그렇지만 심
지어 노나조차도 오늘 밤은 만족할 것이라고 폴린은 생각했다.
파커 그레그 같은 사회 개혁가를 사회 개혁을 권장할 생각이 조
금도 없는 바로 그런 사람들과 함께, ('더식스 그룹'의 수제자인)
젊은 작곡가 토프리드 로브를 고집스레 오페라를 즐기는 사람들
과 함께, 큐비스트 실내장식가인 토미 아드원을 5번가에서 가장
비싼 '시대풍 저택'을 가진 소유주들과 함께 초청하는 대담한 일
은 누구나 할 수 있는 것은 아니었다.

폴린은 그런 조합이 전혀 두렵지 않았다. 그녀는 자신의 만찬
에서는 모든 것이 '통한다'는 것을 일찍이 알았다—언제나 그
랬다. 그리고 성공은 그녀를 너무나 즐겁고 우쭐하게 만들어주
어서, 오늘 밤 여러 문제들로 압박감을 갖고 내려왔음에도 불구

하고 잊어버렸다. 그런 문제들은 '존재하지 않는다'고 스스로에게 상기시키기도 전에 말이다. 그저 오래된 은식기와 흩어져 있는 꽃들이 적당히 화려하게 차려진 테이블 주위에 모여 있는 얼굴들을 바라보는 것만으로 충분히 확신이 들었다. 테이블의 다른 쪽 끝에는 검은 머리의 남편이 있었다. 활기찬 중년의 멋지고 결단력 있어 보이는 모습이다. 그의 오른쪽에는 산페델레 후작 부인이 그 유명한 산페델레의 진주로 볼품없는 검은색 옷을 장식한 채 앉아 있었다. 그의 왼편에는 아름다운 허먼 토이 씨 부인이 앉아 있었는데, 맨퍼드가 그녀에게 '매혹되었다'는 것을 알고 있던 폴린으로서는 관대한 자리 배정이었다. 그녀는 그날 저녁 남편의 기분이 좋았으면 하고 바랐다. 벌써 저녁을 즐기려고 자리 잡은 이 그룹을 보고 나서, 그다음으로 젊고 당당한 여성들, 잘 차려입고 자신감 있어 보이는 남성들이 있는 다른 쪽으로 시선을 옮기자 자신의 유능함을 가늠해볼 수 있었다. 노나는 맨퍼드의 법적 경쟁자인 유망한 앨프리드 코즈비에게 열심히, 진중하게 이야기를 하고 있었다. 그는 노나가 뉴욕에서 가장 똑똑한 아가씨라고 말한 것으로 유명했다. 리타는 초연하고 멋진 모습으로 고개를 약간 기울여 작곡가 토프리드 로브의 말을 들어주고 있다. 짐은 끼어드는 모든 장애물을 투명하게 만드는 듯한 찬미하는 시선으로 건너편의 리타를 보고 있었다. 애기 휴스턴은, 비록 사람들은 그녀가 재미없다고 불평했지만, 냉담함 때문에 더 눈에 띄는 모습으로 진중한 허먼 토이에게 때때로 단음절로 답하고 있었다. 스탠리 휴스턴은 너무나 불가사의해서 폴린이 언짢아하는 희미하고 표정 없는 미소를 띤 채 기대어 앉아, 조심스럽지만 꾸준하게 시선을 노나에게 고정하고 있었다. 다정한 스탠, 언제나 노나에게는 오빠 같다니까! 그를 잘 아는 사람들은 그가 보이는 것만큼 냉소적이지는 않다고 말했다.

이것이 폴린의 마음에 드는 세계였다—창조주가 의도한 바라고 그녀가 믿고 있는 그런 세계였다. 그녀는 오른쪽에 앉아 있는 주교가 자신의 만족감을 공유하는지 궁금해서 그를 바라봤고, 이해하는 표정을 마주쳤다.

"옛 친구들 사이에 있으니 너무나 기분이 좋아요⋯⋯. 여기는 남겨진 몇 안 되는 저택이니까요⋯⋯. 후작 부인을 만나는 것은 언제나 즐거워요. 그녀 아들에 대해 더 나은 소식이 있었으면 좋겠는데요. 안됐지만 불행한 일이죠. 친애하는 맨퍼드 부인, 자녀들 면에서 당신이 얼마나 축복받았는지 아시나요? 저 현명한 어린 노나는 어떤 남자를 조만간 행복한 사람으로 만들어줄까요? 코즈비는 아닌가요? 나이 차이가 너무 나나요? 그리고 당신의 한결같은 짐과 그의 우상⋯⋯. 그래요. 우상숭배에 대해 관대하게 말하는 것은 내 옷에 어울리지 않는다는 건 알아요. 그렇지만 요새는 행복한 결혼이 너무 드물어요. 이 테이블에 앉아 있는 사람들 말고 어디서 그런 모범 사례를 찾을 수 있겠어요? 당신의 짐과 그의 리타나 내 좋은 친구 휴스턴과 그의 성녀 같은 아내가 아니라면 말이죠." 마치 이렇게 특권화된 파티임에도 불구하고 본보기로 삼을 만한 사례를 더 나열하기는 어렵다는 듯이 주교는 잠시 말을 멈췄다. "글쎄, 당신이 그들에게 모범을 보여주고 있는 거죠……." 그는 다시 멈추었다. 아마도 안주인의 결혼 생활의 지복은 첫 남편과의 결혼의 폐허 위에 세워졌다는 것을 기억했으리라. 그러나 이혼할 때 그녀는 교회도 인정할 만한 사유가 있었다. 그래서 주교는 평온하게 말을 이어갔다. "**그녀의 자식들은 일어나 그녀가 복 받았다고 하리라*** — 그래요. 내가 이 구절을 말하게 되네요."

폴린에게는 이런 말들이 위안이었다. 한마디 한마디가 확신을 담고 있었다. 그녀의 세계와 주교의 세계에서는 모든 것이 괜찮았다! 왜 자신의 믿음 이외의 어떤 정신적 안내를 필요로 했던가? 그녀는 마하트마에게 그렇게 몰입했던 것에 약간의 후회를 느꼈다. 하지만 성공회 주교가 '성스러운 황홀경'에 대해 무엇을 알겠는가? 그리고 교회의 예배에 아무리 많이 참석했다 한들 엉덩이 사이즈를 줄여주었겠는가? 결국은 그녀의 평온한 장밋빛 세계에는 모든 종교를 위한 여유가 있었다. 그리고 그런 생각을 하니 당장에 다른 일이 주의를 끌었다. 추기경을 위한 환영연 말이다. 그

---

* 남편과 자녀의 칭찬을 받는 여인에 대한 성경의 잠언 31장 28절을 일부 변형해 인용한 구절.

녀는 당장 주교의 허락을 얻어내기로 결심했다. 그다음에는 물론 랍비장이 와야만 할 것이다. 그리고 그건 그녀가 개혁하려고 노력하고 있는 불협화음의 세계에서 관용과 선의에 대한 얼마나 훌륭한 교훈이 되겠는가!

노나는 테이블의 중간 위치에서 손님들을 다른 관점에서 바라보았다. 그녀는 아버지와의 짧은 만남에서 기분이 고양되기보다는 침울해져서 돌아왔다. 맨퍼드가 사무실로의 '느닷없는 방문'을 좋아하는 날도 있었다. 그와 딸은 그런 비밀스러운 방문에 대해 함께 농을 주고받을 때도 있었다. 그러나 이번 방문은 즐거운 기분으로 끝나지 않았다. 그녀는 맨퍼드가 지치고 약간 짜증이 난 것을 알아챘다. 노나는 그가 어머니의 방문에 대해 말하기 전에 이미 폴린의 시원하면서 위생적인 향수의 잔향을 맡았으며, 맨퍼드 부인이 빡빡하게 채워진 약속을 깨고 남편의 사무실로 달려올 정도의 일이 무엇일까 초조하고 궁금했다. 물론 바로 이 긴급 사항 때문에 어머니가 가엾은 전시품 A를 희생시킨 것이었지만, 약속이 미뤄진 것에 그가 안도감을 느낄 거라곤 추측하지 못했을 것이다. 그런데 그날 저녁 식사 자리에서 만날 예정임에도 그렇게 갑자기 맨퍼드를 만나도록 한 일은 무엇이었을까?

소녀는 아무 질문도 하지 않았다. 맨퍼드가 자기 직업에 충실하게도 질문을 받기보다는 하는 편을 선호한다는 것을 알고 있었다. 물론 주요 목적은 아서 와이언트에 대해 자신을 도와달라고 하는 것이었다. 그녀는 우선 그 목적이 그의 짜증을 더한다는 것을 알아차렸다. 그가 와이언트를 지키는 사람인가? 그는 알고 싶어 했다. 그러나 다음 질문을 하기 전에 그는 멈추었다. "도대체 왜 그 사람의 아들이 그를 돌볼 수 없는 것이지?" 그녀는 그의 입술 끝에 그 질문이 있는 것을 알았다. 하지만 그들은 거기서 대화를 그쳤고, 그는 어깨를 으쓱하며 의자에서 일어섰다. "가엾은 사람―네 생각엔 내가 도움이 될 수 있다는 거지? 좋아, 그러면― 내일 그에게 들르마." 이혼 이후 그와 와이언트는 짐의 운명을 논의해야 할 때마다 만났다. 와이언트는 맨퍼드가 자기 아들에게 관대한 것에 겸허한 감사를 느꼈다. "노나, 너도 알겠지만, 돈을 말하는 게 아니야―빌어먹을 돈! 그거 말고 짐한테 관심을 가져 주는 것 말이다. 그 애가 자신을 찾는 것을 돕고, 그 애를 인정해 주는 것, 제기랄! 너희 어머니보다도 짐을 백배는 더 잘 이해하고 있단다……." 이런 이유로 두 남자는 너그러운 이해의 마음으로 때때로 만났다.

노나는 자신과 헤어질 때의 아버지의 얼굴을 돌이켜보았다. 걱정스러워 보였고 지쳐 있었지만 그녀를 바라볼 때면 언제나 그의 눈 속에 보였던 명랑한 반짝임을 가진 채였다. 지금은 평안해져서 미소 짓고 있었고, 약간은 충전되어 돌처럼 단단했다. 소녀는 생각했다. '아버지 자신의 데스마스크 같네. 모든 것을 최종적으로 다 끝낸 것처럼 말이야. 저 두 여자가 아버지를 지루하게 만드는 모양새라니! 어머니는 보상으로 글래디스 토이를 아버지의 옆에 앉혔겠지. 무엇을 위해서?' 아버지가 허먼 토이 씨 부인과 '무해한 희롱'이라 부르는 것을 하고 있다고 상상하다니, 그녀는 어머니가 얼마나 단순한가 생각하며 미소 지었다. 그에게는 의자 뒤에 걸린 태피스트리의 발그레한 밧세바*보다 저 숙녀분이 더 분명한 매력을 가진 건 아니라고 노나는 생각했다. 그러나 폴린은 분명─그녀가 평소에 보이는 너그러움 이상으로─맨퍼드를 좋은 기분으로 만들고 싶은 특별한 이유가 있었다. '아마도 마하트마 때문이겠지.' 노나는 어머니가 소동을 얼마나 싫어하는지 알고 있었다. 어머니는 그런 소동이 매우 저속하고 그리스도인답지 못하다고 생각해왔다. 그리고 3월에 아버지가 타폰 낚시를 갈 때 가려고 계획한 돈사이드에서의 휴식 요법을 포기하는 건 분명 아쉬울 것이다.

노나의 시선은 주변 사람들과 얘기하는 사이사이에 더 멀리로 향했고, 짐의 기분 좋은, 생각에 잠긴 듯한 얼굴에 닿았다─짐은 언제나 어머니의 연회에서 생각에 잠기곤 했다. 그러고는 마치 대성당의 벽감에 짜 넣어진 성인의 두상처럼 모든 것이 좁고 수

---

* 성경에 등장하는 인물로, 전남편이 죽은 뒤 다윗 왕에게 재가하여 솔로몬을 낳는다.

직을 이루고 있는 애기 휴스턴의 정교하고 작은 가면 같은 얼굴로 옮겨 갔다. 그러나 소녀의 눈은 거기에 머물지는 않았다. 애기에게 눈길이 닿았을 때 상대방과 시선이 마주쳤기 때문이다. 애기는 몰래 그녀를 세심하게 보고 있었던 것이다. 그것을 깨닫자 노나는 약간 충격을 받았다. 다음 순간 휴스턴 부인은, 세계를 개선하는 데 관심이 있는 사람들은 모두가 완벽히 의견이 같을 것이라는 낙관적인 생각으로 폴린이 사려 깊게 그녀 옆자리에 배치한 사회 개혁가 파커 그레그에게로 시선을 옮겼다. 파커 그레그의 관점을 알고 있는 노나는 그 생각에도 역시 미소를 지었다. 그녀가 확신컨대 애기는 어떤 주제에 대해서든 그의 동료 자본가들이 모두 무슨 일을 했는가만 생각하는 다른 쪽 이웃 허먼 토이 씨를 더 안전하게 느낄 것이다.

노나는 스탠 휴스턴의 미소를 포착했고, 그가 그녀의 생각을 읽었다는 것을 알았다. 그러나 그녀는 그로부터도 시선을 거두었다. 그녀가 절대 원하지 않는 것이 있다면, 자신이 휴스턴의 아내에 대해 진짜로 어떤 견해를 갖고 있는지를 그가 추측하는 것이었다. 노나의 깊은 곳에서 집요한 무엇인가가 항상 그가 그걸 알아낸 것 같을 때마다 가장 쉽고 편한 길을 택하는 대신 발걸음을 돌리도록 만들었다.

맨퍼드는 이쪽 이웃과 반대편 이웃에게 번갈아 건성으로 귀를 기울였다. 토이 부인은 그녀 특유의 단조롭고 음조가 없는 목소리로 욕조에 흘러내리는 미지근한 물처럼 말을 하고 있었다. "어떻게 사람들이 엘리베이터 없이 **살고 있는지** 모르겠어요, 안 그래요? 그렇지만 아마도 내가 그렇게 살아야 했던 적이 없어서 그런 생각을 하는 걸 수도 있어요. 아버지의 집이 클라이맥스에서 처음으로 전기 엘리베이터를 갖고 있었어요. 한번은 영국에서 험버 공작의 성에 머물렀던 적이 있는데, 왕족을 포함한 모두가 다 모여 하루 종일 골프와 폴로를 하고, 밤마다 무도회가 열리는 그런 엄청난 모임이었죠. 그런데 믿을 수 있겠어요? 우리는 **계단을 걸어서 오르락내리락해야만 했다고요!** 영국 사람들이 무엇으로 만들어졌는지 모르겠어요. 그들은 우리가 안락함이라고 부르는 것에 익숙했던 적이 없는 것 같아요. 둘째 날 골프를 두 게임 치고 새벽 4시까지 춤을 추고 난 후, 그 미끄럽고 끔찍한 계단을 더 이상은 참을 수 없다고 허먼에게 말했죠. 그게 내 심장을 그냥 파괴하고 있었어요—의사가 너무 자주 그 점을 경고했거든요! 전 즉시 떠나고 싶었죠—하지만 허먼은 그러면 공작을 불쾌하게 만들 거라고 했지요. 공작은 무척 상냥한 노인이에요. 그렇지만 어쨌든 계속 머물기로 동의하는 대신 허먼에게 카르티에에서 사파이어와 에메랄드 브로치를 사준다는 약속을 받았어요……."

후작 부인은 날카롭고 열정적인 눈을 가진 족제비 같은 작은 얼굴을 앞으로 내밀며 대화에 참여했다. "험버 공작이요? 그 사람 아주 **잘** 알고 있죠. 친한 노인인데! 당신도 험버 성에 머물렀다고요? 그는 아주 자주 나를 초대해요. 우리는 친척이죠……. 그래요, 그의 첫 부인 쪽으로요. 그녀의 어머니 오타비아나 부인은 벤투리니 가문의 칼라브리아 일가 출신이죠. 집안의 미인이자 또 다른 자매인 로스문다 부인은 합병된 소국의 왕자 레판토 공작과 결혼했어요."

그녀는 말을 멈추었고 맨퍼드는 그녀의 눈에서 성급하게 지나가는 마음속 질문을 읽었다. '사람들이 저 표현을 이상하다고 생각할까? 나도 합병된 소국이 정확히 무슨 뜻인지 잘 모르겠네. 그런데 이 미국 사람들이란! 이 사람들은 무슨 짓이든 다 하면서 모든 것에 충격을 받는다니까.' 그녀는 계속 말을 이어갔다. "합병된 소국의 왕자지만 **가장 고결한** 인품을 가진 사람이에요."

"아……." 당황했지만 분명 안도하면서 토이 부인은 중얼거렸다.

맨퍼드의 주의는 그것을 매어두었던 밧줄을 잡아당기다가, 다시 풀려나서 멀리 떠났다.

이게 도대체 이번 겨울의 몇 번째 만찬이던가? 아직도 끝이 보이지 않다니! 폴린은 이걸 어떻게 참는 걸까? 왜 참고 싶어 하는 것일까? 그 모든 휴식 요법, 마사지, 율동 운동이 그저 정상적인 삶을 영위했다면 완벽했을 사람들의 건강을 복원하기 위해 만들어졌다니! 밤새워 춤을 추었기 때문에 계단을 걸어 올라갈 수 없었다며 그의 옆에서 금발의 화려함을 헛되이 펼치고 있는 이 바보 같은 여성처럼! 폴린도 똑같았다─결코 계단을 걸어 올라가는 법이 없었고, 그러고서는 근육이 마비되는 것을 막기 위해서 체조를 해야 했고 정골 요법을 받아야 했으며, 힌두 현자들을 불러들여야 했다. 그는 델로스로 이사 가기 전, 미네소타의 농장에서 일하던 어머니가 떠올랐다─씨를 뿌리고, 감자를 캐고, 닭에게 사료를 주고, 반죽하고, 빵을 굽고, 요리하고, 빨래하고, 옷을 수선하고, 모든 남자들이 집에 없던 날 그의 어린 누이동생이 너무 심하게 불에 데자 채 길들지 않은 망아지를 잡아 마차에 달아서 의사를 찾아 20킬로미터를 눈 속에 달려갔던 모습이⋯⋯. 그리고 그 노부인은 그들 모두보다 오래 살 만큼 정정하고 건강한 노년의 상태로 델로스의 작고 아늑한 벽돌집에 앉아 있다. 그것이 맨퍼드에게 예정되었던 종류의 삶이 아니었을까? 그의 조상들에게는 없었던 현대적 기구들로 같은 지역 사람들을 모두 능가하는 큰 규모의 농사를 짓고, 그의 상품을 큰 번화가에서 팔고, 그의 형처럼 주 정치에서 두각을 나타내는 것? 그의 두뇌, 근육, 영혼과 육신의 모든 것을 활용해서 현실적인 일을 하는 것, 세상에 현실적인 결과를 낳는 것 말이다. 대신 그는 공허 속에서 더 빠르게, 더 빠르게 휘돌며 인위적인 활동을 하고 있고, 그런 노력을 보상받기 위해 지속적인 휴식과 치료가 필요했다. 그 모든 것은 결국 아무것도, 아무것도, 아무것도 만들어내지 못한다⋯⋯.

"물론 우리 모두 **당신이** 원하면 우리에게 말할 수 있는 걸 알아요. 린던가 사람들이 조언을 구하려고 당신에게 갔다는 것을 모두가 알죠." 토이 부인의 크고 얕은 눈이 호기심의 푸른 파장을 띠고 그를 향해 질문을 띄웠다. "한마디도 진실이 아니라고요? 아, 물론 그렇게 말해야 하겠죠! 하지만 모든 사람들이 곧 문제가 일어나리라 예상하고 있었죠……."

그러고 나자 후작 부인 쪽에서 속삭이는 소리가 들렸다. "그 수수께끼 같은 마하트마에 관련해서 당신을 괴롭히는 건가요? 어리석은 여자 같으니라고! 폴린이 그를 믿는 한 나는 확신해요. 저녁 식사 전에 폴린에게 내가 그렇게 말했죠. '당신과 덱스터가 용인하는 것은 무엇이든지 **나도** 용인해요.' 내가 그 이유로 내 가엾은 아들 미켈란젤로가 여기 뉴욕으로 오기를 그렇게 바란다니까요……. 당신이 그 애를 보기만 한다면, 우리 짐을 좋아하는 만큼 그 애를 좋아하게 되리라는 것을 알아요. 당신 사무실에 고용할지도 모르죠……. 아, 덱스터, 그건 언제나 나의 꿈이었어요!"

……결국은 이게 아니라면 어떤 종류의 삶이었겠는가? 서부 농장에 대한 꿈은 물론 그저 헛소리였다. 그가 진정으로 원하는 것은 지금처럼 그의 관심을 끄는 광범위한 전문적 관심사들이 광활한 시골의 고요, 책, 말, 아이들과 거의 불가능해 보이지만 어떻게든 결합된 그런 삶이다! 아, 아이들! 자신의 아들들에게 온갖 종류의 시골의 일들을 가르치는 것, 그들을 긴 산책에 데리고 가서 나무와 식물과 새에 대해 이야기해주는 것 ─ 다람쥐를 관찰

하고, 겨울에는 울새와 개똥지빠귀에게 먹이를 주고, 어두워지면 벽난로 불빛과 등불, 한가득 즐거운 것들로 삐걱거리는 티 테이블과 그 테이블에 둘러앉은, 긴 산책으로 배고프고 들뜬 아들들과 딸들(물론 어린 노나 같은 딸들도 더 있어야 한다)이 있는 집으로 돌아오는 것—그리고 그들의 엄마라고 하기에는 터무니없이 젊은 한 여성이 책을 읽다가 평온한 얼굴을 들어 올리는 것. 그리하여…….

"짐의 아내를 보고 있군요?" 후작 부인이 끼어들었다. "그럴 만도 하죠! **정말 아름다우니까요***, 우리 리타는! 머리카락과 같은 색깔의 저 드레스에 저런 인도 에메랄드를 하다니……. 얼마나 영특한지! 하지만 말을 건네기엔 좀 어렵죠? 너무 조용한가요? 아니라고요? 아, **당신**한테는 아마도 아닌가 보군요—그녀의 친애하는 아버지니까! 내 말은 시아버지 말이에요."

조용하다고! 그 말이 그를 다시 생각에 빠지게 했다. 왜냐하면 아이들의 웃음소리와 아이들의 다툼과 대가족의 시골 생활의 건강하고 요란한 소음이 울려 퍼지는 다른 세계에도 그 모든 것 아래에는 대단한 침묵의 웅덩이, 언제나 영혼을 평화로 이끌고 흠

---

* 여기서 후작 부인은 프랑스어 표현을 사용하고 있는데, 그녀가 구사하는 프랑스어는 완전한 문장이 아니라 단어를 나열하는 수준이다. 이는 그녀가 귀족 가문과 결혼해 유럽에 살고 있다는 사실을 허세를 떨며 과장하고 있음을 드러낸다.

뻑 적셔주는 저수지가 있을 것이기 때문이다. 그 꿈은 희미하고 모순적이었다. 하지만 그 여인의 눈 속에서 이 모든 것이 만나 섞이는 것 같았다…….

폴린은 테이블 다른 쪽 끝에서 손짓하고 있었다. 그는 일어나서 후작 부인에게 팔을 내밀었다.

홀에는 유명한 소말릴란드 오케스트라의 곡조가 무도장에서부터 그들을 맞이하기 위해 아래층으로 쿵쾅거리며 울려 퍼졌다. 토이 부인을 앞세운 숙녀들은 속성재배한 라일락과 매화 뒤에 숨겨져 있는, 거울로 선을 두른 엘리베이터로 몰려갔다. 하지만 아말라순타는 맨퍼드의 팔을 잡고 뭉툭하고 검은 구두를 대리석 계단에 디뎠다.

"나는 로마의 궁들에 익숙해요!"

7

"적어도 교대는 할 거지?" 휴스턴이 말했다. 이에 응하며 노나
는 반짝이는 플로어 위에서 느린 스텝으로 균형을 잡고 춤추고
있는 사람들과 합류했다.

춤추는 건 숨 쉬는 것과 같아서 아무것도 아니다. 춤을 안 춘다
면 무엇을 할 것인가? 유난스러워 보이지 않고는 거절할 수가 없었
다. 순순히 받아들이고, 복잡한 의식(儀式)에 똑같이 몰두하고 있는
커플들 사이에서 자신을 잃는 것이 더 간단했다.

플로어는 가득 차 있었지만 붐비지는 않았다. 폴린은 항상 그
런 것에 신경을 썼다. 미리 계산해보는 것은 쉬웠다. 그녀가 초대
하는 사람들은 항상 모두가 수락했고, 그녀와 메이지 브러스는
초대 명단을 만들 때 병원에서 평수를 계산하듯이 주의 깊게 한
커플당 필요한 공간을 배당했기 때문이다. 통풍도 완벽해서 바람

이 새어 들어오는 곳도 없고 공기가 텁텁하지도 않았다. 사람들은 거의 야외에서, 기온 변화가 적은 남쪽 하늘 아래서 춤추는 듯한 느낌이 들었다. 노나는 이런 착각을 만들어내기 위해서 비용을 얼마나 치렀는지 알았기에 다시 한번 지칠 줄 모르는 어머니에게 경탄했다.

"우리 어머니 대단하지 않아요?"

맨퍼드 부인은 머리에 희미하게 빛나는 다이아몬드 줄 장식을 한 채 멋지고 곧은 자세로 문간에 서서, 춤추는 사람들을 향해 가느다란 발을 내밀고 있었다.

"언제나 그렇지! 아, 그녀가 춤을 추려 하는군. 코즈비와."

"그러네요. 그러지 않았으면 좋겠어요."

"코즈비와 춤추지 않았으면 좋겠다고?"

"아니, 그건 아니고. 그냥 춤을 안 췄으면 좋겠어요."

노나와 휴스턴은 자리에 앉았고, 서로 얽혀 회전하는 발들이 직조해내고 있는 환영 같은 패턴들을 그 자리에서 지켜보고 있었다.

"알겠다. 당신은 그녀가 어떤 목적을 갖고 춤을 춘다고 생각하는군?"

소녀가 미소 지었다. "정말로 잘 추죠―어머니가 하는 다른 모든 일에서도 그렇듯이. 하지만 어머니의 춤은 교회에 가는 것과 정찰대를 훈련하는 것 중간쯤 되는 어떤 일 같은 거예요. 어머니는 춤을 추기에는 너무…… 너무 단정해요."

"글쎄, 이건 색다른데." 휴스턴이 중얼거렸다.

키가 크고 날씬한 한 쌍인 리타 와이언트와 토미 아드윈이 접근하자 플로어는 마치 마술처럼 비워졌다. 키가 크고 유연한 실내장식가는 전형적인 무용수의 실루엣을 갖고 있었다. 하지만 그저 벽 위의 그림자 같은 실루엣일 뿐이었다. 방 안의 모든 빛과 음악이 그의 팔 안에 안긴 반투명의 생물에게로 쏟아졌다. 노나에게는 그가 마치 봄 숲으로 들어가서 긴 은빛 꽃송이 가지를 들고 나온 사람 같았다.

"세상에! **얼마나 유연한지!**" 후작 부인은 노나의 어깨 너머로 소리쳤다.

두 사람은 무도장을 독차지했고, 다른 모든 사람들은 춤추기를 멈췄다. 그러나 리타와 그녀의 파트너는 인식하지 못하는 것 같았다. 그녀가 오로지 신경 쓰는 건 광휘를 뿌리는 것뿐이었고, 그가 오로지 집중하는 일은 그의 춤선을 그녀의 춤선에 맞추는 것뿐이었다. 그녀의 얼굴은 흔들리는 줄기 위에 달린 작고 고요한 꽃 같았다. 그녀가 표현하려는 모든 것은 그녀의 몸 안에, 산들바람 아래 흔들리며 들풀이 만들어내는 물결이나 해안의 작은 파도가 부서지며 만드는 고리 모양처럼 길고 **부드럽게 이어지는** 움직임 안에 있었다.

"짐 좀 봐!" 휴스턴은 웃었다. 짐 와이언트는 문간에서 그 모습을 목마른 듯이 들이켜고 있었다. 그의 눈은 '확실히 이건 큐비스트 카바레와 그 밖의 다른 모든 것들에 그녀가 열광하는 이유를 입증해주는군' 하는 표정으로 의기양양해하는 듯했다.

리타는 그의 근처에서 몸을 흔들며 미소를 던지고는 아름다움의 찬란한 물결이 되어 흘러갔다.

갑자기 음악이 멈추었다. 노나는 방 건너편을 흘끗 보았다. 맨퍼드 부인이 음악가들이 있는, 방금 그녀에게 말을 하려고 몸을 기울였던 지휘자가 있는 발코니에서 멀어져가는 것이 보였다.

짧은 휴식 이후 오케스트라는 폭스트롯*을 연주했고 무도장은 다시 채워졌다. 맨퍼드 부인이 정해진 미소—'그녀가 왕관과 함께 장착하는 종류의 미소'를 띠고 스쳐 지나갔다고 노나는 생각했다. 글쎄, 어쩌면 리타가 시어머니의 무도회에서 플로어를 독점하는 것은 **정말로** 다소 버릇없는 행동인지도 몰랐다. 그러나 그녀가 너무 춤을 잘 춰서 다른 모든 사람들이 멈춰서 바라본 거라면 그것이 가엾은 그녀의 잘못인가?

아드윈은 노나에게 다가왔다. "아, 안 돼. 노나랑은 내가 춤추고 싶었는데……." 휴스턴은 낮은 소리로 항변했다.

"저기 애기가 손짓하네요."

소녀의 팔은 이미 아드윈의 어깨 위에 놓여 있었다. 그들이 방의 가운데를 향해 원을 돌며 나아갈 때, 노나는 "당신은 정말 멋지

---

*　사교댄스를 위한 춤곡의 일종.

게 리타 언니의 춤을 돋보이게 해줬어요"라고 말했다.

그는 고음의 자신 있는 목소리로 대답했다. "아, 그녀가 자유롭게 결정하도록 해주고 끼어들지만 않으면 돼요. 그녀와 나는 각각 자신을 표현하는 선이 있어요. 이 둘을 뒤섞는 것은 어리석지요. 다만 그녀가 서지 클로해머를 위해 한 번만 춤춰보게 할 수 있다면 좋겠어요. 그는 할리우드에 올릴 새로운 '헤로디아' 역을 할 사람을 찾아 지구 전체를 수색하고 다닐 판이거든요. 사람들은 오달리스크풍*에 질렸어요. 내 도움으로 리타는 색다른 헤로디아로 진화할 수 있을 텐데. 오늘 밤 저녁 식사 후에 우리 집에 와서 클로해머를 만나겠다고 반쯤 약속했지요. 깨어 있는 사람들 예닐곱 명이 모일 거예요—당신도 합류할 건지 궁금한데요? 클로해머가 내일 할리우드로 되돌아가거든요."

"리타 언니가 정말로 간대요?"

"글쎄요. 그런다고도 하고 아니라고도 했지만, 결국에 그런다고 했어요."

"좋아요, 그럼 나도 갈게요." 노나는 아드원을 증오했다. 그의 매끄러움, 유연성, 자신감, 그가 지배하는 그룹, 그가 주도하는 패션, 그가 주창하는 원칙들—그것들을 하나같이 너무나 끔찍하게

---

* 19세기 프랑스 미술계에서 유행한 회화 양식. 주로 동양 여성의 신체를 소재로 다루었으며 오리엔탈리즘을 뜻하기도 한다.

증오했기에 그녀는 마침내 자신이 실마리를 찾은 것 같았다. 바로 이거였다! 아드원과 그의 무리는 리타를 영화로 끌어들이려고 노력하고 있었다. 이것이 리타의 들썩임과 성급함, 단조로운 삶에 대해 점점 커져가는 불호를 설명해주었다. 노나는 안도의 숨을 쉬었다. 결국 그것뿐이라면⋯⋯!

춤이 끝나자 그녀는 몸을 빼고는 짐을 찾아 무리 사이를 지나갔다. 짐에게 아드원네 데려다달라고 할까? 아니지, 그냥 간단하게 자신과 리타가 폴린 집보다 더 넓고 덜 소란스러운 아드원의 스튜디오에서 마지막 춤 한판을 추러 간다고 말하자. 짐은 웃으면서 찬성할 것이다. 노나가 리타와 함께 간다면 말이다. 클로해머나 그의 우스꽝스러운 '헤로디아'에 대해서는 말할 필요도 없다.

"짐? 하지만 얘야, 짐은 한참 전에 집으로 갔어. 불쌍한 그 애를 나무랄 생각은 없다." 딸이 불러 세우자 맨퍼드 부인은 한숨을 쉬며 말했다. "아침 일찍 사무실에 가야 하는 걸 아니까 말이야. 춤도 추지 않고 밤새도록 우두커니 서 있는 건 틀림없이 끔찍하게 지루할 거야. 그렇지만 얘야, 아버지 찾는 것 좀 네가 도와줘야겠다. 저녁 준비가 다 됐는데, 도저히⋯⋯."

토이 씨의 넓은 팔에 매달린 채 총총 지나가던 후작 부인의 족제비 같은 얼굴이 그들 사이로 들어왔다.

"덱스터요? 5분 전쯤에 봤어요, 멋진 리타를 배웅하고 있던걸요⋯⋯."

"리타요? 리타도 갔다고요?" 노나는 어머니가 절제된 모습과 실룩거리는 신경 사이에서 갈등하는 것을 지켜보았다. "우리 애들은 도대체가 어쩔 수 없다니까요!" 그녀는 불편함을 미소로 감추었다. "아기에게 무슨 문제가 있는 건 아니었으면 좋겠네. 노나, 내려가서 아버지에게 올라오시라고 해다오. 오, 스탠리, 우리 집 남자들이 다 나를 버린 것 같구나. 토이 부인을 찾아서 저녁 식사 자리로 안내해주렴……."

아래층 홀에는 덱스터가 없었다. 노나는 파우더를 찾아 시선을 돌렸다. 뭐든 받아들이는 창백한 집사 파우더는 맨퍼드 부인의 모든 우여곡절과 승리를 함께했으며, 음식 상태와 하인들의 훈육 외에는 아무런 관심이 없는 것 같았다. 파우더는 모든 것을 알고 있고, 모든 것에 대한 답을 갖고 있다. 그러나 그 순간 파우더는 테라핀 요리와 샴페인이 동시에 85개의 작은 테이블에 등장하도록 만드는 거대한 임무에 몰두해 있던지라 홀에서 찾을 수 없었다. 노나는 쌓여 있는 모피 뒤로 늘어선 하인들을 따라 눈길을 주다가 자기 집 소속의 하인을 발견했지만, 맨퍼드 씨가 몇 분 전에 떠났다는 말을 들었다. 그의 자동차가 대기하고 있었는데, 지금은 가버렸다. 제임스 와이언트 씨 부인이 그와 함께 있었던 것 같다고 했다. '물론 그렇겠지. 아버지가 언니를 아드원네로 데려갔군. 불쌍한 아버지! 토이 부인과 아말라순타 아주머니와 저녁을 보낸 후에 말이지─누가 이런 걸 알겠어? 성대한 파티는 아버지를 지루하게 한다는 것을 어머니가 알기만 한다면!' 그러나 노나의 어머니는 결코 알지 못할 것이었다.

"이건 그저 내 천재성에 대한 확고한 믿음일 뿐이에요—그뿐이라고요." 노나가 소위 깨어 있다는 그룹을 모아놓은, 높은 층에 위치한 스튜디오에 들어갔을 때, 아드윈은 그의 불안한 가성으로 선언하고 있었다. 의자가 없었으므로, 이 특권층이라는 사람들은 교묘하게 흑백 대리석의 원근법을 모방해 색칠한 바닥에 널려 있는 쿠션과 매트리스 위에 자리하고 있었다. 검은 원형 천장 아래에 키가 큰 램프들이 맨어깨들, 매끄럽거나 헝클어진 머리들, 사치스러운 쇼 같은 살색 다리들과 샌들 신은 발들을 비추고 있었다. 아드윈은 열혈 추종자에게 속마음을 열어 보이며 불꽃이 흔들리는 교회 양초를 캔버스로 들어 보였다. 캔버스는 기하학적으로 재현한 벽돌 벽과 비상계단과 뒷마당을 향해 열린 창문을 흉내 낸 것이었다. "가짜라고요? 아, 물론이죠. 진짜 창문을 막아버렸거든요. 브루클린 다리와 이스트강이 담긴 그 고리타분한 '야경화' 같은 풍경을 내다보게 되어 있었죠. 여기 온 사람들은 누구나 '휘슬러의 야상곡* 같아!'라고 했고, 나는 정말 지겨워졌어요.

---

* 제임스 맥닐 휘슬러는 19세기 미국의 화가로, '야상곡'이라는 제목의 그림을 여러 점 그렸다.

게다가 그건 **정말로 거기** 있었어요. 그리고 나는 있을 것이라 생각한 곳에 정말 있는 것들을 증오해요. 그건 정직한 사람들처럼 지루하죠. 예술의 모든 것은 허위여야만 해요. 인생의 모든 것은 예술이어야만 하고요. **그런고로** 인생의 모든 것은 허위여야만 하는거죠. 얼굴, 이빨, 머리카락, 아내들…… 특히 아내들이요. 오, 맨퍼드 양, 당신인가요? 어서 들어와요. 리타는 어디다 버려두었나요?"

"여기 없어요?"

"여기 **있나요?**" 그는 한 바퀴 춤추듯 뺑 돌면서 사람들을 보았다. 춤을 추고 있지 않을 때 그는 작은 뱀 같은 머리와 지나치게 각진 어깨 때문에 일본 웨이터와 실크 속옷의 전면 광고 중간쯤되는 무언가 같아 보였다. "리타가 여기 **있나요?** 여러분 가운데 누가 그녀를 숨기고 있나요? 자, 이제 그녀를 내놓아요! 조시 카일러, 혹시 **당신이** 나무 요정으로 위장한 제임스 와이언트 씨 부인은 아니죠?" 8분의 1의 흑인 피가 섞인 흑백 혼혈 피아니스트인 조시 카일러 양이 허둥지둥 통통한 발로 일어서서 소시지 같은 팔들을 모으고 도발적인 포즈로 다리를 벌리자 좌중이 큰 웃음을 터뜨렸다. "발견될 줄 알았다니까." 그녀는 혀짤배기소리를 했다.

가발 같은 금발 머리와 짧고 억센 금발 콧수염 아래 두꺼운 입술, 거북딱지 테를 두른 안경 뒤에 바늘같이 가느다란 눈을 가진키 작은 남자가 불 앞에 서서 진주 한 알로 장식한 윤이 나는 셔츠

앞자락을 일행을 향해 불룩 내밀었다. "이 숙녀분은 춤을 안 추시나?" 그는 녹은 버터같이 느끼한 목소리로 물었는데, 때때로 버터 몇 방울이 입술로 흘러내려서 반지를 여러 개 낀 손 뒤에서 다시 핥아 먹는 것만 같았다.

"맨퍼드 양이요? 물론 춤을 추죠! 노나, 어서 와요. 겉옷 벗고 클로해머 씨에게 리타가 유일한 댄서는 아니라는 걸 보여줍—"

"맙소사! 나도 안장에 오를 때까지 기다려요." 카일러 양이 곤봉 같은 팔 끝에 달린 푸르스름한 쥐 같은 작은 두 손을 건반 위로 서둘러 내밀며 소리쳤다.

노나는 길고 좁은 테이블 모서리에 걸터앉았다. "고맙군요. 나는 '헤로디아'의 후보가 아니에요. 올케가 틀림없이 금방 나타날 거예요."

완벽하게 운용되고 있는 덱스터 맨퍼드 씨 부인의 집조차도 춤을 춘 후 새벽 4시에 돌아가기에 특별히 구미를 돋우는 장소는 아니었다. 마지막 자동차는 떠났고, 마지막 코트와 오페라 외투가 홀과 드레스룸에서 사라졌다. 오로지 걸려 있는 램프 하나만이 어둑한 태피스트리와 거대한 계단 난간을 비추고 있었다. 하지만 홀 테이블에는 빈 칵테일 잔들과 난장판이 된 시가 박스들이 흩어져 있었다. 찢긴 망사 조각들과 짓밟힌 난초들이 계단 카펫에 흩뿌려져 있었고, 엘리베이터 앞의 속성재배한 라일락과 매화 가지는 뜨거운 공기 중에 구슬프게 처져 있었다. 노나는 열쇠로 문을 열고 들어서며 혐오스러운 기분으로 그 장면을 훑어보았다. 이것은 다 무엇을 위한 것이었으며, 끝나고 나면 남는 것은 무엇인가? 메이지와 하인들에게는 큰 청소 작업이 남고, 다음번을 위해 작성해야 할 새 초대 명단이 남을 뿐이다……. 그녀는 시더리지에서의 온화한 봄밤을 기억했다. 그때 그녀는 어린 소녀였고, 짐과 함께 맨발로 아래층으로 내려가 호수에 가서 카누를 풀어 피어나는 층층나무로 가장자리가 둘린 작은 섬들 사이의 은빛 수로 위를 떠다녔다. 그녀는 훼손된 관목들을 급히 지나쳤다.

위층은 서재 문 아래로 새어 나오는 한 줄기 빛을 제외하고는 어두웠다. 이 시간에 불이 켜져 있다니 이상했다. 아버지가 여전히 깨어 있는 모양이었다. 아마 그도 막 들어왔을 가능성이 컸다. 그녀가 지나가는데 문이 열리고 맨퍼드가 불렀다.

"세상에, 노나! 너니? 한참 전에 자러 간 줄 알았구나."

초록색 갓을 씌운 램프 하나가 큰 책상을 비추고 있었다. 맨퍼드의 안락의자는 그리 당겨져 있었고, 근처에는 빈 잔과 반쯤 피운 담배가 놓인 채였다. 바닥에는 저녁 신문이 펼쳐져 있었다.

"들어오는 소리가 너였구나? 지금이 몇 시인지 아니?"

"그래요. 재수가 없었어요! 리타 언니를 찾아 도시 전체를 훑고 다녔어요."

"**리타?**"

"토미 아드윈네 집에서 몇 시간이나 그녀를 기다리고 있었거든요. 대단한 무리였죠! 그가 내게 말하길 리타 언니가 클로해머라는 할리우드 관계자를 위해 춤을 추러 간다고 했고, 나는 언니 혼자 가는 걸 원치 않았어요."

맨퍼드의 얼굴이 어두워졌다. 그는 새 담배에 불을 켜고 짜증스러운 듯 딸을 향했다.

"그런 거짓말을 어떻게 믿게 된 거냐? 클로해머……!"

노나는 그를 마주하고 서 있었고, 눈이 마주쳤다. 그는 어깨를 으쓱하며 성냥을 집으려고 돌아섰다.

"그 이야기를 들은 직후에 하인들이 내게 리타 언니가 떠났고, 아버지가 함께 갔다고 했어요. 그래서 내가 거기 함께 갈 생각인 걸 모르고 아버지가 아드윈네에 언니와 함께 간 줄 알았으니 그렇게 믿었죠."

"아, 그렇구나." 그는 담뱃불을 붙이고 1~2분을 천천히 들이켰다. "리타를 누군가 돌봐야 한다는 생각은 맞는단다." 그는 변화된 어조로 다시 말을 이어갔다. "누군가가 그 일을 맡아야 하지. 그 애 남편은 그 문제에서 손을 뗀 것 같으니 말이야."

"아버지! 잘 알고 계시잖아요. 짐 오빠가 그 일을 맡는다면, 밤마다 이 카바레에서 저 카바레로 리타 언니를 쫓아다니다가 다른 일을, 둘의 생계를 유지하는 데 필요한 일을 잃게 될 거예요. 누구도 그 두 가지 일을 다 하지는 못해요."

"이봐, 성내는 아가씨! 우리 오빠는 내버려둬! 라는 거군."

"그렇다고 하죠." 그녀는 테이블에 기대면서 눈은 여전히 그에게 두고 있었다. "그리고 아드윈이 클로해머 영화에 대해서 말했을 때…… 리타 언니가 아버지한테는 그 얘기를 안 했나요?"

그는 생각하는 것 같았다. "아드윈이 그런 일로 괴롭힌다는 말을 하긴 했단다. 그런데 짐이 가버린 걸 알고, 내가 직접 집으로 그 애를 데려다주었어."

"아, 집으로 데려갔다고요?"

맨퍼드는 안락의자에 다시 앉으면서 그녀 목소리에 담긴 놀라움을 대수롭지 않은 듯 대했다. "그럼, 물론이지. 그 애가 구경거리가 되게 내가 내버려둘 것 같니? 그 애를 돌보는 내 방식이 그런 것이라고 생각한다면 유감이구나."

노나는 의자 팔걸이에 앉아 행복한 포옹으로 그를 감쌌다. "정말 사랑스러운 분!" 그녀는 한숨을 쉬었다. 그러나 그 표현이 아버지를 위한 적절한 표현은 아니었다.

그녀는 체리브랜디 한 잔을 따르고는 아버지의 숱이 적어지는 머리에 키스를 하고, 조시 카일러의 재즈 선율을 낮게 흥얼거리면서 방을 향해 뛰어 올라갔다. 결국 이 세상은 그렇게까지 타락한 세계는 아닐지도 몰랐다.

8

집에서 파티가 열린 다음 날 아침 폴린 맨퍼드는 언제나 스스로에게 30분 더 여유 있는 잠을 허용했다. 하지만 이번에는 깬 채로 누워 다음 날의 일들을 피곤하게 가늠하면서 그 시간을 보냈다.

화려한 전날 밤의 광휘에 이어 마법에서 풀려난 기분이 들었다. 무도회의 광휘는 결코 지속되지 않았다. 그것은 금방 집안일을 처리하는 사람들, 청소부들, 가정부들, 전기 기사들의 일이 되었다. 그리고 이 경우에는 즐거움의 맛이 일찍이 시큼해졌다. 꽃 장식을 한 저녁 식탁으로 문들을 열어젖혔을 때 안주인 가족 중에서 손님들을 자리로 안내할 사람이 단 한 명도 남아 있지 않았다니! 남편, 딸과 아들, 며느리 ─ 모두가 그녀를 버리고 떠났다. 이 싸늘한 불면의 아침, 그 기억을 추방하기 위해 폴린은 모든 자기 통제력이 필요했다. 그들 중 누구라도 의무감을 느껴주기를 원하는 건 아니었지만—그녀는 요새 말로 뭐라 부르든지, 개인의 자유, 자기표현, 그런 것들에 전적으로 찬성이었다—여전히 무도회는 무도회이고, 안주인은 안주인이었다. 덱스터가 일찍 떠나버린 건 유감이었다. 짐이 떠나버린 것도 마찬가지다. 물론 아무도 리타를 믿을 수는 없었지만, 사람들이 너무나 매력적이라고 하는 것이 부분적으로는 그런 태도이기도 했다. 그러나 짐—짐과 노나도 그녀를 버리다니! 얼마나 우스꽝스러운 위치로 그녀를 몰아넣었는가—하지만 아니다, 지금 그 일에 대해서 생각해서는 안 된다. 계속 그랬다간 고약한 잔주름들이 눈 주위에 다시 나타날 것이다. 마사지사가 그녀에게 경고했었다……. 맙소사! 마사지사와의 약속이 언제였던가? 그녀는 (창밖이 아직 깜깜했기 때문에) 팔을 뻗어서 침대 옆의 등을 켜고, 메이지 브러스가 야간 일정표라고 칭하는 것으로 손을 뻗었다. 똑바로 세워둔 자기 메모판 위에 비서가 밤중에 살펴보라고 다음 날의 중요한 '붙박이 약속들'을 기록해두었다.

오늘은 약속이 너무 많아서 브러스 양이 촘촘한 글씨체로 간신히 그것들을 다 끼워 넣었다. 무엇보다도 어제 밀린 가엾은 전시품 A와의 약속이 먼저였고, 그러고는 아말라순타와의 의문의 약속이 점심 직전에 있었다. 그녀는 뭔가 긴급한 일이라고 암시했다. 하필 오늘이라니! 아말라순타는 때로 너무나 눈치가 없었다.

그다음으로는 그 마하트마 건인데, 덱스터가 융통성이 없었으므로 그의 아내는 런던네에게 호소해보기로 작정했다. 분명히 어색할 것이다 ─ 그녀는 어색한 일들을 정말 혐오했다. 도덕적인 것이든 물질적인 것이든, 어떤 것이든 깔끔하지 못한 것을 그녀는 불쾌해했다. 그러나 무언가 해야만 했다. 그것도 즉시 말이다. 그녀는 왜 자신이 그렇게 염려하는지, 왜 그 일의 속편이 있어서는 안 된다고 단호하게 생각하는지, 이유를 몰랐다. 다만 뭔가가 **정말** 잘못된다면 휴식 요법과 새 운동들, 연장된 젊음과 활동과 날씬함을 위해 약속된 온갖 방식들에 대한 모든 계획이 틀어질 것이고, 그녀에게 영적 신통력이 있다고 말해줄 새로운 메시아를 찾아야만 할 것이다.

그러나 그녀의 목록에서 가장 긴급한 것은 바로 그날 오후에 전국 어머니날 협회 사람들에게 할 연설이었다 ─ 아니, 그게 아니다. 혹 산아제한 위원회가 아니었나? 아니지! 그건 다음 주의 연회에서 할 연설이었다. 세계 산아제한 옹호자 단체를 위해 세인트레지스에서 열리는 큰 행사였다. 잠이 깬 것처럼 느껴졌지만 이렇게 약속을 혼동하다니 잠이 덜 깬 것이 틀림없었다! 그녀는 등을 끄고 잠을 청하며 베개에 머리를 댔다 ─ 이제 진짜로 잠이 올지도 몰랐다. 그러나 마치 침대 옆 등의 스위치가 이중이어서, 방 안의 불을 끄면 머릿속의 불이 켜지는 것 같았다.

그렇다면 어머니날 연설의 일부를 암송하려고 시도해보리라.

그녀가 대중 연설을 하는 경우는 드물었다. 하지만 하게 됐을 때는 신중하게 생각했으며, 매력적이고도 동시에 인상적이려고 노력했다. 그녀와 메이지는 타이핑된 원고를 세심하게 검토했고, 괜찮다고 확신했다. 그러나 그녀는 효과가 더 강력한 구절들은 암기하는 것을 좋아했다—몇 분마다 한 번씩 텍스트를 보며 주의할 필요 없이 몸을 기울여 친숙하게 이야기를 하면 청중에게 더 다가갈 수 있었다.

"이 세상에 신이 원하는 대로 모든 아기들을 품기에 충분히 크지 않은 난로 혹은 심장*—어머니의 심장—이 있나요? 물론 어머니가 너무 지쳐서, 아이 방에서 할 일이 아무것도 없이 그저 팔짱을 끼고 가만히 앉아 있을 수만 있다면 세상을 다 내줄 수 있을 것 같은 날들도 있습니다. 그러나 아이 방에서 어머니가 할 일이 없는 유일한 시간은 그 안에 작은 관이 있는 때뿐일 거예요. **그때는** 충분한 정적이 찾아올 겁니다……. 우리 중 어떤 이들은 알겠지만요……." (잠시 쉼, 그리고 청중 가운데 몇몇이 눈물을 흘린다.) "현대의 어머니는 녹초가 되어야 한다는 것이 아닙니다. 정말로 그건 아니에요! 아기들에게도 지친 어머니는 소용이 없어요! 그리고 우선 고려해야 하는 것은 아기들이 원하는 것입니다.

---

* 연설의 효과를 높이기 위해 원어 표현으로 유사한 두 단어 'hearth(난로)'와 'heart(심장)'를 병치하여 사용하고 있다.

그렇지 않나요?"(잠시 쉬고, 청중들이 미소 짓는다……)

아말라순타는 무슨 일로 그녀를 성가시게 하러 오는 것일까? 물론 돈을 더 요구하는 거겠지―그러나 그녀가 가엾은 미켈란젤로의 빚을 진짜 다 갚아줄 수는 없다. 리타가 저렇게 계속 사치스럽게 옷을 입고 보석을 계속 다시 세팅한다면 곧 더 가까운 곳에 빚이 생길 것이다. 요즘은 보석을 다시 세팅하는 것이 새것을 사는 것만큼 비용이 든다. 그리고 그 에메랄드들은…….

아침 이 시간에는 상황이 잿빛으로 보이는 경향이 있다. 그녀는 자신의 낙관주의가 그해 이후로 이렇게 심각하게 압박받은 적은 없다고 느꼈다. 그때 그녀는 프루스트를 읽어야만 했고, 새로운 춤 스텝을 익혀야 했으며, 동양 철학을 정복하고 머리를 진짜 단발**로 잘라야 할지 아니면 그저 단발처럼 보이게 할지를 결정해야 했다. 그녀는 그런 역경들을 뚫고 승리해왔다. 그런데 더 나쁜 것이 앞에 놓여 있으면 어쩌지?

아말라순타는 맨퍼드 부인이 준 옷 중 제일 볼품없이 고쳐 입은 드레스를 입고 초라하고 겸손한 모습으로 들어왔다―이는 언제나 나쁜 징조였다. 그러고는 역시 미켈란젤로의 빚 얘기였다.

** 1920년대 미국은 재즈 시대로서 '플래퍼'라고 지칭되는 새로운 여성 세대가 등장한 시기이기도 했다. 앞머리로 이마를 가리는 짧은 단발머리로 유명하다.

경마, 바카라, 여자…… 러시아 공주. 아, 저런, **진품이죠**, 정말로! 폴린이 〈프래틀러〉 잡지에 실린 그녀의 사진을 보고 싶지 않은 지? 그녀와 미켈란젤로는 야외 풀장에서 수영복을 입은 채 함께 사진이 찍혔다.

아니—폴린은 보고 싶지 않았다. 그녀는 건네진 초상의 모습 에서 눈길을 돌리고 역겨워하며 돌아섰다. 다른 편견을 가지고 있고, 다른 사람들의 편견도 마치 기억술 학습처럼 한 번에 하나 씩 오직 단편적인 조각으로만 파악할 수 있는 후작 부인에게는 폴린의 역겨움이 분명 놀라웠을 터였다.

"아, 내 아들은 무슨 일이든 대충 하지 않아요." 후작 부인은 단 언했다. 그녀는 이 사건이 자랑할 만한 것이라고 여전히 느끼고 있었다.

폴린은 싫증 나서 몸을 뒤로 젖혔다. "아말라순타, 나도 참 안 타깝네요. 하지만 미켈란젤로는 아기가 아니잖아요. 그리고 돈을 쓰기를 원하는 가난한 사람은 먼저 돈을 벌어야 한다는 걸 그 애 가 이해할 수 없다면……."

"오, 하지만 그 애도 이해하고 있어요. 그럼요! 벤투리노와 내 가 항상 귀에 못이 박히게 말해온걸요. 그리고 작년에는 오리건 에 사는 외눈의 옥스바움 양과 결혼하려고 애를 썼어요. 진짜 그 랬다고요."

"저는 **벌어야 한다**고 말했어요." 폴린이 끼어들었다. "사람들은 돈 때문에 결혼하는 걸 돈을 번다고 여기진 않아요."

"오, 맙소사―정말요? 가끔이라도요?" 후작 부인이 낮은 소리로 말했다.

"돈을 번다고 할 때 내 말의 의미는 사무실에 출근하는 거예요."

"아, 그렇죠. 어젯밤에 덱스터에게 내가 한 말이 그거예요. 벤투리노와 내가 가장 원하고 있는 것이죠. 덱스터가 미켈란젤로를 그의 사무실에 받아주는 거요. 그러면 모든 어려움이 해결될 거예요. 그리고 미켈란젤로가 여기 오는 즉시 성공하리라 확신해요. 그 애는 누구보다도 똑똑하다고요. 다만 로마에서 젊은 남성들은 더 큰 위험에 처해 있어요―유혹이 더 많거든요."

폴린은 입술을 오므렸다. "그러리라 생각해요." 하지만 유혹은 대도시의 특권이다. 그래서 아말라순타가 말 한 필로 다니는 로마같이 작은 곳에 뉴욕보다도 유혹이 더 많다고 말하는 건 좀 건방지다고 생각했다. 다른 분위기에서는 그녀도 이탈리아의 수도를 부정의 온상이라고 선언하고, 뉴욕은 순수한 미국적 도시의 모델이자 전형이라고 선언했을 것이다. 대개는 그녀가 가볍게 여길 이런 모든 모순들이 오늘은 머리를 아프게 했다. 그래서 신경질적으로 말을 이어갔다. "미켈란젤로를 그의 사무실에 받아준다고요! 그렇지만 그 애가 무슨 준비가 되어 있죠? 어떤 훈련을 받았나요? 법률을 공부한 적이 있나요?"

"아니요, 그런 적은 없을 거예요. 그렇지만 그 애는 **할 거예요.** 그 애가 배울 거라고 내가 장담할게요." 후작 부인은 "그런 곤경에서는 그 애가 거리 청소부라도 될 거다"라고 말하고 있는 것처럼 선언했다.

폴린은 희미하게 미소를 지었다. "이해를 못 하시는 것 같아요. 법률은 **전문직**이에요(덱스터가 폴린에게 그렇게 말했다). 몇 년의 훈련과 준비가 필요하다고요. 미켈란젤로가 먼저 하버드나 컬럼비아에서 학위를 취득해야만 할 거예요. 하지만 어쩌면……." 손목시계를 흘끗 보니 그녀의 다음 약속이 가까워지고 있었다. "어쩌면 덱스터가 다른 종류의 일을 제안할 수도 있겠죠. 모르겠어요, 물론…… 약속을 할 수는 없어요. 그렇지만 그동안에……." 그녀는 책상으로 몸을 돌렸고, 가계수표가 그들 사이에 오갔다. 미켈란젤로의 적자에 큰 인상을 남기기에는 너무 적은 돈이었다. 하지만 아말라순타가 이렇게 말할 만큼은 충분히 큰 돈이었다. "어쩜, 나를 이렇게 망친다니까요! 그렇지만 아이를 위해서 그냥 받지요. 그리고 추기경을 위한 환영연에 대해서는, 벤투리노에게 전보를 치면 자리를 마련해줄 거라 확신해요. 친절한 메이지가 내 사인을 해서 보내줄 수 있지요?"

폴린이 린던네 현관 계단을 내려와 운전사에게 "와이언트 씨 댁으로"라고 말한 것은 3시가 훨씬 지나서였다. 그리고 그녀는 여전히 (아침에서 연기된) 율동 운동을 끼워 넣어야만 했고, 4시 30분에는 자신의 집 무도장에서 열릴 어머니날 모임을 위해 목욕하고, 머리를 말고, 옷을 갖춰 입고 준비가 되어 있어야 했다. 그 다음에는 큰 티 파티가 이어질 것이었다.

물론 '정신적 심호흡'을 아무리 해도, 또 평온을 위한 다른 모든 운동들을 해도 이 숨 가쁜 뉴욕 생활이 만드는 신경 불안을 무찌를 수는 없었다. 오늘은 정말로 감당하기에 너무 과하다고 느끼며 그녀는 몸을 젖히고 한숨을 쉬면서 눈을 감았다. 그러나 매 순간이 너무나 소중한 이때, 자동차를 멈춰 서게 만든 교통정리 경보 소리에 의식이 돌아왔다. 모든 사람이 어딘가에 도착하려고 그렇게 서두른 결과는 그 누구도 어디에도 도착할 수 없다는 것이다. 그녀는 자신의 자동차와 나란히 선 세 줄의 자동차들을 훑어봤다. 각각의 자동차 안에는 (마치 거울 속 풍경을 들여다보는 것처럼) 자신처럼 값비싸게 차려입은 여성이 짜증을 억누르는 똑같은 태도와 이마에 서둘러야 한다는 똑같은 신경질적 찡그림을 하고 몸을 앞으로 내밀고 있었다.

아, 긴장을 푸는 것을 기억할 수만 있었으면!

그러나 어떻게 그럴 수가 있겠는가? 오늘처럼 모든 것이 잘못 될 때 말이다. 패니 린던을 방문한 것은 완전한 실패였다. 폴린은 린던가 사람들에 대한 자신의 영향력을 과대평가했던 것이다. 그 깨달음 자체도 좀 수치스러웠다. 마하트마 일은 '가족의 일'이라는 말을 들었을 때, 그녀는 더 이상 가족이 아니라는 것을 알게 되었다! 마음속에서 폴린은 와이언트 가문 사람이길 완전히 그만둔 적이 없었던 것이다. 그녀는 자신이 여전히 그 이름이 제공하는 암묵적인 특권을 갖고 있다고 여겼는데, 와이언트 가문 사람들은 그렇게 생각하지 않는다는 것에 놀랐다. 결국 그녀는 그들을 위해 아말라순타를 부양했다―적지 않은 비용인데도!

하지만 린던 부인은 그저 "너무 고통스러워요"라고 말하면서―놀랍게도 "덱스터 본인도 우리한테 아무것도 말하지 말라고 특별히 요청했어요"라며 말을 맺었다.

그 말이 암시하는 건 "알아내고 싶은 게 있으면 그에게 가요!"라는 것이다. 물론 패니는 변호사와 의사의 아내들은 고객의 비밀을 절대 알 수 없다는 걸 잘 알고 있었다.

폴린은 불쾌해하면서, 그리고 그게 드러나는 걸 개의치 않으면서 자리에서 일어섰다. "그런데 너무나 끔찍해서 **나한테도** 말할 수가 없다고 하면서 톰, 딕, 해리, 누구에게든 만천하에 말하고 싶어 하는 건 의아하군요. 그런 생각 해봤어요?"

아, 물론, 해봤어요. 린던 부인이 외쳤다. "하지만 그랜트는 의무라고 말했어요…… 그리고 덱스터도 그랬고요……."

폴린은 그저 엷은 미소를 지었다. "덱스터는 당연히 변호사의 관점을 취하죠. 그게 **그 사람의** 의무예요."

린던 부인의 마음은 돌려서 하는 말을 기민하게 알아채지 못하는 상태였다. "그렇죠. 그는 우리가 **그래야만 한다고** 말해요." 그녀는 그저 반복했다.

폴린은 갑작스러운 권태감이 몰려오는 것을 느꼈다. "적어도 그랜트를 먼저 내게 보내세요 — 그에게 내가 이야기할게요."

그러나 그녀는 스스로에게 "지금 나의 유일한 희망은 아서를 통해 그들을 움직이는 것뿐이야"라고 말했다. 그러고는 신호가 바뀌는지 주시하며 차창 밖을 걱정스레 바라보았다.

아서 와이언트 집의 모든 것은 그녀가 온다는 것 때문에 먼지를 털고 정돈해놓았다. 사촌 엘리너가 흩어진 담배꽁초들을 벽난로에 던져 넣고 소파 쿠션을 마지막으로 털고는 맨퍼드 부인이 정문으로 들어올 때 뒷문으로 살그머니 빠져나갔다는 것을 알아챌 수 있었다.

와이언트는 평상시의 그다운 약간 과장된 상냥함으로 그녀를 맞이했다. 그는 버려진 남편이 잘난 척하는 아내를 환대할 때 사용하는 적절한 어조를 제대로 습득하지 못했다. 이런 점에서 폴린이 그보다 한 수 위였다. 그녀는 진지함과 누이 같은 친절함을 정확하게 혼합한 태도를 찾았다. 그리고 그의 건강에 대해서 안부를 물어야만 한다는 필요성이 언제나 처음 몇 분간 도움이 되었다.

"아, 보다시피 — 여전히 미라 같지." 그는 앞으로 뻗은 다리를 가리켰다. "아말라순타를 문까지 배웅할 수도 없었어."

"아말라순타요? 그녀가 여기 왔었나요?"

"그랬소. 스스로 점심 식사를 자청했지. 나로서는 정신없는 일이었소, 외국인 귀빈을 환대하는 데는 익숙하지 않거든. 특히 그들이 바로 내 곁에서 소풍인 양 접시에 담긴 걸 먹어야 한다면 말이지. 하지만 그녀는 아주 상냥하게 받아들여줬지."

"그랬겠죠." 폴린은 중얼거렸다. 속으로는 '아말라순타가 점심 값을 지불할 리는 없지'라고 덧붙였다.

"근데 대단히 차려입었더군. 당신이 아주 친절히 대해줬다고—늘 그렇듯 말이오—말했소."

폴린은 그의 어조에서 합당한 비난을 눈치챘다.

"또 미켈란젤로가 뉴욕으로 와서 운을 시험한다면 맨퍼드가 도와주겠다고 약속했다며 기뻐하더군."

"약속했다고요? 글쎄요…… 그런 건 아니에요. 하지만 덱스터가 할 수 있는 일을 할 거라고는 말했지요. 그게 미켈란젤로를 처리할 수 있는, 유일하게 남은 방법 같아요."

와이언트는 뒤로 몸을 젖혔다. 그는 콧수염 아래로 움찔 미소를 지었다. "그래, 그 젊은이가 재앙이지. 그리고 그 이유가 보이기 시작하는군. 가장 최근 애인과 함께 수영복을 입고 찍은 사진을 보았소?"

폴린은 그런 얘기에 손을 내저었다. 아직까지도 그런 것들이 그녀를 역겹게 한다는 걸 깨닫지 못하다니 얼마나 아서다운가!

"글쎄. 그는 지난번 바티칸의 미술관들에서 본 작품들 이후 내가 보았던 인간의 조각 형상으로는 가장 훌륭해 보이는 작품이긴 하더군. 진짜 아폴론 같아. 우습군. 올버니의 와이언트 가문 사람이 이교도의 신을 생산하는 재주가 있다니. 나는 사진을 방금 맨퍼드에게 보여주고, 아들 바보 엄마의 논평을 얘기해주었소."

폴린은 재빨리 올려다보았다. "덱스터도 여기 왔었나요?"

"그렇소. **내게 도움을 주러 왔지.**" 그는 감긴 붕대를 바라봤다. "더 어렵지, 그건. 먼저 바닥으로 이 다리를 내려야겠군. 하지만 맨퍼드는 정말 친절하기도 해—전염성이 있다니까. 그는 내가 짐과 함께 그의 섬으로 가서 2주간 진짜 햇빛을 받기를 원해. 좀 힘을 써서 부활절 직전에 얼마간 짐을 일에서 놓여나게 할 수 있으리라 생각한다고 말하던걸. 마음이 동해."

폴린은 미소를 지었다. 두 남자가 그런 어조로 서로에 대해 이야기하는 것이 항상 기뻤다. 덱스터가 그의 남쪽 섬을 가엾은 아서에게 제공하는 호의를 베풀다니 물론 대단히 친절한 처사였다……. 그녀는 모든 사람이 친절하고 단순하기만 하다면 얼마나 인생이 쉬울까 생각했다.

"하지만 미켈란젤로에 대해서 말인데, 무엇이 아말라순타를 걱정시키는지 얘기할 참이었소. 미켈란젤로가 미국에서 일을 시작한다고 말한 의미는 물론 상속녀와 결혼하는 것이오."

"아, 물론이에요. 그리고 감히 말하건대 그 애는 그렇게 하겠죠."

"맞소. 벌써 마음에 두고 있는 사람도 있지. 당신도 추측하지 않았소? 노나 말이오!"

폴린의 유머 감각이 한결같지는 않았지만 이것이 팽팽한 신경을 이완해주었다. 그래서 그녀는 웃었다. "가엾은 미켈란젤로!"

"당신이 걱정하지는 않으리라 생각했소. 하지만 아말라순타가 걱정하는 건 그를 **내버려두지** 않으리라는 거요."

"내버려두지 않을 거라고요?"

"리타가 말이오. 그녀의 이론은 리타가 미켈란젤로를 보자마자 열정적으로 그와 사랑에 빠질 것이고, 함께 춤을 추고 나면 그에게 빠져들 거라는 것이지. 그런 이유로 아말라순타가 당신한테는 감히 그렇게 말하지 못했지만 결국은 미켈란젤로를 수입하느니 그 애의 빚을 갚아주는 것이 비용이 덜 든다고 생각하는 거지. 자기는 이미 경고했으니 가족이 결정할 일이라 말하더군."

그들의 웃음이 섞였다. 그들이 젊었을 때 이후로 처음인지도 몰랐다. 그들의 만남은 대개 가벼움을 띠진 않았다.

그러나 폴린은 그랜트 린던네 얘기를 꺼내기 위해 급히 웃음을 거두었다. 그 이름에 와이언트의 눈이 반짝였다. 마치 나른한 회복기 환자에게 식욕을 돋우는 음식을 제공한 것 같았다.

"그런데 그 모든 걸 나한테 얘기해줄 사람이 바로 당신 아닌가—아, 아니, 물론 말할 수 없겠지. 맨퍼드가 그 사건을 맡을 거라면 말이오. 그래도 상관없소. 결국 지금쯤은 공공 재산이니까.

오늘 아침의 〈루커온〉 보았소? 사진하고 함께 실린. 여기, 어딘가에……." 삽화가 있는 신문 잡지 더미가 그의 곁에는 항상 있었지만, 그는 늘 그 속에서 원하는 걸 찾지 못했다. 그리고 이제 〈프래틀러〉와 〈리스너〉*와 다른 잡지들을 무력한 손으로 헛되이 뒤적이기 시작했다. 그런 비효율성의 작은 증상은 그녀에게 옛날을 떠올리게 했다. 그의 끊임없는 혼란스러움과 언제나 모든 일에 손을 댈 수 있다는 그의 꾸준한 믿음은 그녀의 신경을 긴장시키곤 했다.

"사진들이요?" 그녀는 숨이 턱 막혔다.

"그렇소. 검둥이 그 사람은 터번을 두르고 의례용 옷을 입었고, 테라스 주변에서 남녀가 누드로 다리 운동을 하고 있던걸. 팜비치의 호텔 같아 보이더군. 패니 린던은 사진에서 비를 발견하고 노발대발한 거지. 그녀 말로는 최후의 한 푼까지 쓰더라도 그 남자를 감옥에 넣겠다고 하던걸. 찾았네 — 결국, 여기 있었군."

폴린은 움찔 물러났다. 사람들이 그녀에게 역겨운 사진들을 보여주려고 하는 것을 그만둘 수 없을까? 그녀는 물었다. "패니 린던도 만난 건 아니죠?"

"만나지 않았느냐고? 여기서 아침을 보냈어. 그녀가 아말라순타에게 모든 것을 얘기했소."

---

*　당시에 유행한 스캔들이나 소문을 담은 저급 잡지들.

폴린은 일어나는 분노를 애써 조절했다. "얼마나 바보 같은지! 이제는 **확실히** 소문이 쫙 날 거예요!" 그녀는 패니와 아말라순타가 자못 기쁜 듯이 후손들의 불명예스러운 사진들을 교환하는 장면을 그려보았다. 너무 품위 없군……. 구뉴욕 사람이 도덕성이 없는 외국인만큼 수치심이 없다니.

"패니가 내가 오기 전에 여기에 왔다는 걸 몰랐네요. 막 그녀를 만나고 왔거든요. 그녀에게 멈추라고 설득하려고 노력했어요. 너무 늦기 전에 모든 것을 덮으라고요. 당신도 같은 충고를 했으리라 생각하는데요?"

와이언트의 얼굴이 어두워졌다. 그는 당황한 듯이 전부인을 바라보았고, 그녀는 그가 약간 충격적인 소문의 즐거움에 굶주려, 사건의 부적절함과 어리석음에 대한 모든 감각을 잃어버렸다는 것을 알았다.

"모르겠군……. 너무 늦었다는 건 알겠어. 그리고 맨퍼드도 그들에게 하라고 권장하고 있다던데."

폴린은 참지 못하겠다는 듯 가볍게 움직였다. "덱스터가요, 그럼 그렇죠! 그가 '사건'을 만나면요! 내 생각에 변호사들은 다 똑같아요. 하여튼 나는 그를 이해시킬 수가 없었어요……." 그녀는 말을 멈추었다. 역할이 뒤바뀌었으며 처음으로 그녀가 첫 남편 앞에서 두 번째 남편을 험담하고 있다는 것을 갑자기 깨달았다. 그녀는 서둘러 덧붙였다. "게다가 린던네가 그들의 아이를 공개적으로 불명예스럽게 하기로 선택한다면 그건 덱스터의 문제는 아니죠. 그들은 **그의** 친척이 아니잖아요. 비는 **그의** 사촌의 딸이 아니니까요. 하지만 당신과 나, 우리가 어떻게 다르게 느끼지 않을 수 있나요? 비와 노나와 짐은 모두 함께 컸어요. 당신은 이 추문을 멈추도록 나를 도와줘야 해요! 그랜트 런던을 즉시 불러요. 그는 분명 당신 말은 들을 거예요⋯⋯. 당신이 항상 그랜트에게는 큰 영향력이 있잖아요⋯⋯."

그녀는 극한 상황에서 자신이 맨퍼드에게 했던 바로 그 주장을 사용하고 있음을 깨달았다. 그리고 이 경우에는 그것이 더 효과적이라는 것을 즉시 알았다. 와이언트는 희미한 만족의 미소를 지으며 뻣뻣하게 자세를 가다듬었다. 자신도 모르게 그는 통풍으로 아픈 여윈 손으로 머리를 쓸어내렸고, 거울 속에 비친 자신을 보려고 했다.

"정말로 그렇게 생각하오? 물론 그랜트가 어린 소년일 적에는 나를 대단한 사람으로 여기곤 했지. 하지만 지금은⋯⋯ 이 누추한 구석에 있는 나를 누가 기억하겠어?"

폴린은 명백히 쌀쌀맞은 미소를 지으며 일어섰다. "많은 사람이 기억하는 것 같은데요. 내가 오늘 세 번째로 당신을 방문한 숙녀라고 말했잖아요! 아서, 당신도 잘 알고 있잖아요⋯⋯." 그녀는 미소의 맨 끝에 가볍게 이름을 불렀다. "심지어 이런 시기에도 당신 같은 사람들의 의견이 뉴욕에서는 여전히 중요하다는 걸요.

패니와 비가 일간신문 헤드라인에 등장하고, 기자들과 사진기자들이 문간에 줄을 서 있다는 생각에 당신 어머니가 어떻게 느꼈을까 상상해봐요! 살아서 그런 일을 보지 않으셔서 다행이죠."

그녀는 와이언트의 피상적인 아이러니는 언제나 감정적인 호소, 특히 그의 어머니의 이름을 사용한 호소 앞에서 쉽게 녹는다는 것을 알고 있었다. 그는 불안하게 눈을 깜박이더니 〈루커온〉을 내던졌다.

"당신 말이 단연코 옳소. 그들은 바보 집단이군. 규범이란 게 남아 있지 않지. 할 수 있는 일을 하겠소. 그랜트에게 전화해서 오늘 저녁 집에 가는 길에 들러보라고 하겠소……. 폴린, 도대체 진실은 뭐란 말이오? 그에게 이야기를 하려면 알아야만 하니까." 그의 눈이 다시 호기심으로 빛났다.

"진실이요! 그런 건 없어요……. 그건 정말 바보 같은, 별것도 아닌 일이에요! 글쎄, 난 다음 달에 휴식 요법을 위해 돈사이드에 갈 거예요. 텍스터가 타폰 낚시를 간 동안에요. 마하트마는 이런 헛소문보다 한참 위에 있는 사람이에요. 린던네 사람들이 걱정이지, 그분에 대한 걱정은 없어요."

와이언트가 던져버린 잡지가, 한 면을 가득 채운 사진이 —**바로 그** 사진이 —보이게 바닥에 떨어져 있었다. 폴린은 떠나려는 길에 어디든 정돈하는 본능에 따라 기계적으로 그것을 집으려고 허리를 굽혔다. 몸을 구부렸고, 보았다. 그녀의 눈은 여전히 예리했다. '돈사이드 남녀공학'이라는 사악한 표제를 훑어본 후 무분별하게 원을 이룬 무리 가운데서 비 린던을 즉시 알아봤다. 그리고 시선을 옮기다가 또 다른 벌거벗은 아름다운 소녀…… 그녀의 얼굴과 몸짓에 눈길이 이르러 놀랐다……. 믿을 수가 없었다! ……잠시 동안 폴린은 그녀의 눈이 보고하고 있는 것을 받아들이기를 거부했다. 역겹고 불안해져서 그 면을 접었고, 탁자 위에 잡지를 놓았다.

"그 잡지 치우려고 할 필요 없소. 당신을 배웅해줄 사람이 없어서 유감이군!" 그녀는 와이언트가 외치는 소리를 들었다. 그녀는 아래층으로 내려갔다. 눈앞이 캄캄해져서 믿어지지 않았고, 어떻게 자동차에 탔는지도 몰랐다.

집에 도착해서 옷을 갈아입고 어머니들이 떼를 이루어 도착할 때 연설문을 앞에 둔 채 좌장 자리에 앉아 있을 수 있는 시간이 간신히 있었다…….

9

글쎄, 아마 덱스터도 **이제는** 그랜트 런던네를 침묵시킬 필요성을 이해할 것이다……. 그 사진은 물론 의도적인 모함일 수도 있었다—그런 일들은 관련이 없는 사진들을 가져와 끼워 맞출 수 있는 것을 알고 있었다. 춤추는 무리가 돈사이드의 야외 테라스에 교묘하게 맞춰졌을지도 모른다. 어떤 파렴치한 족속이 춤추는 사람들의 몸을 제공했는지 누가 알겠는가. 덱스터는 그런 건 흔한 협박성 속임수라고 자주 말해주곤 했다.

사진이 진짜라고 하더라도 폴린은 이해하고 그냥 넘어갈 수 있었다. 그녀는 한 번도 돈사이드에서 그런 종류의 일을 본 적이 없었지만—당치도 않지!—강의나 새로운 운동 강좌를 들으러 갈 때마다, 모두가 적극적이며 열의에 가득 차서 자기 향상을 위해 열심인, 그녀와 똑같은 또래의 다른 숙녀들을 맞이해준, 왕관 쓴

부처님이 있는 흰 칠을 한 텅 빈 그 방은 그들을 신비 깊숙이 들어가도록 허용하지 않는 게 아닌가 생각했었다.

그 너머에는 아마도 다른 의식(儀式), 다른 환경이 있었으리라. 왜 아니겠는가? 모두가 '자연으로의 회귀'에 대해 이야기하며, 그녀 세대의 몸과 마음을 단단히 감싸고 있는 미국인의 내숭을 조롱하지 않았던가? 마하트마는 그가 '순수로의 회귀'라고 부르는 새로운 운동의 리더 중 하나였다. 그는 언제나 인체의 숭고함을 찬양하고 있었고 서양의 꽉 끼는 의상과 비교해서 느슨한 동양 의복의 편안함을 칭찬했다. 하지만 폴린은 그가 옹호하는 늘어진 옷감들은 더 길고 덜 투명할 거라고 생각했다. 무엇보다 그녀는 친숙한 얼굴들이 그런 빈약한 스카프를 걸치고 있으리라는 건 예상하지 못했다……

하지만 이제 그녀는 집 문 앞에 도착했다. 어머니들을 위해 준비할 시간이 간신히 있었다. 덱스터에게 전화를 걸거나 이번 호 〈루커온〉을 전부 사버리거나(멋진 생각이었다!) 아니면 언젠가 그녀와 저녁 식사를 함께했던, 리타의 친구인 〈루커온〉 편집자를 접촉할 시간은 없었다. 외출복을 벗고 흐트러진 머리카락을 하녀가 매만질 때 초조함으로 움찔거리면서 앉아 있는 동안 이런 온갖 가능성과 불가능성이 미친 듯이 "너무 늦었어"라고 말하며 머릿속을 내달렸다. 모임을 위해 준비된 조금은 구식인 가운은— 산아제한 위원회를 위해 디자인된 것과는 매우 달랐다—그녀의 연설문 옆에 펼쳐져 있었다. 부르면 달려올 거리에 머물던 메이지 브러스는 계단 너머를 내려다보다가 숨차게 달려왔다.

"사람들이 도착하고 있어요……!"

"아, 메이지, 서둘러 내려가요! 내가 전화하고 있다고 말해요."

고칠 수 없는 성실함으로 수화기를 들고 맨퍼드의 사무실 번호를 외쳤다. 거의 즉시 그의 목소리가 들렸다. "덱스터, 마하트마 조사는 멈춰야만 해요! 이유는 묻지 말아요—시간이 없어요. 다만 약속해줘요."

그녀는 그의 짜증 난 웃음소리를 들었다.

"안 된다고요?"

"불가능해"라는 답이 돌아왔다.

그녀는 아마 수화기를 내려놓고, 보석 박힌 '모성' 배지를 부착하고, 평소처럼 반지와 팔찌를 끼었던 듯하다. 하지만 사람들이 꽉 들어찬 무도장 끝에 있는 연단에 서서, 그녀의 '메시지'를 열광적으로 환영할 준비가 되어 있는 입술과 눈을 가진 진지하고 신뢰하는 얼굴들이 건너편에 줄지어 앉아 있는 것을 보았을 때까지 아무 기억이 없었다. 그녀는 아주 훌륭한 연설가로 여겨졌고, 이런 중압적인 집단으로 대변되는 유형의 여성들의 마음을 끄는 법을 알고 있었다. 이들은 인간의 무한한 자비심과 미국식 위생의 측량할 수 없는 자원에 대한 공통적인 믿음으로 결속된, 전국의 작은 도시들의 대표들이었다. 그녀 자신이 자라면서 배운 도덕적 단순함이 이 여성들에게 가까이 다가가게 했다. 그들은 거대하며 신뢰할 수 없는 도시로 모여들었지만, 그곳이 어머니들 회합의 거대한 배경 이상의 어떤 다른 곳이라는 건 평온하게도 알지 못했다. 폴린은 그런 때 세상을 그들의 눈을 통해 바라봤고, 모성과 가정이라는 명분에 진정으로 열광하는 분위기에 활력을 얻었다.

청중에게 향했을 때 그녀는 평온함을 꾸며냈다. 그녀는 자신과 상황을 제어한다고 느꼈다. 그녀는 연설했다.

"개성─무슨 일이 있더라도, 그것이 첫 번째이자 마지막입니다. 내게는 이 단어가 우리의 상황을 요약해주는 것 같아서 이것으로 이야기를 시작하려고 합니다. 개성은 발전해나갈 수 있는 공간입니다. 팔꿈치를 편히 움직일 수 있는 공간일 뿐만 아니라 몸 전체와 영혼을 위한 공간이죠. 그것도 둘 다에게 아주 충분한 공간입니다. 그것이 모든 인간의 권리입니다. 더 이상 잊힌 아내나 일에 지친 어머니, 끊임없는 집안일과 양육에 찌든 인간 노예는 없어야……"

그녀는 잠시 멈춰 급히 숨을 들이켰고, 줄지어 앉아 있는 당황한 안경들 너머로 놀란 표정의 노나와 눈이 마주쳤고, 그러자 자신이 심연으로 빠지려 한다는 걸 느꼈다. 그러나 가장자리에서 멈추었고, 나락으로 떨어지는 것에서 스스로를 구원했다…….

"그런 말은 어머니가 되는 것을 두려워하고, 어머니가 되는 것을 수치스러워하는 우리의 적들이 하는 말이죠. 그들은 자신들의 쾌락과 편의, 그들이 행복이라 부르는 것이, 아이들을 세상으로 키워 보내는 일, 하늘이 주신 그 신비로운 기쁨과 영광스러운 특권에 우선하는 여성들이에요."

안심한 어머니들로부터 한차례 박수가 쏟아졌다. 그녀가 해냈다! 재앙의 바로 문턱에서 효과를 끌어냈다. 재빨리 회복하는 본능으로, 너무 늦기 전에 그녀의 다른 연설, 산아제한 모임 연설의 첫 문장을 어머니에 대한 찬가의 대담한 도입부로 바꿀 수가 있었다! 그녀는 잠시 멈추었다. 여전히 속으로는 숨이 가빴지만, 이상한 낌새를 눈치채지 못한 청중 너머 노나에게 다시 미소 지을 때는 확신을 되찾았다. 그녀의 역설적인 시작이 원래 시작하려고 했던 구절이 일으키기를 바랐던 것 이상으로 더 큰 효과를 냈다는 것을 인지하기에 충분한 확신이었다.

미래의 연설을 위한 힌트였다.

다만 내면의 불안함은 지속되었다. 그녀가 자기 통제력뿐만 아니라 기억력, 그녀가 말하고 있는 것이 무엇인지에 대한 감각을 잃어버릴 수 있다는 것을 발견하자, 냉정한 손이 판독할 수 없는 경고를 지시하고 있는 듯했다.

불안증, 피로감, 뇌의 탈진…… 그것들과의 싸움이 소용이 없었던가? 자연적인 인간의 운명—불안, 슬픔, 노화—에 맞서 오랜 세월을 인내하며 규격화된 노력을 했던 것이 무슨 소용이 있단 말인가? 그런 위협이 자신이 사건들을 통제할 수 없을 때마다 다시 나타난다면 말이다.

연설은 박수갈채와 열광적인 감탄 속에 끝났다. 그녀는 무례하고 고된 자신의 삶에 대한 개인적인 기억들로 여전히 가득 찬, 사람을 잘 믿는 어머니들의 마음에 곧장 가닿는 데 성공했다. 자동차, 돈, 최신 수도 설비에도 불구하고 그 어머니들의 마음속에는 굳건한 전통이 머물고 있었다.

어머니들이 해산하고 난 후에 폴린은 간신히 위기를 모면한 것에 여전히 멍한 채로 방으로 올라갔다. 자유 시간이 있다니 다행이었다! 그녀는 소파에 몸을 던지고 시선을 자기 내면으로 향했다. 이 수행법을 할 여유가 좀처럼 없었다.

이제 안전하다는 것을 알기에, 그리고 자신이나 명분에 불명예가 될 일은 하지 않았기에, 그녀는 활동의 동기를 좀 더 깊이 통찰할 수 있었다. 그런데 거기서 본 것이 그녀를 공포에 질리게 했다. 어머니날 협회의 의장이면서 산아제한 위원회의 연사라니! 그녀가 얼마나 모순적인지 딸이 킥킥 웃으며 조롱할 필요도 없었다. 하지만 이런 모순들을 해결하는 일은 마치 랍비장과 뉴욕 주교가 아말라순타의 추기경을 만나도록 초대하는 것만큼 쉬워 보였다. 마하트마가 가르쳐주지 않았던가? 입문한 사람들에게 모든 불화는 더 고양된 상위의 조화로 해결될 거라고. 출산을 권장하는 것과 그것을 제한하는 법을 가르치는 것의 모순으로 잠시 주의가 황급히 흘러갔을 때, 그녀가 호소했던 두 범주의 사람들은 완전히 다르고, 같은 방식으로는 '가닿을' 수 없다고 말하는 것으로 충분하다고 느꼈다. 광고에서처럼 윤리적인 문제에서도 중요한 것은 당신의 대중에게 다가가는 것이다. 지금까지는 이 주장이 그녀에게 만족스러웠다. 양쪽 모두에서 말할 거리가 많다고 느끼면서, 두 원칙 모두를 동등한 열정으로 전파하는 데 자신을 던졌다. 그런데 지금 잘못을 인식한 눈으로 자신의 시도를 살펴보니 그런 편의주의적 방식에 의심이 갔다.

노트와 전화 메시지를 가지고 나타난 메이지 브러스의 감정을 속으로 삭이는 그 작은 얼굴은 이런 의심을 반영해주는 것 같았다.

"아, 메이지! 뭔가 중요한 거 있어요? 피곤해서 죽겠어." 이런 인정은 그녀가 자주 하는 것이 아니었다.

"별로 없어요. 신문 서너 곳에서 연설 원고를 달라고 전화했어요. 대성공이었어요."

희미한 만족스러움의 광채가 폴린의 당황스러운 마음에 너울거리며 스쳤다. 그녀는 유창한 척하지 않았다. 그녀는 자기 아이들이 그녀의 구문에 미소 짓는 걸 알고 있었다. 하지만 그녀는 청중의 가슴에 가닿았고, 누가 그것이 성공이란 것을 부정할 수 있겠는가?

"아, 메이지. 신문에 실릴 만큼 좋은 것 같지는 않은데……."

비서는 미소를 지었고, 속기로 메모를 작성하고는 이어서 말했다. "후작 부인이 아들이 수요일에 배를 타고 출발한다고 전화하셨어요. 추기경 관련해서 후작 부인이 보내라는 전보는 보냈고요, 답장 요금도 미리 지불했어요."

"수요일에 배를 타고 출발이라고? 모레인데…… 그럴 수는 없어요!" 폴린은 걱정스럽게 팔꿈치를 짚고 몸을 일으켰다. 그녀는 남편에게 경고했고, 그는 들으려 하지 않았다. "메이지, 아래층에 전화해서 맨퍼드 씨가 도착했는지 알아봐줘요." 그러나 그녀는 대답이 무엇일지 잘 알고 있었다. 요즘 뭔가 진지하게 할 얘기가 있을 때면 언제나 덱스터는 그녀를 피할 핑계를 찾았다. 그녀는 몸을 다시 눕히고, 피곤한 눈 위로 눈꺼풀을 내리고는 답을 기다렸다. "맨퍼드 씨는 아직 도착하지 않으셨어요."

최근 덱스터에게 무슨 일이 일어났다. 눈을 감는다고 그걸 모른 척하진 못한다! 그녀는 과로라고 생각했다―늘 그 이유니까. 부유한 남자들의 의사들은 그들이 집에서 퉁명스럽거나 힘들어하면 항상 과로하고 있다고 이야기한다.

"8시 30분에 토이 씨 댁에서 만찬이 있어요." 브루스 양이 일정표 낭독을 계속했고, 폴린은 희미하게 씁쓸한 미소로 입술을 오므렸다. 토이 씨 댁에서―그는 그건 잊지 않을 것이다! 그를 매혹하는 여성이 있을 때면 언제나…… 심지어 리타까지도……. 그녀는 언젠가 그가 리타와 함께 영화관에 갈 예정이라고 하면서 허둥대는 것을 보았고, 자신이 그를 대신해 미리 전화하는 걸 잊었다고 생각했다! 그는 시계를 손에 들고 이리저리 쿵쾅거리며 걸었다……. 아마도 중년의 증상 중 하나라고 그녀는 생각했다. 지나가는 단계라고. 그가 20년간 충실했으니 봐줄 수 있었다. 그리고 그럴 작정이었다. 남자들은 여자들처럼 우아하게 늙어가지 않는다. 그녀는 그의 가벼운 시시덕거림에 대해 바가지를 긁지 않을 만큼은 현명했고, 그 바보 같은 글래디스 토이가 소란을 떨며 그를 추켜세우는 것에 오히려 감사했다.

그러나 이번 마하트마 일처럼 심각한 문제들에 대해서는 달랐다. 덱스터는 그녀의 의견을 좀 더 주의해서 들을 의무가 있었다. 10여 개의 신문에서 달라고 하는 연설문을 쓴 그런 여성인데! 그리고 지겨운 미켈란젤로 문제. 그건 그가 집요하게 피하는 또 다른 문제였다. 좌절감이 폴린에게 몰려왔다. 율동, 차가운 질 세척, 정신적 심호흡, 그리고 다른 모든 만병통치약이 무슨 소용인가?

이런 식으로 상황이 계속된다면 그녀는 얼굴 주름을 없애는 시술을 받아야만 할 것이었다.

10

참 짜증스러웠다. 그 볼러드란 여자애가 몰래 들어와 흘깃거리는 꼴이라니……. 물론 그녀는 사무실에서 가장 뛰어난 타자수다. 기술적으로 완벽하고 약간의 프랑스어와 이탈리아어도 알아서, 언어로 인한 긴급 상황에서 유용했다. 그녀를 대체할 이유는 없었다. 그러나 일을 할 때를 제외하면 어찌나 대놓고 유혹하려 드는지 딱할 지경이었다! 그녀는 언제나―부인할 수 없었다, 사무실 사람들 모두 이에 대해 미소 지었다―맨퍼드의 사생활을 침입할 구실을 찾았다. 급박한 장거리전화, 잊어버린 서명, 마지막으로 물어볼 질문, 회사 다른 직원으로부터의 메시지……. 그녀는 교묘하게 핑곗거리를 찾았다……. 요새 그녀가 그를 내버려둘 때면 그는 언제나 일어나서 어깨를 펴고 벽난로 위의 거울 속 자신의 모습을 비판적으로 관찰했다. 그리고 그런 어리석은 행동을 하게 만든 그녀를 더욱 증오했다.

오늘 오후에는 그녀의 핑계가 평소보다 허술했고, 그건 그녀를 적대할 새로운 점이 되었다. "신사 한 분이 책상에 두고 가셨습니다. 즐거워하실 만한 사진이 실려 있어요. 아, 제가 가져다드리는 건 괜찮으시죠?" 그녀는 헉하고 숨을 들이쉬며 말했다.

맨퍼드는 외투를 입고 손에 모자와 지팡이를 들고 막 나서려는 참이었다. 그는 중얼거렸다. "아, 고마워요." 그러고는 그녀의 말이 길어지는 것을 막기 위해 〈루커온〉을 집어 들었다. 그를 즐겁게 할 사진이라! 멍청이 같으니라고……. 아마도 시더리지 정원에 대한 정교하고 '예술적'인 연구 같은 거겠지. 그는 작년 여름에 아내가 〈루커온〉 사진사들이 정원을 찍게 허락했던 걸 기억했다. 그녀는 그게 의무라고 생각했다. (그녀의 또 다른 취미인) 정원 가꾸기에 대한 사랑을 퍼뜨리는 데 도움이 될 거란다. 게다가 개인의 사적인 특권을 다수와 나누는 것을 거절하는 건 비민주적이라고 했지. 그는 그녀의 모든 캐치프레이즈들을 알고 있었고, 공유할 대중이 없다면 그녀가 특권을 과연 얼마나 중요하게 여길까 의문이 들었다.

그는 잡지를 겨드랑이에 끼었고, 30분 후 리타 와이언트의 내실에서 던져버렸다. 거기는 너무나 고요하고 어둑해서 리타가 집에 없는 것이 기쁘기까지 했다. 비록 때로는 그녀가 시간을 지키지 않는 것에 화가 났지만. 종일 바쁘고 혼란스러웠던 후라 그런지, 오늘 저녁에는 조명이 밝지 않은 방에서 그녀가 기대어 있던 곳이 어디인지 여전히 보여주는, 잔뜩 쌓여 있는 쿠션들과 어두운색 그릇에 담긴 아룸꽃 두 송이 위를 비추는 갓 씌운 등과 함께 그녀를 기다리는 것이 위로가 되었다.

그녀가 들어와도 고요함은 거의 깨지지 않을 것이다. 그녀가 있는 곳은 언제나 고요함이 깊어졌다. 소음과 서두름이 그녀의 집 문턱에서는 사라졌다. 그리고 오늘 저녁 집 안 전체가 고요했다. 평소처럼 맨퍼드는 아기를 보러 살금살금 올라가서 차분한 은색 벽과, 은빛 광채의 화병에 담긴 하얀 히아신스꽃들이 있는 아이 방으로 갔다. 아기는 자고 있었다. 흐트러진 장밋빛 곱슬머리의 통통한 핑크빛 헤라클레스 같은 모습으로, 핑크빛 손으로는 이불을 꽉 쥐고 있었다. 심지어 등 옆의 유모도 알 품은 비둘기같이 은빛을 띠고 잠자코 앉아 있었다.

고정된 시간과 약속과 의무가 없는 집…… 그곳에는 어떤 시계도 움직이고 있지 않았고, 누구도 늦는 사람이 없었다. 어떤 일이 일어나야 하는 특정한 시간이 없었으니까. 물론 불합리하고, 터무니없이 실용적이지 못했다—그러나 바쁜 하루를 보낸 후에는 얼마나 휴식이 되는가! 뉴욕의 임무들과 놀이들로 꽉 짜인 패턴 속에서—시계들이 멈춘다면 붕괴하고 사라질 운명인 것 같은 바로 그 속에서—성취할 수 있는 기적이다!

이런 늦은 시간의 방문은 맨퍼드가 집에 가는 길에 아기를 보러 들르는 것으로 시작되었다. 그는 아기 침대에 누운 아기들을 좋아했다. 짐의 이 통통한 녀석은 특별히 더 그랬다. 노나 다음으로는 짐만큼 그가 좋아하는 사람은 없었다. 짐이 행복하게 결혼해서, 은행에서 일을 잘하면서 위층의 저 웃음을 자아내는 어린 녀석과 함께인 것을 보는 것이 나이 든 그에게는 자신에게 아들이 없다는 오래된 유감을 불러일으켰다.

짐은 이런 방문에 도움을 줄 만큼 충분히 일찍 돌아오는 적이 거의 없었다. 리타도 처음에는 대개 외출 중이었다. 그러나 지난 몇 달 동안 맨퍼드는 그녀가 집에 있는 걸 더 자주 보았다. 아니면 적어도, 그녀의 내실에서 담배를 피우며 머무는 습관에 빠지면서, 저쪽 집에 가기 전에 그녀를 잠깐이나마 볼 수 있었다. 모든 시계들이 동시에 종을 치고 서재에 들어가면 메이지 브러스의 필체로 쓰인 한 주간의 약속들이 그에게 던져지는 곳 말이다.

오늘 밤 그는―그날 하루, 그의 일, 그의 삶, 그 자신에게―평소보다 더 싫증을 느꼈다. 아! 특히 자신에게 싫증 났다. 너무 피곤한 상태였기에 깊숙한 안락의자가 도와주자, 주변에 몰려드는 고요함 속에서 조류에 떠밀리듯 반쯤 조는 상태에 빠졌다.

그는 순간 리타가 들어왔다고 생각해, 잠깐 잠에 빠진 중년 남성의 모습을 미인이 발견했다고 느끼고 당황해서 깜짝 놀라 깼다……. 그러나 방은 비어 있었다. 그의 움직임 때문에 볼러드 양이 건넨 잡지가 바닥에 떨어진 것뿐이었다. 그는 시더리지의 사진들이 실려 있다고 생각해서 리타에게 보여주려고 가져왔던 걸 기억했다. 시간이 있을까? 그는—그 집에서는 시대착오적인 물건인—시계를 보았고, 담배에 불을 붙이고 만족스레 몸을 뒤로 젖혔다. 그는 집에 도착하자마자 그날 오후에 마하트마에 대해서 다시 전화를 걸었던 폴린이 그를 몰아세우며 그 지겨운 질문을 다시 시작하리란 걸 알고 있었다. 똑같이 지겹긴 마찬가지인 다른 문제, 그 멍청이 미켈란젤로의 빚을 갚아주는 일과 함께 말이다. "우리가 갚아주지 않으면 우리 손으로 그를 돌봐야 할 거예요. 아말라순타는 당신이 그를 회사에 데려올 것이라 확신하고 있어요. 이야기를 할 수 있는 시간을 두고 집에 오는 편이 좋겠어요……." 항상 이야기를 나누고, 간섭을 하고, 조정을 하는 것! 그런 일은 직업적으로 충분히 했다. 폴린이 변호사가 아니라서 유감이었다. 사무실에서 일하는 시간에 할 얘기를 다 했을 텐데. 그는 가만히 여기에 앉아 있다가, 옷을 갈아입고 폴린과 함께 차를 타고 외출할 수 있을 정도의 시간에 맞춰 집에 도착하도록 주의를 할 것이다. 그들은 밖에서 저녁 식사를 할 예정이었다. 어딘지는 기억할 수 없었다.

잠시 동안 아내의 초상이 눈부시고 차갑게 선명한 모습으로 그의 앞에 나타났다. 마치 입체 환등기를 통과해서 보이는 사진 같았다. 그러고는 홀로 거기서 방해받지 않고 리타를 기다리던 상태 때문에 생긴 나른함과 기분 좋음의 안개 속으로 곧 사라졌다.

리타는 독특한 존재다! 그의 입술이 회상에 잠긴 미소로 움찔했다. 어느 날 그녀는 소리 없이 뒤에 다가와서 그의 머리에 가볍게 키스해서 그를 놀라게 했다. 그는 노나라고 생각했다……. 그 이후 그는 기다리는 동안 때로 자는 척을 했지만 그녀가 다시 키스를 하는 일은 없었다…….

그는 그녀가 진짜 어떤 종류의 삶을 사는 건가 의아했다. 이제 신선함이 끝났으니 그녀가 짐을 어떻게 하려는 건가? 그는 서로에게 그렇게 어울리지 않는 두 사람이 있나 싶었다. 하지만 여자는 뭐라 단정할 수가 없다. 짐은 젊고 리타를 흠모하는 상태다. 그리고 빨간 머리의 아들이 있었다…….

다행히 리타는 노나를 좋아했고, 두 사람은 함께 시간을 많이 보냈다. 노나는 은행처럼 안전한 데다가 귀뚜라미처럼 명랑했다. 그녀가 있을 때는 모든 것이 괜찮을 것이 확실했다. 하지만 맨퍼드가 설명할 길이 없는 다른 시간들과 막간들이 있었다. 폴린은 항상 리타가 괴상하게 양육되었다고 말하곤 했다. 어떤 여자애든 퍼시 랜디시 씨 부인의 손에서는 그럴 것이 틀림없었다. 폴린은 그런 이유로 결혼을 반대했었다. 비록 현대의 어머니는 자식들의 독립성을 존중하니 그저 짐이 황홀함에 빠져서 주의를 하지 않는다고 넌지시 반대를 암시하는 정도였지만 말이다.

맨퍼드 또한 처음에는 그녀를 싫어했고 짐의 선택을 한탄했다. 그는 광대뼈가 발달하고, 머리가 너무 작고, 광나는 옷과 잘난 척하는 부주의한 태도를 지닌 리타가 정말 못생겼다고 생각했다. 그런데 시간이 흐르자 그 결혼은 결국 결과가 잘 나온 것 같았고, 그는 짐을 위해서 그녀에게 관심을 갖고, 짐이 바라보듯 그녀를 보려고 노력했다. 하지만 그 변화는 아들이 태어날 때까지는 일어나지 않았다. 그러고 나서 그녀가 베개들에 싸여 누워, 금빛 속 눈썹 아래에 새로운 그늘이 생긴 채 꽃잎 같은 손으로 그녀 곁의 작은 빨간 머리 아래를 받치고 있을 때, 그 광경이 그의 마음에 인상을 남겼다. 매혹이 지속되지는 않았다. 다시 그런 느낌이 든 적은 없었다. 그가 '아름다운 척'이라 부르는 그녀의 태도가 그를 격분하게 하는 날들이 있었고, 그녀의 경박함에 오싹하는 날들도 있었다. 하지만 그녀는 그를 지겹게 한 적은 없었고, 그에게 일종의 짜증 나는 흥미를 일으키는 걸 멈춘 적이 없었다. 그는 스스로에게 그건 그녀가 무슨 일을 벌이려는지를 결코 확신할 수 없기 때문이라고 말했다. 저 부드럽고 둥근 이마와 알 수 없는 눈 뒤에서 일어나고 있는 일을 추측하는 것이 그가 가장 몰두하는 일이 되었다.

처음에 그는 노나가 등장하면 기뻐하곤 했다. 그리고 짐이 지쳤지만 행복하게 은행에서 돌아오면, 세 명의 젊은이들은 헛소리를 하면서 앉아 있었고, 맨퍼드는 담배를 피우면서 듣곤 했다. 하지만 점차 그는 노나가 들르는 날을 피하고 (직업적 약속으로부터 어렵사리 벗어나서) 더 일찍 오기 시작했고, 짐이 도착하기 전에 리타만을 찾게 되었다.

요즘에는 그녀가 뭔가를 막연히 참지 못하고 불안해하는 것 같았다. 맨퍼드는 그녀의 믿음을 얻어서 그 부드럽고 둥근 이마 뒤의 수수께끼를 알아내기로 결심했다. 그는 짐의 결혼이 그저 다른 모든 것처럼 성공하지 못한 모험으로 귀결될지 모른다는 생각을 참을 수 없었다. 리타는 그녀가 어떤 보물을 소유하고 있는 것인지, 얼마나 쉽사리 그걸 잃어버릴 수 있는지 이해해야만 한다. 리타 클리프─퍼시 랜디시 씨 부인의 조카─가 짐 와이언트와 결혼하는 행운을 얻었는데 그와의 사이를 위태롭게 하다니! 여자들은 얼마나 바보인가! 그녀가 자신을 둘러싼 사기꾼과 아첨꾼무리에서 벗어날 수 있다면 맨퍼드는 그녀가 정신을 차리게 할 수 있을 것이라 확실히 느꼈다. 때로 차분한 기분일 때 그녀는 그의 말을 약간 감동적으로 따르면서 그의 판단에 의존하는 것 같았다…….

방법은 재즈와 나이트클럽과 그녀의 삶을 침입한 사이비 예술가 같은 실내장식가 무리들과 영화 스타들과 배우 쓰레기들로부터 그녀를 회유해서 시골의 기쁨, 골프와 테니스와 보트 타기 같은 건전한 야외 활동으로 돌려놓는 것이었다. 그녀는 다른 것을 할 수 없을 때는 그런 것들을 충분히 좋아했다. 그녀는 맨퍼드에게 서두르는 것에 싫증이 나서 휴식이 필요하다고 고백했고, 부활절에 아들과 시더리지에 오겠다고 반쯤 약속했다. 짐은 자기 아버지를 데리고 조지아 해안의 섬으로 내려갈 것이다. 집이 멀리 있는 것이 좋을지도 모른다. 이 현대의 젊은 여성들은 익숙한 것에는 금방 싫증을 내니 떨어져 지내고 나면 리타가 남편을 더욱 소중히 여길 것이다.

이제 몇 주만 있으면 아마도 그 일이 실현될 것이다. 그녀는 시더리지의 층층나무가 싹을 틔우고, 나무들이 떨리듯 녹색으로 바뀌는 것을 본 적이 없다. 맨퍼드는 상상 속 광경에 미소 지으면서 기억을 되살리려고 몸을 굽혀 〈루커온〉을 집어 들었다.

하지만 이건 그 호가 아니었다. 그 안에는 정원들이 없었다. 볼러드 양이 이걸 왜 그에게 준 것이지? 그는 잡지의 페이지를 넘기다가 '태어날 때의 의상을 입은 오리엔탈 현자'에 이르렀다—아, 빌어먹을 마하트마! '돈사이드 남녀공학'—아, 제기랄…….

그는 일어서서 어둡게 갓을 씌운 등 아래로 종이를 밀어 넣었다. 폴린과 이성이 지배하는 집에서는 항상 의자에서 움직이지 않고도 뭔가를 읽을 수 있도록 불의 밝기가 조절되어 있었다. 그러나 이 우스꽝스러운 집은 누구도 책을 펼치지 않는 곳이라 등은 적절하지 않은 곳에 놓여 있고, 너무 어둡게 갓을 씌워 놓아서 뭔가를 알아보려면 갓 밑으로 종이를 밀어 넣어야만 했다.

그는 사진을 찬찬히 보고는 비 린던을 알아보고 역겨움에 어깨를 으쓱했고, 다시 보다가 확신이 필요해서 그의 코에 있는 안경을 재차 똑바로 했다—변호사다운 정확성의 본능이 내면의 격렬한 전율을 억제하고 있었다.

그는 문으로 걸어갔다가 다시 돌아서서 망설이며 서 있었다. 그는 사진을 자세히 보려고 등갓의 가장자리를 들어 올렸다. 빛이 리타의 소파 위의 조각상을 있는 그대로 비췄다. 폴린이 (아이들이 들을 때마다 즐거워하듯이) 항상 약간은 우려하면서 아마 큐비스트풍인 것 같다고 말하는 그 조각상이다. 맨퍼드는 전에는 그걸 눈치챈 적이 없었다. 왜 젊은이들은 추악함을 찬미할까 궁금해했을 뿐이었다. 벽감의 그늘에 반쯤 가려진 그건 통통한 팔다리의 묶음처럼 보였다. 그는 노려보면서 소리쳤다. "오, 너는 썩은 고깃덩어리라고!" 그는 그걸 향해 주먹을 쥐어 보였다. **"저런 걸** 그들이 원하다니 ─ 저런 게 그들의 짐승 같은 우상이군!" 단어들이 그로부터 분노의 흐릿한 형태로 떠듬떠듬 나왔다. 짐을 위해서였다…… 충격, 품위 상실……. 잡지가 미끄러져 바닥에 떨어졌고, 그는 다시 자기 자리에 털썩 앉았다.

천천히 그의 이성이 혐오감과 혼란을 뚫고 돌아왔다. 폴린이 옳았다. 랜디시 집에서 자란 여자애에게 무얼 기대하겠는가? 어디 있었는지, 어디 다녀왔는지 누구도 물어볼 생각을 하지 않았을 것이다. 랜디시 부인은 그녀 자신의 바보 같은 일들에 몰두해 있었으니 절대 물어볼 사람이 아니었다.

그래, 그렇다면 뭔가? 현대의 소녀들은 항상 자유롭고, 그 자유를 사용하는 법을 알리라고 기대된다. 노나의 독립성은 짐과 똑같이 세심하게 존중되어왔다. 그녀는 끊임없는 현대적 동요 속의 그녀 몫을 온전히 갖고 있었지만, 바위처럼 안정적이었다. 그 위에서 남자가 마음을 키워갈 수 있는 그런 여자였다. 여자가 선천적으로 올곧다면, 재즈도 나이트클럽도 그녀를 삐뚤어지게 할 수는 없을 것이다…….

노나의 경우는 폴린의 영향력이 있는 게 사실이다. 폴린은, 그녀의 결점이 무엇이든지 간에, 언제나 명랑했고 아이들에게도 대체로 현명했다. 애들이 그녀를 비웃으면서도 그녀를 엄청 사랑한다는 것이 그 증거였다. 그 점에 대해서는 인정해줘야 했다. 폴린을 생각하자 신선함과 정직함의 느낌이 그를 스쳤다. 최근에 그녀에게 부당했다. 비판하고 짜증 내고 했으니. 그는 유해한 암시들과 함께 이 어둑하고 자의식 강한 방에서 뿜어 나오는 독약을 천천히 흡수하고 있었던 것이다. 못생기고 잘난 척한다고 생각했던 리타에 대한 첫인상이 그를 다시 엄습했고, 마법을 흩뜨려놓았다.

"아, 기다리고 계셔서 기뻐요." 그녀가 둥지 위의 새처럼 모피 속에 하트 모양의 얼굴을 깊이 묻고서 그의 앞에 나타났다. "오늘 만나고 싶었어요. 기다리시라고 **염원했죠**." 그녀는 거기 서 있었다. 고개를 한쪽으로 살짝 기울이고, 반쯤 열린 눈꺼풀 사이로 희귀한 황금빛 액체 같은 눈길을 주었다.

맨퍼드는 그 눈을 마주 바라봤다. 그녀의 등장이 그의 목구멍

속 말들을 묶어버렸다. 그는 그녀 앞에서 비방과 험담으로 말문이 막힌 채 서 있었다. 그러고 나자 아무 말도 안 하는 것—그리고 그저 가버리는 것이 얼마나 더 쉬운가 하는 생각이 났다. 물론 갈 작정이었다. 짐 와이언트는 그의 아들이 아니니, 그가 알 바는 아니었다. 모든 문제에서 손을 뗄 수 있으면 얼마나 좋을까!

"외식이 있어. 더 있을 순 없구나." 그가 중얼거렸다.

"아, 그렇지만 계셔야만 해요!" 그녀의 손이 그의 팔에 꽃잎처럼 가볍게 닿았다. "그러시길 원해요." 그는 그녀의 윗입술이 들리자 작고 둥근 이빨이 반짝이는 걸 볼 수 있었다……. "그럴 수 없어…… 그럴 수 없어." 그는 자신의 목소리가 그녀 속에 얽혀 있는 듯 느끼며 그녀 목소리로부터 분리하려고 노력했다.

그는 문을 향해 움직였다. 〈루커온〉이 그들 사이 바닥에 놓여 있었다. 더욱 좋았다. 그녀는 그가 가고 나서 발견할 거다! 그러면 왜 그가 기다리지 않았는가 이해할 것이다. 그리고 짐이 그걸 집을 걱정은 없다. 그녀가 사라지게 할 테니!

"이건 뭐죠?" 그녀는 유연한 몸을 굽혀 그걸 주워 들고, 빛나는 얼굴로 등 쪽으로 움직였다.

"아, 당신이—이걸 나한테 가져다주신 건가요? 행운이네요! 이 잡지 한 부를 찾으려고 온갖 곳을 돌아다녔어요—전판이 매진됐거든요. 어딘가에 원본 사진이 있을 텐데, 찾지를 못했죠."

그녀는 그 치명적인 페이지에 이르렀고, 활짝 펼쳤다. 그녀의 미소가 그걸 어루만졌다. 그녀의 입은 진줏빛 씨앗 한 줄 위로 튀어나온 핑크빛 꼬투리처럼 보였다. 그녀는 거의 다정하게 맨퍼드에게로 돌아섰다. "당신이 내가 아드윈네 가는 걸 막은 후에, 이 사진을 클로해머에게 보내겠다고, 그리고 내가 정말 춤을 잘 출 수 있다는 것을 보여주겠다고 맹세해야 했어요. 토미가 낮에 전화해서 클로해머가 할리우드로 떠난다고 했고, 내가 어젯밤에 안 나타나자 모두 내가 충분히 잘할 수 없을 걸 알고 그랬다고 다들 말했다고 했어요." 그녀는 자부심에 찬 태도로 사진을 내밀었다. "별로 안 닮았어요, 안 그래요? ……뭘 빤히 바라보세요? 내가 영화 쪽으로 진출하고 싶어 하는 걸 몰랐나요? 꼼짝 않고 있는 건 결코 내가 잘하는 일은 아니에요……." 그녀는 잡지를 던지고는 나른한 미소를 지으며 모피를 벗기 시작했고, 그러면서 춤 스텝을 밟았다. "왜 그렇게 충격을 받은 것 같아 보여요? 그렇게 하지 않으면, 난 미켈란젤로와 함께 도망갈 거예요. 아말라순타가 그를 데려오는 걸 당신도 아시잖아요. 이런 일을 더 오래 견딜 수는 없어요……. 게다가 우리 모두에게는 자기표현의 권리가 있는 것 아닌가요?"

맨퍼드는 계속 그녀를 바라보았다. 그는 그녀가 어떤 사람인지 깨닫고는 역겨워서 그녀가 하는 말을 거의 듣고 있지 않았다. 등불이 저렇게 진줏빛 원을 그리며 비추고 있는 관자놀이 뒤에 있는 생각과 꿈이 그거였다!

그는 천천히 말했다. "이 사진 — 그럼 이건 진짜니? 거기 가본 거야?"

"돈사이드요? 맙소사, 어디서 춤추는 걸 배웠다고 생각하신 거예요? 키티 이모는 혼자 일 보러 가고 싶을 때마다 거기에 날 데려다 두곤 했어요. 꽤 자주였죠." 그녀는 모자를 벗어 던지고 모피를 벗고는 등갓의 주름 장식을 내렸다. 그녀는 몸매가 노출되는 딱 붙는 드레스를 입고 그의 앞에 서 있었다. 그녀는 어깨까지 드러나 있는 두 팔을 작은 머리를 향해 암포라 항아리* 같은 동작으로 들어 올렸다.

"아, 어릴 때죠……. 하지만 난 지겨워요!" 그녀는 하품을 했다.

---

* 폭이 좁고 손잡이가 달린 그리스 시대 항아리. 팔을 들어 올린 동작을 하고 있는 날씬한 리타의 모습을 이 항아리의 형상에 빗대고 있다.

2부

11

폴린 맨퍼드는 자신에 대한 믿음을 잃어가고 있었다. 그녀는 새로운 정신적 강장제가 필요하다고 느꼈다. 예전의 원천에서 여전히 그걸 얻을 수 있을까?

토이네서 저녁 식사를 한 다음 날 아침, 마하트마가 특별한 손님에게만 제공하는 돈사이드의 작은 빈방을 방문하는 것이 적절할까 생각해보다가 으스스한 의심이 들었다. 그때만큼은 그 현자를 마주치지 않는 편이 낫겠다 싶었다. 그에게 간다면 남편의 분노를 무릅쓰는 것이었기에, 다가오는 갈등을 피하라고 신중함이 경고하고 있었다. 마하트마가 그녀에게 끼어들어달라고 요청한다면, 그녀는 이미 그렇게 했지만 성공하지 못했다고 대답할 수밖에 없었다. 그리고 그런 고백은 일반적으로 소용이 없으면서도, 언제나 고통스러웠다. 하지만 지침이 있어야만 한다. '인도

(引導)'(아말라순타가 그렇게 부르지 않았던가?)를 찾아 나서는 어떤 가톨릭 신자보다도 더 절실하게 그 필요성을 느끼고 있었다. 물론 폴린 안의 뿌리 깊은 신교도 신앙은 고해성사의 신성함으로부터는 공포스레 물러났지만, 그런 순간에는 틀림없이 효용이 있을 것 같았다. 그러나 마하트마가 아니라면 누구에게 그녀가 고해할 수 있겠는가?

덱스터는 그녀를 만나겠다고 청하지도 않고 시내로 가버렸다. 그녀는 그 전날 저녁에 함께 차를 타고 토이네를 오간 후에 그가 그러리라고 확신했었다. 그가 경직되어 침묵할 때가 요즘 들어 더 자주 있다는 것을 그녀는 인식했고, 이럴 때 간섭하는 건 소용이 없다는 걸 알고 있었다. 좀 혼란스럽게 이해하고 있는 것일지도 모르지만, 프로이트식 원칙의 반향이 '이야기를 하는 것'*이 유익하다는 그녀의 신념을 강화해주었다. 그래서 덱스터에게 다시 이 치료법을 권유하고 싶었다. 하지만 지난번에 권했을 때 그는 완화제를 선호한다고 답해서 그녀에게 상처를 주었다. 경직되고 접근하기 어려운 그의 현재 기분으로는 더 심한 말을 할지도 몰랐다.

---

* 당시에 프로이트 정신분석학의 대화치료 개념이 등장했다. 심층적으로 이해하지는 못하지만 이런 신조류에 대단히 민감하게 관심을 갖고 받아들이고자 하는 폴린의 성향을 드러낸다.

그녀는 내실에 앉아서 예기치 못한 한 시간의 여유가 생긴 것에 고통스러운 압박감을 느꼈다. 얼굴 마사지 전문가가 독감에 걸렸다고 마지막 순간에 알려왔던 것이다. 물론 그녀는 그날 아침에 '침묵 명상'도 빼먹었다. 하지만 지금 그걸 하고 싶은 기분도 아니었다. 게다가 한 시간은 명상을 하기에는 너무 길다― 한 시간은 무엇을 하기에도 너무 길다. 몇 해 만에 처음으로 한 시간을 온전히 자기 것으로 갖게 되자, 그녀는 어떻게 해야 할지 전혀 몰랐다. 그녀에게 아무도 가르쳐주지 않은 것이다. 그리고 사방으로 손을 뻗어도 약속이나 의무가 손에 닿지 않는 갑작스러운 공허에 에워싸여 있다는 걸 느끼자 내면에서 정신적 어지러움이 일어났다. 그녀는 물론 충분한 휴식 요법을 했었다. 모든 친구들이 그랬다. 하지만 휴식 요법 중에 사람들은 항상 휴식을 취하느라고 바빴다. 매 순간이 정적인 활동으로 가득 채워졌다. 일이 없는 이런 이상한 기분을 느낀 적이 없었고, 아무 사건이 없는 광활한 시간을 마주할 필요도 없었다. 지금 그녀는 마치 세상이 서둘러 지나가며 자신을 잊은 것처럼 느꼈다. 한 시간이라― 비어 있는 한 시간의 길이를 측량할 길이 없었다! 악몽 속의 끝없는 길처럼 무한 속으로 뻗어 있는 것 같았다. 그 시간이 그녀 앞에 마치 심연의 미끄러운 가장자리처럼 입을 벌렸다. 그녀는 그걸 무엇으로 채울 수 있을까 하고 불안해했다. 새로운 사진전이나 의상 디자이너들의 오프닝이나 위생용품 전시회나, 분침이 다음 약속 시간으로 흘러가기 전까지의 그 시간을 채울 것이 없을까 싶었다.

"11시 45분 스워퍼 부인."

아, 물론이지…… 스워퍼 부인. 메이지가 그날 아침에 그녀에게 상기시켜주었다. 즉시 안도감이 느껴졌다. 그런데 스워퍼 부인이 누구였더라? 전쟁 평화론자 연합의 회장이나 영웅의 날 대표였나? 아니면 희망의 신종교의 주창자던가, 아니면 눈 가장자리의 주름을 없애는 놀라운 묘책을 발견한 여성이었나? 메이지는 급한 일로 나갔고, 그래서 물어볼 수가 없었다. 그러나 스워퍼 부인의 용건이 무엇이든지 간에 그녀가 도착하는 건 환영이었다—특히 제시간보다 일찍 온다면 말이다. 그리고 그녀는 그렇게 했다.

그녀는 나이를 알 수 없는 작고 통통한 여성이었다. 색이 바랜 금발에, 급하게 맞춘 안경을 써서 무너지고 있는 용모를 간신히 유지하고 있었다. 그녀는 폴린을 바라보고 존경을 표하면서 폴린의 손을 잠시 잡아도 되겠는지 물었다. 폴린은 이건 어머니날 연설을 아침 신문에서 읽고 난 결과라는 것을 알고서 주저하지 않고 응했다.

그 일로 스워퍼 부인이 온 것은 아니었다. 그녀는 그건 그저 온 김에 얻어 가고 싶었던 꽃이라 했다. 이슬 어린 장미 한 송이—그녀는 마치 이슬이 어디서 왔는지 보여주려는 듯이 안경을 벗어 닦았다. "당신은 우리 같은 **많은 사람**을 대변하고 있어요." 그녀는 나지막이 말하면서 다시 한번 폴린의 손을 꽉 잡았다.

하지만 그래도 그녀가 아이들을 위해서 **온 것**은 맞았다. 그리고 그건 실은 어머니들을 위해서 온 것이다, 그렇지 않은가? 다만 그녀는 아이들을 통해서 어머니들에게 다가가고 싶어 했다―보통의 과정과는 반대로 말이다. 스워퍼 부인은 거의 모든 것을 반대로 하는 것이 좋다고 믿는다고 말했다. 물구나무서기가 원기 회복에 가장 좋은 운동 중 하나이고, 그녀는 정신적으로나 도덕적으로도 똑같이 그렇다고 믿었다. 사람이 **영혼**으로 물구나무서는 건 좋은 일이다. 그래서 그녀는 아이들에 대한 일로 왔다고 했다……

그녀의 요점은 아이들에게 버릇없다고 말하는 끔찍하고 오랜 관습에 대항하는 연합―어머니들의 대규모 국제 연합―을 형성하자는 것이었다. 순수하고 순진한 아이에게 '버릇없다'고 하는 게 얼마나 혐오스러운 일인지 맨퍼드 부인께서는 잠시라도 생각해보신 적이 있나요? 그것이 어디로 문을 열어주었나요? 글쎄, 아마도 이 세상에서 가장 끔찍한 개념인 사악함이란 개념으로겠지요.

물론 맨퍼드 부인은 사악함이란 개념을 제거하면 어떤 결과가 나올지 즉시 알 수 있었다. 나쁜 아이들이 없다면 어떻게 나쁜 어른들이 있겠는가? 그리고 아이들이 나쁨이라는 것이 존재한다는 것을 알도록 허용하지 않는다면 어떻게 나쁜 아이들이 있을 수 있겠는가? 놀라운 여성이 있다―오바 클랩이라고. 물론 맨퍼드 부인도 들어봤겠죠?—그녀는 모든 호전적인 장난감들, 주석 병정, 대포, 장난감 소총, 물총 등등의 제조사와 판매자들을 불매하는 거대한 전 세계적 운동을 벌이고 있다. 그 일은 광범위하게 시작되었고, 몇몇 정부가 벌써 운동에 가담했다. 아마도 필리핀과 어쩌면 몬테네그로일 것이라고 스워퍼 부인은 생각했다. 그러나 그녀에게는 그건 그저 시작일 뿐인 듯했다. 오바 클랩을 사랑하고 존경하기는 하지만 솔직히 그녀의 계획이 충분히 중대해졌다고 생각할 수는 없었다. 스워퍼 부인 그녀 자신은 곧바로 영혼에, 어린아이들 모두의 집단 영혼에 닿기를 원했다. 위대한 스승인 알바 로프트, 맨퍼드 부인도 **그**에 대해서는 알고 있다고 생각하는데요? 아니라고요? 그녀는 "우리를 인도해주는 등불 중 한 사람"인 맨퍼드 부인 같은 분이 알바 로프트에 대해서 들어본 적이 없다니 놀랐다. 그녀 자신은 모든 것을 그에게 빚졌다. 그만큼 그녀에게 도움을 준 사람이 없었다. 그가 그녀를 회의주의의 늪에서 끌어 올려줬다. 하지만 맨퍼드 부인은 그분의 책들도 알지 못하시나요?《영적 진공청소》와《신을 넘어서》요.

폴린은 아이들 얘기를 하는 동안에는 약간 열의가 없어졌었다. 물론 이름을 빌려주거나 후원을 하는 등 도움을 줄 수 있다. 그러나 그런 식으로 배후를 돕는 일은 너무 자주 있어서 다소 무미건조한 색조를 띠었다. 반면에 새로운 메시아의 이름은 즉시 관심을 끌었다. '신을 넘어서'는 대단한 제목이었다. 그녀는 메이지에게 즉시 그 책들을 전화로 구하라고 할 것이다. 그런데 알바 로프트는 정확히 무엇을 가르치나?

스워퍼 부인의 안경이 영감을 받은 듯 번뜩였다. "가르침을 주는 것이 아니에요. 그는 **선생님**으로 간주되는 것을 절대 반대해요. 그는 그런 사람들은 이미 너무 많다고 말하죠. 그는 '영감을 주는 치유사'예요. 그가 하는 일은 당신에게 — 당신의 영혼에 — **영향을 미치는** 거예요. 그는 그저 당신의 좌절감을 덜어주지요."

좌절감을! 폴린은 그 단어에 매료되었다. 새로워서가 아니었다. 그녀의 어휘력은 꽤 광범위했다. 사실은 오로지 스포츠와 댄스에 제한된 딸 친구들의 어휘력보다 훨씬 더 넓었다. 그러나 익숙한 단어가 생각지도 못한 신비주의적 의미가 있는 양 쓰이는 것을 들을 때마다 그건 마치 새로운 처방약을 담고 있는 작은 유리병처럼 그녀를 매혹했다.

스워퍼 부인의 안경이 폴린의 생각의 흐름을 따라가고 있었다. "옛 친구에게 하듯이 얘기하는 것을 허락해주시겠어요? 당신 손을 잡자마자 나는 당신이 좌절감으로 고통받는다는 걸 **확실히** 알았어요. 알바 로프트의 제자들은 이 증상을 잘못 아는 법이 없어요. 때로는 그렇게 명확하게 보이지 않았으면 하고 거의 바란다니까요……. 돕고 싶다는 갈망을 불러일으키거든요……."

폴린은 중얼거렸다. "나는 **정말이지** 도움을 원해요."

"물론 그렇겠죠." 스워퍼 부인이 기분 좋은 목소리를 가르랑 냈다. "그리고 당신은 **그의** 도움을 원하는 거죠. 인간의 발이 필요로 하는 모든 사이즈와 모양의 구두를 갖추고 있는 그런 멋진 신발 가게들 아시죠? 알바 로프트가 그런 신발 가게 같다고 말하겠어요. 그는 모든 사람들의 좌절감에 대해 치유책을 갖고 있어요." 그녀는 말을 이어갔다. "물론 모든 사람을 위한 시간이 있는 것은 아니죠. 그는 선택을 해야만 해요. 그러나 그가 **당신은** 즉시 택할 거예요." 그녀는 잠시 멈추었다. 그녀의 안경알이 마치 헤어 나오기 힘든 모래 더미인 양 폴린을 빨아들이는 것 같았다. "당신은 영적 신통력이 있거든요." 그녀는 부드럽게 선언했다.

"그렇다고 믿고 있어요." 폴린은 인정했다. "하지만……."

"그래요, 알아요. 그런 좌절감이요! 당신이 해야만 한다고 생각하는 모든 것들을, **그런데 할 수는 없죠.** 그런 거죠, 아닌가요?" 스워퍼 부인은 일어섰다. "친애하는 친구여, 나와 함께 가요. 시계 보지 마세요. 그냥 가자고요!"

한 시간 후에 폴린은 상쾌하고 활기찬 기분으로, '영감을 주는 치유사'의 브라운스톤으로 만든 현관 계단을 경쾌한 발걸음으로 걸어 내려왔다. 그런 정신적 자유의 느낌을 되찾기 위해서라면 서너 개의 약속을 깰 만했다. 어째서 전에 알바 로프트에 대해서 들어본 적이 없었던가? 그의 방법은 마하트마보다 훨씬 간단했다. 율동 운동, 체조, 공동체 생활, 정신적인 심호흡, 기억해야 하는 긴 단어들 같은 것이 하나도 없었다. 알바 로프트는 그저 편도염인 양 좌절감을 떼어냈다. 10분도 걸리지 않았고 통증도 전혀 없었다. 자신의 메시지를 간단한 타블로이드 형태로 줄이게 될 메시아가 다른 모든 이를 앞설 것이라고 폴린은 항상 느꼈었다. 그리고 알바 로프트가 그걸 해냈다. 그는 그저 몇 다발의 팜파스그래스가 벽난로 위에 놓여 있는 하숙집의 뒤편 거실에서 당신을 맞이했다. 앞쪽 방에는 환자들이 열을 지어 차례를 기다리고 있었다. 무엇이 당신을 괴롭히고 있는지 말하자, 그가 그건 그저 좌절감일 뿐이며, 그것을 덜어줄 수 있고, 고요한 5분간의 교감에 의해 그것이 존재하지 않게끔 만들 수 있다고 했다. 그러고는 앉아서 마치 체온을 재는 것처럼 손목을 아주 가볍게 잡고서, 그의 머리 위쪽 벽에 있는 엘라 휠러 윌콕스의 말을 주시하라고 말했다. 그것이 끝나자 그는 "당신은 훌륭한 대상이에요. 좌절감들은 다 사라졌어요. 집에 가세요, 그러면 저녁 전에 좋은 소식을 들을 겁니다. 25달러예요." 옅은 색의 머리카락을 가진 창백한 얼굴의 젊은이가 통로에서 기다리고 있다가, "통과해주세요"라며 팔꿈치를 잡고 폴린을 내몰았다.

물론 그녀는 타고나길 잘 믿는 기질은 아니다. 그녀는 항상 합리적으로 모든 것을 시험해보는 것에 자부심을 가지고 있었다. 그러나 이건 정말이지 놀라웠다. 계단을 내려올 때 얼마나 기분이 가뿐했는지! 홀가분함은 하루 종일 지속되었다. 이런 기분은 세심한 메이지가 읽어보라고 펼쳐둔 어머니날 모임에 대한 기사들을 주의 깊게 살펴보자 더 강화되었다. 알바 로프트는 저녁 식사 전에 뭔가 좋은 소식을 들을 거라고 말했다. 그래서 오후 늦게 내실로 올라갔을 때 그녀는 마치 거기에 계시라도 있는 양 책상을 기대하듯 흘긋 보았다. 계시는 그곳에 전화 메시지의 형상으로 있었다.

"맨퍼드 씨가 7시까지 집에 도착하실 겁니다. 저녁 식사 전에 몇 분간 부인을 만나고 싶어 하십니다."

7시가 다 되었다. 폴린은 벽난로 옆에 자리를 잡고 저녁 신문을 펼쳤다. 그녀는 신문 읽을 시간이 거의 없었다. 하지만 오늘은 어머니날 모임에 대한 언급이 있을지도 몰랐다. 새로이 회복된 평정심 덕분에 거기 앉아서 방해받지 않고 남편을 기다리고 있는 것이 정말로 즐거웠다.

"덱스터, 당신 얼마나 지쳐 보이는지!" 그가 들어왔을 때 그녀는 외쳤다. 새로운 치유사에 대해 한마디 해볼까 하는 생각이 즉시 떠올랐지만, 지혜가 기다리라고 충고했다. 그래서 그녀는 신문을 내려놓고 기대된다는 듯 미소 지었다.

맨퍼드는 평상시처럼 짜증스럽게 어깨를 흔들었다. "뉴욕의 하루 끝에는 누구나 피곤해 보이오. 그게 뉴욕 생활인 것 같아." 그는 그녀를 마주 보는 안락의자에 앉더니 불을 응시했다.

"당신을 만나 계획을 재조정하는 것에 대해 이야기하고 싶었소." 그는 말을 꺼냈다. "조용한 순간을 찾기가 어렵군."

"그래요. 하지만 지금은 서두를 필요 없어요. 델러밴네는 8시 30분까지는 저녁을 먹지 않아요."

"아, 거기서 우리가 저녁 먹기로 되어 있소?" 그는 담배로 손을 뻗었다.

"덱스터, 당신 담배를 너무 많이 피운다고 생각해요. 서류 때문에 발생하는 짜증은……." 그녀는 말하지 않을 수가 없었다.

"그렇지, 나도 알고 있소. 하지만 내가 하고 싶었던 말은 이거요. 짐과 와이언트가 섬에 간 동안에 당신이 리타와 아기를 시더리지에 초대하면 어떨까."

이건 의외였다. 하지만 그녀는 변함없는 평정심으로 그 말을 받아들였다. "당신이 좋다면 물론이죠. 하지만 리타가 혼자서 갈 거라고 생각해요? 당신은 타폰 낚시를 갈 거고, 노나는 2주간 기분 전환으로 애슈빌에 갈 건데요. 그래서 나는 이럴 작정이었는데……." 그녀는 갑자기 멈추었다. 그녀는 물론 돈사이드에서 휴식 요법을 취할 작정이었다.

맨퍼드는 찡그린 채 불을 살펴보며 앉아 있었다. "대신 우리 모두가 시더리지에 가면 안 되겠소?" 그는 말을 시작했다. "누군가가 짐이 없는 동안에 리타를 돌봐야만 해요. 사실 우리가 그렇게 하지 않으면 짐이 와이언트와 떠날지도 모르겠소. 리타는 완전히 지쳐 있는데 그걸 모르고 있고, 그 애 주변에는 모두 바보들만 있으니, 그 애가 진짜 휴식을 취할 수 있는 확실한 방법은 오직 그 애를 아기와 함께 시골로 데려가는 것뿐이오."

폴린의 얼굴이 너무나 행복해 믿을 수 없는 기분으로 밝아졌다. "오, 덱스터. 부활절에 정말로 시더리지에 가고 싶어요? 얼마나 멋진 일인지요! 물론 나도 휴식 요법을 포기할게요. 당신 말대로 시골 같은 곳이 없죠."

그녀는 벌써 알바 로프트를 속으로 찬송하고 있었다. 다 같이 부활절 휴일을 시골에서 보낸다니, 그런 일이 있은 지 얼마나 오래되었던가! 그녀는 항상 기회가 있으면 덱스터가 가족으로부터 떨어지도록 권장하는 것이 의무라고 여겼다. 여행을 하든 사냥을 하든 낚시를 하든, 그녀 곁에 사슬로 매여 있다고 느끼지 않도록 말이다. 그런데 드디어 여기 그녀에게 보상이 왔다—그가 자발적으로 모두 함께 조용한 2주를 보내러 가자고 제안하고 있다니. 그녀의 심장 주변에 부드러움이 퍼져나갔고, 자기 억제의 딱딱한 갑옷이 느슨해진 것 같았다. 그녀는 빛을 발하는 흐릿함 사이로 불을 바라보았다. "멋질 거예요." 그녀는 중얼거렸다.

맨퍼드는 다시 담배 한 개비에 불을 붙였다. 그리고 조용히 연기를 뿜으며 앉아 있었다. 마치 그도 무거운 짐을 내려놓은 것 같았다. 하지만 그의 얼굴은 여전히 무겁고 골똘해 보였다. 그들의 이야기가 끝나기 전에 그녀가 알바 로프트에 대해 한마디 할 수 있을지도 몰랐다. 그녀는 덱스터가 좌절감을 덜 수만 있다면 모든 것을 다르게 볼 것이라고 확신했다.

마침내 그가 말했다. "하지만 이 계획이 당신의 계획을 방해할 이유는 없소. 휴식 요법을 위해 어딘가로 가려고 작정했던 것 아니오?"

그것까지 생각을 했구나! 그녀는 다시금 감사의 전율을 느꼈다. 신의 계획된 섭리와, 모든 불협화음은 고도의 상위 조화 속에 해소된다는 사실을 의심했다니 그녀가 얼마나 사악했던가!

"아, 내 휴식 요법은 상관하지 마세요. 다 함께 시더리지에 있는 것이 최선의 휴식일 테니까요."

그가 그녀를 명백히 염려했다는 것이 어떤 약보다 더 위로가 되었다. 알바 로프트와의 고요한 교감보다도 더 마법 같았다. 아마도 그녀에게 몇 년 동안 부족했던 것은 그녀가 우주에 대해 걱정하듯이 누군가가 그녀에 대해 걱정한다고 느끼는 것이었다.

"폴린, 당신은 참 이타적이군. 하지만 큰 집의 살림을 꾸릴 때는 결코 휴식이 없지. 노나가 애슈빌을 포기하고 시더리지로 가서 우리를 돌볼 거요. 당신은 계획을 바꿔서는 안 돼요."

그녀는 약간 미소 지었다. "하지만 **그래야만 해요**, 여보. 왜냐하면 돈사이드로 갈 작정이었거든요. 지금은 물론 어떤 상황이든……."

맨퍼드는 일어서더니 벽난로로 가서 기댔다. "그런데 그건 괜찮을 거요."

"괜찮다고요?"

그는 작은 청동상을 손에 쥐고 무심코 만지작거렸다. "그래요. 그 사람이 당신에게 도움이 된다고 생각한다면. 며칠 전 당신이 한 말을 생각해보았소. 그래서 린던네에게…… 너무 성급하게 행동하지 말라고 충고하기로 결정했지." 그는 기침을 하더니 청동상을 벽난로 위 선반 제자리에 놓았다. "그들이 그 생각을 포기했소."

"아, 덱스터……." 그녀는 벌떡 일어났다. 눈가에 눈물이 차올랐다. 그가 그녀가 한 말을 실제로 숙고했다니─그때는 그렇게 완고하고 비웃는 것 같았는데! 그녀의 가슴이 사랑과 만족스러운 허영심이 미묘하게 뒤섞인 행복한 경외감으로 떨렸다. 결국 삶에서 정말로 필요한 것은 그녀가 그 안에 집어넣어둔 온갖 복잡한 일들보다 훨씬 단순한 어떤 것일지도 모른다.

"너무 기뻐요." 무슨 다른 말을 할지 몰라서 중얼거렸다. 그녀는 팔을 뻗어서 그로부터 어떤 응답하는 몸짓을 얻어내고 싶었다. 하지만 그는 벌써 시계를 보고 있었다.

"잘됐소. 맙소사, 그런데 우리 저녁 식사에 늦겠소……. 그다음에는 오페라 아니오?"

그가 나가고 문이 닫혔다. 1~2분 동안 그녀는 가만히 서 있었다. 방 안에서 뭔가 낯선 존재를, 마치 봄의 돌풍처럼 신선하고 강력한 무언가를 느끼면서 경탄했다. 이건 행복임에 틀림없어, 그녀는 생각했다.

12

"그래, 오늘 아침에는 어머니를 **만날 수 있을 것** 같구나. 훨씬 나아지신 것 같아. 그렇게 끔찍하게 바쁘지는 않다는 뜻이란다."

폴린이 드레스룸에 있는데 메이지 브러스의 말이 들려왔다. 자신에 대한 묘사에 미소를 짓고, 알바 로프트에게 감사하다고 생각하며, "노나니? 잠깐만 기다려라. 막 운동을 마치는 중이니……"라고 외쳤다.

그녀는 톡 쏘듯 상큼한 모습으로 비둘기색의 편안한 숄을 두르고 나타나서, 노나에게 부드러운 뺨을 댔다. 브러스 양은 사라졌고, 벽난로의 모닥불 향기와 꽃으로 가득 찬 햇살 비치는 방은 어머니와 딸, 둘의 차지였다.

"어머니, 정말 좋아 보이세요! 모든 것이 달라졌어요. 새로운 운동을 시작한 건가요?"

폴린은 미소를 지으며 소파 발치의 솜이불을 끌어 올렸다. 그녀는 쿠션 사이에 편안하게 몸을 묻었다.

"아니란다. 그저 내 생각엔 조금 더 잘 이해하게 된 거랄까."

"이해요?"

"그렇단다. 사람이 계속 용감하고 신뢰하기만 한다면 일은 **항상** 잘된다는 것을 말이야."

"아⋯⋯." 그녀는 노나의 목소리에서 실망의 음조를 들었다고 생각했다. 가엾은 노나. 어머니는 딸이 어떤 열정도 없고, 어떤 신념에 매료되는 일도 없다는 것을 알고 있었다. 그녀는 아버지를 닮았다. 아침 햇살 속에서 의자 팔걸이에 걸터앉아 긴 다리를 흔들거리고 있는 그녀가 얼마나 피곤하고 창백해 보이는지!

"애야, 너도 믿으려고 노력해보렴." 폴린이 밝게 말했다.

노나는 제 아버지처럼 어깨를 으쓱했다. "내게 시간이 더 생기면 아마도 그럴 수 있을 거예요."

"하지만 사람은 항상 시간을 **낼** 수가 있잖니." (그녀의 미소는 '내가 하듯이 말이다'라고 암시하고 있었다.) "노나, 넌 완전히 녹초가 된 것 같아 보이는구나. 정말이지, 내가 최근에 새롭게 발견한 굉장한 사람한테 갔으면 싶어."

"어머니, 알았어요. 근데 오늘 아침에는 나에 대해 얘기하러 온 게 아니에요. 리타 언니 때문이에요."

"리타?"

"오랫동안 언니에 대해 어머니와 얘기했으면 했어요. 뭔가 눈치채지 못했어요?"

폴린은 여전히 주의 깊고 공감하는 미소를 짓고 있었다. "뭔지 말해보렴…… 몽땅 얘기해보자꾸나."

노나의 이마가 고민에 찬 듯 찡그려졌다. "짐 오빠가 행복한 것 같지가 않아서요."

"짐이? 하지만 얘야, 그는 끔찍하게 과로하고 있잖니. 그게 문제란다. 너희 아버지가 며칠 전에 그 애에 대해서 이야기하셨어. 짐과 아서를 다음 달에 긴 휴식을 위해 섬에 보낼 거야."

"그래요. 아버지가 정말 잘해주시네요. 하지만 그게 아니에요…… 리타 언니 말이에요." 노나는 끈질기게 반복했다.

희미한 그림자가 폴린의 구름 한 점 없는 수평선에 떠올랐다. 하지만 그녀는 단호하게 거기로부터 눈을 돌렸다. "네 생각에 뭐가 잘못됐는지 말해보렴."

"글쎄요. 몹시 지겨워하고 있어요. 모든 걸 그만두겠대요. 지금의 인생이 자신의 개성을 표현하는 것을 막고 있다고 말해요."

"맙소사, 감히 그런 말을 하니?" 폴린은 벌떡 일어나 똑바로 앉았다. 그녀의 평온함의 옷이 찢어져 한 줄기 수증기처럼 흩어져 갔다. 그녀에게 평화라는 건 결코 있을 수가 없나 하는 의구심이 들었다. 그녀에게 격렬한 저항의 움직임이 일었다. 그러고 나자 알바 로프트의 정신적 수술을 망치는 게 아닐까 하는 공포심이

들었다. 육체적 수술 후에 환자의 안정은 항상 주의 깊게 지켜지는 법이다 ─ 하지만 그녀가 심각한 적출을 겪고 났는데도, 누구도 **그녀를** 면제해줄 생각은 하지 않았다. 그녀는 거의 짜증스럽게 노나를 바라봤다.

"때로는 네가 상황에 대해 상상하고 있다고 생각하진 않니? 물론 우리가 아픔과 걱정의 암시에 많이 굴복할수록 더욱더……."

"알아요, 하지만 이건 암시가 아니에요. 사실이라고요. 리타 언니가 자신의 개성을 표현해야만 한다고 말했어요. 그러지 않으면 끔찍한 일을 하겠다고요. 그리고 언니가 그런다면 그건 짐 오빠의 마음을 아프게 할 거예요."

폴린은 다시 몸을 젖혔다. 그렇게 명확한 위협이라니 살짝 힘이 났다. 리타 클리프가 와이언트 가문 사람에게 뭔가 끔찍한 짓을 하겠다고 위협하고 있다고 생각하니 우스웠다!

"리타가 그저 과하게 흥분한 거라고 생각하진 않니? 그 애는 그렇게 정신 나간 것 같은 종류의 삶을 살고 있잖아 ─ 너희들이 다 그렇듯이. 그리고 아기가 태어난 이후에는 건강도 좋지 않았지. 짐만큼이나 리타도 푹 쉬는 게 필요해. 너도 알다시피 네 아버지가 그 점에 대해 아주 현명했어. 짐이 조지아에 가 있는 2~3주 동안에 시더리지에 가자고 설득한다는구나."

노나는 그다지 호응하지 않았다. "리타 언니는 혼자서는 시더리지에 가지 않을 거예요. 어머니도 언니가 가지 않으리란 걸 아시잖아요."

"얘야, 그 애가 혼자 가야 하는 건 아닐 거다. 아버지도 그 점에 대해 생각해보셨단다. 모든 걸 생각해볼 시간을 내셨어."

"그럼 누가 가는데요?"

"우리 **모두가** 간단다. 적어도 아버지는 너도 가기를 바라고 계셔. 우리와 같이 가려고 타폰 낚시를 포기하실 거란다."

"아버지가요?" 노나는 갑자기 어머니에게 시선을 고정한 채 일어섰다.

"네 아버지는 대단하지." 폴린은 의기양양해했다.

"네, 알아요." 딸의 목소리가 다시 생기를 잃었다. "하지만 이 모든 것은 몇 주 후잖아요. 그런데 그동안도 전 두려워요……. 걱정이라고요."

"어린 소녀들은 두려워해서는 안 된다. 네가 정 그렇다면 리타를 **나에게** 보내렴. 그저 좌절감 사례일 거라고 확신한다."

"좌절감이요?"

"그래. 새로운 심리학적 방법이야. 그 애를 알바 로프트한테 데려가마. 그는 위대한 '영감을 주는 치유사'란다. 나는 세 번 치료받았는데 기적적이었어. 10분도 안 걸린단다. 그러고 나면 모든 짐이 덜어져." 그녀 자신의 해방감을 기억하자 활기를 느끼며 폴린은 심호흡을 하면서 머리를 젖혔다. "우리 가족 **모두를** 데려갈 수 있다면 좋을 텐데!" 그녀는 말했다.

"글쎄요. 리타 언니부터 시작하시는 게 좋겠어요." 노나도 반쯤 미소를 짓고 있었다. 하지만 그녀의 어머니가 허물어지는 미소라고 은밀하게 부르는 그런 미소였다. '저 가엾은 애가 좀 더 건설적이면 좋겠어. 하지만 그 애는 제 아버지의 법학적 사고방식을 물려받은 것 같아.' 폴린은 생각했다.

노나는 그녀 앞에서 망설이며 서 있었다. "어머니, 아시죠. 상황이 잘못되면 오빠가 결코 극복을 못 할 거라고요."

"또 그러는구나—상황이 잘못될 거라고 먼저 결론 내리다니! 리타의 경우는 내 생각에 분명히 좌절감 사례야. 자기 개성을 표현하고 싶다고 말했다고? 그래, 모두가 그럴 권리를 갖고 있지—내가 간섭을 하는 건 잘못이라고 생각해야겠구나. 그건 짐을 행복하게 만드는 방법이 아닐 거야. 리타가 필요로 하는 건 좌절감이 제거되도록 하는 거야. 그럼 행복에 눈을 뜰 거야. 그러고 나면 자신이 얼마나 완벽한 가정을 갖고 있는지 보게 될 거다. 내 약속 일정표가 어디 있는지 모르겠구나. 메이지! ……아, 여기 있군……." 그녀는 재빨리 훑어보았다. "내일 리타를 만나도록 할게. 꼭 그렇게 하마. 간단하고 우호적인 이야기를 나눌 거다. 완전히 솔직하고 상냥하게 말이야. 자, 보자. 몇 시에 그 애가 집에 있으려나? ……그리고 애야. 물론 아니란다, 짐한테는 한마디도 안 할 생각이야. 하지만 네 아버지는…… 물론 아버지에게는 말해도 좋겠지?"

노나는 망설였다. "아버지는 그것에 대해 알고 있다고 생각해요. 알 필요가 있는 만큼은요." 그녀는 문손잡이를 쥐고 대답했다.

"아, 너희 아버지는 항상 모든 걸 아시지." 폴린은 평온하게 동의했다.

며느리와 이야기를 해야 한다는 전망도, 새로 발견한 그녀의 평화를 그다지 흔들어놓지 않았다. 리타가 불안해하는 건 유감이었다. 하지만 요새 모든 젊은이들이 불안해했다. 아마도 키티 랜디시에게 한마디 하는 편이 나을 것 같았다. 경박하고 조리에 맞지 않기는 하지만 그녀의 조카딸이 다시 그녀 손안으로 돌아갈지도 모른다는 가능성을 알게 되면 깜짝 놀랄 거다. 퍼시 랜디시 씨 부인의 양손은 언제나 그녀 자신의 어려움으로도 넘쳐흐르고 있었다. 계속되는 인생에 대한 창의적인 이론들과 줄기찬 독창성의 추구가 그녀를 금전적으로, 사회적으로, 감정적으로 만성적인 곤란 상태에 빠뜨렸다. 리타가 짐에게 싫증이 났고 그를 떠나겠다고 위협한다는 선언은, 이스트 100번가 위쪽 어딘가에 있다고 뉴욕 전화번호부에 기록되어 있지만 '명사록'에는 바이킹 코트 1호라고 등재된, 위태로운 지붕이 달린 초라한 집에 폭탄을 떨어뜨리는 것 같을 것이다. 랜디시 부인의 마지막 열망이 이스트강 둑에 안착하는 것이었다. 그녀와 일군의 친구들은 그곳을 철근콘크리트 방갈로 군락으로 장식했고, 처음에는 '엘 파티오'로 이름을 붙였다. 그러다가 랜디시 부인이 삽화 주간지에서 미국을 콜럼

버스가 발견하기 한참 전에 발견했던 바이킹들이 처음 정박했던 곳이 이전에 추측되던 대로 비니어드 항구가 아니라 그녀의 거주지 위치에서 멀지 않은 곳이라는 기사를 읽고는 '바이킹 코트'로 변경했다. 콘크리트는 초기 단계에서는 모양의 변형이 가능하다. 알람브라 무늬는 재빨리 북유럽 배의 뱃머리에 달린 무늬로, 바이킹들이 하는 은목걸이와 코란 수라트에서 손쉽게 따온 룬문자들에서 온 무늬로 교체되었다. 이런 새로운 장식들이 마르기도 전에 랜디시 부인과 그 친구들은 역사적 장소에서 캠핑을 했다. 4년을 머문 후에 그들은 여전히, 맨퍼드 부인이 쓰는 단어의 뜻으로는, 캠핑 중이었다.

급히 전화를 해보니 점심 직후에 랜디시 부인을 볼 수 있음을 확인할 수 있었다. 2시에 그녀의 자동차는 바이킹 코트로 다가갔다. 그곳은 황폐한 강기슭에 있었고 델리카트슨* 가게들이 있는 높은 공동주택 단지가 냉소하듯 내려다보고 있는 곳이었다.

랜디시 부인은 어디에서도 찾을 수가 없었다. 뚱한 표정의 하녀가 부인이 요리사의 통지를 막 받아서 점심 식사를 하러 나가야만 했다고, 하지만 곧 돌아올 것이 틀림없다고 말했다. 조심스러운 발걸음으로 폴린은 '거실'로 들어갔다. (방문객들에게 어김없이 상기시키듯이) 그렇게들 부르는 곳이었다. 왜냐하면 랜디시

---

* 　조리된 육류나 치즈, 흔하지 않은 수입 식품 등을 파는 가게.

부인은 그곳에서 먹고, 그림 그리고, 찰흙 모형을 만들고, 나무 조각을 하고, 친구들을 맞았기 때문이다. 그녀 말이 바이킹들은 그렇게 살았다고 한다. 그러나 오늘은 이런 다양한 활동의 흔적들은 모두 사라져 있었고, 방은 정갈하게 비어 있었다. 랜디시 부인의 가장 최근 취미는 '순수주의'라고 부르는 것이었고, 그녀의 주요한 바람은 주변 환경의 모든 것이 신화적 과거의 습관과 산업을 따르도록 하는 것이었다. 바이킹 코트를 창조한 이후로 그녀는 바닥에 깔 골풀을 입수하려고 애써왔다. 하지만 미국 동부의 주들에서는 바이킹들이 사용했다고 하는 특정한 종류의 골풀을 생산하지 않고 있었기에 그녀는 결국 아비시니아에서 베틀로 짠 양탄자를 들이기로 결정했다. 바이킹들과 프레스터 존 왕국 간의 무역 관계를 언급하는 글이 페트라의 폐허에서 발견되었다고 누군가가 그녀에게 장담했기 때문이다.

이런 양탄자들을 시대의 디자인에 맞게 만드는 것이 어려웠으므로 랜디시 부인의 거실 시멘트 바닥은 영원히 맨바닥으로 남았다. 지금은 대부분의 가구도 치워서 방은 차고처럼 보였다. 더욱 그런 것이 랜디시 부인이 최근 후견하는, 모터사이렌으로 공연하는 젊은 카바레 예술가의 오토바이를 한쪽 구석에 세워두도록 내버려두어서였다.

방에는 이 오토바이 외에도 튼튼해 보이는 참나무 의자 몇 개와 모래시계(왜냐하면 시계는 그곳에서는 시대착오적 물건이었으니까)가 놓여 있는 긴 테이블이 있었다. 그리고 시멘트 벽에는 먼지 낀 벨벳 조각이 못으로 고정되어 있었는데, 랜디시 부인은 그것이 6세기 콥트인* 의상의 조각이며 테살리아**에 있는 성 바실리우스 수도원의 수녀들이 최종적으로 커튼과 의자 쿠션을 만들기 위해 재생산하고 있다고 설명했다. "50년이 걸릴지도 몰라요." 랜디시 부인은 언제나 덧붙였다. "하지만 덜 완벽한 물건을 지니느니 없이 지내는 편이 낫겠어요."

폴린이 들어간 텅 빈 공간은 그녀에게 등을 돌리고 서 있는 남자의 모습을 도드라지게 했다. 그는 바이킹 원예가 다시 유행하게 된다면 정원이 될 곳을 향해 난 창문 밖을 보고 있었다. 지금 그 공간은 이웃의 고양이들과 바람에 날려 온 쓰레기의 소용돌이로 가득 채워져 있었다.

방문객은 음울한 3월의 하늘을 배경으로 어둑하게 가려져서 처음에는 알아볼 수가 없었다. 하지만 그를 향해 반쯤 다가갔을 때 폴린은 "덱스터!" 하고 외쳤다. 그가 돌아섰고, 그도 놀라며 그녀를 보았다.

"당신인 줄은 꿈에도 생각 못 했어요!" 그녀는 말했다.

---

* 　그리스도 합성론(合性論)을 주창하여 로마 가톨릭교회에서 이탈한 이집트 교회 신자.
** 　그리스 동북부에 위치한 지역.

그는 약간 도전하듯 활달하게 그녀를 마주했다. "왜 그렇게 생각했소?"

"전에 여기서 본 적이 없으니까요. 여러 번 당신을 오게 하려고 노력했었는데……."

"아, 점심이나 저녁 식사를 하러 말이지!" 그는 찡그리며 방을 돌아보았다. "난 그게 내 의무라는 생각은 한 적이 없는데."

그녀는 이 문제에 대해 더 얘기하지 않았다. 잠시 침묵이 그들 사이에 흘렀다. 마침내 맨퍼드가 말했다. "리타 일로 왔소."

폴린은 안도감이 밀려오는 걸 느꼈다. 남편의 목소리는 거칠고 짜증 나 있었다. 그녀의 도착이 이상스럽게 그를 성나게 한 것을 알 수 있었다. 하지만 리타에 대한 걱정이 그가 방문한 이유라면 그의 동요를 설명할 뿐만 아니라 폴린에 대한 새삼스러운 염려도 보여주는 것이다. 그녀는 '영감을 주는 치유사'에게 또 한 번의 감사 기도를 올렸다. 그녀와 덱스터가 다시 한번 같은 충동으로 움직인 것을 발견하니 얼마나 달콤한가.

"당신 정말 친절하군요. 우리가 같은 일로 와서 만났다니 얼마나 재밌어요!"

그는 그녀를 응시했다. "그럼 당신도……?"

"리타 일로 왔냐고요? 그럼요, 그렇죠. 그 애가 좀 제어할 수 없게 되어가고 있잖아요, 안 그래요? 물론 이혼은 가엾은 짐에게는 치명타일 거예요. 그게 아니라면 내가 이렇게까지 마음 쓰지 않을 테죠……."

"이혼이라고?"

"노나가 리타가 그럴 생각이라고 말했어요. 바보 같은 애! 오늘 오후에 그 애와 이야기를 하려고 해요. 우선 키티의 영향력이 있나 알아보려고 여기에 먼저 왔지요."

"아, 키티의 영향력!"

"그래요. 나도 알아요." 그녀는 말을 멈추고 재빨리 맨퍼드를 바라보았다. "그렇지만 당신은 그녀의 영향력을 믿지 않는다면서 왜 직접 여기에 온 거예요?"

그 질문이 남편을 놀라게 한 것 같았고, 그는 다소 엄격한 미소를 지으며 그 말에 응대했다. 혹독한 암회색 빛 속에서 그가 얼마나 나이 들어 보이는지! 곱슬곱슬한 머리카락은 관자놀이 주변과 그 위쪽으로는 거의 숱이 없었다. 한 번쯤 그가 멋지고 새로운 '라디오-머리 스타일'을 시도해봤으면! '그도 예전에는 참 잘생겼었는데!' 그의 아내는 동년배들에게서 피로나 나이의 흔적을 발견할 때면 항상 느끼는 활력이 한껏 차오르는 것을 감지하면서 속으로 생각했다. 맨퍼드와 노나 둘 다 똑같이 어떤 육체적이거나 정신적인 긴장 아래 있을 때는 창백해지고 뺨이 처진다는 걸 상기했다.

맨퍼드가 말했다. "나는 랜디시 부인에게 리타를 부활절에 시골로 데려갈 수 있도록 도와달라고 요청하러 왔소. 한마디 해줄 수 있을 거라고 생각했지……."

폴린이 미소 지을 차례였다. "그녀가 그래줄지도 모르죠. 내가 온 건 리타가 안정을 찾고 합리적으로 행동하지 않는다면 다시 이모의 손으로 돌아가게 될 거라고 말하기 위해서요. 그게 키티에게 영향이 있을 거라고 생각하거든요. 전 리타가 짐과 헤어질 경우 경제적으로 조금도 도움을 주지 않겠다는 점을 아주 명확히 할 거예요." 그녀는 본능적으로 그의 동의를 기다리면서 밝은 표정으로 맨퍼드를 바라보았다.

하지만 예상된 반응이 오지 않았다. 그의 얼굴은 흐릿하고 불확실해졌다. 그러더니 잠시 말이 없었다. 그러고는 중얼거렸다. "이 모든 것이 참 불운이야…… 바보처럼 혼란스러우니……."

폴린은 그의 어조 변화를 인식했다. 그녀의 마지막 말이 그를 기쁘게 하는 대신에 그들 사이에 일종의 보이지 않는 장벽 하나를 세웠다는 걸 의미했다. 그녀가 너무나 자주 부딪혀 감각에 타박상을 입은 바로 그 장벽이었다. 그와 그녀가 정말로 다시 통했다고 생각하는 바로 이때에 이러다니!

"우리는 그 애에게 가혹하게 대해서는 안 되오…… 우리가 양쪽의 말을 듣지 않고 그 애를 판단해서는 안 되지……." 그는 말을 이어갔다.

"그럼요, 물론 안 되죠." 이것이 바로 그가 말해줬으면 하고 바라던 종류의 말이었다. 하지만 그가 말하고 있는 이 목소리로는 아니었다. 그 목소리는 망설임과 당혹감을 가득 담고 있었다. 그녀가 온 것이 그를 당황시켰을까? 맨퍼드에 대해서는 알 수가 없었다. 그녀는 소심하게 제안했다. "당신 혼자서 키티를 만나도록 하고 내가 떠나면 어떨까요? 아마도 우리 둘이 함께 만날 필요는 없을 거라……."

그는 안도의 표정을 감출 수가 없었다. 그녀는 그걸 알고 충격을 받았지만 밝게 결정했다. "당신이 훨씬 더 잘할 거예요." 그녀는 그를 격려했다.

"아, 모르겠군. 하지만 우리 둘은…… 마치 3급 범인들* 같군. 그렇지 않소?"

그녀는 불안하게 동의했다. "내가 원하는 건 상황을 부드럽게 수습하는 거예요……."

그가 동의하며 끄덕였다. 그녀가 문을 향해 움직이자 그는 그녀를 따라왔다. "하지만 폴린, 여길 봐요. 아무래도—"

그녀는 수용적 태도로 빛났다.

"리타를 소환하기 전에 기다리는 편이 낫지 않겠소? 리타를 부를 필요가 없을지도 모르오. 만일……."

그녀의 첫 충동은 동의하는 것이었다. 하지만 그녀는 '영감을 주는 치유사'를 생각했다. "여보. 내가 요령껏 행동하리라는 걸 믿

---

*   텍스터는 여기서 범죄와 관련된 법률 용어를 사용하고 있다.

어도 돼요. 하지만 얘기를 나누는 게 리타에게 도움이 될 거라 확신해요. 그 애 심중을 알아내는 데 키티보다 내가 더 나을지도 몰라요……. 리타와 나는 항상 좋은 사이였으니까요. 그리고 그 애가 가서 만났으면 하는 멋진 남자가 있어요……. 정말로 신통력이 있는 사람이죠……."

맨퍼드가 입을 다물며 희미하게 미소 지었다. 그녀는 새로운 사막이 그들 사이에 넓어지고 있다는 혼란스러움을 다시 감지했다. 그가 왜 다시 갑자기 냉소적이게 되고 멀어진 거지? 그녀는 생각할 겨를이 없었다. 좌절감에 대한 새로운 복음의 말이 입으로 밀려 올라왔기 때문이었다.

"그는 가르침을 주는 선생님이 **아니에요**. 그는 모든 교리를 거부하고 그저 당신에게 **영향을 미치기만 할 거예요**. 그는……."

"친애하는 폴린! 덱스터! 오래 기다리고 있었어요? 오, 맙소사, 모래시계가 비워진 것 같군요!"

퍼시 랜디시 씨 부인이 나타났다. 마치 3월 돌풍에 실려 날아든 것처럼 그들을 향해 바람 같은 발걸음으로 사뿐사뿐 다가왔다. 키가 큰 그녀가 흔들리는 모습은 멀리서는 위엄의 효과를 냈지만, 가까이 다가오자 그 효과는 갑자기 초점을 잃어버리듯이 사라졌다. 그녀의 얼굴은, 금발 무더기와 어여쁜 코와 표정 풍부한 눈을 주었지만 입은 주지 않은, 예술가의 완성되지 않은 스케치 같았다. 그녀는 정체불명의 꾸러미를 내려놓더니 모래시계가 뭘 잘못하기라도 한 듯이 신경질적으로 흔들었다.

"두 사람은 얼마나 다정한지!" 그녀는 방문객들에게 말했다. "나의 둥지에서 두 사람을 이렇게 함께 만나는 건 흔치 않죠."

'둥지'란 표현이 독수리의 둥지를 의미하는 걸 시에서 읽어 알고 있었기에 폴린은 어리둥절했다. 그리고 어떻게 이 용어가 이스트 100번가에 있는 시멘트 방갈로에 적용될 수 있는지 의아했다. 하지만 그것을 더 유추할 시간이 없었다.

랜디시 부인은 주위를 무기력하게 돌아봤다. "춥네요. 두 사람 모두 무척 춥지요? 걱정이네요." 그녀의 눈길이 텅 비어 있는 벽난로에 비극적으로 머물렀다. "사실 벽난로 장작 받침대가 **잘못되어서** 불을 피울 수가 없어요."

"받침대가 충분히 높지 않나요? 굴뚝이 연기를 빨아내지 못한다는 건가요?" 폴린은 그런 응급 상황에는 통달했다. 그녀는 새로 온 하녀에게 불 피우는 법을 보여주기 위해서는 임종 침상에서도 일어날 것이다. 하지만 랜디시 부인은 다른 여성에게 이런 일을 이해받으리라 기대한 적이 없다는 듯한 표정으로 머리를 가로저었다.

"아니요. 내 말은 시대에 맞지 않다고요. 나는 항상 의심을 해왔죠. 위그리드 비오른스테드 박사는 북유럽 예술의 대단한 권위자인데, 며칠 전 여기 왔다가 유일하게 존재하는 한 벌이 크리스티아니아 박물관에 있다고 말했어요. 그래서 그걸 모방하도록 주

190

문을 넣었죠. 하지만 폴린, 당신 **정말** 춥군요. 부엌에 가서 앉을까요? 요리사가 막 내게 통지를 했으니 우리끼리 있을 수 있을 거예요."

폴린은 이런 새로운 정신 나간 소리에 침묵으로 항의하며 모피를 둘렀다. "키티, 우리는 여기서 아주 편할 거예요. 당신도 아마 알겠지만, 리타에 대한 이야기예요."

랜디시 부인은 측정할 수 없이 먼 곳에 갔다가 그들에게 되돌아온 것 같았다. "리타요? 클로해머가 정말 그녀를 고용했나요? 그의 영화의 '혜로디아' 역을 위해서죠, 그렇지 않나요?" 그녀는 아주 신나서 열심이었다.

폴린의 가슴이 덜컥 내려앉았다. 그녀는 맨퍼드의 이마가 성나서 툭 불거지는 것을 알아챘다. 안 되겠군. 키티를 이해시키려고 노력하는 건 소용이 없다. 그런 목적으로 이 얼음장처럼 추운 방에 머물면서 남편의 불쾌함을 불사한 건 어리석었다. 그녀는 흑담비 모피로 감싸듯이 상냥함으로 자신을 감쌌다. "그 영화 관련 헛소리보다 훨씬 더 심각한 일이에요. 하지만 설명은 덱스터한테 맡길게요. 나보다 그가 훨씬 더 잘할 거예요……. 그래요, 키티. 현관의 계단 한 개가 빠져 있는 걸 기억해요. 나 배웅하느라 나오지 마요. 알다시피 덱스터의 1분 1초는 소중하니까요." 그녀는 랜디시 부인을 조용히 방 안으로 밀어 넣고는 배웅받지 않고 홀로 복도를 가로질렀다. 그런데 그녀가 돌릴 때는 잘 반응하지 않던 거실 문고리가 다시 열렸고, 그녀는 맨퍼드가 건조하게 반대 신문을 하는 듯한 목소리로 말하는 걸 들었다. "랜디시 부인, 리타가 정확히 언제, 얼마 동안 돈사이드에 있었는지 말해주시겠어요?"

13

"노나가 웃는 걸 들은 건 한 달 만이네요." 스탠리 휴스턴은 놀리는 어조로 말했다. 아니면 그저 부러워하는 어조인가?

노나는 여전히 웃음의 소용돌이 속에 있었다. 그녀는 가장자리로 가려고 애를 썼지만 떠오르는 기억에 흐느끼며 다시 숨차게 소용돌이 중심점으로 빠져들고 있었다. "못 견디게 정말 너무 웃겨요." 그녀는 소용돌이 밖으로 이런 말을 내던졌다.

그녀는 아서 와이언트의 거실에서 늘 그러듯 큰 친츠 소파 팔걸이에 비스듬하게 걸터앉아 있었다. 와이언트는 빵 부스러기로 어지러운 티 테이블 뒤쪽의 늘 앉는 안락의자에 몸을 쭉 뻗고 있었고, 그 맞은편에는 그의 아들과 스탠리 휴스턴이 앉아 있었다.

"망설인 시간은 아주 잠깐이었는데—간신히 나와 눈이 마주칠 수 있을 정도였죠—그러고 나서는 획 방향을 바꿔서 마지막 단어를 붙들고 어머니들에게 호소하는 새롭고 아름다운 연설에 끼워 맞췄어요. 아⋯⋯ 아⋯⋯ 아! 그걸 봤었다면 좋았을 텐데!"

"볼 수 있어." 짐의 얼굴이 갑자기 펴지며, 온화하고 진지하게 응시하는 표정이 되었다. 그는 아버지의 안경을 집어 들어 뭉툭한 자신의 코 위에 맞춘 후 부드럽게 발음을 끄는 여성적 목소리로 "맨퍼드 부인은 가장 깊은 영혼을 가진 여성 중 한 명이에요. 모든 어머니들을 위한 핵심적인 메시지를 갖고 있으세요"라고 중얼거렸다.

와이언트는 몸을 뒤로 젖히며 웃었다. 그의 웃음은 전염성 있었다. 쉽게 유발되어 마치 동그란 파문처럼 원을 그리며 퍼졌다. 짐은 흉내를 내고 나서 큰 소리로 웃음을 터뜨렸고, 휴스턴도 더 퍼지거나 울리지는 않지만 갑자기 그들의 명랑함을 제어하는 듯한 메마른 음색으로 웃음소리 합창에 동참했다. 노나는 그의 음색에 순간 적대감을 느꼈다. 그들이 자신들의 어머니를 비웃는다고 암시하는 건가? 그런 건 아니었다. 그들은 다만 그들 방식으로 어머니를 찬미하는 중이었고, 그건 언제나 유머러스하고 약간 부모 같은 태도였다. 스탠은 지금쯤에는 이해했어야 했다—그리고 왜 노나가 지금 짐을 웃게 만들 구실이라면 뭐든 포착해서 그들이 공유하는 삶의 모든 것이 그에게 정상적이고 즐거워 보이도록 하고 있는가 이유를 짐작했어야 했다. 그러나 스탠리는 항상, 심지어 그가 그 한가운데 있을 때조차도 농담 너머를 보는 것 같았다. 그는 인생의 모든 것에 대해 그러했다. 영원히 주변부를 거닐면서 무게를 재고 측량했으며, 마법에서 깨어나 자기만의 방식으로 계산을 했다. 가엾은 사람…… 그럼 그렇지, 놀라운 일도 아니야!

짐은 일어섰다. 안경이 여전히 그의 뭉툭한 코에 걸려 있었다. 그는 몸에 상상의 외투를 걸치고, 존재하지 않는 장갑과 핸드백을 집어 들고, 마치 깃털 달린 모자를 바로잡는 양 머리를 탁탁 두드렸다. 웃음소리가 다시 커졌고 와이언트가 쿡쿡 웃으며 말했다. "바보 같은 너희 젊은이들이 더 자주 오면 좋겠구나. 조지아로 보내지는 것보다 더 빨리 나를 치료할 거야." 그는 노나에게 반쯤 사죄하듯 돌아봤다. "물론 그 기회가 무척 기쁘지 않다는 건 아니란다."

"알아요. 사랑하는 전시품 씨. 그곳에 짐 오빠와 함께 가시면 충분히 즐거우실 거예요."

"그래. 그래서 말인데 너도 왔으면 싶구나. 오지 않을래?"

짐의 표정이 평상시로 돌아갔고, 그는 안경을 벗었다. "부모님이 그때 리타와 아기를 시더리지로 납치할 계획을 세웠기 때문에 못 가요. 좋은 계획 아닌가요? 동시에 양쪽에 다 있을 수 있으면 좋겠어요. 우리 모두가 뉴욕에 지쳤어요."

그의 아버지가 그를 바라보았다. "자, 보렴. 애야. 네가 네 아내와 같은 곳에 있는 게 어려울 건 없단다. 맨퍼드가 나를 초대할 만큼 친절했으니 나는 네 도움 없이도 이 노구를 조지아로 끌고 갈 수 있어."

"대단히 고마워요, 아빠. 하지만 리타의 휴가는 부분적으로는 가정에 대한 걱정에서 벗어나는 거고, 내가 그 주요 걱정거리예요. 그녀가 나를 위해 저녁 식사를 주문해줘야만 하거든요. 그리고 저도 휴식이 좋지 않다는 건 아니에요. 모래와 태양…… 얼마든지요. 현재는 난 그쪽으로 기울어요. 더 이상의 초인적 노력은 안 하기로요." 그는 하품을 하며 머리 위로 기지개를 켰다.

"그런데 맨퍼드도 남쪽으로 가는 줄 알았는데…… 타폰 낚시 간다고 하지 않았나? 시더리지 생각은 새로운 것 아니냐?"

"그게 그가 두루 친절한 이유예요. 그는 내가 편히 갔으면 하고 바라고, 그래서 낚시를 포기하고 가족 전체를 동원하여 시더리지에서 리타와 함께 소박한 일상을 보내러 간답니다."

와이언트의 창백한 광대뼈가 살짝 붉어졌다. "네 말대로 정말 친절하구나. 하지만 내가 남쪽으로 가는 것이 모든 다른 사람들의 계획을 흔들어놓는 결과라면……."

"말도 안 돼요, 아버지." 짐은 갑자기 짜증을 내면서 말했다. "아버지가 지금 그만둔다면 그가 싫어할 거예요. 노나, 안 그러니? 그리고 나도 리타가 어딘가로 떠나기를 바랐어요. 어느 다른 곳보다 시더리지인 게 낫죠." 시계가 종을 쳤고 그는 의자에서 몸을 일으켰다. 노나는 그의 모든 동작이 얼마나 늘어지고 열의가 없는지 보고 마음이 아팠다. "세상에, 뛰어야겠는걸!" 그가 말했다. "일찍 시작하는 카바레 쇼에 가기로 되어 있어요. 괴짜 무리와 아드윈네서 먼저 식사할 거고요. 안녕, 노나…… 스탠……. 안녕히 계세요, 아버지. 이제 2주 후면 우리 모두 벗어나요!"

그가 나가고 문이 조용히 닫혔다. 와이언트는 파이프로 손을 뻗어서 담배를 채워 넣었다. 휴스턴은 티 테이블을 응시했다. 갑자기 와이언트가 물었다. "그런데 말이야, 짐의 아내는 시더리지로 가는데 왜 짐은 나와 함께 섬으로 보내지는 거냐?"

노나는 소파 팔걸이에서 일어나 안락의자에 편히 앉았다. "짐 오빠가 이야기한 그런 이유들 때문일 뿐이에요. 그들 둘 다 서로로부터 휴가를 원해요."

"나는 짐이 리타에게서 진정 그걸 원한다고 생각되진 않는구나."

"글쎄요. 그럼 오빠에게는 더 안 좋은 일이죠. 리타 언니는 일시적으로 춤과 가정에 싫증이 났고, 의사가 언니에게 홀로 잠시 동안 떠나야 한다고 말하거든요."

와이언트는 천천히 파이프를 빨아들였다. 마침내 그가 말했다. "네 어머니의 의사도 한때 그런 말을 그녀에게 했지. 그리고 그녀는 다시는 돌아오지 않았어."

노나의 얼굴 홍조가 창백한 뺨을 통과해 이마 꼭대기까지 이르렸다. 그녀의 혈액이 성급하게 움직이지는 않았지만, 그녀는 이제 얼굴을 붉혔다는 것에 얼굴이 붉어지는 걸 느꼈다. 와이언트가 그런 말을 한 것은 그답지 않았다. 그건 그가 보통 취하는 침묵과 체면의 전통과는 달랐다. 그 전통은 폴린의 경쾌한 낙관주의와 합류하며 고통스럽거나 혹은 심지어 어색해서 논의할 수 없는 일이라면 무엇이든 침묵과 존재하지 않는 상태로 밀어두었다. 오랜 세월 동안 두 가정은 그들이 세상에서 가장 좋은 친구라는 전제 위에 살아왔고, 그런 관습적 어휘가 자연스러운 어법이 되었다.

스탠리 휴스턴은 분위기에서 긴장감을 눈치챈 것 같았다. 그는 가려는 듯이 일어섰다. "우리도 어디선가 저녁 먹는다고 한 것 같아요." 그는 '우리'라는 말을 확신 없이 사용했다. 왜냐하면 모두가 그와 그의 아내가 좀처럼 함께 외출하지 않는다는 것을 알고 있었기 때문이다.

와이언트는 붙잡으려고 손을 들었다. "스탠, 가지 마. 노나와 나는 비밀이 없어. 우리가 비밀이 있다면 너도 공유해야만 해. 노나, 왜 그렇게 사나워 보이는 거니? 내가 어리석은 이야기를 한 모양이구나⋯⋯. 사실 나는 구식이란다. 함께 살기로 결정했던 사람들이 끊임없이 서로에게서 떨어져야 한다고 생각하다니⋯⋯. 내 아버지와 어머니를 기억하면 거의 60년 동안⋯⋯ 겨울은 뉴욕에서, 여름은 허드슨에서 보냈지⋯⋯. 6개월은 눈이, 6개월은 모기가 주요 얘깃거리였어. 나는 그것이 너희 세대가 안절부절못하는 이유라고 생각해."

노나는 웃었다. "그거면 충분한 이유죠. 하여튼 어떻게 할 수 있는 것이 없어요."

와이언트는 찡그렸다. "할 수 있는 것이 없다고, 리타 말이냐? 네 말이 진심이 아니었으면 싶구나. 내 아들이……. 맙소사, 한 남자가 여자를 위해 노예가 되어 자신을 바보로 만든다면……."

휴스턴의 건조한 목소리가 비방하는 말을 끊었다. "저, 그럼, 그에게서 남자 고유의 특권인 자신을 바보로 만드는 권리를 빼앗겠다는 건가요?"

와이언트는 투덜거리면서 쿠션들 사이로 다시 몸을 파묻었다. "나는 너희를 이해 못 해. 그 누구도 말이야." 그는 마치 인정한 것에 비밀스레 안도감을 느낀 듯이 말했다.

"자, 전시품 씨. 엄격하게 말하자면 그러실 필요가 없지요. 우린 스스로 우리 자신을 위한 쇼를 주재할 만큼 충분히 나이를 먹었어요. 그러니 아저씨가 해야 하는 건 그저 앞자리에서 지켜보면서 우리를 찬미해주는 거예요." 노나가 몸을 구부려 그를 살며시 어루만졌다.

그녀는 휴스턴의 곁에서 조용히 거리를 걷고 있었다. 이렇게 매주 와이언트의 집에서 그와 만나는 것이 암묵적인 합의가 되어 있었고, 그녀의 삶에 의미를 주는 단 한 가지 일이었다. 그녀는 사람이 계속 용감하고 신뢰하기만 한다면 모든 것은 항상 잘된다고 한 어머니의 확신에 대해 미소 지으면서 생각했다. 그 공식에 따르면 그녀와 스탠리 휴스턴의 관계는 어디에 맞아 들어갈까 궁금했다. 이렇게 그저 계속 만나도록 내버려두면서 그 결과를 받아들이기를 거부하는 건 결코 용감하지 않다. 하지만 그녀 안의 모든 신경이 이런 순간들이 인생에서 가장 좋은 것이라고, 없이는 살 수 없는 유일한 것이라고 말하고 있었다. 그저 그의 곁에 있으면서 그의 냉정한 목소리를 듣고, 그의 환멸에 찬 웃음을 유발할 무언가를 말하는 것, 혹은 더 좋은 건 그의 옆에서 지금처럼 이야기하지 않고 가끔 그의 냉소적이고 불만에 차 있으며 도전적인―그렇지만 그 아래 너무나 유약한 모습이 숨어 있는―옆모습을 흘끗 보면서 걷는 것이었다. 그녀가 그를 재단하면서도 여전히 그를 사랑한다는 사실은 그녀의 병이 치명적이라는 것을 보여주었다.

"아, 그런데…… 이건 지속되지 않을 거야. 우리의 운명에 지속되는 것은 아무것도 없어." 그녀는 확신 없이 스스로에게 중얼거렸다. "혹은 최악의 경우 내 목숨이 지속하는 동안만 지속될 거야. 그리고 그건 내가 선택하는 대로 정할 수 있는 날짜야."

하지만 이런 이야기를 하는 것은 얼마나 헛소리인가. 다른 모든 사람들이 그녀를 필요로 하고 있는 때 말이다. 짐과 그의 바보 같은 리타, 그녀의 아버지, 그래, 자부심 강하고 자기 자신을 믿는 아버지조차도, 그리고 늙고 가엾은 A와, 이제 새로운 치유사를 찾았으니 다시는 아무것도 잘못되지 않을 것이라고 확신하고 있는 어머니! 그랬다. 비록 그들은 몰랐지만, 그들 모두가 도움을 필요로 했다. 운명은 마치 경주 코스의 위험한 굽이에 응급처치소를 배치하거나 큰 교차로의 전환점에 교통경찰을 배치하듯이, 모두의 삶이 교차하는 지점에 노나를 놓아둔 것 같았다.

"이봐, 노나. 내 저녁 약속은 거짓말이야. 너하고 내가 단둘이 이대로 어디 가서 저녁 먹으면 하늘이 무너질까?"

"오, 스탠……." 그녀의 심장이 기쁨으로 뛰어올랐다. 젊은이들이 자신들의 선택대로 오기도 가기도 하는 요즘 같은 자유로운 시절에 이 두 젊은이가 둘만의 은밀한 저녁 시간을 한 번도 보낸 적이 없다는 것을 누가 믿겠는가? 그건 너무 쉬운 일이기 때문일지도 몰랐다. 힘겨운 것만 노나의 마음을 끌었으니까. 그리고 언제나 힘겨운 일은 "안 돼요"라고 거절하는 일이다.

하지만 정말 그랬나? 그녀는 가로등 불이 비추는 휴스턴의 옆얼굴을 훔쳐보고는, 그의 꽉 다문 입술이 벌써 그녀가 거절하리라 생각하고 조롱의 말을 준비하고 있는 것을 알았다. 그 순간 그녀는 모든 것을 거절하는 것이 생각처럼 많은 용기가 필요한 일인가 의아했다. 도덕적 비겁함이 그녀가 자랑하는 우월성의 핵심이라면 어쩌지? 그녀는 '다른 사람들처럼' 되고 싶지 않았다—하지만 거기에 뭐 자랑할 것이 있는가? 아마도 그녀의 무관심은, 가령 리타가 친구가 자신의 새로운 드레스를 모방하는 걸 거절하거나 혹은 비 린던이 소문으로 싫증 난 세상에 소문을 끊임없이 퍼뜨리는 걸 갈망하는 것과 무관하지 않은, 단지 더 미묘한 허영인 것이다. 정신분석학자들이 말하듯이, 사람들은 하나같이 과시욕이 강하다—그리고 현재 기분으로는 도덕적 과시욕이 가장 야비한 종류의 전시 욕구 같아 보였다.

"스탠, 빅토리아 시대 중반의 근엄한 사람 같아요!" 그녀는 웃었다. "마치 무너질 하늘이 있기라도 한 양 말하네요! 어디로 갈까요? 최고로 재밌을 거야. 이 근처 어디에 작고 훌륭한 이탈리아 식당이 없나요? 그리고 그 후에는 흑인들이 춤추는 그 하우스탑*에 가요."

"그럼 가자!"

그녀는 수백만 개 반짝이는 별들이 비치는, 밀려오는 어두운 바닷속으로 쓸려 나가는 짚 한 다발처럼 작고 가볍게 느껴졌다. 다정한 저녁, 단순한 동료애로 보내는 저녁이라는 생각만으로 그런 기분이 들었다. 그 생각이 그녀에게 젊음을, 그래, 그리고 견딜 용기를 되돌려줄 것이다. 그녀는 그의 팔짱을 끼었고, 그가 침묵

---

* 하우스탑은 당대에 인기 있는 무도장이었던 루프탑을 모델로 한 장소이다. 이곳은 다양한 인종이 혼합된 사람들이 모이는 다문화적, 다인종적 공간으로서의 상징성을 갖는다.

하고 있는 걸 보고 그녀가 무슨 생각을 하는지 그가 읽고 있는 걸 알았다. 이것이 마지막 마법의 터치였다.

"하우스탑에 정말 가고 싶어?" 그가 마치 다시는 무언가에 대해 서두를 필요가 없을 거라는 듯이 편안한 태도로 시가에 불을 붙이려 몸을 뒤로 젖히며 물었다. 작은 이탈리아 식당에서의 저녁 식사가 거의 끝났다. 그들은 꼼꼼하게 파스타, 수산물 요리, 튀김과 치즈 토마토 볶음을 탐색했고, 거품 없은 커스터드로 마무리하고 있었다. 실내는 천장이 낮았고 더웠으며, 명랑하고 시끄러운 사람들, 대부분 이탈리아 사람들로 붐볐다. 그들 위로, 눈치 채지 못하게 간격을 두고, 푸르고 흰 눈동자를 지닌 올리브 피부색의 음악가가 떨리는 목소리와 비음 섞인 소리를 쏟아내고 있었다. 그의 음악은 대화를 방해하지는 않았다. 그저 손님들이 조금 더 큰 소리로 말하게 할 뿐이었는데, 그들은 이 구실을 즐겁게 이용했다. 노나에게 처음에는 그 소음이 그녀와 휴스턴의 대화를 보호해주는 감미로운 보호막으로 생각되었다. 하지만 이제는 그 소음이 그녀를 숨 막히게 하기 시작했다. "먼저 신선한 공기를 쐐요." 그녀가 말했다.

"좋아. 잠시 걷지."

그들은 의자를 뒤로 밀고, 꽉 찬 테이블 사이를 간신히 지나서 외투를 걸치고, 회전문을 통과해 길게 늘어선 비 맞은 가로등 불빛 속으로 나섰다. 차가운 비의 거품이 그들을 맞이했다.

"아, 이런…… 그럼 하우스탑으로요!" 노나는 투덜거렸다. 시더 리지의 움트는 나무 아래에서는 비가 얼마나 감미로울까! 하지만 여기 이렇게 타락한 거리에서는…….

휴스턴은 지나가는 택시를 잡았다. "일단 차 돌려주세요, 공원 바로 근처지?"

"아니요. 하우스탑으로요."

그는 몸을 젖히고 담배에 불을 붙였다. "나 이혼할 작정인 거 알지? 다 조정됐어." 그가 선포했다.

"조정됐다고요, 애기하고?"

"아니. 아직 아니지. 하지만 내가 함께 떠나려고 하는 숙녀하고 는 됐어. 내 명예를 걸고 약속했어. 나 떠날 거야. 다음 주에."

노나는 믿을 수 없다는 듯 웃었다. "그럼 이게 작별인가요?"

"아마도."

"가엾은 스탠!"

"노나…… 들어봐……. 이것 봐……."

그녀는 그의 손을 잡았다. "스탠, 다음 주 얘기는 그만둬요!"

"노나……?"

그녀는 머리를 가로저었다. 하지만 손은 그의 손안에 머물게 내버려두었다.

"아무 질문도 없고, 아무 계획도 없이. 그냥 함께 있어요." 그녀가 간청했다.

그는 그녀를 침묵 속에 안았고, 그들의 입술이 만났다. "그런데 왜……?"

"아니. 하우스탑, 하우스탑으로!" 그녀가 그의 팔에서 몸을 빼며 소리쳤다.

"아니, 당신 울고 있군!"

"아니야! 비예요. 그저……."

"노나!"

"스탠, 아무 소용 없다는 걸 알잖아요."

"인생은 정말 엉망이야……."

"이렇게는 아니죠."

"이렇게? 이게 어때서?"

그녀는 그가 다시 감싸 안으려는 것을 애써 빠져나오며, 머리를 창밖으로 내밀고 외쳤다. "하우스탑!"

그들은 붐비는 무도장 뒤편의 구석을 발견했다. 노나는 화환 같은 눈부신 조명과 매캐한 담배 연기, 그리고 소리와 색들의 충돌 속에서 약간 눈을 깜박였다. 하지만 거기서 그와 그녀는 저항할 수 없는 행복감에 몸을 숨긴 채 가까이 함께 앉아 있었다. 비록 그의 입술은 우울하게 일그러져 있었지만 그의 혈관 속에도 자신과 똑같은 부드러움이 있는 걸 그녀는 알았다. 그 부드러움으로 인해 그들은 여전히 택시의 어둠 속에 있는 것처럼 완벽하게 군중으로부터 분리되었다. 그녀는 이런 게 자신이 누려야 하는 인생이라고 생각했다. 조금씩, 한 번에 작은 감미로움 한 쪽. 한 쪽 이상이면 절대 안 돼, 단 한 번이라도! 하지만…… 이렇게 다가오는 짧고 잔인한 순간들마저 없다면, 그건 더 끔찍할 거다.

하우스탑은 꽉 차 있었다. 낮은 발코니를 꽉 채운 멋쟁이들이 화장한 얼굴과 맨팔에 보석, 양단, 멋진 모피를 두르고 복숭아색과 흰색과 금색의 잘 익은 과일 화관처럼 그들을 내려다보았다. 현재 제일 유명한 뮤직홀이었다.

커튼이 올라갔고, 작은 강당은 어둠 속으로 빠져들었다. 노나는 자신의 손을 휴스턴의 손안에 내버려둘 수 있었다. 뉴올리언스 목화 시장 같은 무대에는 흑인 댄서들이 몸을 던지며 뛰어다녔다. 그들도 익은 과일, 뜨거운 햇볕 속에 던져진 검은 무화과 같았다. 마치 하얀 이빨 사이로 자줏빛 웃음을 터뜨리며 바닥에 떨어졌다가, 다시 목화 먼지의 황금빛 구름 속으로 솟아오르는 것 같았다. 모든 것이 따뜻하고 명랑하고 가벼웠다. 청중은 흡연과 잡담을 잊었고, 즐거워하는 작은 중얼거림이 잔잔하게 퍼졌다.

커튼이 내려가자 조명 화환들이 꽃처럼 피어났고, 다시 한번 플로어와 발코니는 소리와 움직임으로 가득해졌다.

"저기 위쪽 발코니에 리타 언니가 있네." 노나가 소리쳤다. "저기 무대 바로 위에. 안 보여요? 아드원과 잭 스테일리와 비 린던과 그 끔찍한 여자 카일러와 함께 있네요."

그녀는 발코니가 꽉 찬 것을 보고 손을 빼냈다. "짐 오빠는 안 보이는 걸 보니 같이 있진 않은가 보네. 아! 저 무리는 끔찍해!" 자신에게서 내몰았던 모든 흉하고 불안한 현실들이 다시 몰려왔다. 그녀가 이 하루 저녁만이라도 그들로부터 떨어져 보낼 수 있다면! "여기서 저들을 발견할 거라 생각하지 않았는데……. 리타 언니가 지난주에 여기 왔었다고 생각했거든요."

"저 무리는 항상 같은 쇼를 계속 가는 것 아니야? 새로운 것만큼 그들이 혐오하는 건 없잖아? 그런 것에 너무 싫증 나 있으니까! 게다가 도대체 당신이 왜 상관하지? 우리를 신경 쓰이게 하지 않을 거야."

그녀는 잠시 망설이다가 말했다. "있잖아요, 리타 언니는 항상 나를 신경 쓰이게 해요."

"왜? 뭐 새로운 일이라도?"

"언니는 짐 오빠를 포함해서 모든 것에 싫증 났다고 말하고 있어요. 그래서 다 그만둘 거고 영화 쪽으로 나갈 거래요."

"아, 영화?" 그는 놀라움을 표시하지 않았다. "그런데 영화가 그녀에게 어울리는 일 아니야?"

"어쩌면요……. 하지만 짐 오빠가 있잖아요!"

"가엾은 짐. 우리 모두는 언젠가는 각자의 책임을 져야만 해."

"맞아요. 하지만 난 참을 수가 없어요. 짐 오빠를 위해서는 아니고요. 이봐요, 스탠, 저들하고 합류하러 올라갈게요." 그녀가 갑자기 선언했다.

"말도 안 돼. 노나, 저들은 당신을 원치 않아. 게다가 나는 당신만큼 저 무리를 증오해……. 당신이 저들과 섞이는 건 원치 않아. 스테일리 저 작자와 카일러까지……."

그녀는 건조한 웃음을 지었다. "저들이 나를 오염시킬까 걱정돼요?"

"말도 안 되는 소리! 하지만 그들이 당신이 여기 왔다는 걸 아는 게 무슨 소용이 있어? 당신이 끼어드는 걸 싫어할걸. 누구보다도 리타가 제일."

"스탠, 그들에게 올라갈 거예요."

"제기랄. 당신은 항상……."

그녀는 일어섰고 그들 앞의 작은 테이블을 밀었다. 하지만 갑자기 멈추더니 다시 앉았다. 잠깐 동안 그녀는 말을 하지 않았고 휴스턴을 바라보지도 않았다. 그녀는 친숙한 모습의 육중한 윤곽이 앞쪽 자리에서 일어나서, 청중을 천천히 둘러보려고 거기 자리 잡는 것을 보았다.

"이런, 당신 아버지 아니야? 나는 그가 이런 종류의 쇼를 좋아하는 줄 몰랐네." 휴스턴이 말했다.

노나는 애써 무관심한 목소리를 내려고 했고, 성공했다. "아버지요? 정말 그러네! 아, 아버지는 정말 매우 활달해요. 내 영향인 것 같아요." 하지만 그 목소리는 자기 귀에서 날카롭게 덜거덕대는 듯했다. "그렇지만 얼마나 우스운지! 어머니와 아말라순타 아주머니는 어디 안 보이나요? 그러면 가족 파티가 완벽한데."

그녀는 아버지에게서 눈을 뗄 수 없었다. 얼마나 괴상해 보이는지 — 얼마나 달라 보이는지! 바짝 긴장한 상태로 주변을 경계하고 있었다. 그녀는 다른 방식으로 표현할 길이 없었다. 그러나 그는 분명 표현할 수 없을 정도로 지쳐 보였다. 마치 너무 경직되게 똑바른 자세를 취하느라, 그리고 위쪽 발코니를 훑어보기 위해 머리를 젊은이처럼 완벽한 자세로 뒤로 젖히느라 심각한 내적 피로감을 느끼는 것 같았다. 그는 잠시 동안 거기에 서 있었고 조명과 시선들이 그에게 집중되었다. 그는 다소 무심하게 인내하며 자신을 전시하게 두는 듯하더니, 출구로 움직이기 시작했다. 그러나 반쯤 가다 멈추고 완고한 몸짓으로 어깨를 휙 뒤틀면서 돌아서더니 발코니로 이어지는 통로 쪽으로 향했다.

"이런." 휴스턴이 외쳤다. "리타에게 가려는 건가?"

노나는 약간 웃었다. "짐작하고도 남을 일이었는데! 아버지다워요 — 무슨 일이든 맡았을 때는 말이죠!"

"무얼 맡았는데?"

"리타 언니를 돌보는 것이요. 아마도 마지막 순간에 짐 오빠가 오지 못한다는 것을 알고, 오빠를 대체하기로 마음먹었나 봐요. 우리를 돕는 방식이 정말 멋지지 않나요? 나는 아버지가 이런 종류의 장소를 혐오하는 걸 알고 있어요. 언니와 함께 있는 사람들도요. 하지만 우리가 언니에게 끼치는 영향을 잃어서는 안 된다고, 언니를 꽉 붙들어야만 한다고 아버지가 말했거든요."

"그렇군."

노나는 다시 일어났고 통로를 향해 움직이기 시작했다. 휴스턴이 그녀를 따라왔고, 그녀는 미소를 지으며 어깨 너머로 그를 바라봤다. 그녀는 마치 자신이 대화 속의 모든 틈을 더 많은 말로 채워야 할 것처럼 느꼈다. 크리스털 구처럼 그들을 감싸고 있던 침묵이 조각나서 흩어졌고, 그들은 더듬거리며 노출된 채로 남겨졌다.

"글쎄요. 결국 리타 언니에게 갈 필요는 없겠어요. 언니는 진정 두 마리 용을 필요로 하지는 않아요. 다행히 아버지가 나를 대신해줘서 그 무리와 함께할 필요가 없네요……. 적어도 오늘 밤에는요." 그녀는 휴스턴의 팔짱을 끼며 속삭였다. "그렇게 끝났다면 정말 싫었을 거예요." 이제 그들은 거리로 나왔다.

젖은 보도에서 그가 그녀를 붙잡았다. "노나, 그래서 이건 **어떻게** 끝나게 될까?"

"음, 당신이 나를 차에 태워 집에 바래다주는 것으로 끝나면 좋겠네요. 걸어서 가기에는 비가 너무 오니까요. 운이 나쁘게도요."

그는 체념하듯 어깨를 으쓱하고는 택시를 불렀고, 잠시 망설이다가 그녀를 따라 차에 올랐다. "내가 왜 탔는지 모르겠군." 그가 투덜거렸다.

그녀는 발랄함을 유지하면서 그의 라이터로 담뱃불을 붙이고 자동차가 그녀 집 거리 모퉁이를 돌 때까지 쇼에 대해 줄곧 재잘 거렸다.

"자, 이제 진짜 안녕이야. 나는 다음 주에 다른 숙녀와 떠날 거야." 휴스턴은 맨퍼드가의 문 앞에 섰을 때 말했다. 그는 택시값을 지불하고 그녀가 내리는 것을 도와줬다. 그리고 그녀는 빗속에서 그의 앞에 서 있었다. "나는 애기가 나와 이혼해줄 때까지 안 돌아 와. 알겠지?" 그는 말을 이어갔다.

"해주지 않을걸요."

"해야만 할 거야."

"그건 끔찍해요……. 그런 식으로 하는 건요."

"내가 지금 살고 있는 종류의 삶만큼 끔찍하진 않을 거야."

그녀는 아무런 대답을 하지 않았다. 그리고 그는 그녀가 열쇠 를 찾아 더듬거리는 동안에 조용히 그녀를 따라 문간으로 갔다. 그녀는 이제 피로와 실망감으로, 그리고 그가 절대 못 하게 하겠 다고 결심한 또 한 번의 키스에 대한 타오르는 갈망으로 몸이 떨 렸다.

"다른 사람들은 자기 자유를 얻잖아. 나는 왜 가지면 안 되는지 모르겠어." 그가 고집스레 말을 이어갔다.

"스탠, 그런 식은 아니에요. 그래서는 안 돼요. 너무 끔찍해요."

"그런 식이라고? 다른 방법이 없는 걸 잘 알잖아."

그녀는 열쇠를 돌렸고, 육중한 현관문이 안으로 열렸다. "그런 짓 하면, 내가 당신하고 결혼할 거라고 상상도 하지 마세요!" 그녀는 문지방을 넘어가며 소리쳤다. 그러자 그는 화가 나서 "내가 당신에게 청혼할 때까지 기다려!"라고 쏘아붙이고는 빗속을 달려 멀어져갔다.

14

폴린 맨퍼드는 새로운 좌절감을 삼켰다는 불쾌한 기분으로 랜디시 부인의 문을 나왔다. 이렇게 꽉 메워진 그녀의 삶에서 좌절감은 세균처럼 피하기 어려웠다. 그리고 그걸 박멸할 시간이 항상 있는 건 아니다!

맨퍼드가 리타가 돈사이드에 자주 간 것을 알게 된 게 틀림없었다. 물론 폴린과 마찬가지로 〈루커온〉에 실린, 그 끔찍한 춤 그룹 속에 있는 사진을 보고 알았을 것이다. 그런데 어쩌면 그가 아는 것이 나았다. 마하트마에 반대하는 조치를 그만둘 결심을 분명히 확고하게 해줄 것이다.

다만─그가 런던가에게 조사를 멈추라고 유도했다면 아직도 거기 몰두하는 이유는 뭔가? 왜 그는 랜디시 부인 집에 가서 특별히 리타에 대해 그 질문을 했을까? 폴린은 그의 목소리에 대한 기억, 질문을 하기 전에 그녀가 떠나기를 기다리느라 거의 짜증을 감추지 못하던 기억을 떨쳐내고 싶었다. (그녀의 길에는 이미 너무 많은 수수께끼들이 있는데) 이 새로운 수수께끼를 마주하자 그녀는 자신을 비밀 속으로 끌어들인 고장 난 문고리에 대해 이유 없는 분노를 느꼈다. 키티 랜디시가 메소포타미아풍 자수 장식품에 대해 꿈꾸는 대신에 자물쇠공을 불러다 집을 수리해두었더라면 좋았을 텐데!

하루 종일 폴린은 맨퍼드가 조사를 그만두는 것에 대해 마음을 바꿨을지 불안한 걱정으로 마음이 무거웠다. 시간이 있었다면 휴식을 위해 알바 로프트에게 갔을 것이다. 그녀는 지금까지 간신히 매일 일정에 영적 치료 시간을 끼워 넣을 수 있었다. 그녀는 '중독자'가 모르핀에게 의존하듯이 영적 치료 시간에 의존하게 되었다. 짧은 치료 시간과 치유사의 퉁명스러운 표정 없는 얼굴과 무심한 단음절의 말은 그 이전 사람들의 장황한 공치사를 겪은 후라 미묘하게 활기를 주었다. 그렇게 철저히 경제적인 방식이야말로 폴린에게는 새로운 노동 절약 장치만큼 인상적이었다. 그녀는 모든 것이 다른 것에 이르는 지름길일 때 더욱 좋아했다. 심지어 영적인 교감도 마찬가지였는데, 개선된 방식의 속기처럼 신속해서 좋았다. 스워퍼 부인이 말했듯이, 알바 로프트는 정말이지 바쁜 사람들의 예수님이었다.

하지만 그날 오후에는 치료를 위한 시간이 정말로 없었다. 부활절 휴일을 시더리지에서 보내기로 한 맨퍼드의 결정은 그의 아내와 메이지 브러스가 아주 잘하는 집중 준비 캠페인을 필요로 했다. 시더리지에서 단순한 삶을 영위하는 것은, 그곳에 뉴욕의 하인들 일부를 적어도 열흘 전에 보내서, 세 개의 복잡한 난방장치를 시험하고 켜보고, 모든 벨과 전기 배선을 살펴보고, 정교한 위생 장비들이 흠잡을 데 없이 작동하는지 확인하도록 하는 것을 의미했다.

이것이 다가 아니었다. 폴린은 양쪽 주거지 모두의 온갖 세부 사항을 완벽하게 조직할 수 있다는 자부심을 갖고 있었다. 최근에는 아주 완벽하고 새로운 방범 경보기를 시더리지에 설치하는 비용을 계산해보고 있었고, 또한 그녀가 시더리지 언덕 아래에 옹기종기 모여 있는, 가부장들이 지배하는 마을에 막 선사한 멋진 소방차 차고와 최신식 소방차를 위한 계산서도 검토해왔다. 모든 문제가 깊은 사고와 신속한 결정을 요구했고, 그 사실은 그녀에게 갑작스러운 자극을 주었다. 세상의 어떤 휴식 요법도 실용적인 활동을 서두르라는 요구만큼 그녀의 원기를 더 북돋아주지는 못했다. 이런 요구에 그녀는 마치 트럼펫 소리를 들은 군마가 그러듯 전율을 느끼면서 일에 몰두했고, 지쳐 있는 메이지도 함께 전율을 느끼도록 몰아갔다.

만일 맨퍼드가 시더리지의 모든 것을 마음에 들어 한다면 거기서 더 많은 시간을 보내고 싶어 할지 모른다는 희망으로 그들은 이번에 두 배로 힘을 냈다. 폴린이 수도 설비와 전기 배선에 갖고 있는 열정적인 관심은, 남편을 가정적인 친밀함으로 다시 유혹할 수 있다는 생각에 낭만적 광휘로 물들었다. "새로운 수영장의 난방 설비도 마무리해야만 해. 그래서 모든 일꾼들은 보이지 않도록—메이지, 다음 주에 거기 가서 우리가 도착했을 때 어디에도 일꾼들이 보이지 않아야 한다고 모두에게 각인시켜요."

숨 가쁘게 흥분한 폴린은 내실에서 늦은 차 한잔을 마시러 집으로 급히 갔고, 마치 남편이 법조인 경력 초창기에 새로운 사건의 자료들을 연구하곤 했던 것처럼 열정적으로 연필을 손에 쥐고 계획과 계산을 하기 위해 자리 잡았다.

메이지는 늘 그러듯이 최소한의 자극에도 반응하면서 당혹감에 눈썹을 치켜올리며 중얼거렸다. "알겠어요. 하지만 제가 산아제한 위원회 만찬 전에 거기로 떠날 수 있을지 모르겠어요. 아시다시피—그때 잘못 이용하신 도입부를 아직 다시 쓰시지 않았잖아요."

폴린의 얼굴이 붉어졌다. 메이지의 표현 방식은 요령이 없었다. 하지만 그 불운한 연설의 도입부를 다시 써야만 한다는 것, 그리고 메이지가 보완해주지 않는다면 폴린이 자신의 구문을 결코 확신할 수 없다는 사실에는 변함이 없었다. 그녀는 항상 교양 있게 행동하려고 했다—책장을 바라보면 여전히 자신이 그렇다는 생각이 들었다. 하지만 연설문을 작성해야 할 때면, 단어 선택이

어렵지는 않았지만 단어들 간의 신비로운 관계가 때로는 어려웠다. 부를 쌓고 광범위한 사회 활동을 하는 것은 문법을 완벽하게 숙지하는 것과는 분명 양립할 수 없었다. 그리고 비서들은 그런 응급 상황을 위해 있는 것이다. 그랬다. 메이지는 지쳐 보이기는 했지만 분명 연설이 다시 구상될 때까지는 쉴 수 없었다.

아래층에서 전화가 와서, 후작 부인이 내실로 올라오고 있다고 알렸다. 폴린의 연필이 손에서 떨어졌다. 올라오고 있다고! 너무나 배려가 없었다……. 아말라순타를 이해시켜야 한다……. 하지만 그 거침없는 숙녀가 여기 도착했다.

"하인이 당신이 나갔다고 단언했어요. 하지만 그의 태도에서 당신을 찾을 수 있으리라는 걸 알았죠. (파우더의 경우에는 결코 알 수가 없지만요.) 그래서 달려 **들어와야만** 했다고요. 그래야 당신을 한껏 안아주죠." 후작 부인은 메이지를 흘끗 보았고, 비서는 고용주가 '옆방에서 기다려요. 그녀가 머무르게 하지 않을 테니'라고 자명하게 경고하는 눈길을 보내자 자리를 떠났다.

폴린은 방문객에게 약간 냉정하게 중얼거렸다. "시더리지의 새로운 수도 설비와 방범 경보 시스템으로 너무 바빠서 나갔다고 전하라고 했어요. 덱스터가 부활절에 거기에 가고 싶어 하고, 모든 것은 물론 우리가 도착하기 전에 준비가 되어야 해요……."

후작 부인의 눈이 커졌다. "오, 놀라운 미국식 수도! 당신들이 매년 새로운 욕실 시스템을 누리는 건 알고 있어요. 산페델레에는 목욕탕이 하나밖에 없어요. 그리고 나의 친애하는 시부모님은 나무 뚜껑으로 덮어두고 부츠를 신고 사용하도록 했어요. 정말이지 꽤 편리해요—그리고 벤투리노는 가족애로, 항상 그 목적으로 그걸 예약해두죠. 하지만 그런 얘기를 하러 온 것이 아니에요. 내가 원하는 건 감사의 표현을 하는 거예요……."

폴린은 몸을 뒤로 젖히고, 새롭고 신비한 번영의 광택제로 윤을 내 반짝이는 것 같은 아말라순타의 작고 예리한 얼굴을 지친 채로 응시했다. "무엇에 대해서요? 이미 나의 작은 선물에는 합당한 이상으로 감사하다고 했잖아요."

후작 부인은 의아해하며 회상하는 표정을 지어 보였다. "아…… 며칠 전에 준 그 너그러운 수표요? 물론 나의 감사는 그것도 포함하죠. 하지만 나는 당신의 새로운 관대함에 완전히 압도되었어요."

"나의 새로운 관대함이라니요?" 폴린은 꽉 다문 입술 사이로 말을 반복했다. 새로운 청을 하기 전에 재주 좋게 말을 꺼내는 방식인 건가? 시더리지에서의 큰 지출이 임박한 상황에서 그녀는 거절하기 위해 몸에 힘을 주었다. 아말라순타는 정말이지 절제를 배워야만 한다.

"아, 그럼 덱스터의 관대함이요……. 그의 왕족 같은 약속이요! 겨우 한 시간 전에 그와 헤어졌죠." 후작 부인은 점점 더 흥분하며 소리쳤다.

"그가 미켈란젤로에게 직업을 찾아줬다는 의미예요? 정말 기쁘네요." 폴린은 여전히 열의는 없이 말했다.

"아니요, 아니에요. 그보다 훨씬 더 좋은 것이죠." 후작 부인은 황급히 고쳐 말했다. "적어도 훨씬 즉각적으로 도움이 되는 것이에요. 그의 빚, 나의 어리석은 아들의 빚 말이에요! 덱스터가 약속하길…… 모든 것을 갚아줄 테니 항해할 필요 없다고 그 애에게 전보를 치라고 했어요. 내가 바라는 이상, 훨씬 그 이상이었죠." 행복한 어머니는 맨퍼드 부인의 반응 없는 손을 잡았다.

폴린은 갑자기 손을 뺐다. 그녀는 지나치게 놀랐다는 것을 드러내지 않으면서도 책임을 약속하지 않고 가급적 빠르게 이 소식을 흡수해서 해석할 필요를 느꼈다. 하지만 노력으로 할 수 있는 일이 아니었다. 그녀는 그저 앉아서 빤히 바라보았다. 덱스터가 미켈란젤로의 빚을 갚아준다고 약속했다고……. 그런데 누구의 돈으로 말인가? 그리고 왜?

"덱스터가 미켈란젤로에 관해서 당신을 도울 수 있는 일은 뭐든지 하고 싶어 한다는 걸 확신해요. 우리 둘 다 그래요. 하지만……."

폴린의 뇌가 윙윙거렸다. 그녀는 말을 이어갈 수 없다는 걸 알았다. 그녀는 미켈란젤로의 빚의 규모를 기억했다. 아말라순타는 모든 사람이 기억하도록 애썼다. 그녀는 그 막대함에 일종의 우스꽝스러운 자부심을 느끼는 것 같았고, 항상 사촌의 귀에 대고 큰 소리로 되풀이해서 말했었다. 덱스터가 진짜 그런 약속을 했다면 그의 아내의 이름으로 했음이 틀림없었다. 그녀에게 상의하지 않고 그렇게 했다는 것은 정말 그답지 않았다. 그 생각을 하자 그녀는 더욱 당황스러웠다.

"확실해요? 미안해요, 아말라순타. 하지만 이건 좀 놀랍네요⋯⋯. 덱스터와 나는 그 문제를 이야기하기로 했는데⋯⋯. 무엇을 할 수 있을까 알아보려고요⋯⋯."

"자신의 관대함을 그렇게 별거 아니라 하니 당신다워요. 언제나 그렇죠! 그리고 덱스터도 그래요. 하지만 이 경우에는⋯⋯ 글쎄요. 전보를 이미 보냈어요. 그러니 왜 부인하나요?" 후작 부인은 의기양양해했다.

메이지 브루스가 돌아왔을 때 폴린은 여전히 계산서와 견적서 더미 앞에서 펜을 일없이 쥐고서 앉아 있었다. 그녀는 비서를 멍한 눈으로 빤히 바라보았다. "이것들은 나중에 봐야겠어요. 너무 피곤하네. 왜 그런지 모르겠어. 하지만 내일 아침 일찍 당신이 오기 전에 모두 검토할게요. 그리고 메이지, 이런 부탁 정말 하기 싫지만, 9시 대신에 8시까지 여기 도착할 수 있겠어요? 할 일도 너무 많고, 난 당신이 가급적 빨리 시더리지로 떠났으면 하거든."

메이지는 평소보다 더 창백하고 수척한 채로, 물론 8시에 나타나겠다고 선언했다.

그녀가 떠난 후에도 폴린은 움직이지 않았고, 서류들을 한 번 더 보지도 않았다. 그녀 인생에서 처음으로 자신이 이해할 수 없는 압도적인 세력들 사이를 움직이고 있다는 막연한 생각이 들었다. 그녀는 스스로에게도 그것을 명확하게 표현할 수가 없었다. 그저 자신이 사실들을 꽉 지배하고 있는 보통의 상황과 자기 자신 사이로 뿌옇고 꿰뚫어 볼 수 없는 뭔가가 밀려 들어온다고 희미하게 느꼈다……. 노나, 노나하고 상의해보면 어떨까? 딸애가 때로는 어머니보다 더 재빠르고 명확하게 기분이나 성격의 어떤 신비들을 이해하는 불가사의한 파악의 재능을 갖고 있는 것 같았다……. "하지만 현실적인 것에 대해서는 짐보다 나을 것도 없지, 가엾은 아이야……."

짐! 그의 이름은 그와 연관된 다른 사람을 떠올리게 했다. 리타는 지금 또 다른 걱정거리였다. 어디를 보아도 똑같이 막막해서 폴린은 숨이 막힐 것 같았다. 얼마 전까지는 조화로운 가정을 나타내는 자명한 예인 것 같았던 짐과 리타 주변에도 지금은 상황을 어둡게 만들고 왜곡하는 짙은 안개가 들러붙어 있었다. 돈, 건강, 훌륭한 외모, 아름다운 아기…… 그리고 이제는 자신의 개성을 표현해야만 한다는 이 모든 소동. 그랬다, 리타의 태도는 덱스터의 태도만큼이나 혼란스러웠다. 덱스터도 자신의 개성을 표현하려 노력하는 중인 건가? 그들이 그녀에게 전부 이야기를 했으면 싶었다―마치 어두운 손전등을 든 수많은 강도들처럼 어둠 속에서 그녀 주변을 움직이는 대신에, 그녀가 이해하도록 도왔으면 싶었다! 이런 이미지를 떠올리자 다시 시더리지의 견적서들에 주의가 갔고, 그녀는 피곤해하며 안경을 고쳐 쓰고 연필을 쥐었다…….

하녀가 문을 두들겼다. "부인, 어떤 드레스로 할까요?" 물론 그날 저녁 그들은 월터 리빙턴네에서 저녁 식사를 할 예정이었다. 와이언트와 이혼한 후에 폴린을 처음 초대한 것이었다. 리빙턴 부인네는 여전히 구뉴욕의 스러져가는 전통을 집요하게 유지하고 있어 이혼을 사회적인 불이익으로 간주하는 유일한 가정이었다. 하지만 맨퍼드의 조언이 어려운 사건에서 성공적으로 받아들여졌고, 그가 신경 쓰는 유일한 방식으로 보상하지 않기에는 그들이 너무 격식을 차렸다. 리빙턴네는 맨퍼드에게 사회적 성공의 사다리의 마지막 계단이었다.

"은색 물결무늬 비단 드레스, 그리고 진주요." 그게 기품 있고 특이하게 보일 것이다. 폴린은 덱스터가 함께 가겠다고 명확히 약속해서 감사했다. 그는 요새 이런 만찬들에 대해 너무 불만스러워하고 있었다. 그녀의 지루한 만찬들이라 부르면서 말이다.

다시 전화벨이 울렸고, 이번에는 덱스터의 목소리가 들렸다. 폴린은 아말라순타의 놀라운 이야기에 대해 그에게 지금 말해야 할지 아니면 기다리는 것이 더 요령이 있는 것일지 궁리하면서 조심스레 그의 목소리를 들었다. 그는 하루의 끝 무렵에는 신경질적이고 화를 잘 내기 십상이었다. 그랬다, 그는 열한 시간째 깨어 있는 목소리로 말하고 있었다.

"폴린, 들어봐요. 좀 늦게까지 사무실에 잡혀 있을 거요. 저녁 식사를 연기해주지 않겠소? 당신하고 둘이서 조용한 저녁을 보내고 싶군."

"조용한……. 하지만 덱스터, 우린 리빙턴네서 저녁을 먹기로 되어 있어요. 당신이 좀 늦을지 모른다고 전화할까요?"

"리빙턴네라고?" 그의 목소리가 멀어지더니 완전히 무관심해졌다. "아니요. 우리가 못 간다고 전화해요. 바람맞히자고……. 당신하고 둘이서 이야기하고 싶소……. 집에서 조용히 함께 식사할 수 없겠소?" 마치 그녀가 자기 말을 이해 못 했다고 생각하는 듯이 그는 천천히 그 표현을 반복했다.

리빙턴네를 바람맞힌다고? 교회에서 일어나서 신을 부정하라고 요청받은 것 같았다. 그녀는 할 말을 잃은 채 앉아서, 그 치명적인 단어들이 전화상으로 계속 울리게 내버려두었다.

"폴린, 내 말 들리지 않소? 왜 대답이 없소? 전화선에 무슨 문제가 있는 건가?"

"아니에요. 덱스터. 전화선에는 아무 문제 없어요."

"좋아요, 그럼……. 당신이 그들에게 설명할 수 있지……. 뭐든 아무거나 말해요."

드레스룸의 문을 통해 그녀는 하녀가 은빛 물결무늬 비단 드레스와 친칠라 외투와 진주를 꺼내둔 것을 보았다…….

리빙턴네에게 설명을 하라고!

"잘 알겠어요, 여보. 여기서 저녁은 몇 시로 주문할까요?" 그녀
는 애써 의연하게 물었다.

그가 전화를 끊는 소리를 들었고, 그녀는 다시 자리에 앉아서
그의 말들이 더욱 꿰뚫어 볼 수 없게 만들어버린 안개 속을 응시
했다.

15

맨퍼드는 딸이 하우스탑에서 그를 본 다음 날 아침 일찍 공원 주변으로 긴 산책에 나섰다. 10시까지 사무실에 가면 되니, 그 전에 걸어서 좀 피곤해지고 싶었다.

결혼 후 몇 년 동안 그는 시내에 말을 갖고 있었고, 말을 타고 아침 산책을 했다. 하지만 똑같은 길을 매일 말을 타고 경보하는 것은 아내의 꽃 정원 순환로와 너무 비슷했다. 그는 시간이 더 오래 걸리는 걷기를 택했다. 걸을 시간이 없으면 다른 이들이 그러듯이, '비즈니스'라고 알려져 있는 오래 앉아서 바삐 일하는 삶을 위해 그를 준비시켜주는 마사지사를 들였다. 뉴욕의 일상이 그를 압박했고, 그는 때로 본질적인 면에서는 폴린의 서두름과 자신의 서두름 사이에 별로 다른 건 없다고 느꼈다. 변호사들, 은행가들, 중개인들, 철도 임원들 등을 포함한 그들 모두는 저녁에 돌아가는 집에 있는 여성들만큼이나 헛된 활동들을 하면서 내적인 공허함을 이럭저럭 넘기려 하는 것 같았다.

이건 완전히 잘못되었다—뭔가가 본질적으로 잘못되어 있었다. 그들 모두가 권력을 획득하기 위한 거대한 계획들을 세웠다. 그리고 권력을 갖고 나자 더 큰 집과 더 많은 음식과 더 많은 자동차들과 더 많은 진주들, 더 독선적인 자선 외에 무엇이 뒤따랐는가?

자선은 그가 가장 싫어하는 것이었다. 그건 도덕성을 강제로 떠먹이면서, 마치 아무 도움도 받지 않은 자연의 빛으로 될 수 있었던 것보다 더 깨끗하고, 더 강력하고, 더 건강하고, 더 행복하라고 강요하는 값비싼 계획들과 같았다. 낙관적인 백만장자들의 끊임없는 개입 없이 남자들과 여자들이 자기들이 원하는 대로 죄를 짓고 아이를 낳고 살다가 죽는 세상 속으로 도망치고 싶어 하는 갈망이 너무나 강해져서, 때로 습관의 굴레는 그가 조금만 급격하게 움직여도 바로 끊어져버릴 것처럼 느껴졌다.

그래서 그가 은밀하게 짐의 아내에게 끌린 것이다. 그녀는 그가 아는 사람 중에서 캐치프레이즈가 아무 의미가 없는 유일한 사람이었다. 다른 사람들은 사적으로 몰래 제외하거나 허용하는 것이 무엇이든지 간에, 자신들의 이기적인 탐닉을 말 많은 이타주의로 위장했다. 한때는 그것이 이웃에 대한 의무였다. 지금은 자기 자신에게 그렇게 하는 것이 의무가 되었다. 의무, 의무…….

언제나 의무! 그러나 의무에 대해 리타에게 이야기하면 그녀는 눈을 크게 뜨고 말했다. "그건 결혼식에서 하는 말이에요? '사랑하라. 존중하라. 그리고 복종하라.' 이렇게 우스운 조합이라니! 누가 만들어냈다고 생각해요? 내 생각엔 어머니가 틀림없어요." 자신의 즉각적인 만족 너머의 주제로 그녀의 주의를 고정시킬 수 있는 사람은 없었다. 그리고 그런 본능에 충실한 성향이 맨퍼드에게는 가장 큰 매력이었다. 너무 큰 매력이고…… 끔찍한 위험이었다. 그는 이제 알게 되었다. 자신이 휴식과 변화를 위해서 그녀에게 갔다고 생각했다. 그리고 그는 절벽 가장자리에 서서 간신히 자신을 끌어냈다. 하지만 지난 저녁 그녀에게 사진을 보여주었을 때 그 역겨운 상황에서는 그 자신이 늙은 바보라서 감정에 빠져들었는지 모른다. 그런 소동이 그를 어디에 착륙시킬지는 알 수 없는 일이다. 이제는 열정적인 연민이 그의 바보 같은 감정을 대체했다. 불길한 세이렌*은 그저 잘못 인도된 아이였다. 그는 짐을 위해서, 그리고 그녀 자신을 위해서 그녀를 도와 구할 작정이었다.

그런 침착한 명료함이 그녀의 집에서 그가 뛰쳐나올 때 느낀 격렬한 증오로부터 나온 것이 신기했다. 그렇지 않았더라면 그는

---

* 여자의 모습을 하고 바다에 살면서 아름다운 노랫소리로 선원들을 유혹하여 위험에 빠뜨렸다는 신화 속 인물.

미쳐버려 무언가를 때려 부수거나 돌이킬 수 없는 일을 했을 것이다. 그런데 대신 여기서 침착하게 그 자신의 우둔함과 그녀의 우둔함을 곱씹고 있다니! 그는 물론 계속 그녀를 보러 가야만 한다. 그녀를 봐야 할 이유가 더 생겼으므로. 하지만 이제는 그 안에 위험은 없을 것이다. 그저 그녀를 위해 도움을 주는 것이다. 그리고 아마도 자신을 위해서는 치유를 얻을 수 있을 것이다. 이런 새로운 기분에 그는 마치 불가침의 피난처라도 만난 양 매달렸다. 지난 몇 달간의 소란과 고통은 다시는 그에게 일어나지 않을 것이다. 그는 나갈 수 있는 길, 탈출구를 발견했다. 조용히 갈등을 피하고 모든 것을 피를 흘리지 않고 해결하리라는 위안이 마치 마약중독자에게 주사가 갖는 마력처럼 그를 덮쳤다. 가엾은 어린 리타⋯⋯. 그녀는 다시는 (천만다행히도) 찬미의 대상이 아닐 것이다. 하지만 아! 더더욱 도움을 받고 동정받을 대상이다⋯⋯.

그는 랜디시 부인을 방문하던 중에 이런 속임수 같은 평온함을 느꼈다. 그건 그가 지키며 살아온 어떤 규준에 대해서도 그녀가 신경 쓰지 않는 것에서 비롯되었다. 그는 이제 알았다. 자신이 타락한 우상에 대해 최악을 알고자 하는 잔인한 남성적 욕망에 이끌려 거기에 갔다는 것을. 그가 '사태를 직면할' 결심이라 칭했던 것, 그게 가엾은 리타에게 불리한 모든 증거를 모으려는 잔인한 바람 외에 무엇이란 말인가? 마하트마 조사를 그만둔다고? 안 될 일이다! 이제는 더욱 계속할 이유가 있었다. 그런 불량스러운 비즈니스를 몽땅 폭로하여 가엾은 짐이 그의 아내의 과거에 (나중 보다는 지금) 눈뜨도록 해서, 다시 제 발로 서고, 삶과 행복에 대한 신념을 회복하고, 새 출발을 할 수 있게 해야 했다. 주로 고통받는 이는 물론 가엾은 짐일 것이기 때문이다……. 빌어먹을 여자! 짐이랑 끝내기를 원한다고, 그녀가 말이지? 그럼 여기 그녀에게 기회가 있다―다만 그녀의 생각하고는 정반대로 짐이 그녀와 끝내는 방식으로 일어나겠지. 전세가 역전될 것이다. 그녀가 보게 되겠지……! 이것이 처음에 그가 보인 맹목적인 분노 폭발 반응이었다. 하지만 랜디시 부인의 문 앞에 도착했을 때쯤에는 오랜 법률적 영민함을 회복했고, 공적인 추문은 불필요하며 그래서 피해야만 한다는 것을 이해했다. 그런 것 없이도 리타를 제거하는 것은 충분히 쉬운 일이다. 그가 곧 입수할 증거로 폴린과 자신이 원하는 조건을 만들 수 있다. 짐이 아이를 키울 것이고, 그러면 모든 것이 조용히 합의될 것이다―하지만 리타의 조건이 아니라 그들의 조건대로 말이다! 그녀는 가방과 짐을 챙겨 나가는 것에도 너무나 감사해야 할 것이다. 그들 모두의 삶에서 깨끗이 비워질 거다. 쳇! 그가 자기 딸 노나에게 그녀를 돌보는 걸 위임했었다고 생각하니 역겨웠다.

그러나 결국에 모든 것이 아주 다르게 전개되었다. 도대체 왜 그렇게 된 것인지 그 이유를 생각해보기 위해 공원 주변을 열심히 걷는 게 필요했다.

그건 랜디시 부인 특유의 태도 때문이었다—그녀의 어리석고 우왕좌왕하는 무책임함, 그건 리타의 젊은이 특유의 무관심을 나이 들어서 패러디하는 것 같았다. 랜디시 부인은 맨퍼드의 엄중한 심문에, 날짜와 숫자와 통계치를 달라고 **자신에게** 와서는 안 되었다는 애매한 답변으로 응수했다. 사실이라는 건 그녀에게는 아무 의미가 없었다. 그녀가 중시하는 건 오직 '영감', '천재성', '신의 불꽃', 혹은 그가 뭐라고 부르든 그런 것들이다. 그녀가 뭔가를 잘못했을지도 모르지만 그녀는 평생 천재성을 숭배하는 데 자신의 모든 것을 희생했다. 그녀는 항상 어디로든 천재성을 찾아다녔다. 그런 이유로, 처음부터 리타에게서도 그런 기색을 느꼈기에 그 아이에게 헌신해왔다. 맨퍼드도 리타에게서 그걸 느꼈지 않나요? 랜디시 부인 그녀 자신은 물론 조카가 다른 종류의 결혼을 하기를 꿈꾸었다……. 아, 하지만 맨퍼드가 오해하면 안 된다! 짐은 완벽하다—너무 완벽하다. 그것이 문제였다. 물론 그 '너무'라는 표현의 의미를 추측했겠죠? 그런 절대적인 신뢰성, 그런 완벽한 헌신은 때로 소동이나 부정보다도 예술적인 기질에는 더 큰 부담이었다. 리타는 무엇보다도 예술의 세계에서—아주 다른 가치들 속에서—말하자면 4차원의 세계에서 살도록 태어난 예술가였다. 현재 처한 상황으로 그녀를 판단하는 것은 공정하지 않다! 그 상황은 비록 하나의 삶의 방식으로는 이상적이라고 할 수 있겠지만, 불행히도 리타에게 어울리는 것은 아니기 때문이다.

랜디시 부인은 맨퍼드가 완벽하게 이해한다고 고집스레 가정했다…… "만일 짐이 당신만큼만 이해하게 될 수 있다면요. 보통의 기준이 이런 희귀한 본성에는 적용되지 않는다는 것을 안다면…… 클로해머가 그 애가 춤추는 것을 보기도 전에 잭 스테일리와 아드윈이 이야기한 것에만 근거해서 영화 출연을 제안하고, **영화 한 편**에 얼마를 제시했는지 이야기했나요?"

아…… 그랬다! 진실이 드러났다. 랜디시 부인은 언제나 빚진 상태이고 언제나 더 많은 돈을 낭비하기 위한 정신 나간 계획으로 가득해서 조카의 재능을 착취하는 것에서 금광을 발견한 것이었다. 이혼은 그녀를 공포로 몰아넣는 대신에 즐거움을 선사했다. 맨퍼드는 젊은 부부의 경제적 지원을 끊어버리겠다는 폴린의 위협에 얼마나 그녀가 감흥이 없었을까 생각하고 미소 지었다. 폴린은 때로 가족들 사이에서도 자신의 권위가 절대적이지 않다는 것을 잊었다. 그녀는 물론 할리우드와 재정적으로 경쟁할 수 없었고, 랜디시 부인의 눈은 할리우드를 향하고 있었다.

"맨퍼드 씨, 그런데 충격을 받으신 것 같아 보여요! 완전히 놀라셨군요! 영화가 정말로 당신을 놀라게 한 건가요? 정말 재밌군요!" 랜디시 부인은 그녀의 무성한 눈썹을 모으면서 그런 상태의 내면에 있는 어둠을 그려보려고 하는 것 같았다. "하지만 가장 똑똑한 사람들이 영화에 뛰어들고 있다는 건 물론 알고 계시죠? 글쎄, 산페델레 후작 부인이 내게 며칠 전에 그녀의 아름다운 아들의 사진을 보여주었죠. 수영복을 입은 모습이 진짜 **그리스 사람** 같아 보이더군요. 클로해머가 그걸 보고는 그녀에게 모든 비용을 지불할 테니 그에게 시험 삼아 할리우드로 와보라고 전보를 치라고 했다더군요. 그들은 거의 항상 단번에 경쾌하게 리듬을 탈 줄 아는 사람들을 알아보는 것 같아요. 미켈란젤로와 리타가 미래의 발렌티노*와 그 상대역이 되어 영화계 대스타가 된다면 재밌겠죠. 그렇지 않나요?"

그는 이어진 장황한 뒷이야기는 기억하지 못했다. 다만 헛되이 격분해서 소리친 것을 기억할 뿐이다. "내 아내와 나는 이혼을 막기 위해 모든 것을 할 거요." 그러고는 그녀만큼이나 그 자신도 소용이 없다는 걸 잘 알고 있는 위협을 뒤로하고 놀란 안주인을 떠났다.

리타는 저런 분위기에서 자란 것이었다. 저들이 바이킹 코트의 신들이었다! 하지만 맨퍼드는 동정하기보다는 격노했고, 관대하기보다는 분노했으며, 상황을 침착하게 통제하는 대신에 리타와 짐을 위해서 재앙을 무릅썼다. 리타 와이언트와 미켈란젤로가 미래에 영화계 스타로서 메인주에서 캘리포니아주까지 모든 광고판에 함께 '전시'된다고 생각하니 그의 머리로 피가 솟구쳤다. 정체를 알 수 없는 격분을 느끼며 그는 끔찍한 사진들을 보았고, 사

---

* 이탈리아 출신의 미국 영화배우.

진과 함께 실린 혐오스러운 글에 대해 추측해보았다. 그런데 사람들은 그저 보고 웃을 것이다! 그 생각을 하니 그는 자신의 내적 욕망이 나이에 맞지 않는다는 것을 아는 남자임에도 파괴적인 분노를 느꼈다. 이제 사람들도 알게 될 것이다. 그뿐이다. 그가 그들에게 보여줄 것이다!

행동하려고 결심을 하고 나자 한껏 뻗어나가던 상상력이 진정되었다. 다시 한번 그는 자신이 사무실 책상에 앉아 있다고 느꼈다. 그와 그의 무력한 심문 대상자들 사이에는 자신이 지닌 전문가로서의 온갖 권위가 자리하고 있다. 인상적인 단어들과 효과적인 주장들이 마음속에 자동으로 떠올랐다. 결국 그가 자기 가족의 가장이었다. 심지어 어느 정도는 와이언트 가족의 가장이기도 했다.

16

폴린의 긴장감이 점차 가라앉았다. 리빙턴네에 대해서는……
글쎄, 결국에는 맨퍼드만큼 중요한 남자의 경우 초대할 기회를
잡아야만 하고, 마지막 순간에 실패했다면 그걸 최대한 이용해
야 한다는 것을 보여주는 것도 그리 나쁜 생각은 아니었다. "일 관
련 약속 때문에요. 아, 물론 전혀 예상하지 못했어요. 너무 중요하
다고 하네요. 정말 죄송해요. 하지만 아시다시피 변호사들이 늘
자기 마음대로 할 수 있는 건 아니라서요……." 이런 말을 "아, **정
말로** 못 오신다고요……? 그렇다면 저희가 기다릴게요……. 9시
30분에 저녁을 먹을게요……"라고 당황해 더듬거리는 리빙턴 부
인에게 하는 것은 좀 즐거웠다. 또한 "유감이지만 저녁 시간 전부
를 할애해야 한다는 것 같네요"라고 덧붙이는 것도 즐거웠다. 그
러고 나서 전화를 끊고 폴린은 편안하게 몸을 기댔다. 그때 리빙

턴 부인은 (폴린은 머릿속에 그려보았다!) 아마도 가운을 입고 머리를 마는 핀을 꽂은 채 달려 내려가, 봉건귀족들이 둘러앉기라도 한 것처럼 엄청나게 많은 생각을 해서 마련한 테이블을 재조정할 것이다.

맨퍼드가 그녀와 단둘이 있고 싶어 한다는 것을 생각하니 그런 포기조차도 폴린에게는 편안했다. 그가 그런 소망을 표현한 게 얼마나 오랜만인지? 그런데 그의 뒤늦은 귀환은 마하트마와 그가 줄여준 엉덩이 사이즈 덕분인가? 아니면 '영감을 주는 치유사'와 새로운 낙관주의 덕분인가? 무엇이 남자의 마음을 여자에게 끌어당기고, 무엇이 멀어지게 하는가를 알 수만 있다면! 만일 인생을 규격화할 수 있다면 폴린은 인간의 마음부터 시작할 것이다. 그럼 인간의 마음을 믿을 수 없는, 우연적이고 기이하며 아마추어적인 것으로 존재하게 하거나 뭔가가 잘못될 때마다 놀라서 펄쩍 뛰게 내버려두는 대신, 모두가 똑같이 연속으로 이어지게끔 만들 것이다…….

볼터치를 좀 더 할까? 글쎄, 하녀가 옳을지도 몰랐다. 그녀는 **정말이지** 좀 창백하고 기력 없어 보였다. 허먼 토이 씨 부인은 거의 모종삽으로 퍼다 바르는 수준이었다……. 남자들이 그런 걸 좋아하는 모양이다……. 폴린은 뺨에 살짝 볼터치를 더하고 재주 좋은 손길로 예쁘게 만 머리카락을 매만지다가, 머리를 단발로 자르는 편이 낫지 않을까 다시 한번 생각했다. 그러고 나서는 연분홍 티 가운을 입고, 중국 자수정 장식을 하고, 발을 아주 날렵하게 보이게 만드는 은빛 샌들을 신었다. 그녀는 기쁨의 한숨을 쉬며 자신을 바라보았다. 저녁 식사는 내실에 준비될 것이다.

맨퍼드는 매우 늦었다. 10시가 지나서야 커피와 술이 불 옆에 위치한 낮은 상에 차려졌고, 작은 만찬 테이블이 소리 없이 치워졌다. 불이 기분 좋게 빛났고 그는 아내가 앞으로 밀어준 안락의자에 만족한 듯 중얼거리며 주저앉았다.

"참 대단한 날이었어······." 그는 마치 엉킨 법률적 문제들을 털어내듯이 손으로 이마를 쓸며 말했다.

"덱스터, 당신 일을 너무 많이 해요. 정말로요. 당신이 나이에 비해서는 얼마나 놀라울 만큼 젊은지 알지요. 하지만 그래도······." 서두에 칭찬을 했음에도 불구하고 그의 나이에 대해 언급한 것이 그다지 환영받지 못한다는 것을 어렴풋이 알아채고 그녀는 말을 멈추었다.

"나이하고는 아무 상관 없소." 그가 으르렁거렸다. "뭐라도 하는 사람은 누구나 일을 너무 많이 하지." (그녀가 아무 일도 안 한다는 것을 암시하려는 건가?)

"신경성 긴장······." 그녀는 다시 한번 지금이 알바 로프트에 대해 슬쩍 한마디를 꺼낼 시간이 아닌가 하면서 말을 시작했다. 하지만 맨퍼드는 그녀와 있기를 원했으면서도 그녀의 말을 들을 의욕은 없어 보였다. 그녀는 이건 모두 자신의 잘못이라고 느꼈다.

그녀가 온몸에 물결치고 있는 비밀스러운 전율을 드러내는 법을 알기만 한다면! 그녀의 반만큼도 똑똑하지 않고 요령 없는 여자들 중에도—더 젊지도 않고 심지어 그녀만큼 아름답지도 않지만—즉시 무슨 말을 해야 할지 알고, 영혼이 보내는, 소리 없는 전보의 글자들이 무언지 쓸 줄 아는 여자들이 있었다. 남편이 사실들을 원했다면—새로운 방범 경보기에 대한 은밀한 이야기나, 혹은 소방차 차고 계산서나 수영장의 수온 조절 장치 같은 것에 대한 명확하고 주의 깊은 분석을 원했다면—그녀는 그런 주제들에 꼭 맞는 은밀하고 부드러운 어조를 알았을 것이다. 그녀에게 친밀함이란 꼭 가정과 관련될 필요는 없지만 명확하고 확실한 사실들을 끊임없이 토론하는 것을 의미했다. 그녀로서는 산아제한부터 신인상주의까지 무엇이든 이야기할 준비가 되어 있었다. 그녀보다 더 광범위하게 알고 있는 여성들도 거의 없을 거라고 자부했다. 둘만 있는 순간에 그녀는 더 가정적인 주제들을 선호했고 무엇보다도 석탄 창고에 대해 부드럽고 명랑하게 말하거나, 보일러 누수에 대해 말을 아끼면서도 허세를 떠는 것을 즐겼다. 사람들이 의견을 갖거나 행동 지침을 가질 수 있는 사실이라면, 실체와 윤곽을 가진 것이라면 무엇이든지 다룰 준비가 되어 있다. 그의 직업과 관련된 것 외에는 남편이 사실들에 상관하지 않는다는 것, 방범 경보기의 전선 배열이나 최신 전기 레인지보다 그의 관심을 끌 가능성이 적은 것도 없다는 인식이 그녀를 옴짝

달싹 못 하게 했다. 물론 남자는 있는 그대로 받아들여야 한다. 그들은 고집스럽고 변덕스러우며 신비롭다. 그러나 (이것저것 해봤음에도 불구하고 결코 찾아내지 못했으므로) 그녀는 남자에게 아무 말이나 할 수 있는 다른 여자들은 무슨 말을 하는지 듣기 위해서라면 뭐든 내놓을 것이다.

맨퍼드는 담뱃불을 붙이고 불을 응시했다. "그 바보 같은 아말라순타에 대한 것이오." 그는 마침내 통나무들에게 이야기하듯이 말을 시작했다.

그 이름이 폴린을 다시 현실로 급히 돌려놓았다. 여기 사실이 있다─딱딱하고 곤란하며 불편한 사실! 그런데 그녀는 둘만의 밀담으로 인한 혼란스러운 기쁨에 그 사실을 정말로 잊어버렸다! 그렇다면 그는 그저 아말라순타에 대해 이야기하려고 집에 온 것이군. 그녀는 맥 빠진 것을 숨기려고 노력했다. "그래요, 여보?"

그는 여전히 불에 시선을 고정한 채 계속했다. "당신은 우리가 간신히 피했다는 걸 아마 모를 거요."

"간신히 피하다니요?"

"그 빌어먹을 미켈란젤로……. 그의 어머니가 바로 이번 주에 그를 들여오려고 하고 있었소. 전보가 갔거든. 내가 그걸 멈추지 않았다면 평생 그에게 묶였을 거요."

폴린이 숨을 멈췄다. 그녀는 긴장하며 귀를 기울였다.

"그녀를 못 만났나 보군. 그녀가 당신에게 이야기하지 않았소?" 맨퍼드는 말을 이어갔다. "클로해머 영화 출연 건으로 자신의 책임하에 그 애를 데려오려 하고 있었소. 그냥 그렇다고 말하더군! 하늘의 자비로 내가 막았다오. 1분도 지체할 시간이 없었지."

그의 이런 감정 폭발과 그로 인해 알게 된 사실에 당황해서 폴린은 말없이 그냥 앉아 있었다. "미켈란젤로─클로해머? 몰랐어요! 하지만 아마도 그것이 최선의 해결책이 아니었을까요?"

"해결책? 무얼 해결한다는 거지? 한 영화에 가족 중 한 명이 출연하는 걸로 충분하다고 생각하지 않소? 아니면 온 나라의 광고판마다 리타가 그와 함께 등장하는 걸 보는 게 더 어여뻤을까? 맙소사, 당신을 대리해서 내가 옳은 일을 했다고 생각했소…… 당신하고 상의할 시간이 없었지……. 하지만 **당신이** 상관 안 한다면, 내가 왜 신경 써야 하지? 그는 **나의** 가족도 아닌데…… 게다가 그 애는 더더욱 아니고."

그는 벽난로에서 휙 돌아서더니, 이마를 찌푸리고 정맥이 관자놀이에 불거진 채, 마치 정당한 분노로 펄펄 뛰려는 것을 억제하는 양 두 손으로 무릎을 꽉 잡고서 처음으로 그녀를 마주했다. 그는 분명 심하게 동요되었다. 하지만 그녀가 느끼기에 그의 분노는 또 다른 감정─그녀가 알아챌 수 없는 감정─의 무의식적인 가면일 뿐이었다. 그의 격렬함과 그가 철저한 어둠 속에서 움직이고 있음을 감지한 것이 위협적으로 느껴졌다.

"덱스터, 난 잘 이해를 못 하겠어요. 아말라순타가 오늘 여기 왔었어요. 그녀는 영화나 클로해머에 대해서는 아무 말도 안 했어요. 하지만 당신이 미켈란젤로가 미국에 오는 것이 불필요하게 만들었다고 말했죠."

"어떻게라고는 말하지 않았소?"

"빚을 갚아주는 것에 대해서 뭐라고 말하기는 했죠."

맨퍼드는 일어서서 벽난로 선반으로 가서 몸을 기댔다. 그는 아내를 내려다보았고, 이어서 그녀도 타다 남은 장작불에 시선을 두었다.

"글쎄…… 우리가 그가 여기 오는 것을 함께 반대한다는 것을 알고 나서야 내가 그 제안을 했다는 것을 짐작하지 않았소? 아닌가?"

그의 목소리가 다시 화난 듯이 높아졌다. 하지만 그의 얼굴을 주의 깊게 바라보니 고통에 찬 주름이 땀으로 젖어 있었다. 가장 먼저 든 생각은 그가 틀림없이 아픈 듯하니 열을 재봐야 한다는 것이었다—사람의 고통과 접촉하면 그녀는 항상 응급처치 충동으로 반응했다. 하지만 결국에는 아니, 그게 아니었다. 그는 불행했다. 그것이었다. 그는 극심하게 불행했다. 하지만 왜? 상의할 시간이 없어서 대리로 행동하여 그녀를 그렇게 끌어들임으로써 월권행위를 한 것일까 봐 두려워서인가? 리타와 짐 사이에 불화가 있다는 생각과 소란스러운 명성에 대한 리타의 갈망이 그를 깊은 충격에 빠뜨린 듯했다—실은 폴린보다도 훨씬 더 말이다. 그렇다면 그의 충동은 자연스러운 것이며, (적당한 순간에는) 그녀 자신도 계속해서 스스로와 동일시하고 있는 와이언트 가문의 전통에 뚜렷이 부합하는 것이었다. 그랬다, 그녀는 아들의 아내와 무가치한 이탈리아인 친척의 이름이 이 나라의 모든 영화관에 새겨지는 것을 보는 일이 끔찍하리라는 그의 생각을 이해하기 시작했다. 그녀는 그가 자기 기분을 고려해준 것에 감동을 느꼈다. 결국 그의 말대로, 리타와 미켈란젤로는 그의 친척이 아니었다. 그는 모든 문제에서 쉽게 손을 뗄 수 있었을 것이다.

"덱스터, 당신은 옳은 일을 했을 거예요. 당신은 내가 항상 당신 판단을 신뢰한다는 걸 알죠? 다만 당신이 설명을 해주었다면……."

"뭘 설명한단 말이오?" 그녀의 온화한 대답이 새로운 기조의 짜증을 유발한 것 같았다. "그가 오는 걸 막을 유일한 길은 그의 빚을 갚아주는 거였소. 액수가 아주 크지. 당신에게 책임지게 할 권리는 없소. 그건 인정해."

그녀는 심호흡을 했고, 미켈란젤로의 부채의 액수가 거대한 칠판 위에 적힌 것처럼 그녀 앞에 불타올랐다. 곧이어 그녀가 말했다. "덱스터, 당신은 그럴 만했어요. 당신이 그렇게 해줘서 기뻐요."

그는 잠자코 서 있었다. 머리를 숙이고, 다시 불붙이는 것을 잊은 시가를 손가락 사이에서 비틀었다. 그는 그녀의 재빠른 동의에 놀라서 말을 잊은 것 같았고, 차라리 자신을 정당화하기 위해서 계속 논쟁하고 변호하는 것이 더 쉬웠으리라 생각하는 듯했다.

"역시 폴린, 당신은 정말 멋지군." 그는 마침내 말했다.

"아, 아니에요. 왜요? 나를 생각해서 한 걸 아는걸요. 다만…… 아마도 약간 이야기 나누는 걸 마다치는 않았겠죠. 방법과 수단에 대해서요……." 그녀는 그의 이마가 다시 어두워지는 것을 보며 말을 덧붙였다.

"방법과 수단이라고…… 아, 물론이오. 하지만 당신이 모든 액수를 부담하기를 기대한 것은 아니라는 걸 이해해주오. 최근에 두 건의 큰 보수를 받았소. 나는 벌써 조정을…….."

그녀는 재빨리 그를 막았다. "덱스터, 그건 당신 일이 아니에요. 언제나 정말 관대하군요. 하지만 당신이 그렇게 하도록 하는 건 생각할 수 없어요."

"이건 내 일이기도 하오. 우리 모두의 일이지. 이런 고약한 악명은 당신만큼이나 원치 않소…… 더구나 짐의 행복을 망칠 테니."

"정말로 관대하군요." 그녀는 반복했다.

"무엇보다도 이건 짐과 리타를 돕는 문제요. 그 젊은 바보가 클로해머의 계약서를 주머니에 넣은 채 여기에 온다면 리타를 잡을 길이 없을 거요. 하지만 그 무리가 배역을 맡을 여자를 찾고 난다면⋯⋯." 그는 마치 폴린이 여전히 이해하지 못하는 것을 믿을 수 없다는 듯이 숨 가쁘게 짜증 내며 말했다.

"여보, 당신이 잘한 거예요." 그녀는 그저 중얼거릴 따름이었다.

침묵이 뒤따랐다. 그동안 처음으로 그녀는 생각을 가다듬고 상황을 받아들이려고 노력할 수가 있었다. 덱스터가 미켈란젤로에게 돈을 지불해서 가족을 복잡하게 만들고 있는 또 다른 혼란 요소를 제거했다. 아마 그 자신도 근처 사무실에 게으른 말썽쟁이 젊은이를 데리고 있는 수고를 덜기 위해서일 것이다. 그건 이해할 만했다. 하지만 그의 첫 번째 목적이 짐의 마음의 평화를 보장하는 것이라면 폴린과 연합해서 짐의 용돈을 올려주어 리타가 더 많은 돈으로 즐거움과 오락을 갖도록 하면 될 일 아닌가? 그러면 미켈란젤로를 제외하고 모든 이에게 더 만족스럽게 같은 목적을 달성할 수 있었던 것이 아닌가? 그 순간에조차 가치에 대해 실용적 관념을 가지고 있는 폴린은 수천 달러나 되는 그 엄청난 돈을 미켈란젤로의 채권자들의 주머니에 쏟아부었다는 생각을 받아들이기 힘들었다. 물론 폴린은 타고나길 인심이 후했다. 하지만 그녀가 자신의 재산을 아무리 마구 쓸 수 있다 해도, 그것이 다른 무엇이 되기 전에는 돈이었다는 것—그것도 엄청나게 큰 돈이었다는 것—을 결코 잊을 수는 없었다. 그녀에게 돈은 결코 변형되는 것이 아니라 단지 교환되는 것이다.

"당신은 만족하지 않는군. 내가 옳은 일을 했다고 생각하지 않는 거요?" 맨퍼드가 다시 말을 시작했다.

"덱스터, 그런 말이 아니에요. 그저 궁금할 뿐이에요. 그 대신에 짐에게 돈을 주었으면 어땠을까요? 리타가 집수리를 할 수 있었을 것이고…… 혹은 플로리다에 방갈로를 짓는다든가…… 아니면 그 돈으로 보석들을 사거나……. 리타는 너무나 쉽게 즐거워하잖아요."

"쉽게 즐거워한다고!" 그는 격하게 웃음을 터뜨렸다. "글쎄, 그 정도 돈은 그 애를 1주일도 즐겁게 못 할 거요!" 그의 얼굴이 침울해지며 속으로 생각하는 표정을 지었다. "그 아이는 우주를 원하오. 아니면 그 아이가 생각하는 우주랄까. 클로해머의 제안을 눈앞에 둔 여성인데! 랜디시 부인이 내게 액수를 말했소. 그 사람들은 우리를 다 사버리고도 돈이 줄어든지도 모를 거요."

폴린의 가슴이 쿵 내려앉았다. 그녀가 여전히 모르는 리타에 대한 것들을 그가 분명히 알고 있었다. "그런 제안이 실제로 이루어졌다고 듣지 못했어요. 하지만 그랬다면, 그래서 그 애가 받아들이고 싶어 한다면, 어떻게 막을 수 있겠어요?"

맨퍼드는 안락의자로 몸을 던졌다. 그는 다시 일어나더니, 시가에 다시 불을 붙이고는 방을 가로질러 걷다가 되돌아와서 답했다. "막을 수 있을지 모르겠소. 어떻게 할 수 있을지도 모르겠고. 하지만 노력해보고 싶소……. 나는 노력할 **시간을** 갖고 싶소……. 폴린, 모르겠소? 아이일 뿐인데, 우리가 그 애에게 가혹해서는 안 돼요. 그 애의 시작은 비난받을 만하지…… 아마 당신도 알고 있겠지, 그 저주받을 마하트마의 학교 말이오." 폴린은 움찔했고, 그로부터 시선을 거두었다. 그렇다면 그가 사진을 보았구나! 그리고 맙소사, 린던가를 위해 조사하는 과정 중에 무엇을 더 발견했을지…… 갑작스러운 빛이 그녀를 노려보았다. 그가 사건을 그만둔 것—그의 신념과, 사회악을 폭로하는 의무감을 희생한 것은 짐과 리타를 위해서였다! 그녀는 주저하면서 "알지요…… 약간은 말이죠……"라고 말했다.

"그래요. 약간이면 충분해요. 골칫거리……! 그리고 그 애가 성장한 분위기가 엉망인 것도 있잖소. 하지만 폴린, 그 애가 나쁘지는 않소…… 여전히 어떻게 해볼 만한 여지가 있어…… 시간을…… 시간을 나에게 주시오……." 그는 갑자기 멈추었다. 마치 '나에게'라는 말이 실수로 나왔다는 듯이. "우리 모두가 어깨를 서로 맞대고 그 애를 위해 싸워줘야 하오." 그는 변론하는 어조로 말을 고쳤다.

"물론이에요, 여보. 물론이죠." 폴린은 중얼거렸다.

"우리가, 당신과 노나와 내가 시더리지에서 그 애를 데리고 우리끼리 있을 때…… 그나저나 짐이 따로 가니 다행이야. 그 애의 신경을 곤두서게 하니까. 짐이 때로 좀 눈치 없다는 건 당신도 알잖소…… 그리고 무엇보다도 클로해머를 비롯한 모든 일들은 짐에게 비밀로 해야만 하오. 우리 모두가 상황이 사그라들 때까지 입을 닫고 있자고. 어떻소?"

"물론이에요." 그녀는 다시 동의했다. "하지만 리타가 나와 이야기하기를 요청한다면요?"

"그럼 말하게 두시오. 무슨 말을 하는지 들어봐요……." 그는 멈추더니 불확실하고 거친 목소리로 "그저 그 애에게 심하게 하지만 마시오. 그러지 않을 테지. 안 그렇소? 무슨 헛소리를 그 애가 하든 말이오. 그 애는 기회가 전혀 없었으니까"라고 덧붙였다.

"덱스터, 어떻게 내가 그러리라고 생각할 수 있어요?"

"아니오, 아니. 그렇게 생각하지 않아." 그는 일어서더니 초점 없는 시선으로 천천히 방을 둘러보았다. 그 시선이 아내에게 이르렀다. 그녀가—연분홍 티 가운, 중국 자수정 장식, 약간의 루주와 은빛 샌들의 모습이—그에게는 시선이 통과하는 한 장의 유리에 불과하다고 느낄 만큼 그의 초점 없는 눈길이 그녀에게 오래 머물렀다. 도대체 무엇을 뚫어져라 보고 있는 건가? 그녀는 처음으로 자신이 완전히 존재하지 않는 것처럼 느꼈다.

"글쎄…… 난 녹초가 됐소. 완전히 녹아웃이야." 그는 갑작스레 움직이며 말하더니 어깨를 털고 문을 향해 돌아섰다. 그는 그녀에게 잘 자라는 인사를 하는 것도 기억하지 못했다. 그녀가 더 이상 그를 위해서 거기에 존재하지 않는데 어떻게 그러겠는가?

문이 닫히고 나서 이번에는 폴린이 천천히 방을 둘러보았다.

마치 지진이 만들어낸 폐허를 살피고 있는 듯했다. 하지만 남편이 밀어낸 안락의자와 그의 움직임이 흩뜨린 양탄자 외에는 주변의 어떤 것도 흐트러진 것이 없었다.

타고난 정확성으로 그녀는 양탄자를 똑바로 하고 안락의자를 제자리 구석으로 밀어 넣었다. 그리고 나서 거울로 다가가 조심스레 자신을 꼼꼼히 살폈다. 어쩌면 빛이 적절치 않았나……. 근처 벽의 촛불 갓이 위치를 벗어나 미끄러져 있었다. 그녀는 그걸 제자리로 돌려두었다. 그래, 훨씬 낫군! 하지만 물론 거의 자정이 된 시간에 ─그리고 이런 날을 보낸 후에!─ 여자는 약간 지쳐 보이게 마련이지. 자동적으로 그녀의 입술이 익숙한 말을 하려고 움직였다. "폴린, 걱정하지 마. 세상에 걱정할 건 아무것도 없어." 그러나 루주는 입술에서 사라졌고, 입술의 얇은 선은 푸르고 메말라 보였다. 그녀는 보기 싫은 광경에서 돌아서서 드레스룸으로 가는 동안 하나씩 등을 껐다.

그녀가 마지막 등을 끄려고 구부렸을 때 큰 액자에 든 사진, 리타의 최근 초상화를 불빛이 비추었다. 리타는 자세를 취하는 재주가 있었고, 그녀가 취하는 선은 언제나 무의식적으로 자신을 웅변하는 힘이 있었다. 그런데 조개껍데기 안쪽처럼 매끄럽고 작은 둥근 얼굴, 비스듬한 시선의 두 눈, 피어나는 입술……. 남자들이 그 모습을 매력적이라고 생각하는 것은 당연할 것이다.

폴린은 천천히 걸어서 크고 환한 드레스룸으로, 그리고 그 너

머의 하얀 타일과 은색 수도꼭지와 파이프가 빛나는 욕실로 들어
갔다. 지금은 그녀가 잠자기 전에 몸과 영혼을 마지막으로 이완
시키는 저녁 고양 운동 시간이었다. 그녀는 엄중하게 이완에 전
념했다.

17

이게 다 무슨 의미가 있을까?

노나는 하우스탑을 방문하고 이틀 후에 침대에 일어나 앉으면서 쓸쓸한 눈으로 그간의 시간을 되돌아보았다.

자신으로선 대단한, 마지막 거절을 했던 것이다. 그녀는, 자신의 이기주의를 박애주의와 경건함의 가식으로 치장함으로써 성공적으로 사람들을 감동시키고 있는 한 완고한 여성의 어리석은 이상을 위해 자신을 희생했고, 휴스턴을 희생했다. 애기는 계속 교회에 가고, 여성 전용 양로원과 폐병 환자들을 위한 휴식 요법 위원회의 장을 맡을 것이다. 그러니 경박한 사람들이 행했으면 천벌을 받았을 잔인함 정도는 허락받은 격이다.

자신의 순수함의 이상을 지키기 위해서 두 사람의 삶을 파괴하다니! 그건 마치 병들고 끔찍한 노인들이 활력을 되찾기 위해서 인간의 피로 목욕하곤 했다는, 역사책 속에 나오는 이야기 같았다. 스탠리 휴스턴같이 영리하고 예민한 사람이 다른 종류의 여성과 결혼했더라면 인생에서 이루지 못할 것이 없었을 것이라는데 모두가 동의했다. 하지만 그러지 못했으므로, 그는 그저 떠돌아다녔다. 법률을 시도해봤다가, 문학비평에 몸담았다가, 시(市)의 정치계로 돌아섰다가, 또 과학적인 농업을 했다가, 시도에 시도를 거듭하다가 포기하고, 서른다섯 살에 카드놀이와 술과 자동차경주로 시간을 죽이는, 환멸에 찬 놈팡이로 추락했다. 그는 요새 책을 펴는 일이 없을 것이다. 점차 소진되고 있는 초창기 열정의 자산에 의지해 살고 있었으므로. 하지만 사람들이 그의 '기민함'이라고 칭해주는 건 그저 애기의 미덕에 대한 불가피한 반대항으로 그러는 걸 알고 있다. 아이들이 있는 것도 아니었다. 노나는 언제나 부모가 새로운 결혼 실험을 시작할 때 한 집에서 다른 집으로 갑자기 짐처럼 옮겨지는 당황한 자식들 때문에 마음이 아팠다. 그녀라면 절대 순진한 아이들을 학살함으로써 자신의 행복을 살 수는 없을 것이다. 하지만―육체뿐만 아니라 정신적으로도 불임인―그런 불임의 결합에 희생당하는 것이라니! 애그니스 휴스턴이 신이라고 부르는 나이 든 목사들에 대한 의무감 때문에 젊음과 사랑을 놓치고 있다니!

그가 함께 떠나기로 했다는 그 여성은……. 노나는 모르는 척했고, 그 선언에 못 믿겠다는 듯 눈을 둥그렇게 떴다. 하지만 물론 그녀는 알고 있었다. 모든 사람이 알았다. 바로 클레오 메릭이었다. 그녀는 지난 2년간 그를 따라다녔고, 조금이라도 잃어버릴 평판조차 없어서 휴스턴이 나중에 그녀에게서 도망치더라도 그와 같은 남자와 몇 주 즐겁게 보낸다는 생각에 뛰어들었을 것이다. 하지만 그는 그러지 않을 것이다―단연코 그는 그러지 않을 것이다! 가엾은 스탠……. 클레오 메릭의 시끄러움, 그녀의 뻔뻔함, 그녀의 저속함……. 그것들이 그가 집이라고 부르는 냉수욕장과 다르게 얼마나 따뜻하고 생기 있는 변화처럼 느껴질까! 클레오는 바로 그런 싸구려 같은 태도로 그를 잡을 것이다. 그녀의 무모함은 관대하게 느껴질 것이고, 천박한 화려함은 열기 같으리라. 아…… 노나가 그 차이를 똑똑히 보여줄 수 있었다! 그녀는 눈을 감고 눈꺼풀 위의 그의 입술을 느꼈다. 그리고 그녀의 눈꺼풀은 입술이 되었다. 그가 그녀의 어디를 만지든 입술이 꽃 피는 듯했다……. 그가 그걸 알까? 전혀 짐작하지 못한 건가?

그녀는 침대에서 펄쩍 뛰어내려 드레스룸으로 달려 들어가, 열에 들뜬 듯 성급하게 목욕을 하고 옷을 입기 시작했다. 그에게 전화하지 않을 것이다―애기는 귀가 밝았다. '속달우편'을 보내지도 않을 것이다―애기는 눈이 밝았다. 그녀는 그저 전보로 그를 불러낼 것이다. 안전한 익명의 전보. 커피 한 잔을 가져다주는 것도 기다리지 않고 집을 뛰쳐나가 직접 전보를 보낼 것이다.

"오늘 아무 때나 나를 보러 와요. 내가 그날 밤에 너무 어리석

었어요." 그랬다. 그는 저 내용을 이해할 것이다. 서명할 필요조차
없을 것이다.

그녀가 방 문간에서 구겨진 전보를 손에 들고 있는데, 전화벨
이 그녀를 붙잡았다. 물론 스탠리겠지. 그도 그녀와 똑같은 필요
성을 느꼈음에 틀림없다! 그녀는 머뭇거리며 더듬더듬 수화기를
들었다. 눈물이 뺨을 타고 흘러내리고 있었다. 그녀는 스스로에
게 불가능한 것을 강요하며 너무 오래 기다려왔다. "네…… 여보
세요? 자기, 당신인가요?" 그녀는 울던 와중에 웃으며 말했다.

"뭐라고? 짐이야, 노나, 너니?" 조용한 목소리가 돌아왔다. 짐의
목소리가 조용하지 않았던 적이 과연 있었나?

"아, 오빠!" 그녀는 눈물과 웃음을 삼켰다. "그래요, 무슨 일이에
요? 무척 이른 시간에 전화했네요!"

"내가 깨운 건 아니지? 시내 가는 길에 들러도 될까?"

"물론이죠. 언제요? 얼마나 빨리요?"

"지금. 2분 후에. 9시 전에는 사무실에 가야 해."

"좋아요. 2분 후에. 곧장 올라와요."

그녀는 수화기를 내려놓고 전보를 밀어 치웠다. 지금은 그걸
들고 서둘러 나갈 시간이 없었다. 짐을 먼저 만나고, 그가 떠나고
나면 메시지를 보낼 것이다. 결심이 섰으므로 그녀는 평온했고
기다릴 수 있을 것처럼 느꼈다. 하지만 짐에 대한 불안이 다시 그
녀 안에 일어나서 부풀어 올랐다. 그녀는 지난 이틀 동안 자신이

그에 대해 거의 생각을 하지 않았다는 것을 자책했다. 비 오는 밤에 문간에서 스탠과 헤어지고 난 후에 그녀의 운명과 그의 운명 외의 모든 것이 그녀에게 멀고 거의 무관심하게 느껴졌다. 음, 그건 충분히 당연한 것이다. 다만 어쩌면 그녀가 애기 휴스턴의 이기심에 대해 그렇게 쉽게 말하지 않는 편이 나으리라! 물론 사랑에 빠진 모든 사람은 이기적이다. 그리고 애기는 그녀의 관점에 따르면 사랑에 빠져 있다. 그녀의 사랑은 그녀 주변의 모든 것처럼 황량하고 갑갑했다. 마치 해부학 안내서에 있는 혐오스러운 그림처럼 앙상하게 뼈만 남은 상황이었다. 애기는 그런 불모의 팔들을 신을 향해 들어 올렸다고 상상하겠지만, 실은 스탠리를 향해서 뻗고 있었다……. 인생은 얼마나 끔찍한 수수께끼인가! 그렇지만 폴린과 그 친구들은 인생은 레모네이드와 스펀지케이크가 최상의 보상으로 제공되는 주일학교 소풍이라고 계속 우기고 있었다.

응접실 문에 짐이 도착했다. 노나는 팔을 뻗었고, 그녀의 키스를 받으려 그가 몸을 숙여 뺨을 대주자 그를 흘끗 곁눈질했다. 평소보다 그 뺨이 더 핼쑥한가? 글쎄, 그건 그리 중요하지 않았다. 그와 그녀 두 사람은 언제나 걱정하면 얼굴이 노래지는 편이었다.

"오빠, 무슨 일이에요? 아니—이 안락의자가 더 편해요. 커피 마셨어요?"

그는 그녀 말에 안락의자를 바꾸었지만, 커피는 거절했다. 그는 출발하기 전에 아침을 먹었다고 말했다. 하지만 리타의 집을 알고 있는 그녀는 그를 믿지 않았다.

"전시품 A에게 무슨 안 좋은 일 있어요?"

"안 좋은 일? 아니. 그게……." 그녀는 리타의 이름이 나오기 전에 시간을 벌고 싶은 막연한 희망으로 아무 질문이나 했다. 그런데 지금 자기도 모르게 또 다른 문제를 건드렸다는 걸 알았다.

"그게…… 그러니까, 아버지가 다시 불안해하고 가만히 못 있어. 눈치챘어?"

"눈치챘어요."

"이것저것 상상하고……. 우리 조상들이 얼마나 복잡한 세계에 살았는지, 안 그래?"

"글쎄, 모르겠어요. 어머니의 세계는 항상 내게는 놀라울 만큼 단순한 것 같은데."

그는 잠시 생각을 했다. "그래, 그건 자동차를 만드는 선구적인 혈통 때문인 것 같네. 금기 사항으로 경직되어 있는 건 구뉴욕의 혈통이지. 가엾은 아버지는 항상 내가 원탁의 기사처럼 행동하기를 바라서."

노나는 기억해보려고 노력하면서 눈썹을 치켜올렸다. "그 기사들이 어떻게 행동했었죠?"

"항상 어떤 다른 놈의 머리를 내리치고 있었지."

그녀는 목구멍에 뭔가 걸리는 느낌이 들었다. "특히 누구를 오빠가 후려쳤으면 하고 바라시는데요?

"아, 거기까지는 아직 못 갔어. 그저 일반적인 원칙이란다. 리타를 너무 열심히 쳐다보는 누구나겠지."

"여기저기 때리고 다녀야만 **하겠네요**! 모든 사람이 리타 언니를 빤히 쳐다보잖아요. 도대체 언니가 어쩌겠어요?"

"나도 그렇게 말했지. 하지만 아버지는 내가 신사답지 못하다고 말해. 배짱을 말하는 것 같아." 그는 몸을 뒤로 젖히며, 피곤한 듯 등 뒤로 두 팔을 교차시켰고, 눈꺼풀이 무거워 반쯤 감긴 눈을 하고 창백한 얼굴은 비스듬히 천장으로 들어 올렸다. "리타도 그렇게 느낀다고 생각하니?" 그가 갑작스레 누이에게 퍼붓듯 말하기 시작했다.

"언니를 위해서 오빠가 사람들의 머리를 깨야만 한다고요? 언니는 오빠를 비웃을 첫 번째 사람일 거예요!"

"나도 그렇게 아버지에게 말했지. 하지만 여자들은 질투심이 없는 남자를 경멸한다고 대답하시던걸."

노나는 가만히 앉아서, 그의 곤란해하는 얼굴로부터 본능적으로 눈을 돌렸다. 마침내 물었다. "왜 질투해야만 해요?"

그는 자세를 바꾸더니, 팔을 무릎을 따라 아래로 뻗었고, 눈은 그녀의 눈과 수평을 이루도록 낮췄다. 그녀는 그런 젊은이의 푸른 눈 속에 이해받지 못하는 고통으로 얼룩진, 애처로운 뭔가가 있다고 생각했다.

"아마도 그건 이유하고는 별 상관이 없을 거야." 그가 아주 낮은 목소리로 말했다.

"맞아요. 정말 어리석고 옹졸해요."

"그게 무엇이든 상관이 없어. 그녀는 내가 질투를 하든 안 하든 상관 안 해. 그녀는 나에 대해 어떤 것도 상관 안 하거든. 그녀에게 나는 더 이상 존재하지 않아."

"그럼 언니에게는 방해될 게 없잖아요."

"그런데 방해가 되는 것 같아. 나는 **실제로** 세상에 존재하고, 아이의 아버지이기 때문이지. 그리고 그 생각이 그녀의 신경을 거스르고 있어."

노나는 약간 비통하게 웃었다. "언니는 상당한 거리를 원하죠, 그렇지 않나요? 그래서 언니가 오빠를 어떻게 제거하겠다고 하나요?"

"아, 그건 쉬워. 이혼이지."

둘 사이에 침묵이 흘렀다. 이렇게 들리는구나—아직도 그 일에 상관이 있다고 하는 쪽의 입술에서 나온—그 간단하고 합당한 요구가 말이다! 최근에 그녀는 문제의 그런 측면은 잊어버렸던 것 같다. 하지만 지금, 소년 같은 얼굴이 어른의 고통으로 일그러져 주름진 그의 뒤에서 그 상황이 무시무시하게 인상을 쓰고 있었다!

"오빠…… 그렇게 많이 아파요?"

그는 그녀의 뻗은 손으로부터 몸을 뺐다. "아프냐고? 아픈 것은 사나이라면 참을 수 있어. 그녀가 나에게 매여 있다고 느끼는 것이 더 아픈 거야. 하지만 그녀가 떠난다면, 어디로 가려는 거지?"

아…… 그거였군! 그는 자신이 겪어야 했던 괴로움에 드리운 먹구름과 그을린 흔적 사이로 고통의 중심을 보았다. 노나는 멍하니 자신의 가느다랗고 젊은 손을 내려다보았다ー너무나 무력하고 미숙해 보였다. 인생의 모든 엉킨 매듭들이 풀 수 없게 치명적으로 얽혀 있었다. 어떻게 어린 소녀의 손으로 풀 수 있겠는가?

"그녀가 네게 이야기를 했지 싶은데, 자기 생각을 너에게 말했지?" 그가 물었다.

노나는 고개를 끄덕였다.

"글쎄, 무얼 해야 하는지 내게 이야기해줄래?"

"언니가 떠나면 안 돼요. 우리는 언니가 그러도록 두면 안 돼요."

"하지만 그녀가 나를 미워하면서 머무른다면?"

"아, 오빠, **미워하지 않아요**……!"

"그녀가 자신을 즐겁게 하지 않는 건 무엇이든 미워하게 되는 걸 충분히 잘 알고 있잖아."

"하지만 아기가 있잖아요. 아기는 여전히 언니를 즐겁게 해요."

그는 놀라서 그녀를 바라보았다. "아, 아버지도 그렇게 말하더군. 그는 아기를 다 큰 가엾은 녀석이자 나의 볼모라고 불러. 말도 안 되지! 마치 내가 그녀에게서 아기를 빼앗기라도 하려는 양 말이야. 그것도 그녀가 아기를 좋아하기 때문에 말이지. 내가 그녀를 붙잡는 법을 모른다면 아기를 붙잡을 권리도 가지고 있는 것 같진 않아."

그것은 새로운 결혼에 대한 생각, 노나의 동시대 사람들의 관점이었다. 몇 시간 전에는 그녀 자신의 것이기도 했다. 지금 그것이 작동하는 방식을 보게 되자, 그녀는 그게 아직도 자기 생각인지 의아했다. 인간을 떼어놓을 수 있다는 것을 이론화하는 것과, 그들이 피 흘리며 뿌리부터 찢겨 떨어지는 걸 보는 것은 전혀 다른 문제다. 식물들도 고통을 느끼므로, 식물을 옮겨 심는 것은 대수술이라는 사실을 최근에 발견한 식물학자라면 — 그가 현대의 남성과 여성에게 주의를 돌린다면, 그들 중 몇몇에게도 여전히 똑같은 일이 일어난다는 것을 발견하지 않을까?

"아, 오빠. 오빠가 그렇게까지 마음 쓰지 않았으면 좋겠어요!" 자기도 모르게 말이 흘러나왔다. 소리 내어 말할 의도가 전혀 없던 말이었다.

그녀의 오빠는 그녀에게로 돌아섰다. 예전 미소의 희미한 그림자가 그의 입술을 끌어 올렸다. "착해라. 다 컸구나!" 그는 그녀를 놀렸다 — 그러고 나서 얼굴을 두 손에 파묻고는, 동요된 어깻죽지로 그녀의 손길을 피하면서 안락의자에 기대 웅크리고 앉아 있었다.

그건 1분도 채 지속되지 않았다. 하지만 그것이 유일한, 진실한 답이었다. 그는 **정말로** 그렇게 마음을 썼다. 그걸 바꿀 수 있는 건 아무것도 없다. 그녀는 바보같이 그 모습을 바라보았고, 사람들의 모든 불안한 기분 아래에는 이 세상만큼이나 오래된 고통이 뿌리박혀 있다는 걸 처음으로 인정했다.

짐은 일어섰고, 흐트러진 머리카락을 쓸어 넘기고는 담배로 손을 뻗었다. "그건 그걸로 **끝이야.** 그럼 이제 얘야, 내가 무얼 할 수 있을까? 솔직히 내가 하고 싶은 것은 그녀가 자유를 원한다면 그걸 그녀에게 주고서, 그러고도 계속 그녀를 돌볼 수 있는 거란다. 하지만 그걸 어떻게 할 수 있을지 모르겠어. 아버지는 그건 미친 짓이라고 말하시지. 나더러 병적인 겁쟁이라면서 내가 러시아 소설에 나오는 인물처럼 얘기한다고 하시더라. 아버지는 그녀와 직접 얘기하기를 원해서."

"아, 안 돼요! 전시품 A와 리타 언니는 말이 통하지 않아요……."

짐은 담배를 멍하니 잡아당기고, 불확실한 발걸음으로 방을 측량하듯 오가면서 말을 잠시 멈췄다. "그게 내 심정이야. 하지만 **너의** 아버지가 있잖아. 그가 우리에게 정말 잘해주고 있어. 그리고 그의 생각은 덜 고루하지……."

노나는 고개를 돌려 창밖을 멍하니 내다보고 있었다. 그녀는 급히 제자리로 돌아왔다. "안 돼요!"

그는 놀란 듯 보였다. "그도 이해하지 못할 거라고 생각하니?"

"그런 뜻이 아니에요……. 하지만 결국에 그건 아버지의 일은 아니니까요……. 어머니에게는 이야기해봤어요?"

"어머니? 아, 어머니는 언제나 모든 것이 괜찮다고 생각하잖아. 내게 수표를 주고 리타에게 새로운 자동차를 사주든가 거실을 개조하게 하라고 말할 거야."

노나는 이 대답을 곰곰이 생각해보았다. 그건 그녀 자신의 생각의 메아리와 다르지 않았다. "그래도, 오빠. 어머니는 어머니예요. 우리 둘 다에게 엄청 잘해주시잖아요. 그리고 어머니가 모르는 채로, 어머니와 상의하지 않고서 이 일이 진행되게 내버려둘 순 없죠. 어머니는 오빠의 비밀스러운 속내를 알 권리가 있고, 리타 언니가 하려는 말을 들을 권리가 있어요."

그는 무관심한 듯 말없이 있었다. 어머니의 반짝이는 낙관주의는 슬픔과 실패를 아무리 던져도 끄떡없는 단단한 표면이었다. "무슨 소용이 있겠어?" 그는 투덜거렸다.

"그러면 내가 어머니와 상의하게 해줘요. 적어도 어머니가 어떻게 받아들이는지 알아보게 해줘요."

그는 담배를 던져버리고, 시계를 보았다. "이제 서둘러야겠군. 거의 9시야." 그는 누이의 어깨에 손을 얹었다. "아가씨, 뭐든 좋을 대로 해. 하지만 무슨 소용이 있으리라고 생각하지는 마."

그녀는 팔을 둘러 그를 안았고, 그는 그녀의 키스에 몸을 맡겼다. "내게 시간을 줘요." 그녀는 다른 무슨 대답을 할지 몰라서 이렇게 말했다.

그가 가고 난 후에 그녀는 반쯤만 이해한 불행에 짓눌린 채 꼼짝 않고 앉아 있었다. 살아가는 일이 ─ 그녀가 잘 알지는 못하지만 ─ 고통스럽게 엉킨 실타래 같다고 느끼는 건 얼마나 옳았던가! 예를 들어 한 사람의 자아는 어디서 끝나고 타인의 자아는 어디서 시작되는 걸까? 그리고 얽힘을 푸는 세심한 과정에서 어떻게 각각의 가닥을 분간할 수 있나? 인간의 딜레마에 대한 그녀의 조숙하지만 미흡한 지식은 고통의 기간은 그 강도에 비례한다는 젊은이다운 믿음과 얽혀 있었다. 그리고 그 순간에 그 반대라고 설득하려는 이가 있었다면 그녀는 누구든 증오했을 것이다. 고통에 대해 유일하게 명예를 지키려면 무관심해지기 전에는 포기하지 말아야 한다는 것이었다.

그녀는 일어났다. 오빠가 들어왔을 때 치워두었던 전보에 시선이 이르렀다. 그녀는 여전히 모자를 쓰고 있었고, 발은 문을 향해 있었다. 하지만 그 문은 마법이 갑자기 사라져버린, 사람이 살지 않는 잿빛 세계로 통하는 것 같았다. 그녀는 방으로 되돌아가 전보를 찢어버렸다.

18

"리타한테? 하지만 물론 내가 리타랑은 얘기할게."

맨퍼드 부인은 어질러진 책상 위에 한쪽 팔꿈치를 짚은 채, 격려하듯 미소 지으며 딸을 올려다보았다. 책상 위에는 유능한 메이지가 완벽하게 요점을 강조해서 만든 산아제한 모임 연설의 최종 원고가 놓여 있었다. 그 결과가 너무나 만족스러워서 폴린은 만일 노나가 주의 깊게 집중한 표정을 짓고 있지 않았다면 그녀에게 큰 소리로 읽어주고 싶었을 것이었다. 폴린은 노나가 그 나이에 걱정과 실망의 감정에 빠지는 건 정말 유감이라고 생각했다.

폴린 자신은 아침 운동으로 기운이 났다. 또 알바 로프트에게 '두 배 치료'(50달러)를 받았기에, 당황스러웠던 기분에서 다시 한번 한참 벗어나 있었다. 전날 밤의 이상한 대화 이후로 남편과 단둘이 얘기 나눌 틈은 없었다. 하지만 그 대화로 인해 야기된 의심과 불확실성은 이미 해소되었다. 물론 덱스터는 우울했고 성을 냈다. 그녀의 가족이 언제나 그에게 한 가지 걱정 위에 또 다른 걱정을 쌓고 있지 않은가? 그는 언제나 노나를 사랑하는 만큼 짐을 사랑해왔다. 그리고 지금 짐의 행복에 대한 이런 위협과 리타에 대한 불쾌함은 아말라순타의 뻔뻔스러운 요구와 골칫거리 미켈란젤로의 도착 위협과 맞물려 있었다—그런 가정 문제들의 무게는 이미 직업적 염려의 부담도 과도한 남자의 신경을 거슬리게 하기에 충분했다.

"하지만 얘야, 물론 내가 리타랑 얘기할게. 처음부터 그럴 작정이었단다. 엉뚱한 귀염둥이! 기다리고 있었을 뿐이야. 왜냐하면 네 아버지가……."

노나는 숱이 많은 눈썹을 맨퍼드처럼 찡그리며 모았다. "아버지가요?"

"아, 이 문제에 대해 멋지게 우리를 돕고 계시단다. 나에게 기다려달라고 부탁하셨어. 아무것도 성급히 하지 말라고……."

노나는 이 말을 곰곰이 생각해보는 것 같았다. "그래도 마찬가지예요. 리타 언니가 하려는 말을 어머니가 들어봐야 한다고 생각해요. 언니는 이혼하게 해달라고 짐 오빠를 설득하려고 해요. 그리고 오빠는 자기가 언니를 행복하게 해줄 수 없다면 그래야만 한다고 생각하고요."

"하지만 짐은 **반드시** 그 애를 행복하게 해줘야 해! 짐이랑도 이야기할게." 폴린은 명랑하고 단호하게 외쳤다.

"어머니, 나라면 먼저 리타 언니부터 시도하겠어요. 결정을 미루라고 요청하세요. 몇 주 동안 시더리지에서 휴식을 갖도록 할 수 있다면……."

"그래. 그게 네 아버지가 하는 말이란다."

"하지만 아버지가 우리와 함께하려고 낚시를 포기해야 한다고는 생각하지 않아요. 어머니도 아버지가 얼마나 피곤해 보이는지 알아채지 않았나요? 몇 주만이라도 우리 모두에게서 벗어나야 해요. 왜 어머니하고 내가 리타 언니를 돌보면 안 되나요?"

폴린의 열정이 사그라들었다. 어머니에게 아버지의 관리에 대해 충고를 하는 것은 노나의 일이 아니었다. 요새 젊은 여자애들이란……. 노나가 아직 결혼을 안 해서, 자기 남편을 관리하는 걸 해보지 않아서 유감이었다!

"네 아버지는 시더리지를 좋아해. 거기에 가겠다는 건 그의 생각이었단다. 시골에서 우리 모두와 부활절 휴가를 보내는 것이 캘리포니아보다 더 휴식이 될 거라고 생각하고 있어. 난 낚시를 포기하도록 어떤 영향도 미치지 않았단다."

"아, 어머니가 그랬다고 생각하는 건 아니에요." 노나는 논의에 흥미를 잃고 있는 것 같았다. 어머니는 그 사실을 이용하여 시계를 부드럽게 곁눈질하면서 말했다. "그 밖에 할 말이 있니? 산아제한 연설문도 검토해야 하고, 11시에는 대표들이 방문하기로……."

노나의 눈은 폴린의 시선을 따라 책상에 흩어져 있는 종이들로 향했다. "어머니, 정말 그 산아제한 위원회 만찬에서 사회를 보실 건가요?"

"사회를 볼 거냐고? 왜 아니겠니? 내가 회장인데." 폴린은 약간 신랄한 어조를 띠고 답했다.

"알죠. 다만…… 며칠 전에 무한 책임 가족에 대해 설교를 하셨잖아요. 두 연설이 너무 가까이 붙어 있는 건 아닌가요? 누군가가 신문 칼럼에 병렬로 어머니 기사를 싣는다면 놀림거리로 노출될 수도 있어요."

폴린은 자신이 창백해지는 것을 느꼈다. 입술이 꽉 다물렸다. 잠시 동안 그녀는 머릿속이 흐릿해지는 것을 의식했다. 이 아이는…… 노나가 이해하지 못하다니 어이가 없었다! 그리고 언제나 그 자리에서 곧바로 이유와 설명을 요구했다! 자기 자신의 지붕 아래서 그런 심문을 빈번히 당하다니……. 그녀는 대답을 준비할 시간이 없는 질문을 가장 싫어했다.

"노나. 나는 네가 항상 사태를 이해하고 있지는 않다고 생각한단다." 약한 표현이었지만, 가장 먼저 생각난 말이었다.

"아마 그럴 거예요, 어머니."

"그러면 그저 제안하는 건데, 네가 그렇게 비판할 태세여선 안 되지 않니. 내가 이 두 단체에 속해 있다는 것에 뭔가 모순이 있다고 생각하는 것 같은데…….”

“두 단체가 서로 상충되는 것 같기는 해요.”

“실제로는 아니란다. 원칙은 물론 다르지. 그렇지만 보렴. 두 연설은 서로 다른 부류의 사람들에게 적용되도록 되어 있단다. 너처럼 어린 누군가에게 설명하기는 약간 어렵구나……. 당연히 여자애들이 알 거라고 기대할 수는 없지…….”

“우리 여자애들이 모르는 것이라고요!”

“음……. 애야, 나는 항상 그런 문제에 대해 솔직하게 말하는 것에 동의해왔단다. 진짜 골칫거리는 사태를 감추는 것이지. 하지만 그래도, 나이와 경험이 사람들에게 가르침을 **정말로** 주기는 하거든……. 너희 아이들은 연장자들의 이유를 전부 알려고 해서는 안 된단다…….” 그 말은 단호하지만 친절하게 들렸다. 그리고 그녀는 말하면서 자신에게 더 안전한 화제라는 걸 느꼈다. “지금 너하고 이 얘기를 더 할 시간이 있었으면 싶구나. 하지만 오늘의 약속들을 다 지키고, 또 리타와 얘기하는 것을 끼워 넣으려면 — 메이지! 짐의 부인에게 전화해줄래요?”

메이지는 다른 방에서 대답했다. “맨퍼드 부인, ‘천재 발굴을 위한 연합’의 대표단이 아래층에서 기다리고 있습니다.”

“아, 물론이지! 이건 좀 중요한 사회운동이란다, 노나. 새로운 일이지. 천재들을 위해서 할 수 있는 뭔가 유용한 일이 있으리라고 믿고 있단다. 막 첫 모임을 조직하고 있어. 그 훌륭한 스워퍼 부인을 통해 들었어. 내려가서 나랑 함께 대표들을 만나고 싶지는 않니? 아니라고……. 나는 때로 네가 다른 사람들에게 더 관심을 갖는다면…… 우리가 미국인이라는 것에 자부심을 갖게 만드는 큰 인도주의적 운동들 모두에 조금 더 관심을 갖는다면 더 행복할 것 같다고 가끔 생각한단다. 모두가 절대적으로 자유롭지만 동시에 우리 모두가 스스로에게 가장 좋은 일을 하도록 하는 유일한 나라에 속한다는 것이 영광이라고 생각하지 않니? 연설 어디선가 이 말을 한단다……. 그리고 저녁 전에 리타하고 이야기하겠다고 약속하마. 무슨 일이 있어도 그 애를 끼워 넣으마. 그리고 혹여 그 애가 우리한테 반감을 품게 할 어떤 말을 할까 짐이나 네가 걱정할 필요는 없단다. 네 아버지가 그 점을 벌써 명심시켰어. 결국 나는 항상 모든 사람들의 개성을 존중하는 것을 설교해왔잖니. 다만 리타도 짐의 개성을 존중하는 것에서 시작해야 해."

스워퍼 부인과 천재들을 격려하는 사람들과의 활발한 모임에서 생기를 얻어서, 폴린은 미소 지으며 평온하게 며느리와의 만남을 마주할 수 있었다. 그녀의 모국을 유럽의 이기적인 자유방임주의의 냉소적인 무관심과 구별해주는 인도주의적 운동들과 접촉할 때마다 그녀는 새로운 낙관주의로 채워졌고, 모든 개인적인 걱정거리에 대해서도 안심하게 되었다. 미국은 진정 모든 것을 위한 즉각적인 답을 갖고 있는 것 같았다. 정신적으로 박약한 사람들의 치료에서부터 가장 심오한 종교적 신비를 설명하는 것에 이르기까지. 보편적으로 단순화되어 있는 그런 분위기에서 한 사람의 개인적인 문제들이 어떻게 해결되지 않을 수 있겠는가? 스워퍼 부인이 새로운 '천재 발굴을 위한 연합'의 자금을 확보하는 것에 대해 말했듯이, "그렇게 될 **것이라고** 믿는 것이 위대한 것이다". 그 말을 듣고 폴린은 크게 자극을 받아서 즉시 큰 액수의 수표를 발행했고 위원회의 의장직을 수락했다. 그리고 그 연합의 박수갈채의 호의적 바람을 타고 그녀는 차를 마실 시간에 리타의 내실로 항해해 들어갔다.

'그저 차 한잔하자고 하는 것이 더 단순해 보일 거야. 마치 내가 아기를 보러 들른 것처럼.' 폴린은 곰곰이 생각했다. 그런데 리타가 아직 집에 오지 않았으므로 그녀의 핑계가 현실이 될 시간이 있었다. 위층의 푸른색과 은색의 아기방에서 그녀의 날카로운 눈은 예술적인 표면 아래 여러 작은 결점들을 알아챘다. 더러워진 수건들이 널려 있었고, 반쯤 빈 우유 잔에는 익사한 파리가 있었으며, 미학적인 화병에는 죽고 썩어가는 꽃들이 있었고, 위쪽 창문의 통풍구가 하나도 열려 있지 않았다. 그녀는 머릿속으로 이런 것들을 기억해두었지만, 리타와 이야기를 나눌 때는 언급하지 않겠다고 결심했다. 시더리지에서는 유모가 자신의 눈 아래 있을 테니 아기방의 위생에 대해 더 요령껏 전달할 수 있을 것이다…….

검은 내실은 폴린이 돌아왔을 때 여전히 비어 있었다. 하지만 그녀는 인내심으로 무장했기에 앉아서 기다렸다. 안락의자들은 너무 낮아서 불편했고, 가려진 등의 반쯤 희미한 상태가 싫었다. 마치 접이의자인 양 앉으려면 드러누워야 하는 의자들이 있는 칠흑같이 어두운 방에서 어떻게 시간을 보낼 수가 있단 말인가? 그녀는 그 방이 너무나 흉측하고 황량해서 리타가 다시 장식하고 싶어 한다 해도 별로 비난할 수가 없으리라 생각했다. '즉시 다시 장식하라고 수표를 써줘야겠어.' 그녀는 아량껏 생각했다. '모든 젊은이들이 이런 종류의 실수를 하면서 시작하지.' 그녀는 와이언트와 결혼했을 때 자신이 응접실용으로 사겠다고 우겼던 태피스트리 안락의자 모조품 세트가 기억나자 가볍게 몸서리를 쳤다. 어쩌면 수표를 건네며 리타를 맞이하는 것이 좋은 전략일 수도 있겠군…….

마침내 도착한 리타가 등장하자 어쩐 일인지 그 생각이 별로 좋지 않게 느껴졌다. 리타는 그녀를 기쁘게 하려고 사람들이 하는 일에 크게 상관하지 않는 듯 보이는 태도를 갖고 있었다. 그렇게 많은 돈을 마구 쓰는 젊은 여성치고는 자신에게 호의를 베풀어주는 사람들에게서 억지로 금전적 지원을 끌어내려고 노력을 하는 적이 거의 없었다. "안녕하세요." 그녀는 말했다. "오신 줄 몰랐어요. 제가 늦게 온 건가 싶네요?"

폴린은 가볍게 키스하며 그녀를 맞았다. "네가 늦은 걸 어떻게 아는 거니? 집에 시계가 있는 것 같지 않구나."

"아니요, 있어요. 아기방에요." 리타가 말했다.

"그런데 얘야. 그 시계는 멈췄더라." 미소 지으며 시어머니가 답했다.

"아기를 보신 거군요? 아, 그러면 저를 기다리지는 않으셨겠어요." 리타는 모피를 풀고 모자를 벗어 던지면서 미소 지었다. 그녀는 금붕어색 머리카락을 쓸어 넘기면서 쿠션 더미 위에 몸을 던졌다. "곧 차를 들여올 거예요. 아니면…… 칵테일 드실래요? 아니라고요? 바닥이 더 편하지 않으시겠어요?" 그녀는 시어머니에게 제안했다.

몸에 완벽하게 맞춘 탄력 있는 거들 속의 모든 고래 뼈가 폴린을 조심스레 조여왔다. "고맙구나. 나는 여기가 아주 좋단다." 그녀는 불편한 의자가 허용하는 한 유연한 자세를 취하며 덧붙였다. "잠깐 얘기할 기회가 있어 정말 기쁘구나. 이런 바쁜 삶에서는 우리 모두가 서로를 잊는 경향이 있어. 그렇지 않니? 하지만 노나한테서 끊임없이 너에 관해 들으니까 만나지 못할 때조차 아주 가까이 있는 것처럼 느낀단다. 노나는 너한테 헌신적이지, 우리 모두가 그래."

"정말 친절하세요." 리타는 특유의 환한 무관심의 태도를 보이며 말했다.

"그런데 얘야. 우리는 네가 같은 생각이길 바라." 폴린은 그녀

무릎께 있는 젊은 어깨에 어머니다운 손길을 뻗으면서 가볍게 말했다.

리타는 살짝 웃으면서 머리를 뒤로 젖혔다. 맨퍼드 부인은 결코 그녀가 예쁘다고 생각한 적이 없었다. 하지만 오늘 리타의 벌어진 입술의 생생함과 그 장밋빛 윤곽, 뺨과 길고 하얀 목의 훼손되지 않은 곡선을 보자, 나이 든 여성은 마음이 쓰렸지만 어쩔 수 없이 감탄했다.

"가족들 **모두**에게 헌신적이길 기대하세요?" 리타는 물었다.

"아니. 짐에게만."

"아……." 짐의 아내는 답했다. 그녀의 미소가 희미한 찡그림으로 일그러졌다.

폴린은 진지하게 앞으로 몸을 기울였다. "무슨 일이 일어나고 있는지 어느 정도 알고 있는 걸 모른 척하진 않으마. 오늘 여기 너하고 이야기를 나누려고 왔단다. 언니처럼 조용하고 친밀하게 말이지. 나를 시어머니로 생각하지 않으려고 해보렴!"

리타의 가느다란 눈썹이 냉소하듯 올라갔다. "아, 전 시어머니들이 두렵지 않아요. 예전처럼 영원한 관계는 아니잖아요."

폴린은 빠르게 심호흡했다. 농담 이면에 건방짐을 느꼈다. 하지만 그녀는 자신의 특별한 임기응변 노력에 구조 요청을 보냈다.

"네가 나를 두려워하지 않는다니 기쁘구나. 뭐가 너를 괴롭히고 있는지 완전히 솔직하게 내게 말해줬으면 한다……. 너와 짐

말이지."

"특별히 괴로운 것은 없어요. 하지만 제가 짐을 괴롭히고 있는 것 같아요." 리타는 가볍게 말했다.

"얘야, 너는 그 이상을 하고 있단다. 그 애를 절망적으로 불행하게 만들고 있어. 별거하고 싶다는 말을 하면서 말이지……."

리타는 쿠션 사이에서 팔꿈치를 딛고 몸을 일으켜 맨퍼드 부인과 눈을 맞췄다. 그녀의 눈은 아주 값비싼 토파즈처럼 투명하고 얕아 보였다.

"별거는 어리석은 짓이에요. 제가 원하는 건 100퍼센트 뉴욕 이혼이죠. 그리고 짐은 그걸 쉽게 줄 수 있어요……."

"리타! 네가 그런 말을 하는 게 나를 얼마나 비참하게 하는지 모르는구나."

"그런가요? 죄송해요! 하지만 이건 짐의 잘못이에요. 그가 자유의 몸이 되면 수많은 다른 여자애들이 그에게 달려들걸요. 그리고 제가 지겨워한다면 저를 붙잡으려고 노력하는 게 무슨 소용인가요? 도대체 우리가, 우리 둘 중 누가 그것에 대해 뭘 할 수 있겠어요? 지루함에 대비한 보험을 들 순 없죠."

"그런데 왜 지루해하는 거니? 세상에 이런 모든 것이 있는데……." 폴린은 주변의 사치품들을 향해 손짓했다.

"그래요. 바로 그거라고 생각해요. 모든 것이 언제나 똑같아요!"

시어머니는 목소리를 부드럽게 하여 유혹하듯 중얼거렸다. "물론이지. 네가 지겨운 게 이 집이라면……. 노나가 네가 집의 방 몇 개를 다시 장식하고 싶어 한다고 말하더라. 예를 들어 이 방 말이다……. 그건 이해할 수 있단다."

"아, 이 방은 제가 완전히 혐오하지 않는 유일한 방이에요. 하지만 집 때문에 짐하고 이혼하려는 건 아니에요." 리타는 폴린에게는 삐딱해 보이는 희미한 미소를 지으며 대답했다.

"그럼 이유가 뭐니? 난 이해할 수가 없구나."

"저는 이유 같은 거 따지는 건 잘 못 해요. 전 그저 새로운 걸 원하고, 그게 다예요."

폴린은 솟아오르는 분노를 억누르려 애썼다. 클리프 성을 가진 여자애가 남편과 가정을 버리는 것이 마치 지난해에 유행한 옷을 버리는 것처럼 당연하다는 듯이 이야기하는 걸 듣고 앉아 있자니! 그러나 그녀는 기분에 압도되지 않겠다고 결심했다. "만약 네가 오로지 너 자신만 생각해도 된다면, 넌 무엇을 할 거니?" 그녀는 물었다.

"무엇을 한다고요? 전 그냥 저 자신이 되고 싶어요. 그런데 이 집에선 할 수가 없어요. 여기서는 제 모든 것이 거짓이니까요. 전……."

"우리 가족 중 그 누구도 네가 그런 식으로 느끼는 걸 원하지 않는단다. 짐은 특히 그렇고. 그 애는 네가 너만의 개성을 완전히 자유롭게 표현하길 원한단다."

"여기…… 이 집에서요?" 그녀의 경멸하는 동작이 집을 카드 한 벌처럼 무너져 내리게 만드는 것 같았다. "그리고 평생 매일 저녁 식탁에서 그를 마주 바라본다고요?"

폴린은 말을 멈추었다. 그리고 부드럽게 말했다. "그러면 아기를 포기하는 것도 감수할 수 있니?"

"아기요? 왜 그래야 해요? 아기를 포기하리라고 생각하시는 건 아니죠?"

"그럼 넌 짐이 아내와 아이를 포기하고 그 모든 탓도 떠맡기를 원한다는 거니?"

"오, 아니요. 탓할 게 어디 있어요? 그럴 거 전혀 없어요! 제가 원하는 건 그저 새 출발이라고요." 리타는 집요하게 반복했다.

"애야, 네가 무슨 말을 하고 있는지 모르는구나. 네 남편은 불운하게도 너에게 열정적으로 빠져 있단다. 네가 가볍게 말하는 이혼은 그 애를 거의 죽음에 이르게 할 거다. 그 애가 비록 더 이상 너의 흥미를 끌지는 못하더라도 한때는 그랬잖니. 그걸 고려해주어야 하지 않겠니?"

리타는 곰곰이 생각하는 것 같았다. 그러고는 말했다. "하지만 자기가 이제 더 이상 내 흥미를 끌지 않는다는 점을 그가 고려해야 하지 않나요?"

폴린은 마지막으로 자기 통제를 위해 노력했다. "그렇지, 애야.

정말로 그렇다면 말이다. 하지만 그 애가 당분간 떠난다면······. 너도 알다시피 그 애가 곧 긴 휴가를 갈 거야. 와이언트 씨와 함께 섬으로 내려가도록 내 남편이 준비를 해뒀거든. 내가 요구하는 건 그저 그 애가 돌아올 때까지는 네가 아무것도 결정하지 않았으면 하는 것이란다. 2~3주 떨어져 있어본 후에 어떻게 느끼는지 보렴. 아마 너무 붙어 있었던 거겠지. 뉴욕이 너희 둘의 신경을 너무 거슬리게 했을지도 모르고. 하여튼 작별의 고통 없이 그 애가 휴가를 떠나도록 내버려두렴······. 내 남편이 부탁하는 거란다. 너도 알다시피 짐을 마치 자기 아들인 양 사랑하거든."

리타는 여전히 팔꿈치에 기대고 있었다. "그럼······ 아닌가요?" 그녀는 순진하게 눈을 크게 뜨며 서늘하고 낭랑한 목소리로 말했다.

한순간 그 질문의 의미가 폴린에게 다가오지 않았다. 그 말이 와닿자 그녀는 마치 죄의식으로 비밀을 감추다가 걸린 양 수치심을 느꼈다. 그녀는 입을 벌렸지만, 소리가 나오지 않았다. 그녀는 며느리의 뺨을 때리고 싶은 욕구와 눈물을 흘리며 집 밖으로 달려 나가고 싶은 욕구 사이에서 갈등하며 말없이 앉아 있었다.

"리타······." 숨이 턱 막혔다······. "이런 모욕이라니······."

리타는 유머 섞인 후회가 가득 담긴 눈으로 일어나 앉았다. "아, 아니에요! 모욕이라니요! 왜인가요? 전 항상 사랑의 징표인 혼외 아이가 있다면 얼마나 멋질까 생각해왔거든요. 전 두 분 다 짐

에게 헌신적인 게 그 이유라고 짐작했어요. 그런데 이제 그는 그
것도 아니군요!" 그녀는 가녀린 어깨를 으쓱하더니 회개하듯이
손을 내밀었다. "잘못된 말을 한 건 **정말** 죄송해요. 이건 정말이에
요! 하지만 이건 우리가 결코 서로를 이해할 수 없다는 걸 보여줘
요. 저에게 진짜 사악함이란 사랑하지 않는 남자하고 같이 계속
사는 거예요. 그런데 제가 어머니도 한때 저와 같이 느꼈을 거라
고 추측해서 어머니를 화나게 했군요······."

폴린은 천천히 일어섰다. 몸이 굳고 오그라드는 기분이었다.
"네가 나를 화나게 한 건 없어. 화가 나도록 스스로에게 허용하지
않을 거다. 오히려 네 말대로 우리가 서로를 이해하지 못한다고
생각하련다. 하지만 물론 노력을 해보는 데 너무 늦은 때란 없단
다. 나는 너하고 토론을 벌이고 싶지는 않아. 잔소리를 하거나 논
쟁을 하고 싶지 않구나. 나는 다만 네가 기다려줬으면, 시더리지
에 아기와 함께 왔으면, 그리고 우리랑 평화롭게 몇 주를 보냈으
면 하고 바란다. 노나도 함께 갈 것이고, 내 남편도······. 비난이나
질문은 않을 거야······. 하지만 우린 너를 행복하게 하려고 최선
을 다할 거고······."

리타는 우스꽝스럽게 비틀린 미소를 지으며 시어머니를 향해
움직였다. "아니, 정말 울고 계시잖아요! 자주 그러시는 건 아니
죠?" 그녀는 몸을 앞으로 굽히더니 폴린의 움츠러든 뺨에 가볍게
키스했다. "좋아요, 시더리지에 갈게요. 저도 **정말** 녹초가 됐고 싫

증 났어요. 아마 한동안 휴양하는 게 큰 도움이 될 거라고 생각해요……."

폴린은 잠시 대답을 안 했다. 그저 리타의 뺨이 마치 극도로 얇고 깨지기 쉬운 것으로 만들어진 양 다소 주저하며 거기에 입술을 댔다.

"우리 모두 매우 기쁠 거다." 그녀는 말했다.

문간에서, 자동차 안에서, 그녀는 계속 그 무례한 질문의 여파 속에서 움직였다. "그럼…… 아닌가요?" 자신의 격렬한 반응에, 폴린은 그런 결혼 관념에 기반한 결속 관계를 다시 붙이려 노력하는 것이 무슨 소용이 있을까 의아해졌다.

그의 아내가 그렇게 가볍게 제안하듯, 짐이 다시 선택을 할 수 있다면 더 큰 행복의 기회를 맞지 않을까? 옛날 방식으로 길러진, 품위 있고 제대로 된 정신을 가진 소녀들이 분명히 여전히 있을 것이었다……. 가령 애기 휴스턴처럼! 하지만 폴린의 상상은 그 생각으로부터도 오싹해하면서 물러났다……. 어쩌면 결국 그녀의 원칙들이 아이들에게는 정말로 구식인 것인지도 몰랐다. 다만 그 자리를 대신할 것은 무엇인가? 인간의 본성은 사회적 관습처럼 빠르게 변화하지 않는다. 그리고 만일 짐의 아내가 그를 떠난다면, 옛날 방식으로는 어떤 것도 그의 고통을 막을 수 없을 것이다.

이 모든 것이 정말 당황스럽고 혼란스러웠다. 폴린은 보통 때처럼 그 질문을 무시함으로써 없애버릴 수 있다는 확신이 들지 않았다. 그래도 집으로 가는 차 안에서 주된 목적은 달성했다는 걸 기억하고는 머릿속이 맑아졌다. 어찌 되었든 간에 당장으로서는 말이다. 맨퍼드는 그녀에게 리타와의 사이를 틀어지게 하거나 리타에게 겁을 주지 말라고 지시했었고, 두 여자는 키스를 하며 헤어졌다. 맨퍼드는 리타가 시더리지에서 시간을 보낸 후에 최종 결정을 하도록 유도해야 한다고 주장했다. 그리고 이것에 그녀 또한 동의했다. 되돌아보니 폴린은 리타가 신속하게 수락한 것이 놀랍게 느껴지기 시작했고, 따라서 자신의 조정 능력에 깊은 감명을 받았다. 결국 의지력 운동에는 뭔가가 있군. 방해가 되거나 불쾌한 것은 무엇이든 이렇게 미소를 지으며 무시하거나 지배하겠다고 결심할 수 있는 것에는 뭔가 **있는** 거다! 그녀는 깜짝 놀랄 정도의 평온함으로 짐과 맨퍼드와 노나가 이루기 위해 헛되이 애썼을 목적을 쉽게 달성한 것이다. 그리고 아마도 리타의 끔찍한 암시는 의식적인 건방짐은 아닐 거다. 그저 새로운 규범을 무의식적으로 표명한 것이다. 요즘 젊은 사람들은 그들이 주장하는 긴 단어들과 과학적 실재론에도 불구하고 정말로 어느 때보다도 어린애들 같았다…….

폴린의 내실에서 노나는 양손으로 턱을 고인 채 벽난로 앞에 웅크리고 있다가 어머니가 다가오자 머리를 들었다. 폴린은 자신을 기다리는 사람이 있다는 것, 그리고 자신이 패배든 승리든 비밀스레 임무를 마치고 돌아왔다는 것을 깨닫자 권위가 회복되는 감각을 느꼈다.

"애야, 잘되었단다." 그녀는 선언했다. "그저 잠깐 내리는 여름 소나기야. 나는 항상 네게 걱정할 것이 없다고 말했지." 그녀는 미소를 지으며 덧붙였다. "노나, 글쎄, 어떤 사람들은 늙은 어머니가 이야기를 하면 여전히 **정말 듣는구나**."

19

  노나는 애기 휴스턴이 앞쪽 응접실의 덜 익은 사과빛 커튼을 바꾸기만 한다면 얼마나 좋을까 생각했다. 호전적인 금박 의자 대신에 천을 씌운 깊은 안락의자를 들여놓고, 쪽매붙임 캐비닛에 푸른 자기로 된 개들과 드레스덴의 여자 양치기 인형들 대신 책을 놓았다면, 세 사람 인생의 모든 것이 달랐을지도 모른다…….

  그러나 애기는 아마도 커튼의 색깔이나 가구가 모난 것을 인식한 적이 없을 것이다. 그녀는 분명 책이 없는 걸 유감으로 여기지도 않을 것이다. 그녀는 그 집을 부모님이 물려준 그대로 받아들였다. 그녀의 부모는 이전에 그들의 부모로부터 황량하고 경박한 그 집의 전부를 물려받았다. 그 집의 모든 육중한 디테일은 사치스러운 70년대 뉴욕을 구현하고 있었다. 거대한 오뷔송 카펫*의 서양 장미 문양부터, 평민들의 빛과 공기의 침입에서 브라운스톤 시대** 귀족들을 보호하기 위해 삼중의 겹으로 제작된 커튼에 이르기까지 말이다.

'우습군.' 노나는 다시 생각했다. '이 모든 추함이 나를 쐐기풀처럼 찌르는데, 애기한테는 이 모든 것이 마치 옆 거리에 있는 것처럼 아무 문제도 되지 않다니. 그녀가 성인(聖人)이라는 건 알지. 하지만 내가 찾아내고 싶은 건 보기 흉한 가구를 증오하면서도 미소를 지으며 그 가구들 사이에서 살아가고 있는 성인이라고. 그걸 알 수 없다면, 도대체 무슨 가치가 있는 거지?' 그녀는 진지하게 캐비닛 하나를 더 자세히 살펴보았다. 애기는 그 안에 효심으로, 벨벳과 은으로 만든 어머니의 안경집과 상아로 만든 아버지의 오페라글라스와 더불어 설화석고로 만든 피사의 사탑과 카를로 돌치의 막달라 마리아의 축쇄판을 보존해두었다.

괴상하고 죽어 있는 쓰레기들……. 하지만 바로 이 순간 노나가 이 집에서 불가사의한 초연함으로 이 모든 것에 미소 지을 수 있다는 것이 더욱 괴상했다! 노나는 다시 궁금해졌다. 정말이지 한 사람의 개성은 어디서 끝나고, 사람들, 풍경들, 의자들 혹은 안

---

*   손으로 짠 화려한 문양의 카펫으로, 예술적인 가치도 있었다.

**   19세기 말 적갈색 사암인 브라운스톤으로 지은 집들이 유행했던 시기를 말한다.

경집 같은 다른 이들의 개성은 어디서 시작되는 것인가? 그 전날, 치통에 시달리는 아이가 작문한 것 같은 애기의 고통에 차 있고 경직된 쪽지를 받은 후부터 노나는 자신의 개성이 애기의 조각이나 섬유질 일부를 포함하고 있는 것이 아닌가 걱정스럽게 자문하고 있었다. 이 모든 것이 도저히 풀 수 없을 정도로 복잡하게 엉킨 실타래였다…….

그녀가 왔다. 노나는 계단을 내려와 복도의 매끄럽고 텅 빈 공간을 가로질러 오는 그녀의 메마르게 딸깍거리는 발소리를 들었다. 그녀는 이렇게 써 보냈다. "방문하는 것이 당신에게 완벽히 편할 수 있다면……." 애기로서는 호의를 담은 소환에 가장 근접한 것이었을 테다! 그리고 그녀가 문을 열고 서양 장미 카펫을 건너올 때, 노나는 서로 너무 가까운 두 눈과 입꼬리가 직선인 연분홍빛 큰 입의 좁은 얼굴이 새로운 고통으로 날카로워진 것을 알았다.

"노나, 와줘서 정말 고마워요." 그녀는 애써 맑은 음성으로 말을 시작했다.

"오, 애기! 그런 의미 없는 말 그만둬요. 무슨 일 때문인지 물론 알고 있어요."

애기는 눈에 띄게 더 창백해졌다. 하지만 안주인으로서 받은 훈련으로 감정을 삭이며 금박 의자를 앞으로 밀어주었다. "앉아요." 그녀 자신은 옆에 있는 소파의 구석에 앉았다. 머리 위에는 초상화 속 애기의 할머니가 나선형의 금박 액자 안에서 브뤼셀 레이스* 손수건을 한 손에 들고, 매듭 있는 술이 달린 벨벳 테이블보 위에 주름 장식을 단 한쪽 팔꿈치를 기댄 모습으로 있었다.

"알고 있다고 하니 말인데요……." 애기가 말을 시작했다.

"물론이죠."

"스탠리…… 그가 말해줬어요?"

노나의 신경이 어린 독사 무리처럼 튀어 올라 꿈틀거리기 시작했다. 이런 소용없는 인사치레를 얼마나 더 참을 수 있을 것인가?

"아, 그래요. 그가 말해줬어요."

애기는 눈을 내리깔고 자신의 가늘고 흰 두 손을 빤히 응시했다. 그러고는 불길한 듯 입술을 움찔하더니 당혹스러워하며 이마에 작은 주름이 가도록 찡그렸다.

"내가 스탠리에 대해 불평할 이유가 있다고 당신이 생각하지 않았으면 좋겠어요……. 그런 건 전혀 없어요. 단 한마디의 불친절한 말도 오간 적이 없어요. 우리는 언제나 가장 완벽한 관계로 함께 살아왔어요……."

무언가 반응을 해야 할 것 같아서 노나는 희미한 웅얼거림을 내뱉었다.

---

* 벨기에 브뤼셀 지방의 레이스는 고급 장식품으로 간주된다.

"그런데 지금 그가…… 그가 나를 떠났어요." 애기는 결론을 내렸다. 그 말들은 고통스럽게 한 음절씩 억지로 짜낸 것 같았다. 그녀는 한 손을 들어서 이마로 흘러내린 생기 없는 머리카락 한 가닥을 다시 쓸어 올렸다.

노나는 잠자코 있었다. 그녀는 그 경련하는 작은 가면에 시선을 고정하고 앉아 있었다. 진짜 얼굴이라고는 할 수가 없었다. 그 얼굴은 아마 이전에는 본질적으로 고유하게 애기의 것이라고 할 만한 어떠한 감정도 표현한 적이 없었을 것이기 때문이었다.

"그것도 알고 있지요?" 애기가 애써 객관적인 어조로 계속했다.

노나는 동의하는 표시를 했다.

"그는 나를 비난할 이유가 없다고 했어요. 아무것도요. 분명히 내게 그렇게 말했어요."

"그래요. 알고 있어요. 그게 더 최악인 거죠."

"최악이라고요?"

"만일 뭔가 비난을 했다면, 한바탕 소란을 치러서 오해를 풀 수 있었을지도 모르죠."

갑자기 노나는 애기의 눈이 갈구하듯 예리한 시선으로 그녀에게 고정된 것을 느꼈다. "당신이 말하는 그런 소란을 당신과 그가 벌였나요?"

"아, 매시간요. 우리가 만날 때마다!" 노나는 도저히 목소리에서 조롱하는 듯한 의기양양함을 억제할 수가 없었다.

애기의 입술이 다물렸다. "둘이 아주 친한 친구였다는 건 알고 있어요. 그가 종종 내게 그렇게 말했죠. 하지만 둘이 항상 싸웠다면 어떻게 서로를 계속 존중할 수 있었지요?"

"우리가 그랬는지 모르겠네요. 하여튼 그런 생각 할 시간이 없었어요. 왜냐하면 항상 화해하곤 했으니까요."

"화해요?"

"애기." 노나는 갑자기 툭 말을 뱉었다. "당신은 당신을 아주 기쁘게 안아주고는 온 정원을 그 행복의 향기로 가득 채울 만큼 충만하게 행복한 남자를 가진 기분을 느껴본 적이 없나요?"

애기는 거의 공포스럽다는 듯한 시선으로 눈을 들었다. 노나가 사용한 이미지는 그녀에게 아무런 의미를 전달하지 못하는 것 같았지만, 그 질문은 분명 치명타를 가했다.

"남자라니, 무슨 남자요?"

노나는 웃음을 터뜨렸다. "얘기를 계속하기 위해서, 스탠리라고 하죠!"

"노나, 당신이 왜 그런 이상한 질문을 하는지 모르겠군요. 싸운 적이 없는데 어떻게 화해를 할 수 있었겠어요?"

"당신한테 남편을 사랑한 적이 있냐고 물으면 이상한가요?"

"그걸 당신이 물어보면 이상하죠." 애기는 간단히 답했다. 노나는 재빨리 반박하려다가 멈췄다. 그녀는 뒤늦게 홍조가 슬그머니

머리 뿌리 위로 기어오르는 것을 느꼈다.

"미안해요, 애기. 나는 지금 끔찍하게 불안해요. 그리고 당신도 그럴 거라 생각해요. 얘기를 다시 시작하지 않을래요? 나를 보고 싶어 한 이유가 뭐였나요?"

애기는 모든 힘을 끌어모으는 듯이 잠시 가만히 있었다. 그러고는 대답했다. "그가 당신하고 결혼하고 싶어 한다면 더 이상 이혼에 반대하지 않겠다고 말하려고 했어요."

"애기!"

두 사람은 가만히 서로를 마주 보고 앉아 있었다. 마치 말로는 더 이상 교감이 불가능한 지점에 이른 것 같았다. 노나의 마음은 질주하듯 내달아 인간 행복의 극단에 도달했다가, 거기서 다시 굴복하고 날개가 꺾인 채 기어 돌아왔다.

"하지만 **오로지** 그 조건 아래서만이에요." 애기는 다시 신중하게 강조하면서 말을 시작했다.

"그가 나와 결혼한다는 조건 말인가요?"

애기는 동의의 몸짓을 했다. "나는 내 조건을 강요할 권리가 있어요. 그리고 내가 원하는 건……." 그녀는 갑자기 주저하더니 말을 이어갔다. "내가 원하는 건 당신이 그를 클레오 메릭에게서 구하는 거예요……." 그녀의 단조로운 목소리가 갈라지더니 눈물 두 방울이 속눈썹 사이로 나와 천천히 뺨을 타고 흘렀다.

"클레오 메릭에게서 구하라고요?" 노나는 자신이 웃음을 터뜨리는 소리를 듣고 있다는 착각이 들었다. 마치 쟁기질을 한 벌판을 통과해서 언덕을 힘겹게 오르는 것처럼 그녀의 생각들이 그녀가 한 말들 뒤에 질질 끌려가는 것 같았다. "그런 시도를 하기에는 시기상 좀 늦은 것 아닌가요? 그가 벌써 그녀와 떠났다고 말했잖아요."

"그녀와 어딘가에서 합류했는데, 어딘지는 몰라요. 그가 클럽을 떠나기 전에 편지했어요. 하지만 모레까지는 배를 타지 않는다는 걸 알아요. 당신이 그를 다시 데려와야만 해요. 노나, 당신이 그를 구해야만 해요. 너무 끔찍해요. 그는 그녀와 결혼할 수 없어요. 그녀에게는 이혼을 거부하는 남편이 어딘가에 있거든요."

"당신하고 스탠리처럼요!"

애기는 일격을 당한 듯 물러섰다. "아, 아니요, 아니에요!" 그녀는 노나를 절망한 표정으로 보았다. "이제 거부하지 않겠다고 말하고 있는데……."

"클레오 메릭의 남편도 이제는 반대하지 않을지도 모르죠."

"그건 달라요. 그는 가톨릭이거든요. 교회가 이혼을 허락하지 않을 거예요. 파기할 수도 없지요. 스탠리는 그냥 그녀와 함께 살거예요…… 공개적으로요……. 그리고 그녀는 그와 함께 어디든지 가겠죠…… 마치 남편과 아내인 듯 말이에요……. 그리고 모두가 그들이 부부가 아니라는 걸 알 테죠."

노나는 가만히 앉아 있었다. 굳게 다문 입과 아이러니한 마음으로 이렇게 가차 없이 재현된 그림을 떠올려보았다. "그런데 그녀가 그를 사랑한다면……."

"사랑한다고요? 그런 여자가요!"

"아무튼 그를 위해서 기꺼이 희생했잖아요. 그 점에서 우리 둘보다 나아요."

"하지만 그들이 그런 식으로 함께 사는 것이 얼마나 끔찍한지 모르겠어요?"

"그가 원하는 것을 용감하게 그에게 줄 수 있는 여성을 발견했다면, 그게 최선인 거예요. 당신이나 내가 그에게 주기를 거부했던 것을요."

그녀는 애기의 생기 없는 뺨이 붉어지는 것을 보았다. "거부라니…… 무슨 뜻인지 모르겠어요……."

"그의 행복 말이에요. 그게 다예요! 당신은 그와 이혼하는 걸 거부했잖아요. 그렇지 않나요? 그리고 나는 하는 걸, 클레오 메릭이 하고 있는 그 일을 하는 걸 거부했죠. 그래서 우리는 둘 다 여기 폐허 위에 앉아 있는 것이죠. 그것으로 당신과 나에게는 끝인거예요."

"그렇지만 끝은 아니에요 너무 늦은 것도 아니에요. 정말로, 너무 늦진 않았어요! 당신이 부탁한다면 그는 지금이라도 그녀를 떠날 거예요……. 그럴 것을 알아요!"

노나는 메마른 웃음을 지으면서 일어섰다. "고마워요, 애기. 그럴지도 모르죠. 우리가 알 수는 없겠지만요."

"알 수가 없다고요? 내가 계속 말을 하는데……."

"왜냐하면요, 비록 내가 겁쟁이였을망정 비열한 인간이 될 이유는 없으니까요." 노나는 마치 핏줄로 기어 들어오기 시작하는 위험한 감미로움에 대항해 자신을 감싸듯 빠르고 정확한 동작으로 코트 단추를 잠그고 모피를 목에 둘렀다. 갑자기 그녀는 그 숨 막히는 방 안에서 그 숨 막히는 불행을 마주한 채로는 단한 순간도 더 머무를 수가 없다고 느꼈다.

"더 나은 여성이 그를 차지했어요. 그녀가 가지라고 해요." 노나가 말했다.

노나는 손을 내밀었다. 잠시 동안 애기의 차갑고 축축한 손가락이 노나의 손안에 있었다. 그러고 나서 애기는 그 손을 빼고 노나의 소매를 잡았다. "하지만 노나, 들어봐요! 당신을 이해 못 하겠어요. 항상 원해왔던 것 아닌가요?"

"아, 인생에서 어떤 것보다도 더 원했죠!" 소녀는 숨 가쁘게 돌아서며 외쳤다.

바깥문이 그녀 뒤로 닫혔다. 그녀는 계단 위에 가만히 서서 애기 휴스턴과 함께 앉아 있던 폐허를 뒤돌아보았다.

"사람이 형편없을 수 있는 새로운 방법들은 대개 다 아는 것 같

은데, 품위를 지키는 최고의 새로운 방법을 확실히 알 수만 있다
면 좋겠어······." 그녀는 혼잣말로 중얼거렸다.

3부

20

폴린은 메이지 브러스가 자동차 안으로 밀어 넣어준 편지들과 서류들을 마지막으로 황급히 훑어보다가 시더리지의 대문 앞에서 고개를 들어 올렸다.

도시에서의 출발은 요란스러웠다. 늘 그렇듯 마지막 순간까지 서둘렀고 전전긍긍했다. 메이지는 자동차 디딤판에 매달려 있었고, 파우더와 하녀는 마지막 전달 사항과 권고 사항을 가지고 달음질쳤다.

"맨퍼드 부인, 건축가가 보낸 또 다른 청구서 뭉치입니다. 그리고 그가 부인께 의사를 묻기를…….

"알았어요, 알았다고요. 메이지, 5천 달러 수표를 다시 써주고, 다른 것들과 함께 사인하도록 내게 보내줘요."

"그리고 새 난초 온실을 위한 견적서입니다. 건설업자 말이 내

주에 건물 자잿값이 다시 오른다고, 그래서 즉시 전화를 안 하시면 보장을 못 한다고……."

"보석함은 챙기셨나요? 부인의 모터 백과 함께 제가 카펫 밑에 놓아두었는데요."

"세실, 고마워요. 그래요, 여기 있네요."

"에르미니 메종*에게 초록색과 금색 티 가운을 여기로 가져오라고 할까요? 아니면……."

"맨퍼드 부인, 산아제한 연설의 교정본이 여기 있습니다. 차 안에서 한번 훑어봐주세요, 그리고 제게 오늘 밤 다시 보내주시면……."

"부인, 후작 부인이 전화하셔서 부인과 맨퍼드 씨가 다음 주말에 시더리지에 자신을 초대해줄 수 있는지 물으셨어요."

"아니, 파우더. 안 된다고 말하세요. 정말 미안하지만……."

"알겠습니다, 부인. 추기경에게서 긍정적인 답을 얻어내기 위한 것이라고 이해하고 있습니다."

"아, 좋아요. 한번 볼게요. 시더리지에서 전화하죠."

"부인, 그리고 와이언트 씨가 방금 전화하셨습니다."

"파우더, 와이언트 씨요?"

"아서 와이언트 씨 말입니다. 물어보실 게 있다고요."

---

* 식탁에 쓰는 리넨이나 의류를 만드는 프랑스 브랜드.

"그렇지만 와이언트 씨와 제임스는 어젯밤에 조지아를 향해 떠나기로 되어 있었는데."

"그렇습니다, 부인. 하지만 제임스 씨 일로 지체되었다고 해요. 그래서 지금 아서 와이언트 씨가 오늘 밤 떠나시기 전에 부인께서 전화해주실 수 있는지 물어보십니다."

"잘 알겠어요. (무슨 일이 있었을까, 노나? 모르니?) 파우더, 시더리지로 내가 이미 떠났다고 해요. 거기서 전화할게요. 그래요. 이게 다죠."

"맨퍼드 부인, 잠깐만요! 전보가 두 건 더 있습니다. 그리고 특별……."

"메이지, 조심해요. 넘어지면 다리가 부러질 거예요……."

"알겠습니다. 그런데 맨퍼드 부인! 특별 전보는 스워퍼 부인에게서 왔어요. 위원회에서 새로운 천재를 발견했다고 합니다. 그래서 내일 3시에 긴급회의를 소집할 것인데, 혹시나 부인께서……."

"아니, 안 되지. 메이지, 나는 못 해요! 이미 **떠났다고** 하세요……."

동요의 물결은 서서히 가라앉았다가 후작 부인이 묵고 있는, 골목 아래쪽 값싼 숙식 호텔을 흘낏 보자 다시 일어났다. 허드슨강 상류의 고지에 외따로 서 있는 불가사의한 '돈사이드'를 불빛이 비출 때도 그랬다. 그러나 자동차가 넓은 교외의 대로로 미끄러져 꽃

피는 시골로 나가자, 도시의 소란과 위협이 수평선 위에서 무해하게 희미해지며 점차 폴린의 평정심이 슬며시 되돌아왔다.

노나는 그녀 옆에 조용히 앉아 있었다. 그리고 어머니는 그 침묵이 고마웠다. 딸이 지난 2주 동안 창백해지고 쇠약해진 걸 알아챘다. 하지만 그건 그들 모두가 시더리지의 고요함을 얼마나 필요로 하는가 하는 또 다른 증거였다.

"짐하고 그 애 아버지가 왜 출발을 연기했는지 아니, 노나?"

"모르겠어요, 어머니. 아마도 파우더가 말한 것처럼 짐 오빠의 일 때문일 거예요."

"그 애 아버지가 왜 나한테 전화하려는지는 아니?"

"전혀 몰라요. 아마 중요한 일은 아닐 거예요. 오늘 밤 전화해볼게요."

"아, 네가 해준다면 고맙지! 나는 정말 피곤하구나."

잠시 침묵이 흘렀고, 노나가 물었다. "어머니, 메이지 양 봤어요? 그녀도 꽤 피곤한 것 같아요."

"그래, 가엾은 메이지! 시더리지를 급하게 준비하는 것이 좀 무리가 되었던 모양이다……."

"그뿐이 아니에요. 얼마 전 어머니가 암에 걸렸다는 소식을 들었거든요."

"아, 가엾은 사람! 끔찍해라! 나한테는 한마디도 안 했구나……."

"그렇죠. 어머니한테는 말하지 않았을 거예요."

"하지만 노나, 메이지한테 디스터먼을 **즉시** 만나라고 말했니? 바로 수술을 하면 어쩌면…… 도착하자마자 네가 즉시 전화해야 한다. 물론 비용은 내가 모두 감당한다고 말하렴."

그 후 그들은 다시 침묵으로 빠져들었다.

집안의 이런 비극은 때때로 일어난다. 그것을 피하려고 사람들은 온갖 노력을 하겠지만, 피할 수 없을 때는 언제나 비용을 부담할 준비가 되어 있었다……. 폴린은 자신이 미리 알았더라면 했다……. 가엾은 메이지에게 친절한 말 한마디 할 시간이 있었다면……. 어머니를 병원에 입원시킬 동안 아마 일주일 혹은 적어도 이틀의 휴가를 주었을 것이다. 아니면 적어도 디스터먼이 수술에 관한 조언이라도 해줬더라면…….

사람이 언제나 서둘러야 하는 것은 끔찍하다. 폴린은 브루스 양을 몸소 만나러 가고 싶었다. 그러나 모레면 덱스터와 리타와 아기가 모두 도착할 것이고, 그들이 오기 전에 시더리지에서 마지막 준비를 하기에도 시간이 얼마 없었다. 그리고 폴린 자신도 극도로 지쳐 있었다. 그날 아침에 알바 로프트로부터 '세 배 치료'(100달러)를 받았음에도 불구하고 말이다.

그녀는 식솔 모두에게 친절하려고 했다. 부족한 것은 오직 시간뿐이었다—언제나 시간! 식솔들은 자신과 함께 마찬가지로 끊임없는 급물살에 휩쓸렸다. 때로 그들 중 누군가가 도중에 떨어져 나가면 유감을 표하면서 응급처치를 보내고 자신이 할 수 있는 모든 것을 했지만, 급물살은 결코 멈추지 않았다. 그건 멈출 수가 없었다. 친절을 베풀 때는 그저 대상을 향해 황급히 베풀고, 급물살에 휩쓸려 계속 지나갈 수밖에 없었다.

시골의 축복받은 평화로움! 폴린은 만족스러운 심호흡을 했다. 전에는 한 번도 시더리지를 이런 완벽한 소유자의 느낌으로 대한 적이 없었다. 그곳은 진정 자신이 만든 곳이었다. 그녀가 소유하기 몇 년 전에 집이 지어지고 땅이 정돈되었지만, 모든 특징 하나하나에 그녀의 의지와 부를 찍어두었기 때문이다. 폴린은 자신이 시골을 좋아한다고 믿었다. 하지만 그녀가 진정으로 좋아하는 것은 시골에다 뭔가를 하는 것, 그리고 이 목적을 위해 가능한 한 많은 땅을 소유하는 것이었다. 그래서 매해 시더리지 저택을 둘러싼 풍경을 점점 더 멀리 확장하고, 수 킬로미터에 걸쳐 난 미역취와 자작나무와 단풍나무를 윤기 나는 잔디와, 구불구불한 값비싼 관목 위로 드리워진 라임나무와 참나무, 잎사귀를 다듬은 너도밤나무로 대신했다.

가장 바깥 대문에서부터 집까지는 이제 3킬로미터의 주행 도로가 이어졌다. 폴린은 이것도 그녀와 현관 문턱 사이에 놓여 있는 것들을 세심하게 감상하기에는 너무 짧다고 여겼다. 마을에는 새로 지은 목재 골조의 소방차 차고 위에 금박의 반짝이는 풍향계가, 풍성한 초원의 언덕 아래에는 최근에 확장된 낙농장이 있었다. 그리고 독미나리와 층층나무 숲이 펼쳐졌고, 숨겨진 호수 근처에는 기후에 적응한 진달래꽃과 철쭉 벌판이 있었다. 피어난 벚꽃과 가지 끝의 꽃차례로 장식된 일본식 수생 식물원도 언뜻 보였고, 활짝 트인 잔디밭, 뻗어 있는 나무들, 긴 벽돌집 정면과 테라스들이 보였다. 그리고 조각된 아치형 입구를 통해 자그마하게 모양을 낸 식물들과, 웅장한 해시계 사령관의 지휘봉 주변에 전구 장식들이 끝없이 줄줄이 달린 네덜란드식 정원도 보였다.

폴린에게는 나무, 관목, 수로, 초목 울타리 하나하나가 그 자체를 의미할 뿐 아니라, 그것들이 존재하기 이전에 등급을 측정하고, 토양을 옮기고, 배수 터널을 파고, 물을 끌어오고, 거래를 위해 서신을 교환하고, 대금을 지불한 것을 의미했다. 만일 대문 너머에 있는 야생 채진목이나 야생 벚나무들처럼 도움 없이 생겨난 것이라면 그녀는 그것들을 훨씬 덜 좋아했을 것이다―어쩌면 전혀 좋아하지 않았을 것이다.

연초록빛의 긴 물결을 이루며 흐릿하게 연보라색으로 피어나는 식물들을 보자 희미한 봄의 아름다움이 조금은 그녀에게 다가왔다. 하지만 그녀의 눈이 어떤 특정한 아름다움에 머물 때마다 토양, 거름, 묘목장 주인의 목록, 그리고 다시 청구서들로 변해버리곤 했다. 그렇다, 청구서들이 반드시 떠올랐다. 하나하나에 엄청난 돈이 들었다. 그러나 그녀는 그 사실도 자랑스러웠다. 그녀에게는 그것이 그런 아름다움의 일부였고, 네덜란드식 정원의 기하학적 선이나 야생을 흉내 낸 진달래 계곡에 퍼져 있는 정교한 질서와 조화의 일부였다.

자동차가 조각된 대문을 스쳐 지나가며 뒤틀린 물결무늬의 상록수를 배경으로 호박과 라일락으로 뒤덮인 잔디밭에 빛을 비추었다 거두자, '올해에는 7만 5천 개의 전구를 썼지!'라고 그녀는 생각했다.

작년보다 2만 5천 개의 전구를 더 사용한 것이다……. 그녀가 좋아하는 방식은 그런 식이다. 해마다 더 많은 돈을 쓰는 것, 크든 작든 어떤 식으로든 항상 더 확장하고 향상시키는 것, 예상치 못한 요구들에 신속하고 정력적으로 대응하고, 과도한 청구 내역은 깎고, 어려운 순간들을 헤쳐나가, 마침내 한 해의 끝에서는 향상된 상태를 만들어내고, 계산서 대금 지불을 마친 후 은행에는 든든한 잔고가 남도록 하는 것, 지쳤지만 승리하는 것은 아주 신나는 일이었다. 폴린에게는 그것이 '삶'이었다.

그리고 그녀가 시더리지에 쓴 비용이 얼마나 타당했는지 입증되고 있지 않은가! 새로운 아름다움에 끌린 남편이 캘리포니아로 가는 연례 여행, 타폰 낚시의 흥분과 독신남 같은 독립성, 이 모든 것을 아내와 아이들과 시골에서 조용한 한 달을 보내기 위해 자발적으로 포기했다. 폴린은 그가 결정을 하는 데 2만 5천 개의 전구를 더 단 것이 영향을 미쳤다고 느꼈다. 그리고 그가 마을의 소방 훈련을 돕는 새로운 욕실들을 보고, 인공적으로 수온을 높인 새로운 수영장의 물에 뛰어들 때 무슨 말을 할까? 봄의 아지랑이가 핀 풍경을 내다보며 안개 같은 행복이 그녀의 눈에 떠올랐다.

노나는 어머니를 따라 집으로 들어가지 않았다. 개들을 발치에 데리고, 숲과 호수로 언덕을 달음질쳐 내려갔다. 그녀는 시더리지에 돈이 얼마나 들었는지 전혀 몰랐다. 그곳이 만들어질 때 들어간 노동에 대해서도 아는 바가 거의 없었다. 그곳은 그녀의 유년 시절의 세계일 뿐이었다. 그곳을 다른 각도에서 바라볼 수도 없었고, 그곳이 달랐던 적이 있다는 것을 상상할 수도 없었다. 그녀에게 그곳은 한결같이 멀리 뻗어 있는 변함없는 마법을 띠었다. 그곳은 열아홉 살 그녀가 아직 지니고 있는 거의 마지막 환상이었다.

호수 옆 오솔길에서 그녀는 옛날의 마법에 다시 걸린 듯 느꼈다. 싹을 틔우고 있는 나뭇가지들, 생명으로 일렁이는 검은 토탄 토양의 냄새, 층층나무가 점점이 박힌 숲, 이 모든 것이 유년 시절의 모험, 옛날에 짐과 하던 놀이들, 버드나무가 둘러쳐진 섬에서의 인디언 캠프, 진달래 덤불 사이로 달려 해맑게 보트로 향하거나 달빛 속에 수영을 하던 때의 배경이었다.

오래된 조각배는 맨퍼드 부인의 연례 '보수(補修)' 목록에서 빠져 있어서 같은 녹슨 틈새에서 여전히 물이 샜다. 호수 위를 나아가면서 노나는 노에 기대어 봄의 위대한 모조품에 가슴이 부푸는 것을 느꼈다……

맨퍼드는 물었다. "괜찮니, 응? 충분히 따뜻하니? 너무 빨리 달리는 건 아니고? 여기 산중은 여전히 공기가 매섭구나." 리타는 그의 곁에서 모피만큼이나 부드럽게 그녀를 감싸는 그런 깊은 침묵에 빠져 편안히 있었다. 그가 고개를 약간 돌리자, 모자 테두리와 은빛 여우털 사이로 그녀의 코끝과 윗입술의 굴곡만이 보였다. 자신에게 언제나 큰 휴식을 준다고 느꼈던 따뜻하고 동물 같은 침묵에 빠진 그녀가 그렇게 가까이, 그렇게 조용히 있다는 것을 느끼자 그는 남은 불안감을 떨쳐냈다. 곁에 있는 그녀의 존재는 자신의 딸만큼이나 안전하고 자연스럽게 느껴졌다.

"아이를 기차로 보낸 건 정말 잘했구나. 어린 신사의 시간에 맞추기에는 내가 너무 늦게 출발하게 될 걸 알았거든."

그녀는 그의 곁에서 더욱 깊이 웅크리면서 만족한 듯 웃음을 터뜨렸다.

맨퍼드는 운전대에 집중하면서 그녀 손 위로 손을 얹고 싶은 충동을 억제하며 자신의 옆얼굴을 그녀 쪽으로 안정되게 유지했다. 그의 계획이 얼마나 성공적으로 작동하고 있는지, 정말 멋졌다……. 결국 그녀는 이 계획에 대해서 얼마나 합리적이었던가. 가엾은 아이! 그녀를 대우할 줄 아는 사람한테는 언제나 합리적일 것임에 틀림없다. 그리고 그는 자신이 바로 그런 사람이었다는 것에 우쭐했다. 그저 처음이라 쉽지 않았을 따름이다. 그러나 지금은 제대로 감을 잡았고, 그걸 유지할 작정이었다. 정확히 말해 아버지다운 건 아니었다. 그녀는 그런 구식을 가장 먼저 비웃을 사람이다. 진중한 아버지들은 트레몰로* 효과의 여파와 함께 유행에서 사라졌다. 아버지는 아니고, 큰오빠 같다고나 할까. 바로 그거였다. 가령 짐과 노나 사이처럼 똑같이 자유롭고 친밀한 관계 말이다. 사실 그는 실제로 리타를 놀려보려고 했다. 그런데 그녀는 상관하지 않았다. 그 바보 같은 아드윈을 조롱했는데, 그녀는 그저 웃으며 어깨를 으쓱했을 뿐이었다. 드레스가 미끄러져 내려 드러난 하얀 어깨가 마치 날개처럼 펴지는 것 같은 그 어깻짓 말이다! 그녀의 모든 동작에는 무언가 새같이 떠다니는 느낌이 있었다……. 가엾은 아이, 가엾은 어린 소녀……. 그는 정말로 그녀의 큰오빠가 된 것처럼 느꼈다. 그 역할을 하기에 자신이 너무 늙지는 않았다는 건 거울이 알려주었다…….

그들을 집어삼키려고 위협하던 어둡고 무시무시한 뭔가를 막 탈출했다고 생각하자 그는 안정감과 휴가의 느낌을 더욱 갖게 되었다. 마치 인생이 시더리지에서의 다가올 2주처럼 안전하고 개방되어 그의 앞에 펼쳐져 있는 것 같았다. 타폰 낚시를 포기하고, 짐과 와이언트를 용케 조지아로 짐 싸서 보내버린 덕분에, 다시 일을 시작하기 전에 주변을 둘러보고 재고 조사를 하듯 상황을 살펴볼 수 있게 이런 평온한 막간을 확보한 것이 얼마나 기쁜지!

* 악기나 목소리로 떨리는 듯한 소리를 내는 음악의 기법.

그저께 폴린이 떠난 직후에 와이언트의 발작적인 괴팍함 때문에 모든 계획이 엉망이 되는 듯했다. 와이언트는 항상 다른 사람이 모두 결심을 한 후에 마음을 바꾸는 걸 즐겼다. 그는 마지막 순간에 전화를 걸어서 남부로 가기에는 건강 상태가 좋지 않다고 말했다. 먼저 폴린에게 전화를 걸었는데 그녀가 이미 떠났다는 이야기를 듣고 짐에게 연락했고, 짐은 당황해서 맨퍼드에게 도움을 청한 것이었다. 그의 아버지가 늘 보이는 '불안증' 발작 중 하나였다. 사촌인 엘리너가 발작이 시작되려는 것을 알고 위스키소다를 줄이도록 노력했다. 마침내 짐은 맨퍼드에게 그의 아버지에게 들러서 논리적으로 설득해달라고 간청했다.

이런 방문은 언제나 와이언트에게 강한 인상을 주었다. 맨퍼드는 직업적으로 예리했지만, 자신이 이렇게 방문하는 것의 효과의 정도를 측정하거나 그 성질을 추측할 수는 없었다. 그러나 그는 자신의 힘을 느꼈고, 와이언트를 가급적 드물게 만남으로써 그 힘을 유지했다. 그러나 이번에는 평상시처럼 원만하게 될 것 같지 않았다. 와이언트는 수척하고 흥분돼 보였고, 맨퍼드의 앞에서 늘 그러듯 쾌활한 척하며 그들의 만남을 끝내버리려고 애썼다. "여보게! 앉게나. 시가 한 대? 나의 후임자를 만나는 건 언제나 즐겁지. 문제의 해결을 위해 내가 줄 수 있는 힌트라도 있나……."

늘 그가 취하는 어조였지만 과장되고 지나치게 강조되어 와이언트다움이 부족했다. 그는 계속 말을 이어갔다. "물론 실패한 사람이 성공한 후임자에게 무슨 충고를 한다는 건지 모르겠지만 말일세. 글쎄, 이 경우에는 짐에 대한 거니까……. 나도 물론 알고 있네, 나만큼 자네도 짐을 좋아한다는 것을……. 그렇지만 그 애는 **나의** 아들이지, 아닌가? 글쎄, 나는 특별히 지금 그 애를 아내로부터 떼어내는 것이 좋은 생각인지 확신이 없어. 물론 내가 구식이라는 건 알지……. 케케묵은 구식 전통들은 모두 대체됐고. 자네와 자네 무리가 잘 처리했어. 살랑살랑 부는 산들바람 같은 대평원의 신식 감각을 소개했으니까……. 그런데 내 아들은 내 아들이거든. 그런 새로운 방식으로 양육되지 않았다는 거야. 맙소사, 맨퍼드, 자네 이해하지. 아, 아닐세……. 어쩌면 자네가 결코 이해하지 **못할** 것들이 있을지도 모르겠군. 자네가 아무리 엄청나게 똑똑하고, 아무리 수백만 달러를 번다고 하더라도 말이야."

계획이 거의 엉망이 될 지경이었다. 하지만 맨퍼드가 가엾은 와이언트의 사회적 코드를 이해하지 못한다 해도, 필요할 때 어떻게 화를 내지 않고 차분함을 유지하는지, 술을 지나치게 마시면서 운동은 하지 않는 허약한 과잉 흥분 상태의 사람에게 어떻게 이야기를 해야 하는지는 너무나 잘 알고 있었다.

"짐에 대해 걱정인 것 아닌가? 맞아, 당연히 그렇겠지. 나도 그렇다네. 실은 짐이 일을 많이 해서 녹초가 되었고, 내가 부분적으로 그에 대해 책임이 있는 것 같네. 은행 일을 내가 주선했으니 말일세. 그 애가 일을 너무 잘해왔네. 과로해온 거지. 그래서 문제가 생긴 거라네. 그것이 그 애가 가급적 조속히 떠나 완벽한 휴가를 즐기게 하도록 내가 책임을 느끼는 이유고……. 짐은 젊잖나. 2주간의 휴식이 충분히 그 애를 원래대로 되돌려놓을 걸세. 그런데 자네야말로 아내와 아기로부터 짐을 떠나게 할 수 있는 유일한 사람이라네. 리타가 있는 곳에는 언제나 재즈와 헛소리, 청구서와 성가신 일이 있을 거야. 그래서 폴린과 내가 잠시 숙녀분을 데리고 있으면서 그 애에게 기회를 주는 걸 제안했네. 와이언트, 남자 대 남자로 말하는데 우리 두 사람이 한편이 돼서 이 일을 헤쳐 나가야만 하네. 우리가 그렇게 하면 모든 것이 잘될 거라고 보장하지. 자네한테도 좋을 걸세. 좋은 날씨에 아들과 그렇게 떠나서, 해변에서 빈둥거리며 짐이 회복하는 걸 보는 것 말일세. 나도 내려가서 합류하고 싶은 마음이야. 그리고 그러지 못할 일도 아니지. 만일 가족과 떨어질 수 있다면, 주말만이라도 지내기 위해 달려갈 수도 있겠지. 섬에서 A-1 낚시를 하는 거야. 자네가 한때 훌륭한 낚시꾼이었던 걸 알고 있다네. 리타는 폴린과 노나와 함께 있으면 안전할 걸세."

계략이 먹혔다.

그러나 이것을 왜 계략이라고 생각해야 할까? 그 말을 할 때는 한마디 한마디가 진심이었는데 말이다. 짐은 녹초가 **되었고**, 변화를 **진정** 필요로 했다. 하지만 아버지를 남쪽으로 데려가야 한다는 핑계가 있어야만 떠날 수가 있을 것이다. 어떻게 한 사람의 양심의 내면에서 일련의 진실이 갑자기 한 무리의 거짓말처럼 보일 수 있는 것인지 괴이했다……! 맙소사, 하지만 이 무슨 음울하고 쓸데없는 생각이란 말인가! 맨퍼드는 명예를 걸고 모든 상황이 말만큼이나 진실된 결과가 되도록 만들 것이다. 그렇게 그 이야기가 끝났다. 그리고 여기 시더리지에 이른 것이다. 운전은 1분도 걸리지 않은 것 같았다…….

황혼 녘의 그곳이 얼마나 아름다운지! 부드러운 색조의 안개가 그림자로 녹아들고 있었고, 길고 어두운 집의 정면은 벌써 보석 같은 오렌지빛 유리창으로 장식되어 있었다!

"리타, 여기 마음에 들지 않니?" 만족하여 가르랑거리는 소리가 팔꿈치 쪽에서 났다.

다만 폴린이 그를 내버려두었으면! 리타의 게으르고 불분명한 방식으로 그곳을 즐기도록 그를 내버려둘 분별력만 있다면! 통계와 성과, 경비와 결과를 그에게 주입하지 않고 말이다. 그는 그녀가 끊임없이 상황을 점검하고 청구서를 내고 이자를 계산하는 것에 질렸다. 물론 그 모든 것에 감탄했다. 그는 그 어느 때보다도 폴린 자체를 존경했다. 하지만 그는 여자의 가슴에 얼굴을 묻고 머리카락을 조용히 어루만지는 손길을 느끼는 남자처럼 봄의 감미로움으로 빠질 수 있기를 갈망했다.

"저기 층층나무구나! 보렴! 여기 이렇게 활짝 핀 것을 전에는 본 적이 없지 않니? 볼만한 구경거리란다." 그는 층층나무가 줄 인상을 크게 기대했다. "자, 이제 도착했구나. 봐, 오니까 좋지! 아, 잠이 들었던 모양이구나……." 그는 여전히 반쯤 졸고 있는 그녀를 자동차에서 일으켰다.

그리고 이제 불 밝힌 문간에 집사인 파우더가 벗어날 수 없는 편지 더미를 가지고 서 있었다. 그리고 폴린이 있었다.

그러나 밖에서는 봄의 황혼이 부드러운 주문을 비밀스럽게 걸고 있었다. 그는 혼잣말하듯 말했다. "오늘 밤에는 쭉 열 시간을 연속해서 자더라도 놀랍지 않겠군."

21

남편이 도착하기 전날은 폴린이 완전히 지쳐버린 날이었다. 하지만 그 결과는 노력할 만했다는 것을 부인할 수 없었다. 덱스터가 그렇게 완벽하게 만족한 어조로 "세상에! 돌아오니 좋군! 이렇게 기분 좋은 곳으로 만드느라고 무슨 일을 한 거요?"라고 말하는 것을 들은 적이 있었던가. 혹은 그의 미소 띤 시선이 램프와 꽃, 활활 타오르는 벽난로가 있는 큰 홀을 그렇게 주의 깊게 바라보는 것을 본 적이 있었던가. "리타, 여기가 도시보다 낫지? 그렇지? 시더리지가 얼마나 좋은 장소가 될 수 있는지 몰랐을 거야! 위층으로 서둘러 가지 말렴. 아기를 데리고 내려올 거란다. 불 옆으로 와서 몸을 녹여라. 여기는 산속이라 살을 에는 듯하구나. 안녕, 노나! 조용한 내 강아지……. 거기 구석에 웅크리고 있어서 보지를 못했구나……."

그랬다, 도착은 완벽했다. 심지어 리타의 입맞춤도 자발적인 것 같았다. 덱스터는 모든 것을 칭찬했고, 개선된 모든 것들을 알아차렸다. 그러고는 자발적으로 다음 날 아침에 새로운 난방장치와 병아리 부화장 견본을 시찰할 작정이라고 선언했다. "굉장하군. 당신은 전에도 좋아 보였던 것들을 100퍼센트 더 낫게 만드는 재주가 있소! 내일 아침 식사 때 달걀들도 보통 크기의 두 배일 것 같군."

그런 논평이 아내에게는 자신이 한 모든 일에 대한 보상이었고, 새로운 시도에 창의성을 발휘할 의욕을 불러일으켰다. 그의 칭찬을 이끌어내기 위해 그녀가 계획할 수 있는 다른 무언가는 없을까? 그리고 이 모든 것이 지닌 아름다움은 매우 쉽게 이루어진 것처럼 보인다는 데 있었다. 무심한 관찰자라면 시더리지에서의 단순한 삶을 미소를 지으며 준비하는 일이 뉴욕의 무도회 시즌을 준비하는 것보다 더 큰 일거리라고는 생각하지 못할 것이다.

그것 또한 폴린의 만족감의 요소였다. 그녀는 쌓여 있는 골프채와 테니스 라켓, 긴 탁자에 쌓아둔 자동차용 외투와 케이프와 스카프들, 친츠 쿠션을 댄 장의자 위에 몸을 웅크린 진흙투성이 테리어 강아지들이 있는 홀을 지나치면서 이 모든 것이 그저 보이는 대로 원시적이며 즉흥적인 것이라는 생각조차 들었다. 소박한 트위드와 홈스펀을 입고 진흙탕을 뛰어 돌아다니는 것에 대한 남편의 열정을 항상 공유해왔다고 믿을 정도였다.

'언젠가는 뉴욕 생활을 전부 포기하고 구식 부부처럼 1년 내내 여기 살게 될 거야. 내가 양계장과 낙농장을 운영하고 덱스터는 농사를 지으면 되겠지'라고 그녀는 생각했다. 그녀는 즉시 실용적인 상상력을 발휘해 큰 규모의 최신식 양계장에 대한 계획의 개요를 짜고, 완전히 과학적인 방법으로 만든 치즈와 버터로 얻게 될 수익을 계산했다. 그녀는 봄철 구이용 닭에 대한 수요가 나날이 늘고 있다는 것을 알고 있었다. 레스토랑과 호텔에서는 은색 종이에 싸인, 외국산 같아 보이는 크림치즈에 대한 수요가 엄청났다…….

"후작 부인께서 다시 전화하셨습니다." 파우더가 둘째 날 아침 식탁에서 일깨워주었다. 시더리지에서는 모든 사람이 아침을 먹으러 내려왔다. 그것이 소박한 삶의 일부였다. 그러나 대개 아침 식사 시간은 폴린 혼자 찻주전자 뒤에서 왕좌를 지키는 것으로 끝나곤 했다. 남편과 딸은 휴가 중에는 시간을 지키지 않는 것을 즐겼기 때문이다. 리타가 점심시간 전에는 나타날 수 없다는 것은 암묵적으로 당연하게 받아들여졌다.

"후작 부인이요?" 폴린은 평온하게 갓 낳은 달걀과 신선한 버터를 즐기다가 답했다. 왜 사람은 귀찮고 성가신 것들로부터 자신을 완벽하게 보호할 수 없는 것일까? 그들은 아말라순타를 위해서 할 수 있는 모든 일을 했다. 그런데 이제 감사함이 소홀함보다 더 성가신 모양을 떨지도 모른다는 생각이 들었다.

"후작 부인은 추기경을 위한 환영연 날짜에 대해 상의하고 싶어 하십니다."

오, 그럼 사실이군…… 진짜로 성사가 된 거네! 만족의 광채가 폴린의 무관심을 쓸어버렸다. 그런 도움을 줬으니 시더리지에서 일요일 하루를 보낼 권리가 아말라순타에게 있다고, 폴린은 공정한 분별력으로 인정했다. '가족들이랑만 이틀을 보내는 건 그녀에게 몹시 지겨운 일이겠지. 하지만 그녀는 초대받는 것을 좋아할 것이고, 머무는 동안 큰 하우스 파티를 예상할 테지.' 폴린은 생각했다.

"좋아요, 파우더. 후작 부인에게 다음 주 토요일에 여기 오시라고 전화해줘요."

그러면 어쨌든 주중은 온전히 그들만의 시간이 될 것이다. 아마 그의 가족인 여성들과만 엿새를 보낸 후에는 심지어 덱스터도 약간의 사교를 못마땅해하지는 않을 것이다. 그렇다면 폴린은 후작 부인을 미끼로 시골 이웃들을 만찬에 쉽게 불러 모을 수 있을 것이다. 그녀는 토이네가 그레이스톡 컨트리클럽에서 부활절을 보낼 예정임을 기억하고 있었다. 어쩌면 이것 때문에 덱스터가 캘리포니아를 포기하고 시더리지를 선택하게 되었을지 모른다는 생각에 미소가 지어졌다. 그녀는 더 이상 토이 부인이 두

렵지 않았으며, 심지어 인근에 그녀가 존재하는 것이 유용할 수도 있겠다는 생각이 들었다. 폴린은 사람들이 온갖 종류의 사회적인 위안 하나 없이 시골에서 행복할 수 있다는 것을 결코 전적으로─적어도 한 번에 몇 시간씩 계속해서─믿을 수는 없었다. 그녀에게 고요한 엿새는 선사 시대의 관점으로만 측정 가능한 것 같았다. 그녀의 정신이 그런 관점을 수용했던 때가 있었던가? 마음먹으면 그 시간을 단축시킬 수 있다는 것을 알고, 그녀는 만족스럽게 한숨을 내쉬었고, 아침은 최근 광고에서 보았던 새로운 냉장 시스템을 공부하는 데 바치기로 작정했다.

덱스터는 아직 그녀와 함께 시찰 순회를 하지 않았지만, 그건 그리 놀라운 일이 아니다. 첫날 아침은 그가 늦잠을 잤고, 테라스에서 감미로운 햇살을 받으며 빈둥거렸다. 오후에는 모두가 골프를 치러 그레이스톡으로 자동차를 타고 갔다. 그리고 오늘은 아침 식사를 하러 내려오자마자 놀랍게도 남편과 노나와 리타가 벌써 일찍 말을 타고 나갔으며, 산책 도중에 아침을 먹겠다는 말을 남겼다는 것을 알게 되었다. 그녀는 리타가 아침 식사 전에 침대에서 나오도록 회유되었다는 사실과 덱스터가 그렇게 오랜만에 말안장에 올랐다는 사실 중 어떤 것이 더 놀라운지 알 수 없었다. 확실히 시더리지의 공기는 환상적으로 상큼했고 활력을 불어넣어주고 있었다. 자신도 그 효과를 느끼고 있었다. 그리고 남편에게 자신이 개선해놓은 것들을 전부 보여주고 싶기는 했지만 조바심을 느끼지는 않았고, 그저 계획이 성공적이라는 것에 내심 만족감을 느꼈다. 그들이 만족한 리타를 짐에게 돌려줄 수 있다면, 휴가의 목적을 성취하는 것일 테다. 낙관적인 기분에 들떠 그녀는 책상에 앉아 아들에게 보내는 기쁨에 찬 편지를 써 내려갔다.

"덱스터는 멋지단다. 벌써 리타가 아침 먹기 전에 말을 타러 가도록 설득했어……. 이건 승리 아니니? 네가 돌아오면 그 애를 알아보지 못할 거야……. 노나가 너무 창백하고 허약해 보이는 것만 아니면 이제 나는 걱정 하나 없을 거야. 노나를 설득해서 도시로 돌아가자마자 영감을 불러일으키는 치료 코스를 받게 할 것이란다. 그런데 말이야, 스탠 휴스턴에 대한 소식 들었니?" 그녀의 펜은 계속 움직였다. "사람들이 그가 메릭인가 하는 그 끔찍한 여자와 유럽으로 갔다고들 하더라. 그래서 애기는 이제 정말로 그와 이혼해야 한다고들 해……. 노나가 스탠하고 항상 가까운 친구였으니 이미 소식을 들었을 텐데, 어쩐지 우리보다 더 아는 게없는 것 같구나……."

모두가 아는 사실이 되기 전에 스캔들 한 조각을 제공받는 것을 아서 와이언트는 무엇보다도 즐거워했다. 폴린은 아버지와 아들이 섬의 방갈로에서 틀림없이 저녁이 너무 길다고 생각할 것이라고 느꼈다. 스스로 만족감이 넘쳐흐르자 그녀는 그들의 흥을 돋우어줄 수 있는 일을 하고 싶었다.

다양한 일을 했음에도 불구하고, 하루가 길게 느껴졌다. 그녀는 아기한테 갔었고, 요리사를 만났으며, 파우더와 새로운 방범 경보기의 작동에 대해 상의했고, 카탈로그를 들고 수석 정원사와 함께 정원을 살펴보았다. 낙농장과 양계장으로 걸어가서 맨퍼드 씨가 다음 날 두 곳 모두를 확실하게 시찰할 것이라고 말했고, 메이지 브루스에게 전화해서 어머니의 안부를 물은 다음 추기경 환영연을 위한 초대 명단을 주의 깊게 만들라고 얘기했다. 그런데도 놀라울 정도로 많은 시간이 남았다. 시골에 머물면서 개선시킨 것들의 작동을 살펴보고, 신선한 산속의 산들바람을 향해 창문을 연 채 하루의 운동을 하는 것은 기쁨이었다. 그러나 벌써 그녀의 진짜 자아는 추기경을 대접할 복잡한 계획들로 달음질쳤다. 그녀는 다음 날 아침 도시로 달려 올라가서 아말라순타와 상의하는 것이 현명하지 않을까 생각하기도 했지만, 전화상으로 대화하는 것으로 충분하리라고 마지못해 결정했다.

대화는 길었고, 대체로 만족스러웠다. 하지만 메이지가 함께 있었다면 만찬을 위한 준비가 더 진척이 되었을 것이다. 병원에 개인 병실이 날 때까지 메이지가 어머니와 함께 머물러야 한다고 의사들이 생각한다는 건 정말 불운이었다. ("메이지, 당연히 **개인 병실**이죠. 단체 병동에 둘 수는 없어요. 절대 안 된다니까! 그냥 청구서에 올려둬요. 기꺼이 돕고 싶으니까!") 그녀는 진정으로 자신이 할 수 있는 모든 일을 해줄 수 있어 기뻤다. 그렇지만 브루스

여사가 지금 병이 난 것은 불운이었다. (아마 누구보다도 메이지가 그렇게 느낄 것이다.) 폴린은 시간을 때우기 위해 개들과 산책을 가기로 결정했다.

돌아왔을 때 그녀는 노나가 여전히 승마복 차림으로 서재의 소파 구석에 자리 잡고 책 읽는 데 깊이 빠져 있는 것을 보았다.

"애야, 어디서 나타난 거니? 돌아온지 몰랐구나."

"다른 사람들은 안 왔어요. 리타 언니가 갑자기 그리니치로 차를 타고 가서 컨트리클럽에서 저녁을 먹으면 재밌겠다는 생각을 했거든요. 그래서 아버지가 그레이스톡에서 차를 빌렸고, 하인 한 명에게 와서 말을 데려가라고 전화했어요. 즐거울 것 같았지만, 저는 피곤해서 집으로 왔어요. 거의 보름달이니까 집에 올 때 눈부시게 아름다울 거예요." 마치 달이 엄청난 차이를 만들 수 있는 것처럼 말하며 노나는 미소를 지은 채 어머니를 올려다보았다.

"아, 그런데 그건 춤추고 새벽에 귀가한다는 거잖니! 나는 짐에게 리타가 조용히 지내며 일찍 잠자리에 들도록 살피겠다고 약속했는데. 그 애를 여기로 오게 설득한 게 무슨 소용이란 말이니? 네 아버지가 거절했어야만 해."

"그랬으면 그레이스톡에서 점심을 먹던 사람들 중 누군가 언니를 데리고 갔을 거예요. 아시잖아요, 칵테일파티를 따라다니는 무리요. 그게 아버지가 희생하신 이유죠."

폴린은 곰곰이 생각했다. "이해했어. 너희 아버지가 항상 자신을 희생해야만 하는구나. 리타가 이성에 귀 기울이게 하려고 노력하는 건 소용이 없을 것 같고."

"어느 정도 리타 언니의 비위를 맞춰주지 않으면 안 되죠. 아버지도 그걸 아시고요. 우리는 여기서 언니를 지루하게 하면 안 되잖아요. 그러면 더 머물지 않을 테니까요."

폴린은 뼛속 깊이 곳곳에 갑작스러운 피곤함을 느꼈다. 노력해서 쌓아 올린 시더리지에서의 단순한 삶이라는 건물이 벌써 리타의 작은 발이 한 번 걷어찬 것만으로 먼지가 되어 허물어져 내린 것 같았다. 소방차 차고와 양계장, 새로운 방범 경보기와 수영장의 난방장치……. 덱스터가 이런 것들을 시찰하고 감탄할 시간이 있기나 할까? 그가 리타를 따라서 시골을 샅샅이 다니면서 귀중한 휴가를 낭비한다면 말이다.

"그럼 너하고 나, 둘이서 저녁 먹으면 되겠구나." 폴린은 딸에게 작은 억지 미소를 돌려주며 말했다.

22

해방된 대지가 얼어붙어 있던 틈새마다 갑자기 생명으로 뿜어나오는 시기는 한 해 중 얼마나 근사한 때인가! 맨퍼드는 전에 미국의 봄의 격정적인 아름다움을 느낄 시간이 있었던가 싶었다.

새벽에 집으로 차를 몰고 돌아왔지만, 그는 다음 날 아침 일찍 긴 산책을 나섰다. 잠이라…… 혈관 속에 4월의 달빛이 가득한데 어떻게 잠을 자겠는가? 사방천지에 달이 있었다. 채진목 가지 위에 진줏빛 솜뭉치로도 걸렸고, 야생 자두 꽃송이의 상아색 물결에도 퍼졌으며, 길가의 풀들 끝부분을 연한 연필처럼 칠해주었고, 숲속 구석진 곳을 차가운 은빛 웅덩이로 덮어주었다. 남자는 얼려버리는 듯 불태우는 마법으로 빠져들었다가, 차갑고 빛나는 상태로 나왔다. 주변의 모든 것이 자기 자신처럼 비현실적이고 믿을 수 없다는 것을 깨달았다……

소란스러운 클럽 식당, 소음, 재즈, 빙글빙글 도는 커플들, 일본식 랜턴, 고함치는 웃음소리, 떠들썩한 작별 인사 뒤의 이 하얀 침묵, 다시 구불거리며 이어지는 긴 길, 셔터를 내린 농가의 어두운 벽면들, 검은 숲들, 안개 낀 호수—모든 것이 소리 없이 달빛 상념에 빠져 있는 잠든 세상을 가로지르는 일…….

그 대조는 아름다웠고, 견딜 수 없었다…….

잠이라고? 침대에는 눕지도 않았다. 그저 목욕을 하고 소파에 뻗어서 새벽이 오는 것을 바라보았다. 그것도 신비로운 광경이었다. 깨어나면 어제와 똑같은 익숙한 하루를 맞게 될 것이라고 생각하며 사람들이 무심하게 자는 동안 차가운 손가락 같은 빛의 광선은 새로운 세상을 다시 만들고 있었다. 바보 같은 사람들!

그는 아내가 내려오기 전에 아침을 먹었고—게걸스러울 정도로 많이 먹었다—개 두 마리를 데리고 터벅터벅 걸으러 나섰다. 어디로 가든 상관없었다.

대낮의 세상조차도 믿기 어려울 정도로 낯설었다. 마치 전에 한 번도 바라본 적이 없었던 것 같았다. 막연히 그레이스톡으로 방향을 잡고서, 5~6킬로미터를 천천히 계속 걸었다. 농장에 살던 시절에 멀리 걸어 다니던 소년은 의도적으로 꾸준히 걷는 습관을 지니게 되었다. 평소에 걷는 것과 다른 이 운동은 그를 지치게 하기보다는 그에게 생기를 불어넣었다. 적어도 근육을 피로하게 하긴 했지만 뇌에는 활력을 주었다. 흥분한 건가? 아니었다, 그저 기분 좋게 자극을 받는 정도였다…….

그는 양지바른 언덕의 호두나무 아래 몸을 쭉 뻗고 누워, 파이 프에 불을 붙이고 멀리 벌판과 숲을 응시했다. 온 대지가 갓 피어 나는 생명력으로 가물거리고 있었다. 개들은 사냥하고 굴을 파며 다니다가, 그의 발치로 돌아와 유쾌한 꿈을 꾸며 졸았다. 그의 얼 굴을 비추는 태양이 따뜻하고 인간적으로 느껴졌다. 인생이 점차 유쾌한 일화들로 다채로움을 띤 편안한 일상, 오랜 판에 박힌 삶 으로 다시 안정감을 갖기 시작하는 것 같았다. 쉰 살 넘은 남자에 게 이 이상 바랄 것이 있을까?

그러나 잠시 후 한기가 그의 영혼에 내려앉았다. 그는 춥고 배 고프다고 느끼고, 다시 걷기 시작했다.

이윽고 그는 11시 30분이 된 것을 알았다. 집을 향해 출발할 시 간이었다. 집과 점심 식탁. 폴린, 그리고 노나, 그리고 리타. 맙소 사, 안 된다. 아직은 점심을 먹지 않았을 텐데…….그는 천천히 침울하게 터벅터벅 걷다가, 가는 길에 어디선가 간단한 점심을 먹기로 결정했다.

길이 구부러진 곳에서 그는 위쪽의 녹색 언덕을 가로질러 산 책 중인 여성을 발견했다. 단정한 골프 스커트를 입은 그녀는 튼 튼하고 똑바른 자세로 손에 든 골프채를 휘두르면서 그가 있는 쪽으로 걸어 내려왔다. 그럼 그렇지! 그가 있는 곳은 사실 그레 이스톡 골프 코스의 가장자리였던 것이다. 여성은 일행이나 캐디 없이 혼자였다. 연습 삼아 한 바퀴 돌고 있거나, 아니면 아마도 그처럼 그저 산책하며 감미로운 공기를 들이켜고 있는 것 같았다······.

"안녕**하세요!**"그녀가 소리쳤고, 그는 자신이 글래디스 토이를 향해 가고 있는 것을 깨달았다.

밤색 스웨터와 체크무늬 스커트를 입은 이 활동적이고 꼿꼿한 여성이 그 수많은 지루한 만찬에서 보석으로 치장하고 매번 똑같은 아름다움을 내뿜고 있던 여성과 같은 사람이란 말인가? 그녀가 폭이 넓고 편한 신발을 신고 자신 있고 경쾌하게 흔들거리며 걸어오자, 1~2주 정도의 짧은 매혹으로 지나갔던 옛날의 관심이 그의 안에서 되살아났다.

"안녕하신가요!"그는 답했다."여기 와 있는 줄 몰랐군요."

"그동안에는 아니었죠. 어젯밤에 왔는걸요. 눈부시게 아름답지 않나요?"천천히 흐르는 듯한 특유의 목소리조차 더 빨라졌고 더 활기차게 울렸다. 그가 체격이 좋은 여성, 풍만하면서 굴곡진 몸매의 여성에게 감탄하는 건 분명했다. 특히나 전날 저녁에 뼈만 앙상한 여성들과 식사를 한 후에는 더욱더 그랬다. 토이 부인은 몸집을 감당할 만큼 키가 컸고, 자신의 몸집을 부끄러워하지도 않았다.

"눈부시게 아름답다고요? 그러네요, **당신이** 그래요!"라고 그가 말했다.

"오, 제가요?"

"그럼 그 말이 아니라면 무슨 뜻이란 말이죠?"

"농담하지 마세요! 여기는 어떻게 왔어요?"

"걸어서요."

"세상에! 시더리지에서부터요? 죽을 지경이겠군요."

"못 믿는군요. 당신하고 점심을 함께 먹으려고 걸어왔다니까요."

"내가 여기 있는 줄 몰랐다고 방금 말했잖아요."

"내가 하는 말을 전부 믿으면 안 돼요."

"좋아요. 그러면 나랑 점심 먹으려고 걸어왔다는 말을 믿지 않을게요."

"당신이 정말 아름답다고 말하면 믿을래요?"

"그럼요!" 그녀는 도전적으로 답했다.

"그리고 내가 당신하고 키스하고 싶다면요?"

그녀는 지친 수영 선수 같은 눈으로 미소를 지었고, 그는 그녀의 말재간의 밑천이 떨어진 것을 알았다. "허먼이 오늘 밤에 올 거예요"라고 그녀는 말했다.

"그럼 오늘을 최대한 이용합시다."

"하지만 몇몇 사람들에게 클럽에서 식사하자고 해뒀어요."

"그럼 그 사람들을 바람맞히고, 어디 다른 곳에 가서 나랑 점심을 먹는 거예요."

"오, 내가 그럴 건가요? 그렇게 하라는 거예요?" 그녀는 웃었고,

그는 그녀의 가슴이 숨이 가빠 오르락내리락하는 것을 보았다. 그는 그녀를 자신 쪽으로 끌어와서 그녀가 웃는 중간에 입술에 키스를 새겨 넣었다.

"자, 이제 그럴래요?"

그녀는 풍만하게 팔에 안겼다. 그는 젊었을 때, 돈과 패션이 인공적인 기준을 강요하기 전, 몸집이 있는 장밋빛의 여성들을 얼마나 멋지다고 생각했는지 기억났다.

그가 시더리지의 문으로 다시 들어섰을 때는 차가운 봄의 황혼이 서재 창문을 비스듬히 통과해 아내와 노나가 앉아 있는 티 테이블 위를 비추고 있었다. 리타는 보이지 않았다. 맨퍼드는 그녀가 막 일어났다는 이야기를 듣자 편안한 즐거움을 느꼈다. 리타에 대한 감정은 아버지다운 관용으로 정리되었다. 그는 더 이상 그 표현이 부적절하다는 생각이 들지 않았다. 그러나 피상적인 친절 아래로 그는 그녀에게 깊이 공감했다. 무엇보다도 그는 자신이 스스로의 안락과 편의 외에는 대부분의 것에 근본적으로 무관심하다는 것을 알았기 때문이었다. 신선한 공기와 되찾은 여가로 인한 건강한 결과가 그러했다. 이런저런 일들—돈, 사업, 여자들 같은 것에 소란을 떠는 상태로 스스로를 몰아넣으며 일하는 것은 얼마나 부조리한가! 특히 여자들이라니. 지난 몇 주간을 되돌아보았을 때 그가 자신의 감정에 대해 그렇게 과장된 관점을 가졌었다니, 피로한 열병 같은 상태에 있었던 것이 틀림없다 싶었다. 시더리지에서 사흘을 보내고 나니 평온함이 축복처럼 그에게 내려앉았다. 글래디스 토이의 뺨은 복숭아처럼 부드러웠고, 예리한 아침 햇살은 그녀가 화장을 전혀 하지 않았다는 것을 보여주었다. 그는 그 사실을 약간의 즐거움으로 회상하고는, 생각에서 그녀를 몰아냈다. 아니, 더 정확히 말하자면 오히려 그녀가 스스로 퇴장했다. 그는 그 누구, 그 무엇에 대해서도 길게 생각할 기분이 아니었……. 그는 게으름과 무관심을 향유했다.

"차요? 주시오. 버터 바른 머핀하고. 몇 개 갖고 오시오. 엄청 배고프군. 모두 잠들어 있는 아침에 긴 산책을 갔소. 토이 부인과 우연히 마주쳤고, 그녀가 2인승 자동차로 데려다주었지. 멋지던걸, 새 자동차 말이오. 노나, 너도 그런 것 하나 갖고 싶을 거야……. 세상에, 불 옆이 너무 좋군……. 달콤한 이 냄새는 뭐지? 카네이션꽃이네. 세상에, 엄청 크군! 폴린, 내일 온실에 가봐요. 그리고 다른 곳에도 모두 가봅시다. 당신이 혁신해놓은 것들을 모두 살펴보겠소."

그 순간 그는 시찰이나 그로 인한 온갖 사실들과 계산들을 마주할 수 있을 것처럼 느꼈다. 키스받는 것을 꺼리지 않는 예쁜 여성과 몇 시간을 보내고 나니 달빛 속의 강박 상태를 떨쳐버릴 수 있음을 알았다. 이제 모든 것이 쉽게 느껴졌다. 그는 토이 부인을 모레 다시 만나기로 했다. 그리고 그사이에 더 재미난 생각거리가 없으니 그녀가 충분히 자신의 마음을 차지할 것이다.

그가 성냥으로 파이프에 불을 붙이고 있을 때, 리타가 특유의 길게 미끄러지는 걸음걸이로 방으로 들어왔다. 어깨에 아기가 걸쳐져 있었는데, 마치 붉은 머리의 예수님을 안고 있는 크리벨리의 신비로운 마돈나 그림* 같았다.

"세상에! 이게 아침인가요, 티타임인가요? 즐거운 드라이브 후라 늦잠을 잔 것 같네요." 그녀는 맨퍼드에게 나른하게 미소를 지으며 말했다.

그녀는 불 앞에 무릎을 꿇고 앉아 폴린 쪽으로 아들을 들어 올렸다. "할머니에게 뽀뽀하렴." 그녀는 약간 장난스러운 목소리로 지시했다.

아주 어여쁘고, 아주 영리하게 연출된 행동이었지만, 맨퍼드는 그녀가 너무 자의식적이고 입술을 너무 진하게 칠했다고 생각했다. 게다가 그는 광대뼈가 튀어나와 그 아래가 움푹 팬 여성들을 항상 혐오했었다. 그는 안락하게 오후의 회상 속으로 빠져들었다.

---

* 카를로 크리벨리는 15세기의 화가로서, 1482년 성 도미니크 성당의 제단화로 성모 자상을 그렸다.

23

단연코 도시와 시골의 삶은 서로 다른 시간 측정법을 따랐다.

아말라순타를 위한 저녁을 계획하고 나서도(토이네 부부도 그 자리에 오도록 확보했다), 너무 빨리 흘러갔어야 하는 끝없는 1주일 안에 여전히 이틀이 남아 있었다. 그렇지만 모든 것은 폴린이 바라는 대로 진행되었다. 덱스터는 약속대로 집과 부지를 순회했고, 낙농장, 양계장, 소방차 차고까지 시찰을 확대했다. 그리고 모든 것을 승인했다—거의 너무 즉각적으로 비판 없이 승인했다. 그가 결점을 알아챌 만큼, 아니면 지적을 할 만큼 충분히 관심이 없기 때문인가? 새로운 송풍 장치 작동의 결점을 언급하지 않고 소 외양간 사이를 거니는 것을 관찰했을 때 그의 아내에게 의심이 일어났고, 집으로 돌아오는 길에 함께 계산서를 살펴보자고 그녀가 제안했을 때는 확신이 되었다. "아, 건축가가 오케이 했으면 괜찮소! 게다가 지금은 뭔가를 하기엔 너무 늦었잖소, 아닌가? 그리고 당신이 만들어낸 결과가 너무나 훌륭해서 과잉 지불이 되었을 것 같지는 않군. 모든 것이 완벽한 것 같아……."

"올더니네 외양간에 있는 송풍 장치는 아니에요, 덱스터."

"오, 그걸 조정할 순 없소? 그럴 수 없다면 손익계산으로 치도록 해요. 오늘 아침 풀에서 수영한 것은 최고로 즐거웠소. 물이 적정 온도로 정확하게 데워지도록 해둔 당신 덕분이오."

그는 테라스 아래의 골프 퍼팅그린에 있는 노나 쪽으로 슬그머니 합류했다.

그렇다, 모든 것이 좋았다. 그는 분명 모든 것이 그래야만 한다고 결정한 것 같았다. 미켈란젤로의 부채에 대해서도 마찬가지였다. 처음에는 그 젊은이가 뉴욕에 나타나는 걸 피하려면 빚을 갚는 걸 도와야 한다는 아내의 제안에 저항했다. 하지만 갑자기 폴린에게는 한마디 말도 없이 전액을 해결해준다고 후작 부인에게 약속했다. 이건 마치 그가 깊고 은밀한 목적에 몰두해 있어서, 자신의 집요한 추구를 막으려고 위협하는 것이라면 무엇이든 치워버리려고 하는 것 같았다. 그녀는 '큰 소송'이 그를 사로잡고 있을 때 몰두해 있던 걸 본 적이 있다. 그러나 지금은 직업적으로 몰두해 있다는 표시는 없었다. 전화, 전보, 후임 변호사들이나 기밀을 전하려는 직원들이 다급하게 도착하는 일 같은 것 말이다. 그는 다른 모든 걱정과 함께 '사무실'을 다 떨쳐낸 것처럼 보였다. 그의 평온하게 좋은 기분은 그녀를 막연히 공포스럽게 하는 뭔가가 있었다.

한번은 그걸 의붓아들의 아내에 대한 과도한 관심 탓으로 생각했을 법했었다. 그 생각은 이미 폴린의 마음을 스쳐 지나갔다. 남편이 갑자기 그녀를 만나러 집으로 와서는 너무나 진지하고 명확하게 리타와 아들을 시더리지로 데려오는 것에 대해서 이야기를 했던 밤의 싸한 느낌이 기억난 것이다. 그저 스쳐 지나가는 의심—그뿐이었다. 그때조차도 폴린은 그 생각이 우스꽝스럽다는 것을 느꼈고 혐오와 두려움에 그 생각을 추방했었다.

지금 그녀는 자신이 느꼈던 두려움에 미소 지었다. 리타에 대한 남편의 태도는 완벽했다. 편안하고 친절하지만 약간은 냉소적이었다. 짐이 결혼할 때 덱스터가 같은 미소를 띠고 있었다. 그는 신부가 어리석고 허세를 부린다고 생각했고, 심지어 그녀의 외모에 대해서도 마뜩잖아했다. 그리고 이제 시더리지에서 첫 주를 보내보니 리타가 아니라 짐을 위해서 그의 태도가 더 친절해졌다는 것을 알 수 있었다. 노나와 리타는 하루 종일 같이 있었다. 맨퍼드가 그들에게 합류할 때는 두 사람을 똑같이 대했다. 마치 두 명의 응석 많은 유쾌한 딸들을 대하는 것처럼 말이다.

그럼 그가 생각하고 있는 것은 무엇인가? 다시 글래디스 토이를 생각하고 있는 걸까? 폴린은 그 관계는 끝났다고 생각했었다.

그렇지 않다고 하더라도 더 이상 그녀는 걱정스럽지 않았다. 덱스터는 전에도 비슷한 종류의 '갑작스러운 타오름'을 경험한 적이 있었지만, 그런 것이 지속되지는 않았다. 게다가 폴린은 점차 아내로서의 특정한 철학을 습득했고, 첫 남편보다는 두 번째 남편에게 좀 더 관대할 준비가 되어 있었다. 아내들은 나이가 들면서 남편들이 항상 자신과 보조를 맞추지 않는다는 것을 깨달아야만 했다······.

자신이 맨퍼드의 사랑을 받기에 너무 나이가 들었다고 느끼는 건 아니었다. 남편이 자신에게 리빙턴네 만찬을 포기하도록 만든 밤에 이전의 모든 환상이 그녀에게 돌아왔다. 그러나 그녀의 꿈은 그날 저녁을 넘기지 못했다. 그녀는 그때 그가 자신과 '단지 친구'로 지낼 작정임을 이해했다. 그것만이 그녀에게 담보된 미래였다. 글쎄, 할머니에게는 그러면 충분해야 한다. '그런 종류의 헛소리'가 지속되기를 기대하는 어리석고 늙은 여자들을 그녀는 참을 수 없었다. 그래도 도시로 돌아가면 그녀는 주름을 완벽하게 제거해준다는 라듐 치료를 개발한 새로운 러시아인과 상담할 작정이었다. 그는 자신을 '과학적 입문자*'라고 부르고 있었는

---

*   당시 영적 가르침으로 깨어났다고 주장하는 사람들이 많이 등장했으며, 이들은 깨달음의 한 단계에 도달했다는 뜻으로 '입문자'라는 표현을 사용했다. 신지학을 비롯한 영적 가르침과, 일종의 유사 과학으로 간주된 치유 방법들이 유행했다.

데…… 그 이름이 그녀의 마음을 사로잡았다.

다행히 추기경 환영연이라는 긴급 사안이 있어 이런 혼란스러움에서 놓여날 수 있었다. 메이지가 없더라도 맨퍼드 부인은 환영연을 준비하기 위해 편지를 쓰고 전화를 거는 일을 거뜬히 할 수 있었다. 그러나 오랫동안 말로 불러주고 받아적게 한 습관 때문에 손 글씨가 얼마나 형편없어졌는지를 발견하고 부끄러움을 느꼈다. 요새 그녀는 손 글씨로 메모 하나도 적지 않고 있었다―유명한 외국인들에게 보낼 때는 제외하고 말이다. 아말라순타가 설명했듯 외국인들은 타이핑이 된 편지는 격식에 맞지 않는다고 생각하기 때문이다. 그런데 연습이 안 된 글씨체가 너무나 뻣뻣한 데다 볼품없어 보여서, 그녀는 사용되지 않는 다른 근육들처럼 손도 '치료받게' 해야겠다고 결심했다. 하지만 이렇게 새롭고 꼭 필요한 치료를 위한 시간은 어떻게 찾지? 다시 한번 바쁘다고 생각하니 그녀는 활력이 생기며 기분이 좋아졌다…….

노나는 남쪽 테라스에 햇빛을 받으며 앉아 있었다. 시더리지 실험은 이제 8일 동안 지속되었고, 그녀는 예상보다 더 결과가 좋다는 것을 시인해야만 했다.

리타는 경이롭게도 문제를 일으키지 않았다. 그리니치로 한 번 갔던 것 이후로는 카바레나 나이트클럽에 대한 욕구를 보이지 않았고, 대신 격렬한 야외 스포츠에 흥분하며 빠져들었다. 힘겨운 운동 후에는 외부 사건에는 꿈쩍도 않는 꿈같은 나른함에 빠져들었다. 그녀는 남편에 대해서는 한 번도 말하지 않았고, 노나는 리타가 짐이 자주—너무 자주—보내는 편지들에 답장을 하는지, 심지어 읽어보긴 하는지 알 수 없었다. 리타는 짐 얘기가 나오면 희미한 미소를 지었고, 시어머니가 한 번 미래에 대한 언급을 툭 건네자, "우리가 여기 온 건 계획으로부터 치유받으러 온 걸로 생각했는데요"라고 말했다. 그래서 폴린도 미소로 실수를 무마했다.

노나는 점점 자신이 전시 신문에 묘사된 참호 속 보초 같다고 느꼈다. 그녀는 어두운 자기 자리를 지키고 앉아서 그저 비어 있는 듯한 곳을 향해 나 있는 관찰 구멍에 눈을 딱 붙이고 있었다. 그녀는 종종 참호를 지키던 군인들이 그런 끝없는 응시의 시간들, 아무 일도 일어나지 않는 기나긴 나날 동안, 살그머니 움직이는 적의 희미한 그림자조차 양측이 대치하는 사이의 중간 지대를 지나가지 않을 때 무슨 생각을 했을까 궁금했다. 무엇이 그들이 잠들지 않도록, 백일몽에 빠지지 않도록, 공격이 임박했을 때 놓치지 않고 경고하도록 해주었을까? 그녀는 한 남자가 플랑드르의 진흙탕 속에서 총살되려고 끌려 나오는 걸 상상할 수 있었다. 그 순간에 그는 자신이 데이지가 핀 고향의 둑에서 졸고 있었다고 생각했을 테니…….

애기 휴스턴과의 대화 이후에 일종의 쿠라레* 같은 독약이 그녀의 핏속에 들어왔다. 그녀는 주변에 일어나고 있는 모든 일을 예리하게 인식했지만, 기운을 차릴 수가 없었다. 설사 무슨 중요한 일이 다시 일어난다 하더라도 그녀가 무관심의 무게를 떨쳐 낼 수 있을지 의심스러웠다. 애기와 대화한 지 겨우 열흘밖에 지나지 않았단 말인가? 그리고 그녀가 경고받은 모든 것이 손 하나 까딱 안 했는데 완성되었단 것인가? 그녀는 영웅들이 그러듯 자신을 부정하는 태도로 행동했던 것을 희미하게 기억했다. 지금은 다만 자신이 마비되었던 것처럼 느껴졌다. 고매한 동기가 있어도 열정이 사그라지고 나서 비틀거리는 채로 남겨진다면 그런 동기를 가지는 것이 무슨 소용인가?

그녀는 생각했다. '세상에서 내가 가장 나이 든 사람 같은 기분이야. 아직 내 앞에 기나긴 인생이 남아 있는데……' 그러자 오싹한 외로움이 엄습했다.

가서 다른 사람들을 찾아봐야 할까? 그게 무슨 차이를 만들까? 위층에 가서 초대 명단에 몰두해 있는 어머니를 위해 메모를 써 주겠다고 자청할 수도 있다. 아니면 리타를 들여다볼까? 아침에 열심히 말을 달린 후라 아마 자고 있을 것이다. 아니면 아버지를 찾아서 산책을 가자고 해볼까. 그녀는 점심 이후에 아버지를 보

* 남미 원주민들이 살촉에 칠하는 독.

지 못했지만 그가 새 뷰익 자동차를 준비시킨 것을 기억했다. 다시 어디 가셨겠군……. 그도 다른 사람들처럼 불안했다. 모든 사람이 요새는 불안했다. 리타를 함께 데리고 갔으려나? 왜 아니겠는가? 리타를 돌보러 여기 오지 않았던가? 갑자기 호기심이 발동해서 노나는 일어나서 천천히 위층의 올케 방으로 갔다. 왜 마치 어떤 비밀스러운 영향력이 자신을 말리면서 가지 말라고 말없이 신호를 보내기라도 하는 것처럼 한 발 한 발 끌고 있는 거지? 무슨 말도 안 되는 소리! 일단 속 시원하게 알아보고 나서 인정하는 편이 낫다…….

"실례합니다, 아가씨." 언제 어디서나 존재하는 파우더가 그녀의 뒤에 나타났다. "맨퍼드 부인의 거실로 가시는 거라면 맨퍼드 씨가 그레이스톡에서 늦게까지 돌아오지 않을 테니 저녁 식사를 위해 기다리지 마시라고 전화하셨다고 좀 말씀해주실래요?" 파우더는 마치 그 특정 내용은 자신이 전하고 싶어 하지 않는 것처럼 보였다.

"그레이스톡이요? 알았어요. 전할게요."

다시 골프를 치시는군, 골프와 글래디스 토이. 노나는 자신에게 들러붙어 있던 생각을 마침내 떨쳤다. 이건 그녀에게는 진정 교훈이었다! 도시로 돌아간 직후에는 잊어버리게 될 바보 같은 여성과 중년 남성으로서 완벽하게 정상적인 불장난에 빠져 있는 아버지에 대해 뭔가 병적이고 끔찍한 것을 상상하고 있었다니!

진정한 부활절 휴가다운 일탈을 즐기고 있는 것이다. '결국 여기 오려고 타폰 낚시를 포기했잖아. 글래디스는 나쁜 대체품은 아니지. 적어도 무게에 있어서는 말이야. 하지만 스포츠만큼 흥미롭지는 않을 테지.' 내심 즐거운 기분이 그녀의 마음을 스쳤다.

그녀는 완전히 여분의 빈방으로 지정된 곳의 문을 조용히 밀었다. 온갖 실용적인 편의 시설을 세심하게 갖춘 방이었다. 매끄럽게 걸린 창문의 송풍기부터, 화장대에 연결된 전구까지, 작은 휴대용 전화기와 침대 옆 접이식 테이블부터, 비추는 모든 아름다움의 어떤 굴곡도 놓치지 않는 키 큰 삼면거울까지 말이다. 심지어 리타의 무심한 태도도 그 방의 압도적 질서에는 억눌릴 것 같았다.

리타는 소파에 누워 있었다. 긴 팔 하나는 늘어뜨리고, 다른 팔은 이야기 속 잠자는 숲속의 공주 같은 자세로 구부려서 베고 있었다. 마음대로 원하는 때에 잠들 수 있는 사람에게 그렇듯이, 잠이 가볍게 그녀에게 드리워 있었다. 잠자는 건 짜릿한 일들 사이의 권태감으로부터 습관적으로 도망치는 방법이었다. 지금 같은 존재의 휴식 시간에는 야외 활동을 한바탕 하고 나선 어김없이 잠에 빠져들었다.

노나는 살금살금 앞으로 걸어가서 그녀를 내려다보았다. 잠이 사람의 진정한 본성을 드러낸다고 누가 말했던가? 잠 자체의 신비의 베일이 더해져서 더욱 수수께끼처럼 될 뿐이었다. 리타의 머리는 구부린 가느다란 팔의 각에 둥지를 틀었고, 눈꺼풀은 금발 머리가 막 쓸고 간 도드라진 광대뼈 위쪽에 무겁게 감겨 있었다. 창백한 입술의 굴곡은 편안했고, 꽃무늬 드레스 가운이 벌어진 틈으로 강철같이 강하고 날씬한 몸이 반쯤 드러나 있었다. 시선은 꺼지고 근육은 이완되어 그렇게 노출된 채 그녀는 마치 끊어지기 쉬운 아름다움의 실로 함께 묶어놓은 모순덩어리 같아 보였다. 늘어뜨린 팔의 손은 손바닥을 위로 향한 채 펴고 있었다. 그 작은 손바닥의 빈 공간에 세 사람 인생의 운명이 놓여 있다. 그녀가 어떻게 하려는 걸까? 그녀가 알고 계획하고 상상하는 것을 어떻게 가늠할 수 있을까……? 누군가나 무언가와 견고한 인간적 관계를 맺고 있는 그녀를 상상해볼 수 있을까?

그녀의 눈이 뜨였고, 나른한 호기심이 스쳐 지나갔다.

"아가씨야? 잠이 들었던 모양이야. 우리가 여기 몇 달이나 있었는지 세려던 참이었는데. 숫자는 언제나 나를 잠에 빠지게 해."

노나는 웃으면서 소파 발치에 앉았다. "세상에…… 이제 막 언니가 행복해지기 시작했다고 생각했는데요!"

"글쎄. 이게 아가씨가 행복하다고 하는 것 아니야? 시골에서 말이야."

"누워서 1주일 안에 몇 달이 있나 궁금해하는 것 말이에요?"

"1주일, 겨우 1주일이라고? 도대체 아가씨는 어떻게 확신할 수 있어? 하루가 다른 날과 똑같은데."

"내일은 아닐 거예요. 아말라순타 아주머니를 위한 큰 파티가 열리고, 이어서 춤도 출 거예요. 단순한 삶에 대한 어머니의 생각이죠."

"글쎄, 어머니의 모든 생각은 **정말** 단순하긴 하잖아." 리타는 하품을 했고, 연한 핑크빛 입술이 시든 꽃처럼 처졌다. "게다가 내일까지는 멀었잖아. 아가씨 아버지는 어디 계셔? 새 뷰익으로 나랑 한 바퀴 돌러 간다고 하셨는데."

"그럼 약속을 깨신 모양이네요. 우리 모두를 버리고 혼자서 그레이스톡으로 슬그머니 가버렸어요."

희미한 홍조가 리타의 광대 쪽에 올라왔다. "그레이스톡과 글래디스 토이? 이게 **그가** 생각하는 단순한 삶인 거야? 어머니 생각에 버금가네……. 아가씨, 토이의 발목 봤지?"

노나는 미소 지었다. "알아채지 않긴 어렵죠. 그런데 언니는 아버지가 나이 든 신사가 되어간다는 걸 잊는 것 같네요……. 아버지들은 선택하는 사람이 되어서는 안 되거든요……."

리타는 살짝 찡그렸다. "오, 그보다는 나은 상대를 고를 수 있잖아. 그 늙은 코즈비, 훨씬 늙어 보이는 그 사람 말이야. 그가 아가씨하고 결혼하고 싶어 하지 않았어? ……사랑스러운 노나 아가씨, 포드를 타고 저녁 먹으러 그리니치로 달려가자. 어머니가 싫어하실까? 어머니는 우리가 여기서 내내 축복의 시간을 보내기를 원하셔?"

"내가 가서 물어볼게요. 그런데 금요일 저녁에는 컨트리클럽이 달처럼 적막할걸요. 브리지를 하는 노부인들만 몇 명 있을 거예요."

"그럼 플로어가 다 우리 차지겠네. 나는 연습을 잘하고 싶고, 거긴 멋진 플로어야. 웨이터들하고 춤출 수도 있을 거야. 노부인들에게 충격을 주는 것도 재미있을 것이고. 요전 날 본 웨이터 한 사람이 — 틀림없이 이탈리아인이야 — 토미 아드윈 같은 체격이더라…… 그 사람은 분명 춤출 수 있을 거야……"

그것이 리타에게는 인생이 의미하는 전부였고, 앞으로도 마찬가지일 것이다. 새로운 춤 스텝을 연습할 수 있는 좋은 플로어와 함께 춤추고 칭찬해줄 남자들 — 아무 남자들이나, 바라보고 부러워할 여자들 — 아무 여자들이나, 놀래켜줄 재미없는 사람들, 충격을 줄 어리석은 사람들……. 그러나 노나는 놀라게 하거나 충격을 줄 단 한 사람, 부러워하거나 칭찬해줄 아무나가 아니라 그저 푹 빠져서 영원히 자신을 잃어버릴 수 있는 단 한 사람을 원한 것이 아닌가 싶었다. 리타가 자신을 잃는다고……? 그녀가 원하는 것은 그녀가 마주하는 모든 사람의 두 눈 속에서 측정할 수 없이 확대된 자신을 계속 발견하는 것일 테다!

그리고 여기 노나와 그녀의 부모가 짐을 위해 이 깨지기 쉬운 장난감을 지키려 싸우고 있었다. 이 세상 어딘가에 그를 위한 진짜 인간 여성이 있을지도 모르는데……. 이 모든 것이 무슨 의미인가?

24

시골에 대한 산페델레 후작 부인의 생각은 아주 단순했다. 사실 한 가지 생각밖에 없었다. 그녀에게 시골이란 도시보다 브리지 게임을 할 수 있는 시간이 더 있는 곳이었다. 맙소사, 그런 거라니! 그리고 나머지 시간은 그저 지루한……. 물론 초대해준 주인들과 한 바퀴를 도는 건 의무였다. 정원, 잔디, 낙농장, 병아리 부화장, 그리고 그 밖의 것들 말이다. (맙소사, 마구간은 다행히도 유행이 지났다―여전히 말을 타는 사람이더라도 사냥개를 데리고 있는 것이 아니라면, 황량한 마구간의 늘어선 칸들 사이로 사람을 끌고 다니거나, 마구를 보관하는 방 안에 반짝이는 강철과 가죽 또는 마차 바닥에 파랗고 빨갛게 찍힌 모노그램을 보고 감탄하라고 하지는 않는다.)

후작 부인의 삶은 항상 리타에게 춤이 그렇듯이 자신에게 신나는 다른 일들을 하기 위한 기회나 돈을 얻기 위해 본보기가 될 낙농장을 돌아보는 것 같은 지루한 일을 하는 걸로 채워져 있었다. 이것이 게임의 원칙이었다. 사람은 얻는 것에 지불을 해야만 한다. 그녀가 해야 할 일은 지불한 것에 딱 맞춰 주어지는 몫보다 훨씬 더 얻으려고 노력하는 것이다.

"폴린, 당신이 만든 결과가 놀랍지 않아서가 아니에요. 우리 모두 놀라워해요. 그러나 이런 것들은 나를 무능하고 무용지물로 느끼게 만들어요. 이런 모든 멋진 창조물—욕실, 수영장, 부화장, 소방차, 그리고 너무나 완벽한 모든 것이라니! 실내든 야외든요! 때로는 초라하고 낡아빠진 산페델레에 당신이 오지 않은 것이 다행이라니까요. 하지만 미켈란젤로가 와서 미국 신부를 찾는다면 물론 산페델레에도 욕실을 설치해야 할 거예요……."

폴린은 추기경의 비서에게 말할 때 써야 하는 정확한 용어들을 기록하려고 들었던 펜을 내려놓았다. ("**개인적인** 메모 말이에요. 그래요, 손으로 직접 쓴 거요. 바티칸에서는 당신네들의 신식 미국식 방식을 아직 이해하지 못하거든요…….")

"미켈란젤로가 오나요?" 폴린이 되풀이했다.

후작 부인의 얼굴은 칼보다 더 예리해졌다. "내게 놀라운 소식이 있죠. 계약서 사인이 될 때까지는 당신이나 덱스터가 알게 할 작정은 아니었는데……."

"무슨 계약서요?"

"그 애가 새 영화에서 체사레 보르자 역을 한답니다. 당신이 시골로 떠난 날 클로해머가 확정된 제안을 전보로 보냈어요. 그리고 물론 나는 미켈란젤로에게 즉시 배를 타고 건너오라고 했지요. 파리에서 봄을 보낼 계획이었는데 그걸 포기해야 한다고 약간 불평을 하긴 했지만요. 그렇지만 나는 그 애에게 지금이 아리따운 미국 신부를 확보할 순간이라고 말했죠. 우리는 당신네 부자 장인들이 모두 여기서는 항상 '빚은 얼마? 전망은 어떻고? 다른 여자들은?'이라고 묻는 걸 알고 있어요. 여자 문제는 대개 해결될 수 있어요. 빚도 이 경우에는 **그렇죠**─당신들의 관대함 덕분에요. 그러나 전망은─**그게** 뭔지 좀 물어볼게요. 로마에서 2주간 흥청망청 보내기 위해 산페델레에서 몇 개월이나 푸른곰팡이 노릇을 하는 것⋯⋯ 아, 숨기지 않겠어요! 그리고 어떤 미국 신부가 그걸 받아들이겠어요? 산페델레 진주는 있죠. 그러나 산페델레 수도 설비는 어디에 있나요? 하지만 폴린, 이제 미켈란젤로가 제안된 배역에 꼭 맞는다는 걸 보여주고 있는 거죠. 어쩌면 내가 어머니라서 편파적일 수는 있겠지만 오히려 그 애가 더 우월할지도 모르죠. 클로해머 영화에서 체사레 보르자 역이라니까요─몇백만 달러를 의미하는 걸지 아무도 모른다니까요! 그리고 물론 미켈란젤로는 바로 그 배역에 딱 맞는 유형이니까요⋯⋯."

바로 나를 추기경에게 인도해주는 호의를 베풀 유형이죠⋯⋯. "아말라순타, 그래요. 이건 정말로 놀라운 소식이군요." 속으로 폴린은 생각했다. '결국, 왜 안 되겠어? 아이 어머니가 영화 포스터 속 그 애 모습이 온갖 곳에 널린 걸 보길 마다하지 않는다면 말이야. 그리고 아마도 이제 그 애가 우리에게 진 빚을 갚을 수 있겠군……. 상식적인 예의가 있다면 그래야 할 거야!'

그녀는 부러 교양 있는 척하는 와이언트식 태도를 버리고 나자 불쾌해할 심각한 이유를 찾지 못했다. '다만 다시 리타를 흔들어서 불안정하게 만들지만 않는다면 좋겠군!' 그러나 리타의 모든 친구들과 친척들을 스크린 밖으로 몰아내기를 바랄 수는 없었다.

"아서는 놀랐어요. 처음에는 움찔했지만 매우 기뻐했어요. 아서가 어떤지 알잖아요. 처음에는 항상 움찔하죠." 후작 부인은 폴린이 좋아하지 않는 교묘한 애원조의 미소를 지으며 말을 이어갔다. (기묘하다고 폴린은 생각했다. 후작 부인은 일 얘기를 할 때면 언제나 서민처럼 보인다.)

"아서가요? 벌써 이 소식에 대해 편지를 썼나요?"

"아니요. 어제 우연히 시내에서 마주쳤어요. 아서가 돌아온 줄 몰랐군요? 노나나 누군가에게 전화했다고 한 것 같은데. 통풍 증세가 있는데 의사를 볼 수 없어서 불안해졌다고 해요. 하지만 엄청나게 건강해 보인다고 생각했죠—여전히 와이언트식으로 호리호리하게 잘생겼더군요. 좀 상기돼 보이긴 했지만요. 그래요……. 가엾은 엘리너는……. 아, 아니에요. 짐은 아직 섬에 있다고 했어요. 낚시에 완벽하게 만족하고 있다고요. 짐은 내가 아는,

항상 완벽하게 만족할 수 있는 유일한 사람이에요……. 참 본받아야 한다니까…….” 후작 부인의 한숨은 이렇게 덧붙이는 것 같았다. ‘무척 안정감이 있지……. 하지만 그가 나의 미켈란젤로였다면 얼마나 싫었을지!’

폴린은 미켈란젤로의 계획에 대해서 전남편이 뭐라 했을지 모두 들리는 것 같았다. 그것도 무척이나 또렷하게! 그건 오후의 비웃음거리가 될 것이었다. 하지만 그 때문에 그녀가 크게 괴롭지는 않았다. 와이언트가 예기치 못하게 돌아왔다는 것도 마찬가지였다. 그는 언제나 의사들과 닿을 수 없는 곳에서 비참해졌다. 그리고 짐이 돌아오지 않았다는 사실은 심각하게 잘못된 것은 아무것도 없음을 증명했다. 폴린은 생각했다. ‘짐에게 다시 편지를 써서 덱스터가 리타와 아기에게 얼마나 완벽하게 하고 있는지를 말해야겠군. 그러면 황급히 돌아올 필요가 없다는 걸 확신시켜줄 거야.’

만족감이 되돌아왔다. 추기경 환영연을 위한 명단이 거의 완성되었고, 뉴욕 주교와 랍비장, 이 두 주요 인물이 참석하겠다고 전화로 확답을 보내왔는데 어떻게 그러지 않을 수 있겠는가? 비록 사교 시즌은 지났지만 사교적으로도 이 행사는 멋질 전망이었다. 많은 사람들이 추기경이 어떻게 영접받는가를 보러 되돌아올 예정이었다. 심지어 주교에게 듣기를, 리빙턴네도 올 것이었다. 그렇다. 리빙턴네는 확실히 그녀와 맨퍼드가 마지막 순간에 그들과의 약속을 취소해버린 후에 더 친절해졌다. 자신들이 몹시 우월하다고 생각하는 사람들은 그렇게 대해야 하는 것이다. 리빙턴네도 추기경을 붙잡으려면 뭔들 하지 않겠는가? 하지만 추기경은 폴린의 환영연 다음 날 이탈리아로 배를 타고 떠날 것이다. 그게 또 참 멋진 점이었다! 다른 누구도 그를 초대할 수 없는 것이다. 아말라순타가 매우 영리하게 모든 일을 기획했다. 그녀는 심지어 맨퍼드 부인이 산아제한 위원회 의장이라는 말을 들었을 때 추기경이 망설인 것도 해결했다…… 그리고 오늘 밤 저녁 식사 자리에서 모든 사람의 축하가 얼마나 기분 좋을까! 폴린은 맨퍼드를 위해서 자신이 성취한 것이 자랑스러웠다. 그는 그렇지 않다고 확인시켜주고 있지만, 그가 그런 성공에 정말로 무관심하리라고는 좀처럼 상상할 수 없었다.

거의 모든 사람이 도착한 후에 리타가 응접실에 등장했다. 그녀는 언제나 마지막에 오는 편이다. 시골에서는 그녀 말대로 몇 시인지 알 방법이 없었다. 모든 시계가 분까지 일치하는 시더리지에서조차 시계를 믿을 수가 없었고, 열두 시간 전에 시계들이 일제히 멈춘 것이 틀림없다는 의심이 항상 들었다.

"게다가 시골에서 몇 시인지 아는 게 무슨 소용이 있나요? **무얼** 하기 위한 시간이죠?"

그녀는 표류하는 것과 떠다니는 것의 중간 같은, 깃털 같은 걸

음걸이로 거의 눈에 띄지 않게 조용히 들어왔다. 스무 명이 모여 있었음에도 불구하고 빛나는 쪽모이 세공 바닥과 모든 거울들을 즉시 독점했다. 그것이 그녀의 방식이었다. 얼마나 조용히 들어오든 간에 플로어를 비워버리는 재주 말이다. 그리고 오늘밤……!

글쎄, 어쩌면 다른 여성들은 모두 약간 과하게 옷을 입었다고 맨퍼드는 생각했다. 여성들은 언제나 맨퍼드가에서 저녁 식사를 할 때 과하게 치장하는 경향이 있었다. 너무 많은 보석을 달고 반짝이는 옷을 입었다. 폴린의 파티는 시더리지에서조차 뉴욕 분위기를 띠었다. 그런데 리타는 단순하고 얇은 흰옷을 입고, 태초의 천사처럼 날씬하고 장식되지 않은 모습으로, 금붕어 빛깔의 머리카락을 두건 속에 단단히 넣고, 반짝이나 보석이나 심지어 진주 하나도 없이, 다른 여성들의 의상을 소파 덮개처럼 보이게 만들고 있었다.

맨퍼드는 난롯가에서 기대하며 있다가 약간 지루해졌지만, 이 파티가 자기 아내의 모든 쇼처럼 효과적으로 이루어졌다는 것은 인정해야만 했다. 맨퍼드는 희미한 빛이 밝게 확장되는 듯한 조용한 입장에 충격을 받고, 허먼 토이 씨 부인 쪽을 향했다. 그쪽은 대낮이었다. 강한 바람 속에서 골프를 치느라, 옷을 입기 전 마지막으로 칵테일 한 잔을 마시느라, 그리고 과잉 치장하는 여성들이 착용하는, 몸에 달라붙는 드레스 속으로 급히 몸을 꿈틀거리면서 집어넣느라 평소의 루벤스 그림 같은 과잉이 빛나고 있었다. 그는 과일이라면 잘 익은 것이 따자마자 먹기에 좋았다. 글래디스의 옥수숫빛 노랑머리는 봄에 꽤 어울렸고, 거의 리타의 붉은 머리만큼이나 탄력 있고 다채로운 그림자로 가득했다. 하지만 그 목소리, 드레스, 보석들, 그 뻔한 보석들! 딸기 무스 위에 쏟아진 카르티에 전시장 같았다……. 그리고 소유하고 싶어 하는 재빠른 시선이 어설프게 드러났다―뻔뻔하지만 반쯤 당황한! 여성이 첫 번째로 해야 하는 일이 한쪽으로 마음을 정하는 것인데……. 그녀의 곁눈질이 그를 우스꽝스럽게 만들지만 않는다면 남자는 아마도 상관하지 않을 것이다……. 어떤 여성들은― 단 한 명이라도―항상 골프복을 입을 수는 없을까? 파티 복장이 모든 사람에게 어울리지는 않는다……. 지금 리타가 글래디스에게 말을 하고 있다. 갈색 눈썹을 살짝 치켜올리고서. 그 대조라니……! 그리고 글래디스는 얼굴이 더 달아올랐고 자의식이 더 강해졌다―맙소사, 왜 저렇게 꼭 끼는 옷을 입었지? 그리고 질질 끄는 사교용 말투라니! 야외에서 그랬듯이 그저 "안녕하세요!"라고 경쾌하게 노래하듯 말할 수 없나?

폴린이 "여보, 아말라순타는 당신 오른쪽이에요"라고 말하는 것을 얼마나 더 들어야 할까. 아, 아무도 디너파티를 하지 않는 세계로 도망칠 수 있다면. 그러면 오른쪽에 후작 부인도 없을 텐데! 그는 문장이 새겨진 은도금 접시에 담긴 수프 전에 나오는, 천사의 깃털처럼 가벼운 치즈 수플레의 모양새를 훤히 알고 있었다. 시더리지에서의 모든 것은 은도금이었다. 폴린은 언제나처럼 파티를 뉴욕으로 성공적으로 옮겼다. 그가 원하는 것은 다만 조용히 있으면서 파이프를 피우고, 노나와 리타와 함께 말을 타거나 산책을 하는 것일 뿐인데 말이다. 왜 그녀가 알지 못할까? 그녀의 주의 깊은 눈이 그의 눈을 찾았다. 저건 인정의 시선인가? 경고의 시선인가? 그녀가 뭐라고 말을 하고 있는가? "추기경이요? 아, 그래요. 모두 정해졌어요. 얼마나 친절하신지! 물론 여러분 모두 오기로 약속하셔야 해요. 하지만 저녁 식사 후에 다른 놀라운 소식이 있을 거예요. 아니, 그 전에는 한마디도 안 합니다. 여러분이 나를 고문한다고 해도 안 돼요." 도대체 무슨 말을 하는 거지?

"놀라운 소식이요? 이거 깜짝 파티인가요?" 이번에는 아말라 순타였다. "그럼 내 놀라운 소식을 내놔야겠어요. 하지만 아마 폴린이 말했을 거예요. 미켈란젤로와 클로해머에 대해서요……. 체사레 보르자……. 감히 언급할 수 없는 액수였죠. 내가 숫자를 혼동했다고 생각할 거예요. 하지만 명확하게 적어뒀어요. 물론 제작자들이 말하는 것처럼 미켈란젤로가 그 역할에 딱 맞아요. 그들이 더 바랄 수 없을 정도로요." 저 여자가 뭐라고 떠들고 있지? "내일 배를 탈 거래요"라고 그녀는 말했다. 또 배를 탄다고—그 빌어먹을 미켈란젤로는 늘 배를 타고 있나? 명확한 조건으로 그의 빚을 갚아준 것이 아니었던가……? 하지만 아니었다. 후작 부인이 말했듯이, '명확하게 적어둔' 것은 없었다. 거래는 끔찍한 궁핍 때문이 아니라면 미켈란젤로가 뉴욕에서 매력을 낭비할 일이 없을 것이라는 암묵적인 이해에 기초해 있었다. 끔찍한 궁핍, 혹은 영원히 그런 상태를 벗어날 기회만이 그를 뉴욕에 오게 할 것이다! 클로해머 영화로 큰돈을 받으면 말이다. 아말라순타가 말했듯이, 셀 수가 없는…….

"딱 맞는 유형이라잖아요. 글쎄, 우리끼리 얘기지만 보르자 혈통이 산페델레 쪽으로 있다는 소문이 항상 있었죠. 못된 여자 조상 같으니라고! 혹시 닮은 걸 눈치챘나요? 검은 벨벳을 입은 체사레 보르자의 멋진 옆모습 초상을 기억하죠? 그게 있는 곳이 어떤 화랑이었죠? 아, 알겠어요―〈보그〉 잡지에 나왔었죠!" 아말라순타는 유난히 능숙함을 자랑했다. 그녀는 시기하는 사람들이 이탈리아 사람들은 자신들의 예술적 유산을 전혀 모른다고 말하는 것을 알고 있었다. "그때는 나도 매우 놀랐던 걸 기억해요. 벤투리노에게 말했었죠. '하지만 우리 아들의 이미지잖아요!' 미켈란젤로는 배역에 맞게 턱수염을 길러야 할 거예요, 그래야 사나워 보이거든요……. 하지만 그러고 나서 수백만 달러라니!"

고개를 들자 맨퍼드는 그가 있는 쪽을 향한 두 개의 시선을 마주쳤다. 글래디스 토이의 커다랗고 푸른 눈은 항상 탐조등 같았다. 하지만 오늘 밤에는 그 두 눈이 마치 광고용 비행기처럼 자신의 개인적인 역사를 실제로 그의 머리 위에 쓰고 있는 것 같았다.

바보 같으니! 그런데 또 다른 시선도 그를 향한 것인가? 리타의 반쯤 가려진 반짝임 — 저건 오히려 후작 부인을 빤히 보고 있는 것 아닌가? 마치 후작 부인의 입술에 전화기 줄처럼 감겨 있는 것 같군. 클로해머…… 미켈란젤로…… 보르자 영화……. 경청하고 있는 눈길은 한마디도 놓치지 않고 있었다…….

"그런 친구들이 하는 제안들은 — 이러든 저러든 — 아무도 중요하게 여기지 않소. '계약서를 볼 때까지 기다려'라고들 하지……. 만일 진정으로 신사를 위한 일거리라고 생각한다면 말이오." 맨퍼드는 으르렁거렸다.

"그런데 친구여, 신사들은 선택하는 사람일 수 없어요! 오늘날 진짜 노동계급은 누구인가요? 슬프게도 우리 옛날 귀족들이죠! 게다가 예술 작품을 창조하는 것이 품위를 떨어뜨리는 일인가요? 미국에서는 그걸 창조성, 건설적인 것이라고들 하던가요? 그런 것을 중요시한다고 생각했는데요. 욕조를 제작하는 것보다 영화를 찍는 것이 덜 창조적인가요? 아름다운 영화 장면으로 수백만에게 역사를 가르치는 것보다 더 고귀한 임무가 있을까요? ……그렇죠! 리타가 듣고 있는 걸 알겠네요. 내게 동의한다는 걸 알겠어요……. 리타! 그 애의 체사레에 걸맞은 루크레치아! 하지만 덱스터, 왜 충격을 받은 것 같죠? 루크레치아 보르자*가 완전히 명예를 회복한 건 물론 알고 있죠? 그것도 〈보그〉에서 봤어요. 그녀는 완벽하게 순수한 여성이었어요. 머리카락은 리타와 정확하게 같은 색이었고요."

사람들이 응접실에서 커피를 다 마셔갈 즈음이었다. 문은 높은
천장을 가진 서재 쪽으로 열려 있었다. 남자들은 항상 거기서 담
배를 피웠다. 서재는 (스탠리 휴스턴이 언젠가 언급했듯이) 폴린
의 양심적인 정직함 때문에 진짜 책으로 채워져 있었다.

"아, **무슨** 일인가요? 불난 게 아니에요……? 집에 굴뚝이요……?
하지만 여기 실제로……. 없는 건지…….."

여자들이 갑작스러운 사이렌 소리, 빵빵거리는 소리, 도로를
달리는 요란한 소리에 당황하여 쪽모이 바닥을 가로질러, 놀라움
에 작은 비명을 지르며 복도로 흘러 들어갔다. 어떤 일로도 놀라
게 할 수 없는 파우더가 완벽하게 짝을 이룬 두 하인에게 쌍여닫
이 문을 열어젖히도록 지시하는 것을 볼 수 있었다.

"불인가요? 소방차가…… 아…… **소방 훈련!** ……**퍼레이드!** 얼마
나 실감 나는지! 정말 멋지군요! 소방차가 참 멋지네요!"

폴린은 미소 지으며 시계를 손에 들고 서 있었다. 사닥다리 소
방차가 도로를 요란하게 달려 올라와서 소방차 뒤에 정렬했다.

---

* 　15세기의 교황 알렉산데르 6세의 딸. 꽘파탈이라는 비난을 받았고, 그녀의 가족
　　사는 정치적 술수와 성적 타락의 스토리로 재현되어 많은 미술품, 문학작품, 영화
　　등으로 소개되었다.

정문 앞의 큰 등이 새로 바른 주홍색 페인트와 완벽하게 윤을 낸 황동 장식, 소방수들의 흐트러진 헬멧과 땀 흘리는 얼굴들, 번쩍이는 램프의 갓을 비추었다.

"1초의 오차도 없이 겨우 5분 걸리다니! 멋져요!" 그녀는 아마추어 소방대의 구성원들 한 사람 한 사람과 차례로 악수하고 있었다. "정말 큰 축하를 보내요, 여러분 각각에게요! 굉장한 성과네요……. 전문가들처럼 움직이시는군요. 아무도 이번이 처음이라고 믿지 않을 거예요! 덱스터, 이분들께 따뜻한 저녁 식사가 아래층에 준비되어 있다고 말해줄래요!" 그녀는 손님들에게 의기양양한 어조로 설명하고 있었다. "그들에게 새로운 장난감을 자랑할 기회를 주고 싶었어요……. 그래요, 소방차 중에서 단연코 가장 완성된 차종이라고 알고 있어요. 덱스터하고 나는 마을이 제대로 장치를 갖출 때라고 생각했어요. 실은 농부들을 위해서죠─이웃이 안전하다는 인식을 줄 수 있으니까요……. 오, 모츠 씨, 당신들 모두가 정말 멋졌어요. 맨퍼드 씨와 우리 딸이 저녁 식사 자리로 가는 길을 안내할 거예요……. 그럼요, 그럼요, 드셔야만 해요! 샌드위치하고 따뜻한 음식 좀 준비했을 뿐이에요."

그녀는 속도의 여신처럼 진중하고 반짝이면서 그들 모두를 압도했다. "다른 여자들이 사랑을 나누는 걸 즐기는 만큼 즐기는군." 맨퍼드는 혼잣말로 중얼거렸다.

25

맨퍼드는 리타가 떠나는 손님들 속에 섞여 빠져나갔다는 느낌이 처음 왜 들었는지 알지 못했다. 빠져나갔고 돌아오지 않을 거라는 느낌. 그런 생각이 그에게 떠올랐을 때, 마음속에서는 이미 입증된 사실처럼 견고하고 명확하게 깊이 박혔다. 그녀가 그들 사이에서 어둠 속으로 사라졌다.

하지만 겨우 1분 전이다. 아직도 시설 관리 공터에 있는 헛간으로 달려갈 시간이 있었다. 때로 그곳에 자동차들을 밤새 두기도 했는데, 달려 들어와서 만찬을 위해 옷을 갈아입을 시간에 간신히 맞추느라 뷰익 자동차를 거기 두었다. 그녀를 따라잡는 데 어려움은 없을 것이다.

뷰익 자동차가 사라졌다.

감미로운 밤공기 속에서 모자를 쓰지 않고 외투도 없이 그는 흔적을 따라 도로로 달려 내려갔다. 오늘 밤에는 달이 없었다. 하지만 때로 바람이 서리 낀 지역으로 가버리기 전에 가끔 봄에 그렇듯이 공기는 벨벳처럼 부드러운 속임수 같은 온화함을 갖고 있었다. 그는 열린 대문 밖으로 나와 마을을 향한 도로를 따라 서둘러 갔다. 그리고 뉴욕으로 가는 고속도로 입구, 그녀가 택하리라 기대했던 그 도로에 뷰익 자동차가 서 있었고, 등불 불빛 속에 한 사람이 그 위로 몸을 굽히고 있었다. 격렬한 질투심이 날카롭게 그를 관통했다. "그녀가 남자하고 있는 건가, 누구지?" 그러나 그 남자는 자신의 외투였을 뿐이었다. 만찬을 위해 집으로 달려 들어갔을 때 자동차 좌석에 남겨두었던 외투가 지금 리타의 어깨에 걸쳐져 있었다. 자동차 내부의 신비로운 구조를 들여다보며 밤 속에 서 있는 사람은 그녀였다.

그녀는 고개를 들고 외쳤다. "아, 여보세요─좀 도와주실래요? 자동차가 고장 나 멈췄어요." 맨퍼드는 등불이 비추는 곳으로 움직였다. 그녀는 어둠 속으로부터 그를 향해 기묘하게 불쑥 튀어나온 작은 얼굴로 잠깐 빤히 쳐다봤다. 그러고 나서 그녀는 갑자기 웃음을 터뜨렸다. "당신이군요?"

"생판 모르는 사람에게 자동차를 고쳐달라고 부탁하고 있었던 거니? 좀 위험하잖니. 한밤중에 시골길에서 말이야."

그녀는 어깨를 으쓱하며 미소 지었다. "스스로 하는 것만큼 위험하진 않을 거예요. 심지어 생판 모르는 사람이 나보다는 이 자동차의 내부에 대해서 더 많이 알고 있을 가능성이 높거든요."

"리타, 제정신이 아니구나! 자동차 얘기는 그만두렴. 여기서 도대체 무얼 하고 있는 것이니?"

그녀는 자동차 보닛에 한 손을 두고, 다른 손으로는 흘러내린 머리카락을 둥근 이마 위로 쓸어 올렸다. "도망치고 있었지요." 그녀가 단순하게 답했다.

맨퍼드는 가쁜 숨을 들이쉬었다. 그는 스스로 다짐했다. 이 문제는 그녀의 수준에 맞춰 가능한 한 가볍게 대하는 것이 관건이었다. 무엇보다도 항의하고 흥분해서 말하는 걸 피해야 한다. 그러나 그의 심장은 기계 해머처럼 쿵쾅거리며 뛰었다. 그녀는 그가 생각했던 것보다도 더 바보였다.

"만찬으로부터 도망치고 있었다고? 너를 비난할 생각은 없다. 하지만 이제 끝났단다. 그래도 그 기억을 지우고 싶다면 자동차를 타고 한 바퀴 돌러 가자꾸나. 그리니치에서 돌아왔을 때처럼 말이야."

그녀의 입술이 희미한 미소를 지으며 벌어졌다. "아, 하지만 시더리지가 종착지인 거잖아요."

"그래서……?"

"맙소사, 저는 안 돌아갈 거예요."

"어디로 가려고 **하는데?**"

"우선 뉴욕으로요. 그리고 나서는 모르겠어요……. 아마 이모

네로요……. 아마 할리우드로…….”

그의 안에 있던 분노가 폭발했다. “아마 돈사이드로 가겠지, 안 그러냐? 솔직히 털어놔라!”

그녀는 웃으면서 다시 어깨를 으쓱했다. “털어놓으라고요? 못할 이유 없죠? 내가 춤추고 웃고 대책 없이 형편없이 살면서도 아무 책임을 지지 않을 수 있는 곳이면 어디든지요.”

“그리고 그런 불한당 같은 무리가 다시 네 주변에 모이고 말이지, 그런 사람들은 모두……. 리타! 내 말을 들으렴. 잘 들어. 너는 들어야만 한단다.”

“들어야만 한다고요?” 그녀는 분노가 확 타오르는 듯 그에게 벌컥 화를 냈다. “누구한테 이야기를 하고 있다고 생각하는지 모르겠네요. 나는 글래디스 토이가 아니라고요.”

예상을 벗어난 그녀의 도발적인 말에 그는 멍해졌다. 그건 분명 도발이었다. 그는 힘과 두려움이 갑자기 뒤섞여 몰려오는 것을 느꼈다. 상상할 수 없는 것에 대한 두려움과 그녀의 자기 폭로가 그에게 준 힘 말이다. 그는 똑같이 격하게 답변했다. “아니지, 너는 그녀가 아니야. 너는 완전히 다른 존재란다…….”

“오!” 그녀는 폭발했다. “나한테 네가 너무 신성하다는 등 그런 말은 마세요. 신성함에 질렸다고요. 나한테는 그게 문제거든요. 그저 당신은 인공적으로 살찌운 사람들이 좋다고 자백하세요. 글쎄요. 그 여자 발목 굵기는 거의 50센티미터는 될걸요. 정말 보이지 **않는** 건가요? 아니면 그걸 찬탄하는 건가요? 난 당신이 나하고 있고 싶어 한다고 생각했어요…… . 여기 온 이유가 그거라고 생각했죠…… . 내가 그저 신선한 공기와 가정생활을 사랑하는 걸 배우려고 여기까지 왔으리라고 생각한 건가요? 위선이죠……!"

붉은 입술이 반짝이는 이빨 위로 벌어진 채 분노한 그녀의 작은 얼굴이 그에게 쏘아댔다. "그녀는 소시지 기계를 갖고 있나 봐요. 오늘 밤 입은 그 튜브 같은 의상에 몸을 꾹꾹 채워 넣은 걸 보니. 인간 하녀가 그걸 할 수는 없을 거예요…… . '완전히 다른 존재'라고요? 나도 바라는 바예요! **그녀가** 클로해머에게서 역을 얻는 걸 보고 싶군요. 그가 서커스의 왕 바넘에 대한 영화를 만들어서 뚱뚱한 여자를 원한다면 모를까…… . 난…… ."

"**리타!**"

"당신은 **어리석어요**…… . 신이 만든 이 지상에서 가장 어리석다고요!"

"리타…… ." 그는 그녀의 손 위에 손을 얹었다. 온 세상이 무너지게 내버려두라지. 이후에는…… .

폴린은 의무가 완수된 후 계획된 보상이 따라왔을 때 오는 휴식의 느낌을 가득히 품은 채 2층의 거실에 앉아 있었다. 도덕적 만족감이 그렇게 풍부했던 하루가 끝났으니 어떻게 그러지 않을 수가 있겠는가? 그녀는 잠든 집 안에서 야밤에 보초를 서는 입장으로 다시 한번 하루를 살펴보았다. 그녀가 창조한 작은 세계 안에서 모든 것이 잘됐다.

그랬다, 모든 것이 훌륭했다. 다소 지루했던 저녁 식사에 필요했던 흥분을 소방 훈련으로 더하며 마무리한 것부터 추기경 환영연을 마련한 것, 아말라순타가 요령껏 산아제한 관련 어려움을 제거해준 것, 짐의 아버지는 예상 밖으로 일찍 돌아왔지만 짐은 남쪽에 여전히 평온하게 남아 있다는 사실에 이르기까지 모두 잘되었다. 남아 있는 유일한 그림자라면 미켈란젤로의 일뿐이었다―덱스터는 분명 그 일에 화를 낼 것이다. 그러나 인생의 다른 모든 것이 너무나 순조롭고 유쾌한데 미켈란젤로 때문에 휴가를 망칠 생각은 없었다.

그녀는 짐에게 편지를 쓰려던 결심을 기억하고, 미소를 지으며 펜을 들었다.

여기서 우리가 맛있는 봄의 맛을 즐기고 있으니, 너도 틀림없이 천국 같은 날씨를 즐기고 있으리라고 추측해본단다. 아기는 몸무게가 거의 0.5킬로그램 늘었고, 하루 종일 햇빛에 나가 있어 여름처럼 피부가 그을렸단다. 리타도 훨씬 더 좋아 보인다. 비록 1그램이라도 몸무게가 늘었다고 암시한다면 그 애가 나를 용서하지 않을 테지만. 그러나 그런 것 같지는 않아. 그 애와 노나와 덱스터는 한 무리의 아이들처럼 아침부터 저녁까지 승마를 하거나 골프를 치거나 시골을 달리거나 한단다. 차를 마시러 집에 돌아왔을 때 그들이 얼마나 명랑하고 배고파하며 졸려 하는지 너는 생각도 못 할 거다. 네가 휴가를 즐기는 동안에 덱스터가 리타와 아기를 여기로 데려오기로 한 건 참 멋진 생각이었어. 너도 그들을 만나면 어떤 기적이 일어났다고 동의할 거야.

아말라순타가 네 아버지가 돌아왔다고 말해줬다. 자기가 있을 곳을 떠나서 불안해졌다는 말을 듣게 되리라 예상했는데, 그녀 말이 그가 매우 좋아 보인다고 하더라. 노나가 내주에 그를 만나 소식을 전해줄 거란다. 그동안 너는 계속 거기 머물며 휴가를 만끽할 것이니 나는 너무나 기쁘구나. 휴식과 햇빛을 가능한 한 한껏 취하고, 너의 보물들은 사랑하는 늙은 엄마에게 조금 더 맡겨두렴.

엄마가

자…… 이거면 분명 그를 안심시킬 것이다. 편지를 쓰는 것만으로 그녀도 안심이 되었다. 그렇다고 말하면 일이 그렇게 되고, 그렇다고 쓰면 두 배로 그렇게 된다는, 자신이 언제나 비밀스레 지니던 그 느낌이 들었다.

그녀는 편지를 봉인하고, 의자를 뒤로 밀고, 책상 위의 작은 시계를 흘끗 보았다. 1시 45분이었다! 졸릴 만도 했다. 심지어 긴장을 완화하는 운동을 빼먹어도 괜찮을 듯했다. 시골의 고요함은 너무나 깊은 위안을 주어서 그녀는 그런 운동들이 거의 필요하지 않았다…….

그녀는 창을 열고 고요함을 들이켜며 서 있었다. 봄밤이 침묵 속에 잠재된 바스락거림과 중얼거림으로 가득했다. 그러나 갑자기 날카로운 소리가 들려 그녀는 놀랐다. 도로를 달려오는 자동차 소리였다. 고요 속에서 멀리서도 소리가 들렸다. 아마도 자동차가 문에 들어선 직후 같았다. 그 소리가 너무나 부자연스러웠고 희미한 나무들과 별빛 하늘의 깊은 밤의 침묵을 깨뜨렸기에 그녀는 놀라서 움찔하며 물러섰다. 그녀는 신경질적인 여자는 아니었지만, 하인들의 무모한 일탈에 대해서는 짜증스럽게 생각했다. 다음 날 운전사에게 뭐라고 한마디 해야 할 일이었다. 하지만 이상하군—자동차가 차고를 향하는 길로 빠지지 않았다. 창가에 서서 그녀는 자동차가 계속 다가오는 것을 지켜보았다. 그리고 차가 속도를 늦춰 멈춰 서는 소리를 들었다. 시설 관리 공터 근처 어딘가로 추측되었다.

리타와 노나가 손님들이 떠난 후에 정신 나간 외출을 한 것이었나? 그런 조심스럽지 못한 행동에는 제대로 항의를 해야만 한다…….화나고 불안하고 불확실한 느낌이 들었다. 보이지 않는 자동차가 집 근처로 그렇게 가까이 와서 서는 소리를 들었으니, 이상했다…….그녀는 잠깐 망설이다가 방으로 건너갔고, 그 너머 곁방의 문을 열고 남편의 침실 문간에서 귀를 기울이며 서 있었다. 방문은 살짝 열려 있었고, 안은 깜깜했다. 그녀는 그를 깨우게 될까 좀 걱정되어 말하는 것을 주저했다. 하지만 마침내 낮은 목소리로 불렀다. "덱스터……."

답이 없었다. 그녀는 다시 조금 더 큰 소리로 그의 이름을 불렀다. 그러고는 문지방을 조심스레 넘어가 불을 켰다. 방은 비어 있었다. 침대는 정돈된 채였다. 맨퍼드가 손님들이 떠난 후에 자기 방으로 올라오지 않았다는 것이 확실했다. 그렇다면 자동차를 타고 돌아온 사람은 그였던 것이다……. 그녀는 불을 끄고 방으로 되돌아갔다. 화장대 위에는 하인들 숙소와 메이지 브러스의 사무실과 노나의 방에 연결된 작은 전화기가 놓여 있었다. 그녀는 전화기 앞에서 망설이며 서 있었다. 노나에게 전화해서 물어보면 안 될까? 뭘 물어보지? 애들이 재미 삼아 외출했었더라도 아침에는 그녀에게 틀림없이 얘기할 것이다. 그리고 덱스터 혼자였다면, 그렇다면…….

그녀는 전화기에서 돌아서 천천히 옷을 벗기 시작했다. 곧 복도에서, 그리고 이어서 곁방에서 발소리가 들렸다. 그러고 나서 남편이 자기 방에서 조용히 움직이는 소리가 났고, 틀림없이 옷을 벗는 소리가 들렸다……. 그녀는 폐에서 뭔가 막연한 압박감을 해방하려는 듯이 깊은숨을 들이켰다……. 덱스터였다. 그럼 그렇지. 덱스터일 뿐이지……. 그 시간에 차고에 자동차를 두고 싶지 않았던 거지……. 당연하겠지……. 노나에게 전화하지 않은

게 얼마나 다행인지! 그렇게 해서 리타나 아기를 놀라게 했더라면 어땠을까…….

결국, 긴장을 푸는 운동을 하는 편이 나을 것이었다. 그녀는 갑자기 완전히 잠에서 깨어 빤히 응시하고 있음을 느꼈다. 그러나 짐에게 안심시키는 편지를 썼다는 것이 기뻤다. 무엇보다 그게 **사실이었기** 때문에 기뻤다…….

26

노나가 다음 날 브러스 부인과 메이지를 만나러 뉴욕에 가고 싶다고 말했을 때, 맨퍼드 부인은 말했다. "얘야, 내가 예상했던 대로구나." 잠시 후 "나도 가야 한다고 생각하니?"라고 덧붙였다.

"아니에요. 그러실 필요 없어요. 그건 그저 메이지 양을 걱정시킬 거예요."

노나는 이것이 어머니가 기다리던 대답임을 알고 있었다. 육체적 혹은 도덕적 고통—특히 육체적 고통—과의 직접적인 접촉만큼 폴린을 공포스럽고 혼란스럽게 하는 일이 없다는 것을 알고 있었다. 폴린의 인생 전부는 (특정한 각도에서 보았을 때) 모든 종류의 고통의 침범에 맞서는 길고 끊임없는 싸움이었다. 첫 단계는 항상 주문을 걸고 매수해서 쫓아버리는 것이다. 자신을 희생하는 일만 아니라면 모든 가능한 지출을 하더라도 그렇게 했다. 수표, 외과의, 간호사, 병원 특실, 엑스레이, 라듐 방사선, 무시무시한 치유 기술 중에서 가장 비싸고 최신식인 것은 무엇이든지 ─ 그것이야말로 그녀에게는 첫 번째이자 가장 강력한 보호의 도구였다. 그 뒤에는 휴식 요법, 기분 전환, 해변에서의 휴가, 새로운 틀니 세트, 핑크빛 실크 침대보, 레이스 쿠션, 만화책 더미, 시더리지 온실의 포도와 긴 줄기 장미들과 같은 사소한 것들이 이어졌다. 또다시 이 모든 것 뒤에는 최종적으로 말로 하는 위로가 있었다. 그건 "내가 조금이라도 좋은 일을 해줄 수 있다고 생각했다면", "그렇게 하는 것이 그저 그녀를 불편하게 하리라고 느끼지 않았다면", "**어떤** 의사들은 여전히 그것이 전염성이 있다고 생각해요"와 같은 표현에, "그녀가 사람을 덜 만날수록 좋아요……"라는 불가피한 요약을 덧붙인 표현으로 구성되어 있었다.

노나는 이런 태도가 육체적인 용기가 부족해서 생긴 것이 아님을 알고 있었다. 폴린이 만약 개척자의 아내였고, 황야에서 가족이 병에 걸린 것을 알았다면, 그녀는 두려움 없이 그들을 돌봤을 것이다. 하지만 평생 그녀는 고통을 돈으로 해결하거나 고통의 존재를 말로 거부하는 것에 익숙해 있었다. 그래서 도덕적 근육들이 너무 퇴화했기에, 어떤 큰 충격을 받아야만 타고난 강인함을 회복할 수 있을 것이었다…….

'큰 충격! 어머니 같은 사람들에게 큰 충격은 없지.' 노나는 화장대 거울에 비친 어머니의 씩씩한 옆얼굴과 활기차게 구불거리는 머리카락을 바라보면서 생각했다. '만일 내가 그런 큰 충격을 주지만 않는다면 말이지⋯⋯.' 속으로 미소 지으면서 노나는 생각을 이어갔다.

맨퍼드 부인은 분첩을 크리스털 박스 안 제자리에 넣었다. "얘야, 내일 너하고 같이 시내로 가야 할 것 같구나, 알겠지? 며칠 전 메이지가 여기에 오려 노력한 건 정말 용감했어. 하지만 물론 이럴 때 (수술이 언제지—내일이라고 했나?) 너무 많은 세부 사항으로 부담을 지우고 싶지는 않았단다. 그런데 메이지를 성가시게 하지 않고, 심지어 메이지가 알지도 못하게, 내가 스스로 완벽하게 잘 처리할 수 있는 일들이 있거든. 내일 일찍 너하고 같이 차를 타고 가야겠구나."

세실이 반짝이가 박힌 티 가운을 맨퍼드 부인의 단단하고 하얀 어깨 위에 덮어주었을 때, 노나는 부러운 마음으로 '어머니는 언제나 걱정을 남에게 위임할 수가 있다니까'라고 생각했다. 폴린은 딸에게 부드러운 미소를 보냈다. "노나, 정말 너답구나. 수술할 때 메이지하고 함께 있고 싶어 하다니. 정말 **훌륭하구나**, 얘야."

목소리와 미소는 칭찬으로 가득했다. 하지만 칭찬 뒤에는 (노나도 알고 있다시피) 정확히 뭐라 표현할 수 없는 걱정이 숨어 있었다. '병든 사람들과 불행한 사람들을 이렇게 따라다니는 걸 천직으로 삼기라도 하려는 걸까?' 맨퍼드 부인에게는 유일한 딸이 선량한 것을 넘어, **그저** 선량하기만 한 것보다 더 마음에 들지 않는 일은 없을 것이다. 가령 가엾은 애기 휴스턴처럼⋯⋯. 노나는 우월하고 대단히 건강한 부모의 후손에게서 나왔다기에는 설명할 수 없는 어떤 육체적 결함을 언급하는 양, "도대체 애는 저런 걸 어디서 물려받았는지 알 수가 없어"라고 어머니가 중얼거리는 것을 들을 수 있었다.

그들은 일찍 출발했다. 48시간의 누적된 여가 시간이 폴린의 타고난 활동력을 강화해주었기 때문이다. 아말라순타는 클로해머가 제안한, 전할 수 없을 만큼 큰 액수에 신비롭게 미소 짓고 고개를 가로저으며 월요일 아침 일찍 가족끼리만 남겨두고 시내로 분주히 돌아갔다. 그 뒤로는 약간 단조로운 기분이 이어졌다. 아내가 생각하기에 덱스터는 내심 짜증이 난 것 같았지만, 그걸 그녀에게 감추려고 작정한 것 같았다. 틀림없이 미켈란젤로 때문일 것이었다. 리타는 조용하고 나른했다. 누구도 특별히 할 일이 없었다. 시내에서도 월요일은 언제나 맥 빠지는 날이다. 그러나 오후에 맨퍼드가 뷰익 자동차에 리타를 태워서 오래 미루었던 드라이브를 나갔기 때문에, 폴린의 표현에 따르면 "리타를 그들 손에서 덜어줬다". 그래서 폴린은 방문객 명단과 다른 가정사들에 편안하게 다시 몰입할 수 있었다. 분명 걱정할 것은 없었고, 기뻐할 것은 많았다. 하지만 그녀는 나른함과 막연한 불안을 느꼈다. 그녀는 알바 로프트의 치료가 지속되는 종류의 것인지, 아니면 개

봉한 약처럼 효력을 잃는 것인지 궁금해하기 시작했다. 자신이 이야기를 들었던 '과학적 입문자'는 표피뿐만 아니라 정신을 위한 새로운 만병통치약을 갖고 있을지도 몰랐다. 그녀는 전화를 걸어서 약속을 잡을 것이다. 새로운 치유사를 만나는 기대감은 언제나 그녀를 고무시켰다. 스워퍼 부인이 말했듯이 사람은 결코 영적인 기회를 소홀히 하면 안 된다. 영이 누구에게 내려왔을지 알 수가 없다. 스워퍼 부인과의 대화는 언제나 위로가 되었고 활력을 주었다. 그래서 폴린은 그녀도 만나야겠다고 결심했다. 그리고 아서가 있었다—가엾은 전시품 A!—짐 때문에라도 시간이 있다면 그를 찾아가보는 것이 친절하겠지. 노나가 메이지를 위로하는 틈틈이 그것까지 해내지 않는다면 말이다. 만화책의 지난 호를 보면서 병원 복도에서 기다리는 것은 몹시 울적하고, 너무나도 보람 없는 일이었다. 그동안 흰색 토시를 낀 끔찍한 의식이 타일과 니켈 도금의 은밀한 신성 구역 수술실 안에서 이루어지고 있는데 말이다. 노나도 잠깐 빠져나올 핑계가 있으면 좋을 것이다.

폴린의 할 일 목록이 하루 동안 시내에 다녀올 결정을 하자마자 봄의 물살처럼 불어났다. 머리 말기, 매니큐어, 옷—추기경과의 환영연을 위한 의상—맞추기가 있었다. 그녀는 어떻게 목록의 반이라도 해낼 수 있을까? 그리고 포도와 꽃이 담긴 큰 바구니를 가지고 병원도 방문해야만 한다…….

노나는 병원 계단에서 멈춰서 주변을 돌아보았다. 수술은 끝났고, 이런 경우에 거의 항상 그렇듯이 모든 것이 '아름답게 진행되었다'. 메이지는 그녀가 온 것을 무척 고마워했다. 그녀를 도우러 제7천국*에서 천사가 내려온 것처럼 놀랐다. 둘은 함께 앉아서 어색하게 대화를 하려고 시도했고, 마침내 간호사가 와서 말했다. "잘되었어요. 부인은 다시 침상으로 돌아왔어요." 그러자 메이지는 안도의 눈물을 터뜨렸고, 불빛을 낮춰둔 어머니의 병실 구석으로 살금살금 들어가 앉아, 의식이 돌아오는 첫 징후를 기다렸다. 노나는 더 이상 할 일이 없었다. 그래서 죽음을 일별한 후에 다시 삶으로 도망쳐 왔을 때 건강한 사람들이 느끼는 안도감을 갖고 4월의 상쾌함 속으로 나섰다.

그녀는 병원 계단에서 아서 와이언트를 마주쳤다.

"전시품 씨, 맙소사! 여기서 뭘 하고 계신가요?"

"브러스 부인 안부를 물으러 왔지. 아말라순타에게 들었거든……."

"친절하시네요. 메이지 양이 매우 기뻐할 거예요."

그녀는 외과의의 설명을 그에게 전달하고, 그의 카드가 제대로 전달될 수 있도록 확실히 한 후, 같이 거리로 되돌아 나왔다. 그는 남쪽으로 떠날 때보다 더 좋아진 것처럼 보였는데, 다리가 덜 경

---

* 이슬람교와 유대교에서 천사들이 산다고 생각되는 곳.

직되어 있었고 키가 크고 잘 차려입은 모습으로 짐짓 활달한 태도를 보였다. 그러나 그의 얼굴은 더 날카롭고 상기된 것처럼 보였다. 열이 있는 건가, 아니면 칵테일을 마셨나? 그녀는 궁금했다. 이렇게 만났으니 그를 만나러 시내 저편까지 가는 수고를 덜 수 있어 다행이었다.

"전시품 씨, 딱 아저씨다우세요. 가엾은 메이지 양을 기억하다니……."

그는 냉소적으로 눈썹을 치켜올렸다. "병든 사람들을 문병 오는 게 구식인 거니? 너도 여전히 전통을 고수하고 있구나."

"아, 전 메이지 양을 도우려고 했던 거예요. 누군가는 그래야만 하니."

"바로 그거야. 너희 어머니는 거리를 유지하면서 모든 것에 대해 비용을 댔겠지?"

"넘치게요. 항상 그러시잖아요."

그는 얼굴을 찡그리더니, 긴 부츠 끝을 지팡이로 두들기면서 주저하며 서 있었다. "네 어머니하고 이야기를 좀 하고 싶은데."

"어머니하고요?" 노나는 "오늘 시내에 계세요……"라고 막 말하려다가, 폴린의 꽉 찬 일정표를 기억하고는 충동을 억제했다.

"제가 어머니를 대신하면 안 될까요? 점심에 데려가달라고 제안하려던 참인데요."

"안 된다, 얘야. 네 어머니 대신으로는 안 되지. 그렇지만 점심에는 데려가마."

와이언트에게는 음식점을 고르는 것이 힘들었을 것이다. 익숙한 곳을 벗어나면 그는 광증, 편견, 금지 덩어리가 되었다. 하지만 다행히 노나가 최근에 가입한 새로운 독신 여성 클럽('싱글턴')을 기억하고는 여전히 불만을 표하고 있는 그를 택시로 밀어넣었다.

그들은 천장이 낮고 북적이는 식당에서 조용한 구석을 찾았다. 그녀는 그의 일관성 없는 독백을 들으며, 불안해서 음식을 먹지 못하고 담배를 연속해서 피우면서 몸을 기댔다.

섬에서의 열흘? 오, 멋졌지. 물론 뜨거운 햇볕이 늙은 관절을 따뜻하게 데워주었어. 네 아버지가 초대해주다니 정말 친절했어. 크게 감사하고 있단다……. 고맙다고 한 줄 쓰려고 했어……. 짐 또한 제 아버지가 포함된 것을 감사했지……. 다만 정말 그럴 수 없었어……. 머무를 수 없었어. 그런 상황에서는 말이야…….

"전시품 씨, 어떤 상황이요? 아침 신문이 24시간 늦게 오는 거요?"

와이언트는 찡그리면서 그녀를 날카롭게 바라보았다. 그러고는 불안하고 찌푸린 웃음을 지었다. "건방진 여자애 같으니라고!"

"이제 털어놓으세요. 지겨워서 죽을 지경이셨던 거잖아요. 자연과의 교감이 너무 지나쳤던 거죠. 지속할 수가 없었겠죠. 그럴 수 있는 사람은 많지 않아요."

"나는 짐만큼 수동적이지가 않단 말이다."

"짐 오빠는 거기를 정말 좋아하죠, 그렇죠? 오빠가 머무르도록 설득해줘서 정말 기뻐요."

와이언트는 다시 찡그리더니, 그녀 너머의 보이지 않는 적을 응시했다. "그건 내가 그 애가 하도록 설득할 수 **있었던** 유일한 것이었다."

노나의 손이 다시 담뱃불을 켜려다가 말았다. "그 밖에 무엇을 시도해보셨는데요?"

"그 밖의 것들? 행동하는 것…… 입장을 취하는 것…… 사태들을 직면하는 것…… 비난을 받아들이는 것." 그는 은유를 쏟아내는 중에 멈추더니, 커피를 마시며 덥수룩한 콧수염을 적셨다.

"무슨 사태들이요?"

"가령 그 애가 아내와 계속 함께할 것인지 아닌지?"

"짐 오빠는 그건 리타 언니가 결정할 일이라고 생각해요."

"리타가 결정할 일이라! 그건 짐의 그 빌어먹을 감상적인 무기력함을 위한 핑계일 뿐이야. **남자가**—내 아들이! 맙소사! 젊은이들에게 무슨 일이 일어난 거지? 가장자리로 물러앉아서 지켜보다니…… 지켜보다니……. 노나, 너희 어머니하고 이야기할 수 없을까?"

"저하고 지금 이야기하고 계시잖아요. 이걸로 충분하지 않나요?"

그는 다시 애매한 웃음을 짓더니, 그녀가 내민 담배로 불을 붙였다. 노나는 그가 폴린의 방문을 불편하다고 생각하면서도 그 횟수를 세심하게 기록했으며, 그녀의 다른 약속에 의해 '밀려나는' 모양새에는 어렴풋이 분개한다는 것을 알고 있었다. "네 어머니가 때때로 시내에 올 거 같은데 말이야, 그렇지 않니?"

"때로는요. 그렇지만 매우 바쁘시죠! 우리는 이제 곧 돌아올 거예요. 추기경 환영연을 준비해야만 하거든요."

"대단한 행사라 들었다. 아말라순타가 어제 나한테 들렀거든. 미켈란젤로가 영화 계약을 한 이후로 리타가 다시 들썩인다고 말하던걸. 네 아버지도 그 때문에 끔찍하게 화난 상태지. 그렇지?"

"가족이 포스터에 등장하는 데 아직은 익숙하지 않죠. 물론 시간문제일 뿐이지만요."

"나는 미켈란젤로에 대해 말하는 것이 아니고, 리타에 대해 말하는 거야."

"아버지는 리타 언니에 관해선 든든한 보루예요."

"아, 그래? 정말 관대하군. 고맙구나. 아니, 괜찮아, 시가는 됐어……. 물론 리타에 대해서 누군가가 보루여야만 한다면, 왜 그게 남편의 일이 아닌지 모르겠구나. 하지만 그럼 너는 이렇게 말하려나……."

"맞아요. 그럴 거예요. 그렇게 이야기를 들었다 생각하지 않으실래요? 이제 저는 병원으로 돌아가야 하니까요."

"현대 남편의 역할은 순전히 수동적인 것이구나, 그렇지? 너도 그렇게 생각하니? 네가 그 애에게 가서 '그 빌어먹을 무뢰한과 오빠의 아내는 어떻게 된 거죠?'라고 말하면……."

"무슨 빌어먹을 무뢰한이요?"

"아, 어떤 특정한 사람을…… 말하는 건 아니란다……. 그러면 그 애는 '글쎄. 그것에 대해 내가 뭘 할까?'라고 대답할 테지. 그러면 말하겠지. '오빠 명예 말이에요. 오빠 명예는 어쩌려고요?' 그러면 그 애가 '내 아내가 나한테 싫증 났다면 내 명예가 무슨 상관인데?'라고 말하겠지. 그러면 '세상에! 그렇지만 **상대편 남자를**…… 그의 뼈를 부러뜨리지 않을 건가요?'라고 하고, 그러면 그 애가 앉아서 그를 바라보며 '그녀를 걸고 싸우라고?'라고 말하겠지……. 맙소사. 난 포기한다. 내 아들인데! 우리는 사고방식이 달라. 그뿐이란다."

그는 뒤로 몸을 젖히면서 긴 다리를 테이블 아래로 뻗었고, 큰 키의 무너져가는 그의 몸은 군인같이 팽팽하게 긴장해서 관절이 어긋난 것 같았는데, 이건 마치 아들의 도덕적인 태도가 어때야 한다는 것에 대해 근육으로 시범을 보이는 것 같았다.

"맙소사, 결투에 대해서는 할 말이 많지."

"누구를 상대로 짐 오빠가 결투 입회인을 보내기를 원하세요? 미켈란젤로요, 아니면 클로해머요?"

그는 빤히 쳐다보더니 그녀를 따라 웃었다. "하하! 그거 재미있군. 클로해머라! 더러운 유대인…… 우리가 채찍질을 하곤 했던 이들인데……. 글쎄, 내가 새로운 관례를 이해 못 한단다."

"왜 이해하고 싶어 하세요, 전시품 씨? 자, 따라오세요. 그동안에 나를 돌봐줘요. 기사도 정신을 발휘하고 싶으시면 저를 팔에 끼고 병원까지 배웅해주세요."

"상품을 건 싸움이라…… 그 애를 걸고 싸움을 벌인다니! 맙소사, 해변에 누워 파이프를 피우면서 '이 상황에 대해 누가 무엇을 할 수 있을까?'라고 말하느니 그걸 더 잘 이해하겠구나. **행하라!**"

행동하라 — 행동하라 — 행동하라! 노나는 병원 계단을 다시 올라가면서 얼마나 우스운 일인지 회상했다. 행동을 말하는 사람들은 말하는 것밖에는 좀처럼 하는 일이 없다. 가령 그녀의 아버지는 매우 단호하고 목적의식이 있는 사람이라 행동에 대해서 이야기를 하는 법이 없었고, 해야 하는 일을 묵묵히 해냈다. 반면 가엾은 전시품은 항상 일관성이 없고 망설이면서도 다른 사람들을 위해 가장 공격적인 계획들을 세우는 데는 지치질 않는다. "정말이지 가엾은 전시품 씨! 구제 불능의 아마추어야!" 익스플로이트의 웅웅거리는 자동차 공장에서 갓 나온 자동차처럼 젊고 활력에 넘쳤던 폴린에게 그런 식의 말 많은 아마추어 의식이 얼마나 당황스럽고 짜증 나는 일이었을지 노나는 이해했다.

노나는 와이언트가 불합리한 암시와 어리석은 과장으로 짐의 휴가를 망치려고 했다는 사실에 그에게 갑작스러운 분노를 느꼈다. 그가 지루해져서 돌아와 다행이야. 가엾은 오빠는 파이프와 그의 철학과 함께 모래사장에 누워 있도록 내버려두고 말이야. 결국 짐은 그가 무엇을 원하는지, 그리고 어떻게 처리할 것인지를 알게 될 것이고, 이제 알았을 것이다.

"아무튼 그가 어머니를 붙잡고 어리석은 이야기로 성가시게 하지 않아 기쁘군" 하고 노나는 결론 내렸다. 그녀는 쏜살같이 엘리베이터를 타고 소독약 냄새가 나는 하얀 통로로 갔다. 에테르 냄새가 독하게 나는 브러스 부인의 병실로 향하는 문이 그녀를 맞으려고 열렸다.

27

　다음 날 아침 일찍 식탁에 등장했을 때 폴린의 얼굴과 태도에는 시골을 떠나 하루를 보낸 회복 효과가 눈에 보였다.

　"다시 돌아오니 얼마나 좋은지!"라고 중얼거리는 어조만 보아도, 떠났던 것이 얼마나 좋았는지를 알 수 있었다. 그리고 그녀는 힘들지만 유쾌한 노동으로 긴 하루를 보내며 충분한 값을 치르고 얻어냈다는 기분으로 갓 낳은 달걀, 황금빛 크림과 시골이 주는 모든 신선함과 촉촉함을 여유 있게 즐겼다.

　"성가신 할 일들이 있을 때는 즉시 하는 게 좋은 거야." 폴린은 통밀 토스트와 스크램블드에그 너머 식탁 맞은편에 앉은 노나에게 선언했다. "어제는 이런 좋은 것들을 떠나는 게 그저 싫기만 했지. 하지만 그랬기 때문에 오늘 훨씬 더 즐길 수가 있을 거야!"

　시내에서 보낸 하루는 특별히 만족스러웠다. 모든 것이 잘 진행되었다. 아말라순타의 집에서 우연히 추기경의 비서 한 사람을 만난 것에서부터 병원 계단에서 수척하지만 희망에 찬 메이지 브러스를 뒤늦게 잠깐 본 것까지 말이다. 메이지는 외과의가 "완벽하게 만족했다"고 했고 "그 끔찍한 것이 재발할 이유가 없다"라고 확신을 주었기에, 감사의 탄성과 함께 과일과 꽃이 든 바구니를 받아 들었다. 동정 가득한 감정을 느낀 폴린은 자동차 밖으로 머리를 기울여 그녀에게 키스하며 "어머니가 이동이 가능해지자마자 애틀랜틱시티에서 충분한 휴식을 취하도록 해야만 해. 내가 다 준비해줄게. 바다 공기는 기운을 불어넣어주지⋯⋯"라고 말했고, 메이지는 감사하다며 다시 울음을 터뜨렸다⋯⋯. 몇 마디 말로 누군가를 그렇게 행복하게 할 수 있다니 기분이 좋았다⋯⋯.

그녀는 스워퍼 부인도 만날 수가 있었는데, 그녀는 천상의 기분이었고 영감에 찬 안경 너머로 눈을 반짝이며 새로운 자극을 마구 쏟아내고 있었다.

맞아요, 알바 로프트는 위대한 사람이죠. 스워퍼 부인이 말했다. 그녀는 그 사실을 잠시도 부인한 적이 없었다. 폴린이 어떻게 스워퍼 부인이 알바 로프트에 대한 믿음을 저버렸다고 생각했는가? 그건 아니었다. 하지만 때로 가장 찬란한 영혼이 겪어야만 하는 영적인 메마름의 시기가 있다. 그녀 자신과 폴린의 경험으로 미루어 아마도 알바 로프트가 현재 그런 사막에 놓여 있는 게 아닌가 하는 의심을 최근 하기 시작했다. '세 배 치료'(일반 치료보다 겨우 3분을 더 하는 것인데)에 100달러를 더 지불하고도 더 이상 지속적인 결과가 없다는 것—스워퍼 부인은 몰인정한 말을 하는 것을 선호하지는 않아 이렇게만 표현했다……. 그러나 한편으로는 때로 알바 로프트의 원리들은 초보자들만을 위한 것일지도 모른다는 생각이 든다고 했다. 사샤 고빈, 새로운 '러시아 입문자'가 그걸 명확하게 암시했다. 물론 영적인 삶에는 셀 수 없는 다양한 수준이 있다. 알바 로프트의 환자들은 때로 그 사실을 알아차리지 못한 채 그의 수준을 넘어 더 상위 단계로 올라갔다. 솔직히 (스워퍼 부인의 보고에 따르면) 고빈 생각에는 그것이 폴린에게 일어났음에 틀림없다는 것이다. "나는 당신 친구가 더 높은 차원에 이르렀다고 확신해요." 입문자의 표현이 그러했다고 했다. "그녀는 문에 도달했어요." (그는 마하트마나 알바 로프트를 '문지기들'이라고 불렀다.) 그리고 "이제는 문이 열렸고, 그녀는 들어섰고, 깊이 들어간 거죠……." 그러나 스워퍼 부인은 자신이 그 사람만큼 아름답게 표현할 수가 없기 때문에 그를 인용하지 않는 편이 낫겠다고 말했다. 그녀는 폴린이 그만의 신비로운 언어로 직접 듣기를 원했다. "그 사람 곁에 앉아 그의 말을 듣기만 해도 영원한 회춘이에요." 그녀는 방문한 폴린의 손에 찌릿한 손길을 대며 숨 가쁘게 말했다.

회춘! 그 단어가 폴린의 긴장된 신경들과 바짝 말라버린 얼굴에 시원한 물줄기를 뿌렸다. 그 단어를 들을 때면 치유의 물속으로 깊이 빠지고 싶어 할 수밖에 없었다. 매니큐어와 머리 말기 사이에 잠깐 고빈을 끼워 넣기로 결정했다.

그리고 그 만남은 노나에게 말한 바로는 '종교적인 경험' 같았는데, 새로운 예언자와의 만남이 늘 동일한 표현으로 제시되었다는 것을 아마 잊어버린 것 같았다.

"얘야, 아주 완전히 새롭고, 완전히 다르고…… 너무나 감정적인 것이었단다. 감정적인 것. 그래. 그 표현이 어울려. 물론 러시아 사람들이 감정적이지. 그건 그들의 특징이란다. 알바 로프트에 대한 신뢰를 잃었다고 말하는 건 아니란다. 하지만 알바 로프트는 **이성**에 말을 건네는 이성을 갖고 있지, 감정에 대한 호소는 없단다. 반면 고빈의 가르침에는 신비로운 곡조, 스워퍼 부인이 지칭하듯 일종의 '직접성'이 있단다……. '직접성'이란 말이지……." 폴린은 그 용어에 잠시 머물렀다. 어떤 단어가 새로운 맥락에서 사용되는 것을 처음 들을 때 늘 그렇듯이 그 표현이 폴린을 사로잡았다. "그 기분을 어떻게 더 잘 정의할 수 있을지 모르겠구나. '영혼의 베일 벗기기'라고 고빈이 표현했지……. 그런데 그는 시간, 충분한 시간을 강조하더구나……. 그는 우리 모두가 너무 많이 서두르기 때문에 우리의 영혼을 목마르게 하고 있다고 말하고 있어. 물론 알바 로프트에게서 항상 그걸 느꼈지. 나는 내가 언제나 백화점에서 머리 위로 던져지는 현금통 같다고 느꼈거든. 1번, 2번 등등……. 언제나 내 바로 뒤에 누군가가 다가

와 있는 거야. 반면에 고빈은 재촉받는 걸 절대 거부한단다. 때로는 하루에 환자를 단 한 명만 만나. 그와 헤어질 때 그는 다음 날 아침까지는 아무도 만나지 않을 거라고 말했어. '나는 당신의 영혼을 다른 영혼과 섞고 싶지가 않아요'라면서 말이야. 아름답지 않니? 그리고 그는 사람에게 황홀한 꿈 같은 휴식의 감각을 준단다……."

그녀는 눈을 감고 몸을 뒤로 젖히며, 새로운 예언자의 턱수염을 기른 수척한 얼굴과 무거운 눈꺼풀의 눈, 그녀의 이마에 축복을 하며 얹었던 축축하고 끈적거리는 손바닥을 떠올렸다. 두꺼운 입술의 기름진 마하트마나 인간이라기보다는 실험실의 장치 같았던, 깡마르고 건조한 알바 로프트와는 얼마나 다른가! "아마도 차례로 그들을 모두 필요로 하는 건가 봐." 유행 지난 옷을 개조해서 입어야 할 필요가 한 번도 없었던 여성의 여유로움을 풍기며 폴린은 반쯤 들리게 중얼거렸다.

"어머니, 사람들이 지난해의 치유사들은 가난한 친척들에게 물려줄 수 있어야 하는 거 아닌가요?"라며 노나는 부드럽게 조롱했다. 하지만 그녀의 어머니는 적대심 없는 미소로 그녀를 무장해제시켰다.

"얘야! 아직은 이런 것들을 이해하지 못하는 걸 알고 있단다. 다만 **냉소적**이 되는 것에는 조금 조심했으면 싶구나. 그러지 않으련? 자, 늙은 엄마가 그런 걸 제안한다고 기분 나빠하지는 않겠지?"

　진정으로 노나 때문에 그녀는 때로 걱정스러웠다. 아니, 고빈이 그녀에게 이 '평온함'이라는 향기로운 베일을 드리워주지 않았더라면 그랬을 것이다. 그랬다. '평온함.' 그것이야말로 그녀가 언제나 필요로 하는 것이다. 모든 것이 결국에는 올바르게 되리라는 완벽한 확신. 물론 다른 치유사들도 그것을 가르쳤다. 어떤 사람들은 고빈의 복음이 그저 마하트마가 말한 '고차원의 조화'의 원리라고 말할 것이다. 하지만 '과학적 입문자'가 그녀에게 조심스레 설명했듯이, 둘의 유사성은 그저 피상적이다. 이전 안내자들은 '입문자'들이 아니었고, 과학적인 훈련도 받지 않았다. 그들은 단지 추측했을 뿐이다. 반면 그는 **알고 있었다.** 그것이 '직접성'의 의미였다. '보이지 않는 영혼'과의 직접적인 접촉 말이다. 그가 이 모든 것을 얼마나 명료하고 아름답게 만들었던가! 입문에 의해 깨끗해진 눈에는 일상의 모든 작은 문제들이 한 줄기 연기처럼 줄어들고 사라졌다. 그리고 그는 폴린이 깨달음에 입문할 수 **있는,** 무의미한 현대의 서두름으로부터 끌어내 '베일 너머'로 데려갈 가치가 있는 드문 사람들 중 하나인 것을 즉시 알아봤다. 그녀는 다시 눈을 감았고, 그와 함께 거기 있다고 느꼈다⋯⋯. "물론 그는 거의 아무도 치료하지 않아요." 스워퍼 부인은 장담했다. "백 명 중 한 명도 안 되죠. 그는 신비롭지 않은 존재에게 시간을 낭비하느니 굶어 죽는 편이 낫다고 말을 합니다. (당신은 신비로운 존재인 걸 즉시 알았다고 해요.) 그가 시간을 들이기 때문이에요. 그는 시간을 가져야만 하죠……. 며칠, 혹은 필요하면 몇 주라도 말이죠. 우리의 복잡한 약속들은 그에게는 의미가 없어요. 그는 집에 시계를 두려고 하지 않죠. 그리고 돈을 받든 안 받든 상관하지 않아요. 그는 영혼의 성장으로 값을 받는다고 말해요. 놀랍죠, 그렇지 않나요?"

정말로 놀라웠다! 알바 로프트의 테일러식* 치료, 가파르게 상승하는 요율과 그의 앙상한 손 아래에 차례로 끊임없이 환자들이 이어지던 것과는 얼마나 다른가! 그리고 '보이지 않는 것'과 교감하고 나면 놀랍게도 다른 사람들을 돕고 자신이 사랑하는 사람들을 '베일 너머'로 인도하고 싶은 열망을 갖고 돌아오게 되었다. 폴린은 인정하지 않았지만 마음에 부담을 안고 시내로 갔다. 짐, 리타, 남편, 실수투성이 아말라순타, 영원한 골칫거리 미켈란젤로, 그리고 노나도 있었다. 노나는 나날이 더 여위고 더 수척해졌고, 혀는 더 날카로워지고 더 조롱하는 투가 되어갔다. 겨우 스무 살도 안 되었는데 명랑하게 장난치던 소녀가 초췌하고 흠 잡는 노처녀로 바뀐 것 같았다…….

이 모든 것들이 폴린이 인정하고 싶은 것보다 훨씬 더 마음을

---

* 프레더릭 테일러가 고안한, 당시의 기계화된 생산 시스템을 지칭한다. 모든 것이 과학적 경영을 내세우며 규격화되던 당시 분위기를 표현하기 위해 사용됐다.

짓눌렀었다. 그러나 지금 그녀는 그것들을 들어 올릴 수 있을 만큼 충분히 강하다고 느꼈다. 더 정확히 말하자면 오히려 그 짐들은 공기처럼 가벼워졌다. "당신들 미국인들이 스스로에게 '현실'의 완전한 무의미함─'실재'의 총체적 부재를 설득할 수만 있다면요!" 그게 고빈이 한 말이었고, 그 표현들이 계시처럼 그녀를 짜릿하게 했다. 멍한 미소를 띤 채 그녀의 눈은 딸의 냉소적인 얼굴에 계속 머물러 있었다. 하지만 진짜 생각하고 있는 것은 이거였다. '도대체 어떻게 그를 추기경 환영연에 오도록 유도할 수 있을까?'

어머니가 그런 걸 신경 쓴다는 건 노나로서는 이해하지 못할 일 중 하나였다. 그녀는─폴린도 알고 있었다!─마치 이기적인 어린아이가 모든 장난감을 하나의 더미로 쌓아두는 것처럼, 어머니가 저명인사들을 한데 묶어서 일종의 사회적 '제비뽑기'로 활용하려는 우스꽝스러운 야심을 가졌다고 치부했다. 노나는 상반되는 신앙의 대표자들, 다양한 메시지의 전달자들을 한꺼번에 모으는 것이 얼마나 중요한지를 이해하지 못할 것이다. 그들이 만남으로써 모든 피조물이 애타게 바라는 섬광 같은 계시를 끌어낼 것이라는 희망으로 그들을 끌어모으는 일 말이다. '추기경이 고빈하고 조용히 대화할 수만 있다면' 하고 폴린은 생각했다. 그리고 즉시 그 가능성을 머릿속으로 극화하면서, 자신이 추기경을 일련의 긴 열로 늘어선 거실들의 가장 깊고 은밀한 곳으로 안내하는 것을 상상했다. 거기서 덥수룩하지만 영감 충만한 '과학적 입문자'가 교회의 제후 앞에서 벌떡 일어나겠지. 그동안 그녀는 다른 사람들이 들어오지 못하게 문간을 지키고 있을 것이다. 추기경이 아름다운 '직접성'의 새로운 원리를 이해할 수 있게 된다면, 화석화된 로마교 교리에 얼마나 새로운 생명을 불어넣을 것인가! 그러나 그녀가 고빈에게 추기경의 반지에 키스하라고 어떻게 설득할 수 있을까?

"그런데 브루스 부인은 무슨 소식 있니? 메이지는 매우 희망적인 것 같았어."

"네, 밤에 나쁘지 않았대요. 의사들은 계속 괜찮을 거라고 생각하고 있다네요. 당분간은요."

폴린은 찡그렸다. 그녀의 흡족한 기분에 고통과 쇠퇴의 암시가 침입하면 기분이 나빴다. 그녀는 그런 것이 없는 세계에 살고 있었다. 그리고 그녀에게 아마도 브루스 부인이 이미 겪은 모든 것들이 미래의 불행을 면제하는 데 소용이 없을 것이라는 암시는 잔인하고 불필요했다.

"우리는 미리 앞을 내다보면서 우리 자신에게나 남들에게 일어날 고통을 상상하는 걸 자제하려고 노력해야 한다고 확신한단다. 의사들은 도대체 왜 '당분간'이라고 말할까? 병이 언젠가 재발할지 알 수 없으면서 말이야."

"그렇죠, 하지만 의사들은 병이 일반적으로 재발한다고 알고 있는 거죠."

"노나, 그게 바로 그렇게 **만드는** 것이라는 걸 모르겠니? 고통받을 준비를 하는 것이 진짜 고통을 창조하는 길이라니까. 그리고 고통을 창조하는 것은 죄를 창조하는 것이란다. 죄와 고통은 실은 하나거든. 우리는 스스로 고통을 거부해야 해. 모든 위대한 치유사들이 그걸 가르쳐왔어."

노나는 그녀 특유의 약간 혼란을 주는 방식으로 눈썹을 치켜올렸다. "예수님도요?"

폴린은 얼굴이 달아오르는 걸 느꼈다. 이렇게 부적절하고 다소 건방진 말대답을 하는 습관이 노나에게 생겼다. 아침 식탁에서 골치 아프게 수수께끼 같은 기독교 교리를 들먹인다는 생각이라니! 폴린은 어떤 종교도 공격할 의도가 없었다. 그러나 노나는 이 갈이를 하는 어린아이처럼 정말이지 불평이 가득했다. 그녀가 도덕적으로 그런 사람인 것인지도 몰랐다. 아니면 어떤 새로운 경험이 그녀 영혼의 연약한 피부를 뚫고 지나가고 있는지도 모른다. 그런 암시는 폴린의 모든 이론에 동요를 일으켰다. 하지만 딸의 얼굴과 목소리를 마주한 채 폴린은 '고차원의 조화'를 성취할 수 없는 노나가 스스로 놓여나기를 거부하고 있는 어렴풋한 비참함 속에서 고투하고 있다는 생각을 하자 겨우 위안을 찾을 수 있었다. "네가 나하고 고빈에게 가기만 한다면 이런 문제들이 더 이상 너를 괴롭히지 않을 거란다."

"지금도 전혀 괴롭지 않아요. 조금도요. 나를 괴롭히는 건 단순한 인간적 엉킴이에요. 우리가 바로잡으려고 최선을 다한 후에도 남아 있으니까요. 브러스 부인을 보세요!"

"하지만 의사들은 호전 가능성이 크다고 말하잖니."

"그들이 첫 번째 암 수술 후에도 다른 얘기 하는 거 보신 적 있으세요?"

"물론이지, 노나. 네가 슬픔과 고통을 당연한 것으로 여긴다면……."

"그렇진 않아요, 어머니. 하지만 분명 누군가는 그렇게 여기는 게 틀림없어요. 자연사 책이 말해주듯, 슬픔과 고통이 확산되고 지속되는 걸 보면요."

폴린은 자신의 부드러운 이마에 반갑지 않은 찡그림이 모이는 것을 느꼈다. 아이가 그녀의 아침 식사를 망치고 자신의 세계에 부여했던 행복한 균형감을 흐트러뜨리는 데 성공했다. 그녀는 노나를 괴롭히는 것이 뭔지 알지 못했다. 그녀가 스탠 휴스턴의 창피한 행동에 대해 괴로워하는 것이 아니라면 말이다. 그러나 그렇다 해도 조만간 그가 어떤 사람인지를 알고 환상이 깨진 것을 직면하는 편이 나을 것이다. 노나는 결국 그와 사랑에 빠지게 되었을지도 모르고, 그건 애기 때문에 매우 유쾌하지 못한 일이었을 거라고 폴린은 생각했다. 폴린은 '그 애에게 필요한 건 결혼하는 것인데'라고 속으로 혼잣말을 하면서 평온함으로 애써 되돌아가려 했다.

손목시계를 흘깃 보니 남편을 더 기다리는 것이 무슨 소용일지 의문이 들었다. 그래서 파우더에게 그의 아침을 따뜻하게 보관하고, 그가 전화하면 새로 커피와 쌀 케이크를 준비하라고 지시했다.

덱스터는 전날 리타를 데리고 다시 한번 긴 소풍을 갔다. 그들이 너무 늦게 나타났기에 저녁이 미뤄져야만 했고, 저녁 내내 둘 다 너무 조용하고 서먹서먹해서 폴린은 시골 공기의 수면제 효과에 대해 농담을 하며, 모두가 일찍 잠자리에 들어야만 한다고 제안했다. 10시가 지났지만 오늘 아침에는 두 사람 다 나타나지 않았다. 그리고 노나는 그들의 오늘 계획을 모른다고 말했다.

'리타가 여기서 너무나 만족하니 다행이군.' 폴린은 맨퍼드가 성취하고 있는 기적에 대해 생각하자 또 다른 지루한 하루에 자신을 맡기기로 하며 한숨을 쉬었다. 그녀는 아말라순타가 믿을 수 없게도 영화 이야기를 하면서 매혹적인 미켈란젤로에 대해 자랑을 하며 나타났을 때 다소 불안을 느꼈다. 하지만 리타는 그런 얘기에 동요된 것 같지 않았다.

"짐이 집에 돌아오면 감사할 일이 많을 거야." 폴린은 딸에게 미소를 지었다. "난 정말이지 네 아버지가 한 일에 대해 짐이 감사하기를 바란단다. 섬에 머물기로 한 게 그렇다는 걸 보여주는 것 같아. 그런데 말이야." 그녀는 다시 미소를 지으며 말을 이어갔다. "내가 말하지 않았지? 이야기했던가? 아서를 어제 만났다는 걸?"

노나는 잠시 망설였다. "저도 만났어요."

"아, 그랬니? 그런 얘기는 안 하던데. 더 좋아 보이더라, 그렇지 않니? 하지만 초조하고 불안한 것 같았어. 통풍이 재발한 것처럼 말이야. 내가 그때 그 자리에서 자기를 만나주지 않는다고 화가 났더구나. 그때가 6시가 넘었는데 말이야. 그리고 나는 시내에서 저녁을 먹어야만 했거든."

"잘하셨어요. 그렇게 피곤한 하루를 보낸 후에 말이에요."

"너무 집요했어. 때로 그가 그렇다는 걸 알지. 나하고 얘기를 나눠야만 한다고 고집했단다. 무엇에 대한 건지 말하려고는 않고."

"그도 모르고 있으리라 생각해요. 어머니 말대로 그는 통풍이 생기면 언제나 신경질적이에요."

"하지만 내가 거절하니 마음이 많이 상한 것 같더라. 그는 내가 오늘 다시 오겠다고 약속하기를 원했지. 그런데 내가 그럴 수 없다고 말하니 내가 안 가면 자기가 여기로 오겠다고 말했단다."

노나는 참지 못하겠다는 듯 어깨를 으쓱했다. "말도 안 돼요! 하지만 물론 그러지 않을 거예요. 늙은 전시품 씨가 시더리지 현관문으로 걸어 올라오는 걸 상상하지 못하겠어요."

폴린의 얼굴이 다시 달아올랐다. 그녀 또한 같은 가능성을 상상했지만 곧 거부했다. 와이언트는 항상 뉴욕에서도 폴린의 집 문지방을 넘기를 거절했다. 그녀가 두 번째 결혼 후에 구입한 집에서 살고 있었는데도 말이다. 물론 그는 시더리지에 들어서는 것은 더욱이 주저할 것이다. 거기서 그녀와 그가 신혼기를 함께 보냈고, 아들이 태어났다. 그가 언제나 말하듯이, 남자가 하지 않는 어떤 일들이 있다. 그뿐이다.

노나는 여전히 깊이 생각하고 있었다. "어머니, 저라면 시내에 그를 만나러 가지 않겠어요. 어머니가 왜 그래야만 하죠? 그는 흥분했고, 어제는 약간 퉁명스러웠어요. 하지만 진짜 할 말은 별로 없었어요. 그는 그저 자신이 얘기하는 것을 듣고 싶어 했어요. 우리가 여기 있는 한 그는 오지 않을 거예요. 그리고 지금 기분이 지나가고 나면 심지어 무슨 일이었는지 기억도 못 할 거예요. 원하시면 제가 편지를 써서 우리가 돌아가자마자 어머니가 그를 만날 거라고 말할게요."

"고맙구나. 그래주면 좋겠구나."

이 애는 내키면 얼마나 분별력이 있는지! 그녀의 답변이 어머니의 내밀한 속내를 정확히 맞혔다. 어머니는 아침 식탁에서 일어서면서 추기경 환영연 초대 명단을 마지막으로 수정하기 위해 슬그머니 물러나기로 결정했다. 이번만큼은, 그렇게 중요한 일에 합당한 모든 주의를 기울일 시간이 있다는 것이 즐거웠다.

28

노나가 다음 날 내려왔을 때, 비가 오고 있었다. 나뭇가지들을 때리고, 놀란 봄을 비밀 장소로 다시 몰아버릴 것 같은, 차갑고 세차게 몰아치는 비였다.

시더리지에 온 이후에 처음 오는 비였다. 비가 그들을 도시, 흠뻑 젖은 거리들, 이른 가로등 불빛과 붐비는 유흥지의 겨울 세계로 되돌려놓는 것 같았다.

맨퍼드 부인은 벌써 아침을 먹고 식당을 떠났다. 하지만 남편의 접시는 여전히 손대지 않은 그대로였다. 그는 노나가 식사를 마치려 할 때 들어와서는, 멍하게 고개를 끄덕이며 미소를 지은 후에 조용히 자기 자리에 털썩 앉았다. 그는 비로 줄무늬가 생긴 높은 창 맞은편에 앉았다. 그가 창밖의 회색빛을 응시하고 있는데, 벽난로의 붉은 불꽃에도 불구하고 방 안으로 그 회색빛 일부가 침투하여 얼굴과 머리카락을 물들이는 것 같았다. 최근 노나는 그의 붉은빛 혈색과, 누런 관자놀이 주변으로 구불거리는 검은 곱슬머리의 활력에 놀랐었다. 그런데 지금 그는 창백했고 가을로 변해 있었다. '사람들이 자기 나이로 보인다는 건 이런 건가 봐……. 마치 우리 모두가 수십 년 혹은 수백 년을 살지는 않듯이!'

그녀의 아버지는 바깥 세계로부터 시선을 거두고 접시 옆에 놓인 독서대 위의 아침 신문으로 향했다. 내리깐 눈과 꾹 다문 입술 때문에 다시 이상스레 달라 보였는데, 마치 청동으로 만든 기념 흉상 같았다. 그녀는 약간 몸서리쳤다…….

"아버지! 커피가 식고 있어요."

그는 신문을 치우고, 접시 옆에 쌓인 편지들을 바라보다가 눈을 들어 올려 노나와 시선을 마주했다. 그녀가 항상 일깨우는 반짝임이 저 멀리서 그녀 쪽으로 애써 나오려고 하는 듯했다.

"이른 아침 산책을 놓쳐서 아침 식사가 그다지 열정적으로 느껴지지 않는구나."

"열정적인 날씨는 아니네요."

"그렇구나." 그는 다시 멍해졌다. "유감이구나. 정말 며칠 안 남았는데."

"하지만 갤지도 몰라요."

무슨 바보 같은 이야기를 하고 있는가! 시골에 있으니 함께 멋진 산책을 하거나 말을 타고 빠르게 달릴 것으로 예측될 때는 그나 그녀나 날씨에 대해서는 그리 상관하지 않았다. 최근에는 그런 일이 많은 것도 아니었다. 메이지의 부재를 보충하기 위해 그녀가 어머니와 바빴던 것도 있고, 주말의 파티 때문에 중단되기도 했다. 그리고 그는 리타가 계속 즐거워하도록 돕고 있었다. 표면적으로는 성공적이었다.

"그래…… 날이 갤 것 같구나." 그는 다시 하늘을 향해 찌푸렸다. "점심 때쯤에는." 그는 말을 멈추더니, "리타를 그레이스톡으로 데려갈 생각이었다"라고 덧붙였다.

그녀는 고개를 끄덕였다. 그들은 분명 거기 머물다가 저녁을 먹을 것이고, 리타는 춤을 출 수 있을 것이다. 맨퍼드 부인은 딸과의 일대일 저녁 식사에 대해 지루하다는 표시를 보이기는 시작했지만 아마 상관하지 않을 것이다. 하지만 그들은 함께 환영연 손님 명단을 다시 검토할 수 있다. 그리고 폴린은 새로운 메시아에 대해 이야기할 수 있다.

노나는 자신에게 온 편지들을 훑어보았다. 그녀의 눈이 갈망하는 하나의 글씨체가 그 봉투들 어디에도 없다는 걸 이제 알기에 종종 하루가 끝날 때쯤에야 편지들을 살펴보곤 했다. 스탠리 휴스턴은 그날 밤 현관 계단에서 헤어진 후에 아무 소식이 없었다…….

문이 열렸고, 리타가 들어왔다. 그녀가 아침 식탁에 나타난 것은 여기 머문 후 처음이었다. 그녀는 들어오면서 맨퍼드를 마주 보았다. 노나는 아버지의 표정이 바뀌는 것을 보았다. 마치 세월과 먼지가 반쯤 제거되어 그 아래의 진짜 표면이 드러난, 그림 복원사들의 장식창에 걸려 있는 오래되고 우스꽝스러운 초상화 같았다. 리타가 들어온 것이 그를 더 젊거나 더 행복해 보이도록 만들지는 않았다. 그저 그가 사는 일상적인 세상과 그 자신 사이에 삶이 끼워 넣곤 하는, 영혼을 변장시키는 베일이 그의 얼굴에서 벗겨졌다. 그는 발가벗고 노출되어…… 노출되어 보였다……. 바로 그거였다. 노나는 리타를 바라보았다. 무방비 상태의 그녀를 놀라게 하려는 건 아니고, 그저 아버지로부터 시선을 돌리기 위해서였다.

리타의 얼굴은 여느 때와 같았다. 아주 완전하고 완성되어 보이는 얼굴인지라 내부의 소란으로 인한 변화 같은 건 상상할 수 없었다. 마치 섬세한 도자기 화병이나 매끄럽고 무거운 꽃 같아서, 빛의 변화가 영향을 줄지언정 내부의 어떤 것도 변화시킬 수는 없었다. 그녀는 눈을 동그랗게 뜨면서도 상대를 보지 않는 방식으로, 마치 황금빛과 상앗빛의 작은 여신이 숭배자들을 내려다보는 것처럼 미소 지으며 말했다. "그럴 필요가 없어서 일찍 일어났어요."

그녀 자신에게는 그 이유가 아주 만족스러웠다. 그러나 그녀의 말을 들은 사람들에게 준 효과는 아마 좀 실망스러웠을 것이다.

노나는 아무 말도 안 했고, 맨퍼드는 그저 웃었다. 그 자신은 인식하지 못한 듯하지만, 그녀의 말에 대응해서라기보다는—그녀의 말은 듣지도 못한 것 같았다—그저 빛나는 그녀의 존재에 반응해서 짓는 웃음이었다. 현란한 술이 달린 물고기나 갑자기 건네진, 찬탄을 자아내는 꽃을 보면 유발되는 그런 종류의 웃음이었다.

"내 생각엔 점심 전까지는 비가 안 올 것 같구나." 그가 그 사실을 방에 있는 사람들에게 무심하게 전달하듯 말했다.

"아! 유감이에요. 머리카락을 완전히 흠뻑 젖게 하고 싶었는데. 오랜 가뭄으로 구불거리는 컬이 풀리기 시작했어요." 파우더가 앞에 놓아둔 접시 사이에서 손을 머뭇거리며 리타가 말했다. "자몽인 거 같은데. 이건 정말 대양을 향해하는 것 같은 음식이네. 노나 아가씨, 내게 약속해줘……!" 그녀는 시누이에게로 돌아섰다.

"뭘요?"

"내가 항해할 때 자몽 바구니를 보내지 않겠다고."

맨퍼드는 그녀의 속을 알 수 없는 도자기 같은 흰 얼굴을 쳐다보았다. 그의 입술은 반쯤 열렸지만 말을 하지는 않았다. 그리고 의자를 뒤로 밀고 일어섰다.

"11시에 자동차를 대기시키마." 그는 이유 없이 단호한 어조로 말했다.

리타는 황금빛 볼에 담긴 자몽에서 과즙을 한 스푼 떠내고 있었다. 그녀는 주의를 기울이거나 듣고 있는 것 같지 않았다. 맨퍼드는 냅킨을 내려놓고 방 밖으로 걸어 나갔다.

리타는 머리를 뒤로 젖혀서 자몽 과즙이 천천히 입술 사이로 흘러내리게 했다. 황금빛 속눈썹이 달린 눈꺼풀이 마치 과즙이 키스라도 되는 양 약간 떨렸다.

"언제 항해를 할 건데요?" 노나는 담배 라이터로 손을 뻗으며 말했다.

"모르지. 아마도 다음 주."

"지구의 어떤 특정 지역으로 가려고 생각하는 거예요?"

리타가 머리를 숙였고, 밤색 눈을 시누이에게 부드럽게 향했다. "응, 그런데 뭐라고 부르는지 기억할 수가 없어."

노나는 침묵 속에 그녀를 바라보았다. 그녀는 그저 너무 아름다웠다. 화병? 아니, 지금은 등불 같았다. 내부로부터 뿜어져 나오는 광채가 **정말로** 있었다. 그녀의 적혈구들이 수백만 개의 요정 등불들로 변한 것처럼…….

그녀의 시선이 노나의 시선을 떠나 접시로 돌아갔다. "편지들이군. 지겨워! 도대체 사람들은 왜 전화를 하지 않을까?"

그녀는 자주 편지를 받지는 않았다. 성격상 답장을 하지 않아서 점차 상대방의 열정을 식혀버렸기 때문이다. 모든 편지 중 남편의 것은 예외였다. 거의 매일 노나는 짐의 회청색 봉투가 복도 탁자에 놓여 있는 것을 보았다. 그 특정한 색깔이 그녀에게는 참을성 많은 기대감의 상태를 상징하게 되었다.

리타는 자기 것이 아닌 것 같은 청구서와 광고지를 들춰보고 있었다. 그 아래로 충직한 회청색 봉투가 등장했다. 노나는 '제발 그가 보내지 않았으면……!' 하고 생각했고, 눈에 눈물이 차올랐다.

리타는 침울하게 우체국 소인을 바라보더니 뜯어보지 않고 봉투를 내려놓았다.

"편지를 읽지 않을 거예요?"

리타는 눈썹을 치켜올렸다. "짐의 편지 말이야? 읽었지, 어제. 이것하고 똑같은 거야."

"언니! 언니는…… 언니는 말이에요, 정말 잔인하세요!"

리타의 나른한 입술이 동그랗게 미소를 지었다. "아가씨에게는 안 그러잖아. 아가씨는 내가 이걸 읽었으면 싫어?" 그녀는 다듬어진 손톱을 봉투의 봉하는 부분 밑으로 밀어 넣었다.

"아, 아니에요, 아니야! 하지 마요……. 그런 식으로는 하지 말아요!" 노나는 리타의 행동에 움찔했다. '언니가 오빠를 **증오했으면** 좋겠어. 언니가 오빠를 죽이고 싶어 하면 좋겠어! 그러는 편이 지금보단 참을 만할 거야.' 노나는 속으로 소리쳤다. 그녀는 일어나서 문으로 향했다.

"아가씨, 기다려! 뭐가 문제야? 그가 뭐라고 말하는지 정말 들어보고 싶지 않아?" 리타도 펼쳐진 편지에 시선을 두고 일어섰다. "그는…… 아…….." 그녀는 내적 광채가 사라진 얼굴을 시누이에게로 향했다.

"무슨 일이에요? 아프대요? 뭐가 문제예요?"

"그가 집에 올 거래. 모레 나도 돌아가기를 원하고 있어." 그녀는 노나에게는 보이지 않고 노나 너머에 있는 어떤 것에 눈을 고정한 채 앞쪽을 응시하며 서 있었다.

"이유를 말했나요?"

"그 말밖에는 아무 말도 안 했어."

"언니는 오빠가 언제 올 거라고 생각했는데요?"

"모르겠어. 한참 동안 아니라고 생각했지. 날짜는 절대 기억을 못 하거든. 그가 남쪽을 즐기고 있다고 생각했는데. 그리고 아가씨 아버지가 조정해두었다고……."

"뭘 조정했다고요?" 노나가 말을 끊었다.

리타는 다시 그녀를 인식하게 된 것 같았고, 속을 알 수 없는 매끄러운 얼굴을 했다. "몰라. 아마 은행하고 조정했던 거겠지."

"오빠를 거기에 잡아두도록?"

"그가 길고 만족스러운 휴가를 지내도록 말이야. 모두가 그가 정말 휴가를 필요로 한다고 생각했잖아?"

노나는 창밖을 응시하며 미동 없이 서 있었다. 아버지가 뷰익을 타고 도로를 달려오는 걸 보았다. 비가 은빛 이슬비로 잦아들었고 태양이 간간이 내비쳤다. 열린 창문을 통해 그가 "이제 개려는가 보다. 우리 출발하는 편이 낫겠다"라고 외치는 소리를 들었다.

리타는 노랫가락을 낮게 읊조리며 문을 나섰다.

"언니!" 붙잡아야겠다는, 뭔지는 모르지만 경고를 해야겠다는 충동으로 노나는 소리쳤다. 그러나 문은 닫혔고, 리타는 벌써 들리지 않는 곳으로 가버렸다.

하루 종일 불편하게 간헐적으로 비가 계속 내렸다. 정확히 말하면 폴린과 노나에게 불편했다. 산책을 나가려 할 때마다 폭우가 쏟아졌다. 그리고 물에 푹 젖은 개들과 집으로 첨벙거리면서 돌아오자마자 구름이 걷히고 햇살이 빛나며 그들을 조롱했다. 그런데 그때쯤에 그들은 다시 명단을 수정하거나 서재에서 편하게 마작을 하고 있었다.

"정말이지, 올라가서 신발을 **또** 갈아 신을 수는 없어!" 폴린은 날씨에게 항의했다. 몇 분 후 빗물이 흘러내리는 창유리는 그녀의 결정이 옳았음을 보여주었다.

"4월의 소나기군." 폴린은 조금 경직된 미소를 띠며 말했다. 그녀는 사과하듯이 딸을 바라봤다. "너를 여기 붙잡아두다니 내가 이기적이었구나. 아버지와 리타와 함께 나갔어야 했는데 말이야."

"하지만 어머니, 메모할 것들이 많았잖아요. 그리고 진짜로 그레이스톡에는 좀 질렸어요."

폴린은 반복해서 미소를 지었다. "글쎄다. 차 마시러 돌아들 올 거라는 생각이 드는구나. 오늘 오후에는 골프를 칠 수 없을 것 같아." 그녀는 더욱 퍼붓는 비를 은근히 만족하면서 바라봤다.

"아닐걸요. 리타 언니가 거기 머물렀다가 춤추기를 원할지도 몰라요."

폴린은 아무 말도 하지 않았지만, 다시 한번 절제된 주의를 게임으로 돌렸다.

시간 맞춰 보충된 벽난로의 불꽃이 탁탁 소리를 내다가 가라앉았다. 따스함이 카네이션과 로즈제라늄의 강한 향기를 퍼뜨렸고, 방을 여름날의 정원처럼 나른하게 만들었다. 구름이 드리운 하늘로부터 어스름이 내렸고, 곧이어 불을 돌보는 손이 소음 없는 고리에 달린 커튼을 닫고 등불을 켰다. 마지막으로 파우더가 티 테이블 행렬의 입장을 지휘하면서 등장했다.

폴린은 지루해지고 있던 마작 게임에서 깨어나서, 그녀에게 기대되는 역할로 이 공연에 참여했다. 그녀와 노나는 벽난로 주변에 자리를 잡았고, 폴린이 덮여 있는 작은 접시들의 뚜껑을 비판적인 태도로 들어 올렸다.

"네 아버지가 정말 좋아하는 머핀을 주문했단다." 그녀는 평소와 달리 아쉬운 어조로 말했다. "아마도 따뜻하게 보관되도록 내보내는 편이 낫겠구나."

노나도 그게 낫겠다고 동의했다. 하지만 손을 벨에 올려놓은 순간 자동차가 다가오는 소리에 멈추었다. 개들이 행복한 으르렁거림으로 깨어나 소란을 떨며 나갔다. "이제야 오는군!" 폴린이 말했다.

1~2분간의 침묵이 흘렀다. 보통 때처럼 개들이 반가워하며 짖는 소리가 나지 않았다. 그러고는 겉옷과 우산을 자리에 놓는 것 같은 소리가 났고, 곧 웬일로 어쩔 줄 몰라 하는 파우더가 문간에 등장했다.

"부인, 와이언트 씨입니다."

"와이언트 씨라고?"

"아서 와이언트 씨요. 부인이 그분을 기다리고 계실 거라고 생각하시는 것 같습니다." 파우더는 그녀에게 시간을 주기 위해서 이야기를 늘리는 것처럼 말을 이어갔다.

맨퍼드 부인은 그 기회를 붙잡아, 특유의 영웅적인 날갯짓으로 이 상황에 대처하기 위해 일어섰다. "그럼, **물론** 기다리고 있었지. 안으로 안내하세요." 그녀는 감히 딸을 바라보지도 못하고 말했다.

아서 와이언트는 낡았지만 잘 지은 옷을 입고, 키는 크지만 약간 구부정한 자세로, 광대뼈 근처가 불안하게 상기된 채 들어왔다. 그는 멈춰 서더니 약간 당황한 듯 방 안을 두리번거렸다. 그가 폴린을 만나야겠다고 결심했을 때 그녀가 있는 곳의 환경이 자신에게 익숙하리라는 것을 가늠하는 데는 실패한 것 같은 표정이었다.

"여기는 거의 아무것도 안 바뀌었군." 그는 서서히 의식이 돌아오는 사람처럼 아득한 어조로 갑자기 말했다.

"어쩐 일이에요, 아서? 이렇게 비 오는 날 오게 되어 유감이네요." 맨퍼드 부인은 물러가는 파우더가 들으라고 일부러 편안한 억양으로 대답했다.

그녀의 전남편은 전혀 주의를 기울이지 않았다. 그의 눈은 한결같이 불안하게 탐색하듯 방 안을 계속 둘러보았다.

"거의 안 바뀌었어." 그는 자신 외에 다른 존재가 방에 있는 것을 여전히 의식하지 못하는 듯이 반복했다. "하지만 저 레이번* 그림은, 그래. 저건 전에는 식당에 있었지, 그렇지 않소?" 그는 망각의 안개를 거두어내려는 듯이 손으로 이마를 쓸더니 그림을 향해 걸어갔다.

"잠깐만. 사전트**가 그린 어린 짐의 초상화가 걸려 있던 곳이군. 조랑말을 탄 짐의 그림 말이오. 내 책상 바로 위라 올려다볼 때마다 볼 수 있었는데……." 그는 폴린에게 돌아섰다. "기분 좋은 그림이었지. 그건 어떻게 한 거요? 왜 치운 거지?"

폴린은 얼굴을 붉혔다. 하지만 회유의 미소가 붉어진 얼굴 위

---

*   헨리 레이번(1756~1823). 스코틀랜드의 초상화가.
**   존 사전트(1856~1925). 영국에 살았던 미국 초상화가.

로 용감하게 달려 나왔다. "내가 치우지 않았어요. 그게…… 덱스터가 원했거든요. 그의 방에 있어요. 오랜 세월 거기에 있었지요." 그녀는 말을 멈췄다. 그러고는 "덱스터가 얼마나 짐에게 헌신적인지 알잖아요"라고 덧붙였다.

와이언트는 레이번 그림을 바라보다가 갑자기 돌아섰다. 폴린의 뺨의 홍조가 그의 뺨에도 희미하게 나타났다. "내가 어리석은 거지…… 물론……. 사실, 들어왔을 때 모든 것이 너무 똑같아 좀 당황했소……. 이런 식으로 등장한 것을 용서하시오. 중요한 일로 당신을 만나야만 했거든……. 노나, 안녕……."

"아서, 물론 괜찮아요. 자, 앉으세요. 여기 불 옆에요. 비 오는데 오느라 춥죠……. 지금껏 날씨가 좋았는데, 계절적으로 볼 때 무척 이상해요. 노나가 차를 들여오라고 할 거예요." 폴린은 특유의 꿋꿋한 환대의 억양으로 말했다.

29

그날 밤 노나는 어머니의 방 문간에서 잠시 망설이다가 돌아
섰다.

"이제, 그럼…… 어머니, 안녕히 주무세요."

"아가, 잘 자라."

그러나 맨퍼드 부인도 망설이는 것 같았다. 그녀는 호화롭고
거무스름한 옷차림으로 서서, 멍하니 손을 들어 올려 긴 귀걸이
를 하나씩 떼어냈다. 맨퍼드 부인은 옷 벗는 걸 돕기 위해 하녀가
잠자지 않고 대기하도록 하지 않는 것을 규칙으로 삼고 있었다.

"어머니, 제가 빼드릴까요?"

"고맙구나, 얘야. 하지만 괜찮다. 이 티 가운은 쉽게 벗겨지거
든. 피곤하겠구나……."

"아뇨, 전 피곤하지 않아요. 하지만 어머니는……."

"나도 괜찮아." 그들은 사그라지고 있는 벽난로의 불꽃만이 빛나고 있는, 따뜻하고 그늘진 방의 문간에 망설이며 서 있었다. 폴린은 등불의 스위치를 켰다.

"그럼 들어오렴." 그녀의 긴장된 미소가 풀렸고, 그녀는 딸의 어깨 위에 손을 올려놓았다. "자, 이제 끝났구나." 그녀는 피곤하지만 만족한 어조로 말했다. 그 어조는 때로 힘들었지만 성공적인 저녁 식사가 종료되었다는 비문(碑文)을 어머니가 선언할 때 들을 수 있는 그런 어조였다.

노나는 그녀를 따라갔다. 폴린은 불 근처의 안락의자에 주저앉았다. 갓이 달린 등의 불빛 아래 일렁이는 불꽃의 반짝임이 작은 얼굴을 가로지르고, 작은 머리는 여전히 아리따운 어깨 위에 꼿꼿이 세운 채, 그녀는 상황에 맞지는 않지만 딸을 감동시키는 사랑스러운 위엄의 자태를 보였다.

"어머니, 단발머리는 하신 적이 없어서 참 감사해요."

맨퍼드 부인은 뜬금없는 말에 노나를 빤히 바라봤다. 그녀의 응시는 그녀가 딸의 언어적 비약에 체념했고, 그것들을 따라잡겠다는 시도를 오래전에 포기했다고 말하는 것 같았다.

"그대로도 참 멋있으세요." 노나는 말을 이어갔다. "늙은 전시품 씨가 이곳의 똑같은 환경에서 어머니를 봤을 때, 여기 살던 시절의 어머니처럼 보여서 당황했으리라 생각해요…… 아저씨 자신은 그렇게나 많이 변했으니까요……."

폴린은 그 광경을 떠올리고 눈을 감았다. "그렇지. 가엾은 아서!" 지난 15년간 그녀가 전남편의 이름에 그 모욕적인 수식어를 더하지 않고 부른 적이 있었던가? 왠지 동정심—관용적인 동정심—이 항상 그가 불러일으키는 마지막 감정이었다. 그녀는 쿠션에 다시 몸을 기대며 덧붙였다. "여기 그렇게 오려고 생각을 했던 건 확실히 유감이구나. 모든 것이 어떤 모습인지를 그렇게 명확하게 기억하리라고는 생각을 못 했단다……. 조랑말을 탄 짐을 그린 사전트의 그림이라니……. 그가 신경을 썼다고 생각하니?"

"아버지 방으로 옮겨진 거요? 네, 신경을 쓴 것 같아요."

"그렇지만, 노나. 그는 네 아버지가 짐과 리타를 위해서 하는 일에 항상 정말 감사해왔잖니. 그는 네 아버지를 **존경해**. 나한테 자주 그렇게 말했단다."

"그래요."

"하여튼 그가 여기 왔으니, 저녁 식사에 청하지 않을 수는 없었단다."

"그럼요. 그러실 수밖에 없었어요. 저녁 식사 후까지는 돌아가는 기차가 없으니까 더욱 그렇죠."

"그런데 어쨌든 지금까지도 나는 그가 왜 온 것인지를 모르겠구나!"

노나는 불을 몰입해서 바라보다가 눈길을 들어 올렸다. "모르시겠어요?"

"아, 물론 막연하게는 짐과 리타에 대해서 이야기를 하러 온 거지. 우리가 너무나 많이 들었던 똑같은 그런 얘기 말이야. 하지만 그것에 대해서는 아예 말을 못 하게 했거든. 나는 그에게 리타가 여기서 완벽하게 행복하게 지내왔고 실험은 완벽한 성공이라 말했단다. 그는 그 애가 할리우드와 클로해머에 대한 모든 생각들을 포기했다는 것에 놀라는 것 같았어…… 분명히 아말라순타가 그에게 많은 헛소리를 했던 거지…… 하지만 리타가 할리우드에 대한 이야기를 한 번도 안 했고, 모레 남편과 합류하기 위해 집에 갈 거라고 말해주자, 그는 완전히 안심한 것 같았어. 떠날 때 그가 훨씬 안정된 것 같지 않았니?"

"맞아요, 확실히 더 안정되어 있었어요. 하지만 특히 리타 언니를 보기를 원한 것 같았어요."

폴린은 재빨리 숨을 들이켰다. "그래. 그 애가 여기 없어서 전반적으로 다행이었구나. 리타는 아서를 어떻게 대해야 하는지를 모르고, 그 애의 태도는 때로 너무 거슬리지. 다시 그를 자극할 말을 했을 수도 있을 거야. 그레이스톡에서 저녁을 먹기로 결정했다고 네 아버지가 전화를 해줘서 정말 안도했단다. 물론 아서는 그것도 이상하다고 생각했다는 걸 알 수 있었지만 말이야. 그의 생각들은 조금도 진보하지 않았어. 그는 언제나 그의 어머니처럼 구식이지." 그녀는 잠시 쉬었다가 말을 이어갔다. "그에게 하룻밤 묵고 싶은지 물었을 때 네가 약간 놀란 것 같더구나. 하지만 나는 푸

대접하는 것처럼 보이고 싶지 않았단다."

"안 되죠. 이 집에서는 말이에요." 노나는 재빨리 미소로 동의했다. "그리고 물론 누구나 그가 그러지 않을 걸 알 수 있었죠⋯⋯."

폴린은 한숨을 쉬었다. "가엾은 아서! 그는 언제나 너무나 까다롭단다."

"하지만 그뿐이 아니에요. 그는 끔찍하게 고통받고 있었어요."

"리타에 관해서 말이니? 정말 바보 같아! 마치 우리에게 그 애를 맡겨놓을 수가 없는 것처럼⋯⋯."

"리타 언니에 관해서만이 아니에요. 그저 여기 왔다는 사실, 그의 옛날 삶이 전부 다시 그의 앞에 들이밀렸기 때문이죠. 그는 전혀 대비가 되어 있지 않았던 것 같아요. 마치 진짜로 지난 세월 동안 그에 대해 조금도 생각하지 않는 데 성공했던 것처럼요. 그런데 갑자기 여기서 그걸 마주한 거죠. 익사하는 사람의 모습 같았어요. 익사하는 사람⋯⋯. 딱 그런 사람 같아 보였어요."

폴린은 약간 몸을 폈다. 그리고 노나는 그녀의 눈썹이 모이며 희미하게 찡그려지는 걸 보았다. "무슨 끔찍한 생각을 하는 거니! 나는 그가 더 좋아 보인 적이 없다고 생각했는걸. 분명 저녁 식사 때 와인을 너무 많이 마시지도 않더구나."

"맞아요. 그 점에 신경을 쓰시더라고요."

"그리고 나도 신경을 썼단다. 파우더에게 약간의 힌트를 주었거든." 그녀의 찡그림이 펴졌고, 이번에는 안도의 한숨을 쉬면서 몸을 젖혔다. 그녀의 표정은, 아무튼 이제 모든 일이 끝났으므로 노나의 음울한 이미지 때문에 불안해하지 않겠으며, 자신이 잘한 것에 대해 스스로 축하할 이유가 충분하다고 말하는 듯했다.

노나는 그만큼 확신하지 못하는 것 같았다. (그것이 그녀의 습관이었다!) 그녀는 잠시 망설이다가 말했다. "아직 어머니한테 말을 안 했는데요. 저녁 먹으러 내려갈 때……."

"얘야, 뭘 말이니?"

"그를 위층 계단참에서 만났어요. 그가 아기를 보기를 청했어요……. 그건 자연스러운 거죠……."

폴린은 불안하게 입술을 앙다물었다. 그녀는 자신이 손안에 모든 걸 쥐고 있다고 생각했었다. 그런데 이런 일이 생기는군. 그녀는 "아주 자연스럽지"라고 애써 동의했다.

"아기는 자고 있었어요. 발그레하고 기분 좋아 보였죠. 그는 오랫동안 아기 침대를 내려다보며 서 있었지요. 다행히 옛날 아기 방이 아니었어요."

"그렇구나, 노나야! 그가 설마…… 기대한 건 아니겠지……?"

"아니죠, 물론 아니에요. 그런데 우리가 아래층으로 내려가려고 하자 그가 말했어요. '신기하구나. 아기가 얼마나 짐처럼 크고 있는지. 옛날 초상화가 떠오르는구나.' 그러고는 저한테 쏘아붙였어요. '내가 좀 볼 수 있겠니?'"

"무슨, 사전트가 그린 초상화 말이니?"

노나는 고개를 끄덕였다. "제가 거절할 수는 없잖아요?"

"그 또한 자연스러웠다고 생각한다."

"그래서 그를 아버지의 서재로 데려갔어요. 그는 가는 길 한 걸음 한 걸음을 모두 기억하는 것 같았어요. 그는 서서 초상화를 바라보고, 또 바라보았죠. 그는 아무 말도 안 했어요……. 내가 말을 했을 때도 답하지 않았어요……. 옛일이 그를 계속 스쳐 지나간다는 걸 알았어요."

"글쎄다, 노나. 지난 일은 지난 일이란다. 하지만 사람들은 때로 굳이 지난 일들을 불러내지."

"아, 알지요, 어머니."

"어떤 사람들은 그가 그렇게 집을 배회하는 것이, 예의에 민감한 그가 여기 온 것 자체가 이상하다고 생각할지 모르지. 하지만 나는 그를 비난하지 않는단다. 그리고 너도 안 그랬으면 싶구나." 폴린은 단호하게 말을 이어갔다. "결국에는 그가 온 것이 나았지. 그 순간에는 약간 기분이 상했을지 모르지만, 내가 그를 안정시켰잖니. 그리고 모든 것이 괜찮다고, 나와 덱스터가 리타를 위해서 최선이 뭔지 아니까 맡겨두어도 된다고 그에게 확실히 입증했잖니." 그녀는 잠시 말을 멈추더니, 이렇게 덧붙였다. "그가 방문한 걸 네 아버지나 리타에게 말하지 않는 편이 낫겠구나. 알겠지? 이제 끝났는데 왜 신경을 써야겠니?

"그럴 이유가 전혀 없죠." 노나는 불 옆에 웅크리고 있던 자세에서 일어섰고, 머리 위로 팔을 뻗었다. "파우더에게도 아무 말 하지 말라고 해야겠어요. 아마 안 할 거예요. 언제나 뭐가 설명이 필요하고 뭐가 그렇지 않은지를 아는 것 같더라고요. 통로에 놓인 소화기처럼 재앙을 막을 수 있도록 늘 옆에 그를 두어야 한다니까요……. 안녕히 주무세요, 어머니. 졸리기 시작하네요."

그랬다. 모든 것이 끝났고, 처리되었다. 폴린은 스스로를 자랑스러워할 만하다고 느꼈다. 그녀는 노나가 차를 마신 후에 서재를 나가고 그녀와 와이언트 둘만 남았을 때 와이언트가 처음 몇 분간 얼마나 '까다로웠는지' 노나에게 얘기하지 않았다. 그 모든 것을 말하는 게 무슨 소용이 있는가? 폴린은 처음에는 약간 불안했다. 가령 아서가 그렇게 괴상하게 흥분한 상태로 서재 바닥을 쿵쾅거리며 돌아다니면서 반쯤은 자신에게, 반쯤은 그녀에게 "맙소사, 내가 내 집에 있는 것인지, 다른 남자의 집에 있는 것인지? 누가 대답 좀 해주겠나?"라고 중얼거리고 있는 중에 덱스터나 리타가 들어오면 어쩌나 하고 걱정이 되었다.

하지만 그들은 들어오지 않았고, 흥분 단계는 곧 끝났다. 폴린은 그저 "당신은 **나의** 집에 있어요. 아서, 짐의 아버지로서 당신은 언제나 환영이에요……"라고 대답했다. 이 말이 그의 광분을 멈추었고 그를 조금은 수치스럽게 했으며 경우에 맞는 인식과 자신의 위엄을 되찾도록 해줬다.

"여보게, 실례인 줄 알고 있소. 여기서 난 그저 침입자지, 알아……."

그래서 그녀가 "아서, 내 집에서는 결코 아니에요. 제발 앉아요. 그리고 뭐 때문에 나를 보고 싶어 했는지 말해봐요"라고 덧붙이자, 세상에! 조용하고 합당하게 제기된 그 질문에 그의 모든 소란이 가라앉았고, 그는 그녀가 명한 대로 앉더니 평상시의 어조로 짐과 리타에 대해 늘 하던 길고 복잡한 얘기들, 짐의 무기력함과 리타의 연애 행각들, 그것의 끝이 어떨지에 대해 되풀이하기 시작했으며, 리타가 자기들의 아들을 우스꽝스럽게 만들고 있는 걸 아느냐고, 그래, 사람들이 클럽에서 그 얘기를 하고 있는 걸 아느냐고 물었다.

그 이후에 그녀는 아무런 어려움도 겪지 않았다. 그의 걱정을 부드럽게 놀린 후에, (결론에 대해서는 지금도 좀 움찔하긴 하지만) 리타와 나눈 이야기를 알려주고, 시더리지 실험이 아주 성공적이었다는 확신을 더해 그를 안심시키는 건 쉬웠다. 그리고 그의 질문들이 다시 압박하기 시작했을 때―그가 그녀는 알지 못하는 어떤 특정한 남자를 암시하기 시작했을 때―다행히도 파우더가 저녁 식사 준비를 위해 빈방 하나로 그를 안내하려고 들어왔고, 저녁 식사 후에 곧 자동차가 문간에 준비되었으며, 파우더는 (또다시 신의 섭리를 대행하듯) 길이 미끄러운 상태라는 걸 고려하면 가급적 신속하게 출발하시는 게 낫겠다고 제안했다. 그리고 노나가 배웅을 맡았고, 안도의 긴 한숨을 쉬면서 폴린은 와이언트가 남긴 위스키소다의 빈 잔과 재떨이가 참으로 이상하게도 남편의 안락의자 옆 테이블 위에 놓여 있는 서재로 되돌아갔다. 그랬다, 모든 일이 끝났을 때 그녀는 감사했다…….

그리고 지금, 그녀는 그 일이 일어났다는 것에 감사했다. 그 만남으로 인해 폴린은 자신의 방법에 대해 더욱 확신을 갖게 되었다. 미소를 지으면서 장애물을 극복해내는 능력이 입증된 것 같았다. 그녀는 말 그대로 미소를 지음으로써 아서를 집 밖으로 내보낸 것이다. 어떤 여자들은 비슷한 위기 상황에서 소동을 부리거나 위엄을 내세우며 젠체했을 것이다. 위엄이라! 그녀의 위엄은 그 어느 때보다도, 모든 이의 최선을 믿고, 악함을 탓하는 것은 악을 불러오는 길이고 악을 믿지 않는 것이 악이 존재하게 되는 것을 막는 길이라고 자신과 다른 사람들을 설득하는 데서 나오는 것이었다. 이것이 '과학적 입문자'가 쓴 표현들이었다. "우리는 다른 모든 독약을 만드는 것처럼 슬픔을 제조하는 겁니다." 그런 공식을 일러준 그에게 얼마나 감사한지! 그녀가 그렇게 결정적인 순간에 마음속에 간직하고 있다가 그것이 사실임을 증명했다는 것을 알고 나니 얼마나 가볍고 행복한 기분인지! 그녀는 과거에 느꼈던 불신, 시기와 의심의 끔찍한 충동들, 가장 가까운 사람들조차 그녀의 병적인 걱정을 방어해주지 못했던 순간들을 안타깝게 되돌아보았다…….

이제 그런 건 얼마나 불합리하고 멀게 느껴지는지! 짐은 모레 돌아올 것이다. 리타와 아기는 그가 있는 집으로 갈 것이다. 그리고 그다음 날에 그들 모두가 시내로 돌아갈 것이다. 그러고 나면 추기경 환영연 의식을 위한 마지막 준비를 할 수 있다. 아, 그녀와 파우더는 무척 바쁠 것이다! 커다란 은도금 식기들을 전부 금고에서 꺼내 점검해야 한다……. 다행히 브루스 부인의 상태에 대한 최근 소식이 좋은지라 분명 메이지도 예정대로 돌아올 것이다……. 그렇다, 인생이 보통의 바쁘고 즐거운 일상으로 돌아오고 있었다. 시골에서의 휴식은 정말이지 좋았다. 그러나 휴식도 지나치면 지치게 된다…….

그녀는 불을 끄고 침대에 누웠다. 잠이 살포시 내려앉고 있었다.

잠에 빠지기 전에 그녀는 저 멀리서 어렴풋하게 남편의 발소리와 문이 여닫히는 소리와 그가 조용히 옷을 벗는 소리를 들었다. 그래…… 그가 돌아왔군…… 그리고 리타…… 바보 같은 리타…… 정말로 해를 끼치진 않지……. 그들이 가엾은 아서를 만나지 못해서 다행이군……. 모든 것이 좋아…… 추기경은…….

30

폴린은 갑자기 침대 위에 벌떡 일어나 앉았다. 그녀의 척추 스프링을 보이지 않는 손이 건드려서, 이유도 모르는 채 어둠 속에서 일으켜 세워진 것 같았다.

잠결에 무슨 소리를 들은 건 분명했다. 하지만 무슨 소리지? 그녀는 소리가 반복되는지 귀를 기울였다.

정적뿐이었다. 그녀는 침대 옆 탁자 위의 오닉스 스위치로 손을 뻗었고, 즉시 작은 시계 앞면에 불이 들어왔다. 시간이 부드럽게 차임벨 소리를 냈다. 두 번에 이어서 한 번 종소리가 울렸다. 2시 30분. 가장 고요한 밤중 시간이었다. 시더리지의 봄의 정적 속에서는 더욱 그랬다! 하지만 확실히 무슨 소리가 났다. 뭔가 예리한 폭발음 소리였다……. 다시 들렸다! 바로 그 소리였다……권총 소리…… 집 어디에선가…….

강도들인가?

그녀는 발을 슬리퍼에 집어넣고 손으로 전등 스위치를 켰다. 그러는 동안 내내 계속해서 열심히 소리를 들으려 했다. 모든 곳이 적막하기만 했다…….

그러나 강도들이 어떻게 경보를 울리지 않고 들어왔을까? 아…… 기억이 났다! 파우더가 누군가가 밖에 있는 동안에는 경보를 절대 가동하지 말라고 지시했다. 그걸 연결해야 했던 건 리타와 함께 그레이스톡에서 돌아온 덱스터였다. 그리고 당연히 그는 잊었을 것이다.

폴린은 벌떡 일어서서, 은빛 레이스로 만든 반원형 모자 아래로 머리카락을 밀어 넣고, 은빛 실크 '휴식복'을 잠옷 위에 걸쳤다. 이 응급 의상은 언제나 밤중의 경보를 대비해 침대 근처에 놓여 있었다. 그녀는 순식간에 준비를 마치고, 방범 경보를 다시 연결하고, 파우더와 하인들, 정원사들과 운전사들을 불러 모으는 벨을 울렸다. 그녀의 손은 드레스룸 한 면을 채우고 있는 반짝이는 배전반의 복잡한 스위치들 위로 머뭇거리며 움직였다. 그러고 나서 '소방차 차고'라고 표시된 버튼을 눌렀다. 안 그럴 이유가 없었다. 최근에 끔찍한 교외 강도 사건이 잇달아 있었으니, 모를 일이었다……. 이웃들을 깨우는 편이 나았다……. 덱스터는 너무 부주의했다. 분명 현관문을 열어뒀을 것이다.

여전히 고요했다. 그 어느 때보다 더. 두 번째 총소리 이후에는

아무 소리도 안 났다. 그것이 총소리였다면 말이다. 그녀는 아주
조용히 문을 열고 자신의 방과 남편의 방 사이에 있는 곁방에 멈
춰 섰다. "덱스터!" 그녀가 불렀다.

답이 없었다. 응답하는 불빛도 없었다. 남자들은 참 깊이 잠을
잔다. 그녀는 문을 열고, 불을 켰다. "덱스터!"

방은 비어 있었다. 남편의 침대에는 잠을 잔 흔적이 없었다. 그
렇다면…… 무엇이었나? 그가 돌아온 것 같았던 소리들은? 소리
를 들었다고 생각했지만 꿈을 꾼 건가? 아니면 그녀가 들은 것은
그녀가 자고 있는 곳에서 불과 몇 미터 떨어진 곳에서 강도들이
그의 방을 뒤지던 소리인가? 신체적 용기에도 불구하고 소름이
끼쳤다…….

그러나 덱스터와 리타가 아직 돌아오지 않았다면, 그 총소리는
어디서 난 것이며, 누가 쐈단 말인가? 그녀는 노나를 생각하고 몸
을 떨었다. 노나와 아기! 그들은 집의 저쪽 편에 유모와 함께 외
따로 있었다. 갑자기 집이 너무 광활하고, 너무 울리고, 너무 휑한
것 같았다…….

그녀는 방 밖의 어둑한 복도에서 기척이 있는지 들으려 귀를
기울이며 다시 잠시 멈췄다. 그러고 나서 집의 저쪽 동과 그녀의
동을 나누는 여닫이문을 밀면서 서둘러 나아갔다. 달려가면서
민첩한 손으로 등을 켰다……. 두꺼운 카펫이 깔린 바닥 위에서
그녀의 발걸음은 아무 소리를 내지 않았다. 그녀는 마치 정적을

깨고 자기 소리를 들리게 만들 능력이 없는 유령 같은 무언가처럼, 육체도 없고 소리도 없이 바닥을 미끄러져 가는 것 같았다.

복도를 따라 반쯤 갔을 때, 리타의 침실 문이 열려 있는 것을 보고 놀랐다. 마침내 소리가—낮고, 혼란스럽고, 공포에 찬 소리가—그곳에서 흘러나왔다. 무슨 소리지? 폴린은 분간할 수가 없었다. 소리들이 머릿속에서 마치 소용돌이처럼 달음질쳤다. 그녀는 자신이 "도와주세요!" 하고 악몽에 목이 졸린 듯한 목소리로 소리치는 것을 들었고, 그녀 뒤로 다른 사람들이 달려오는 것을 느끼고 안도했다. 파우더, 하인들, 하녀들이었다. 시스템이 작동하니 다행이었다! 그녀가 무슨 일을 마주하든 적어도 그들이 도울 것이다…….

그녀는 문에 손을 뻗어 밀었지만 예상과 달리 열리지 않았다. 누군가가 안쪽에서 문을 붙잡고 닫힌 상태를 유지하려 애를 쓰면서, 그녀가 들어오는 것을 막으려고 하고 있었다. 그녀는 모든 힘을 다해 몸을 부딪쳤고, 문틈 사이로 남편의 팔과 손을 보았다.

"덱스터!"

"세상에!" 그는 뒤로 물러났고, 그러자 문이 열렸다. 폴린은 들어갔다.

모든 등이 켜져 있었다. 방은 눈이 부실 지경이었다. 구석에 또 다른 남자가 덜덜 떨고 응시하며 서 있었다. 하지만 폴린은 그를 거의 알아채지도 못했다. 왜냐하면 그녀 앞의 바닥에 반짝이를 단 헐렁한 실내복을 입은 리타의 긴 몸이, 누워 있는 또 다른 몸 위로 흐느끼며 엎드려 있었기 때문이다.

"노나…… 노나!" 어머니는 그들이 누워 있는 곳으로 달려가면서 소리쳤다.

그녀는 남편을 지나치고 리타를 끌어낸 다음 바닥에 무릎을 꿇은 채 자기 아이를 끌어당겨 노나의 숙인 머리를 가슴에 안았다. 노나의 피가 휴식복의 은빛 주름 장식에 흩뿌려졌고, 안전과 휴식의 상징을 영원히 파괴해버렸다.

"노나…… 애야! 무슨 일이 일어난 거니? 다친 거야? 덱스터, 제발! 노나, 나 좀 봐라! 엄마야, 애야, 엄마야……."

노나의 눈이 떨리면서 뜨였다. 얼굴은 잿빛으로 창백했고, 아기처럼 멍했다. 그녀가 어머니의 고통에 찬 시선을 천천히 마주했다. "괜찮아요…… 그냥 스쳤어요." 그녀의 시선이 당황한 나비의 비행처럼 오르락내리락 난장판이 된 방 안을 둘러봤다. 리타는 마치 벗어 던진 축제 의상처럼 뒤틀리고 텅 빈 채로, 반짝이 옷을 입은 채 소파에 웅크리고 누워 있었다. 맨퍼드가 폐허가 된 얼굴로 그 사이에 서 있었다. 구석에는 다른 남자가 위축되어 꼼짝없이 서 있었다. 폴린의 눈이 딸아이의 눈을 따라 그에게로 옮겨갔다.

"아서!" 그녀는 숨을 멈췄고, 노나가 그녀의 팔을 힘없이 잡는 걸 느꼈다.

"하지 마세요…… 하지 마세요……. 사고였어요. 아버지, 사고였어요! **아버지**!"

방문이 이제 활짝 열렸고, 칼라가 없는 옷을 황급히 걸친 파우더가 희미하고 수척한 모습으로 거기에 부자연스럽게 서 있었다. 그는 복도를 가득 채운, 입을 떡 벌린 하인들과 정원사들, 운전사들과 하녀들을 진두지휘하고 있었다. 폴린의 시스템이 얼마나 작동을 잘했는지, 정말 놀라웠다.

맨퍼드는 복수심으로 딱딱하게 굳은 얼굴로 아서 와이언트를 돌아봤다. 와이언트는 여전히 팔을 늘어뜨린 채 온몸에서 힘이 다 빠져나간 듯 꼼짝하지 않고 서 있었고, '명예'처럼 들리는 끊어진 단어가 띄엄띄엄 그의 축축한 입술 사이로 흘러나오고 있었다.

"**아버지**!" 노나의 희미한 외침에 맨퍼드의 팔 역시 그의 옆으로 툭 떨어졌고, 그는 상대방처럼 힘없이 거기 가만히 서 있었다.

"모든 것이 사고였어요……." 폴린에게 닿아 있는 창백한 입술이 속삭였다.

파우더는 앞으로 한 발짝 나섰다. 그의 짧고 단호한 지시가 그의 어깨 너머로 울렸다. "의사에게 전화를 걸게. 차를 준비시키고. 정원을 철저히 훑어보고……. 여자 한 명은 이쪽으로 와요! 부인의 하녀요!"

맨퍼드는 갑자기 몸을 일으키더니, 문간에 어수선하게 모여 있는 그룹으로 멍한 눈을 돌렸다. "젠장, 다들 여기서 뭘 하고 있는 거지? 나가요……. 나가, 몽땅 다! 나가라니까! 내 말이 안 들리나?"

파우더가 주인에게 존경심을 표하면서도 통제하는 눈길을 보냈다. "알겠습니다, 주인님. 물론이죠, 주인님. 저는 단지 강도의 침입 방식을 벌써 알아냈다는 말씀을 드리고 싶었습니다." 맨퍼드는 눈을 뜨고도 안 보이는 듯 그를 빤히 바라보았다. 하지만 집사는 동요치 않고 계속했다. "비 덕분에요, 주인님. 식료품 저장실 창문으로 들어왔어요. 빗장을 억지로 열었고, 리놀륨 깔린 바닥에 진흙 묻은 발자국들이 있었습니다. 부랑아가 오후에 근처를 배회하는 것이 눈에 띄었지요. 증거를 댈 수 있어요……."

그는 두 남자 사이를 신속하게 내달리더니, 바닥으로 몸을 구부려 뭔가를 집어서 재빠르고 은밀하게 호주머니 속으로 밀어 넣었다. 잠시 후에 그는 자기 아랫사람들을 문간에서 몰아냈고, 그와 그들 앞에서 문이 닫혔다.

"덱스터." 폴린이 외쳤다. "이 아이를 침대로 들어 올리게 도와줘요."

바깥에서는 밤의 숨죽인 적막 사이로 덜컹거리는 소리와 고함 소리가 입구 쪽으로 다가왔다. 어마어마하고 불가사의하며 위협적이고 부자연스런 소란함이 고요함을 대신했다. 시더리지의 소방대가 수혜를 베풀어준 여주인의 소환에 응답하여 두 배로 빨리 도착하고 있었다.

폴린은 딸의 얼굴 위로 몸을 숙였고, 그 얼굴에서 옅은 미소를 본 것 같았다…….

31

노나 맨퍼드의 방은 봄꽃으로 가득했다. 시더리지에서 시내로 돌아온 이후, 위로를 전하는 친구들이 보낸 꽃들이 쏟아져 들어왔다.

2주 전의 일이었다. 이제는 완연한 봄이었다. 5월의 황혼 녘 햇살이 활짝 열린 창으로 들어와 방을 비스듬히 가로질렀고, 활짝 핀 자두와 벚나무의 키 큰 가지들에 특유의 향기와 신선함을 되돌려주고 있었다.

전에는 시더리지를 상기시켜주는 건 아름다움을 두 배로 느껴지게 했었다. 그런데 지금은 그 이름이 되살리는 모든 것에 마음이 움츠러들어, 재빨리 눈을 감게 만들었다.

그녀는 여전히 방에만 머물렀다. 어깨 근처의 팔에 골절을 일으킨 총알이 폐도 스쳤고, 열이 끈질기게 높게 유지되었기 때문이다. 의사들이 말하기로는 주로 충격 때문이라고 했다……. 올케의 침실에 얼굴을 가린 강도가 있는 끔찍한 광경 때문이라고. 게다가 그녀를 향해 총이 두 번이나 발사되었으니. 두 번이나 말이다!

리타가 그 이야기를 확증해주었다. 그녀는 방문이 살그머니 열렸을 때 자고 있었는데, 복면을 쓰고 어두운 손전등을 든 남자를 보고 놀라 일어났다……. 그랬다, 그녀는 그가 복면을 쓰고 있었다고 거의 확신했다. 하여튼 얼굴을 볼 수 없었다. 경찰은 식료품 저장실 바닥과 뒤쪽 계단에서 진흙 묻은 발자국을 발견했다.

리타가 소리를 질렀고, 노나가 구하려고 달려 들어왔다. 그랬다, 맨퍼드 씨도. 리타는 맨퍼드 씨가 아마도 노나보다 먼저 도착했다고 생각했다. 그러나 다시 생각하더니 확신하지는 못했다……. 사실 리타도 그날 밤 일로 충격을 받았고, 증언이 자기모순적이지는 않았지만, 그래도 일관성은 없었다.

유일하게 아주 명료한 증인들은 집사인 파우더와 노나 맨퍼드 본인이었다. 그들의 진술은 정확하게 일치했다. 혹은 적어도 완벽한 정확성으로 하나가 다른 하나를 보완하면서 서로 맞아떨어졌다. 노나가 처음 현장에 도착했다. 그녀는 방 안에 있는 남자를 보았고—그녀 또한 그가 복면을 썼다고 생각했다—그가 그녀 쪽으로 돌아서더니 총을 발사했다. 그 순간 아버지가 옷을 제대로 입지도 못한 채, 총성을 듣고 달려 들어왔다. 그가 들어오자

강도는 도망쳤다. 누군가 그가 비와 어둠 속으로 달려서 도망치는 것을 봤다고 주장했다. 하지만 아무도 그의 얼굴을 보지 못했고, 그래서 신원을 확인할 길이 없었다. 그의 신원에 대한 유일하게 확실한 증거는―총성을 제외한다면―파우더가 발견한, 주의 깊게 보존된 식료품 보관소 바닥의 발자국들이었다. 이것들이 결국에는 범죄자를 추적하는 데 도움이 될 것이었다. 총에 대해 말하자면 그것도 사라졌다. 총알 한 발은 문에 박혀 있는 것이 발견되었다. 또 하나는 방 벽에 박혀 있었는데, 군대에서 사용하는 평범한 구경이어서 어떤 실마리도 주지 못했다. 전반적으로 사건은 경찰에게는 흥미로운 문제였으며, 경찰이 열심히 수사 중이라고 전해졌지만, 이제까지 뚜렷한 결과는 없었다.

그러고 나서 사흘간의 현란한 신문 헤드라인과 저널리즘의 추측 후에 또 다른 놀라운 일이 시더리지 강도 사건을 밀어냈다. 신문을 읽는 대중들은 경찰이 자신들의 호기심을 위한 새로운 연료를 제공하지 못하는 것에 싫증 나서 그 사건에 대해 추측하는 것을 그만두었다. 사건에 대한 관심은 확 타올랐던 것만큼이나 재빨리 희미해졌다.

지난 며칠 동안 노나의 열이 점차 떨어져, 방문객들을 보는 게 허락되었다. 첫날에는 한 명, 그러고는 두세 명, 그러고 나서는 네다섯 명. 그리하여 지금은 이야기를 계속 반복하느라고 턱이 좀 아파지기 시작했다. 이야기는 (방문객의 요청에 따라) 그녀 자신의 감정에 대한 분석으로 윤색이 되었다. 그녀는 이야기를 정확하게 똑같은 용어로 반복했고, 사건들을 정확하게 똑같은 순서로 제시했다. 그래서 이제 그녀는 이야기를 듣는 사람들이 "하지만 얘야, 얼마나 끔찍한지……. 총을 맞았을 때 **정말** 어떤 기분이 들었니?"라고 말할 대목을 알았고, 정확한 지점에서 멈추는 법을 알게 되었을 정도였다.

"팔에 총을 맞는 것 같았지요."

"아, 노나. 너는 참 냉소적이구나! 하지만 그 전에 말이야―네가 그 남자를 **보았을 때**―정말이지 끔찍하게 공포에 질리지 않았니?"

"뭐에 질리고 말고 할 시간을 주지 않았어요. 어깨 통증 외에는 말이에요."

"그녀가 공포에 질렸다는 고백을 하게 할 수는 없을 거예요!"

그렇게 대화는 계속되었다. 얘기를 듣는 사람들이 그녀가 마치 암기한 교과목처럼 변하지 않는 정확성으로 이야기를 암송하는 것을 눈치챘을까? 아마 아닐 것이다. 만약 그랬다 하더라도 내색은 안 했다. 신문들은 모두 시더리지에서의 강도 사건으로 가득 채워졌다. 복면강도, 맨퍼드 양이 총상을 입은 것, 그리고 살인 미수자의 도주. 피가 얼어붙을 정도로 끔찍하고 확실한 설명이 심각한 헤드라인과 계속되는 반복적 기사로 권위를 부리며, 뭐든 쉽게 믿어버리는 대중을 파고들었다. 24시간 내로 시더리지 강도 사건은 기정사실이 되었고, 교외의 백만장자들은 야간 경비원의 숫자를 두 배로 늘리고 가장 최신 방범 경보 상품을 탐색했다. 노나는 소파에 나른하게 기대서 언제쯤 이 모든 것에서 멀어지도록 떠날 수 있을지 궁금해했다.

다른 사람들은 모두 여행을 갈 예정이었다. 그녀의 부모는 그날 저녁에 로키산맥과 밴쿠버로 떠날 것이다. 거기서 다시 일본으로 갔다가 이른 가을에는 스리랑카와 인도로 갈 것이다. 폴린은 벌써 현지의 모든 최고 군주들에게 보낼 편지들을 갖고 있었고, 방문 중에 인도식 공식 환영연인 더르바르가 있을 것 같지 않아서 유감이었다. 맨퍼드 부부는 1월이나 2월까지는 돌아오지 않을 예정이었다. 맨퍼드가 직업적 노동으로 너무 진을 뺐기 때문에 의사들은 누적된 피로가 신경쇠약을 일으킬지 모른다고 걱정했고, 완벽한 변화와 상당 기간의 휴업을 처방했다. 폴린은 집에 돌아오는 길에 이집트에서 노나를 만나기를 희망했다. 카이로에서 햇살 가득한 크리스마스를 함께 보내는 것은 멋질 것이다…….

아서 와이언트도 떠났다. 캐나다로 엘리너 사촌을 대동하고 갔다고 전해졌다. 누군가는 메인에 있는 사설 금주 시설이 여행의 목적지라고 암시했다. 하지만 누구도 진실은 몰랐고, 상관하는 사람도 몇 없었다. 그의 남아 있는 늙은 친구들은 그가 아파서 변화를 위해 여행을 갔다고 들었을 때, 어깨를 으쓱하거나 미소를 짓거나, "가엾은 늙은 아서. 또 너무 도를 지나쳤군"이라고 말하고 는 그에 대해서 잊어버렸다. 그는 세상에서 자리를 잃은 지 오래였다.

심지어 리타와 짐 와이언트도 여행 중이었다. 그들은 지난주에 파리로 배를 타고 떠났다. 그들은 늦은 봄 행사 시즌에 맞게 도착할 것이고, 리타는 거기서 그랑프리*, 새로운 패션, 새로운 연극을 보게 될 것이었다. 짐의 휴가는 8월까지로 연장되었다. 의붓아들에 대해 늘 염려하는 맨퍼드가 은행과 일을 조정해주었다. 아내가 노나와 함께 희생자가 될 뻔한 시더리지에서의 끔찍한 사건에 짐이 몹시 속상해하는 건 당연하다고 모든 사람이 동의했다. 그리고 그와 가까운 사람들은 아버지의 과음이 심해지고 있는 것에 대해 그가 얼마나 걱정을 하는지 알고 있었다. 전체적으로, 와이언트가 사람들과 맨퍼드가 사람들 모두 흔치 않은 긴장에 시달린 것이다. 부자들의 신경이 고장 날 때는 여행이라는 유쾌한 치료법이 첫 번째로 처방되는 것이었다.

노나는 쿠션 위에서 불안하게 머리를 돌렸다. 그녀는 회복될 것 같지 않은 극도의 피로감을 느꼈고, 활력을 주는 봄의 찬란함에 반응할 수가 없었다. 움직일 수 없는 상황이 그녀를 지치게 하

---

* 1894년 프랑스에서 시작된 자동차 경주.

기 시작했다. 처음에는 상황들에서 조용히 벗어나서, 시더리지 강도 사건의 수동적인 희생자이자 인정된 증인으로 제시되는 것에 안도했다. 그러나 이제는 그 역할에 구토가 날 만큼 질렸고, 여행―영원한 회피―으로 도망칠 수 있는 다른 사람들이 부러웠다.

그녀가 정말 그들처럼 되고 싶어서가 아니었다. 자신이 떠나고 싶은지 확신이 없었다. 적어도 몸은 그랬다. 그녀가 갈망하는 건 영적인 도피였다. 하지만 무슨 수로, 그리고 어디로? 어쩌면 그건 그저 자기 위치에 머물면서 자신한테 주어진 적은 양의 의무와 책임에 충실함으로써 성취 가능할 것이다. 하지만 이 생각조차도 특별히 매력적으로 느껴지지는 않았다. 그녀의 의무들과 책임들―그것들은 무엇인가? 그녀 삶의 다른 모든 것처럼 기껏해야 부정적인 것들이리라. 그녀는 체념이 자유를 의미하리라고, 적어도 도피를 의미하리라고 생각했었다. 그러나 오늘날 그것은 더 답답한 자기 감금일 뿐인 것 같았다. 그녀는 피곤했다. 그건 확실하다…….

문을 두드리는 소리가 났고, 어머니가 들어왔다. 노나는 무슨 일인가 궁금해하며 나른한 눈을 들어 올렸다. 그녀는 이제는 언제나 호기심을 갖고 어머니를 바라봤다. 그녀 내부에서 변한 것에 대한 호기심보다는 그대로 똑같이 남아 있는 것에 대한 호기심이었다. 그리고 옛날의 폴린이 새로운 폴린, 시더리지의 자정의 수척하고 놀란 망령 같던 그 모습을 뚫고 다시 나왔다는 것은 놀라웠다…….

'다친 내 팔이 어머니를 구했어.' 노나는 엉망이넌 혼령이 어떻게 즉각적이고 실용적인 측면을 붙들고, 항상 매달려왔던 현실의 손잡이를 쥘 수 있게 되자마자 다시 자신과 상황을 장악한 폴린 맨퍼드가 되었는가를 냉소적으로 감탄하며 기억해냈다.

이제는 심지어 엄격하고 절제된 모습도 사라졌다. 대신 시간이 지나면서 확신이 자라나자, 자기 자신이나 대체적으로 상황이 안정된 것에 자신만만한 미소를 짓는 일상적인 폴린으로 되돌아갔다. 시더리지에서의 그 끔찍한 밤이 그녀에게 현실인 적이 있었던가? 그랬다 해도 그 사건은 이미 우화의 영역으로 희미해졌다고 노나는 확신했다. 그 일의 단 하나의 가시적인 결과는 딸이 상해를 입은 것인데, 이제는 치유되는 중이니 말이다. 그와 관련된 다른 모든 일은 시야 밖에서, 땅 아래서 일어났던 것이다. 그런 이유로 이제 그건 폴린에게는 결코 존재한 적이 없었던 일 같았고, 그녀는 그 어느 때보다도 단호하게 2차원적이었다.

적어도 노나가 감지할 수 있는 유일한 육체적 차이는 주름들을 정교한 화장으로 메우고 있다는 것이었다. 얼굴 복원사들의 온갖 기술에도 불구하고 주름들은 어머니의 입술과 눈 주변에 영구적인 그물을 짜놓았다. 이 미묘한 분장 아래서 폴린의 얼굴은 전보다 더 젊고 산뜻해 보였고, 마치 다시 태어난 듯이 매끄럽고 깨끗해 보였다. '그리고 어머니는 결국에 **실제로** 다시 태어났다.' 노나는 그렇게 결론 내렸다.

폴린은 소파 옆에 앉아서 딸의 손을 가볍게 어루만졌다.

"얘야! 차 마셨니? 기분이 정말 훨씬 낫지 않니? 의사가 마사지는 내일 시작한다고 말하더구나. 그런데……" 그녀는 한 줌의 신문 오린 것을 침대보 위로 던지면서 말을 이었다. "환영연에 대한 이 기사들 중 어떤 것들은 널 즐겁게 할지도 모르겠다. 메이지가 너에게 보여주려고 이것들을 보관하고 있었단다. 물론 외국 이름들 대부분은 틀렸어. 하지만 방에 대한 묘사는 꽤 괜찮단다. 토미 아드윈이 〈루커온〉에 기사를 썼을 게 틀림없어. 아말라순타는 추기경도 그 기사를 좋아할 것이라고 하더구나. 그는 플래시를 켜고 사진을 찍는 것에 기뻐했던 모양이야. 전반적으로 그가 매우 기분 좋아했단다."

"그러면 어머니도 기분 좋으시겠네요." 노나는 창백한 입술로 억지로 미소를 지었다.

"정말 **그렇구나**, 얘야. 나는 뭔가를 한다면 잘하는 걸 좋아하지. 너도 알다시피 그건 항상 나의 철칙이란다. 최고로 하든지, 아예 안 하든지. 그리고 그날은 성공이었다고 확신한단다. 그런데 내가 너를 피곤하게 하고 있는지도 모르겠구나……" 폴린은 망설이며 일어섰다. 그녀는 뭔가 활동적이고 압도적인 역할을 맡은 것이 아니라면 환자 곁에서 능숙하지 못했다. 노나는 자신의 기운이 돌아오고 더 이상 어머니가 자신을 위해 해줄 일이 없어짐에 따라 어머니와 단둘이 있는 것이 점차 어려워지고 있다는 것을 알고 있었다. 맨퍼드 부부가 그날 저녁 여행을 떠날 기라 다행이었다.

"어머니, 여기 계시지 않아도 돼요. 정말로 전 괜찮아요. 여전히 좀 피곤한 것뿐이에요……."

폴린은 매끄럽게 회춘한 얼굴에 애써 걱정하는 표정을 지으며 딸을 내려다보면서 망설였다.

"얘야, 내가 너를 두고 가는데 좀 더 안심할 수 있으면 좋겠구나. 물론 네가 괜찮다는 건 알지. 하지만 너 홀로 집에 머문다는 생각이……."

"그게 바로 내가 좋아할 상태예요. 그리고 아버지 때문에 어머니는 떠나야만 해요."

"나도 그렇게 느낀단다." 표정이 밝아지면서 폴린이 동의했다.

"마지막 할 일들로 엄청 바쁘실 게 틀림없어요. 전 정말 편안해요. 그냥 떠나서 절 잊으셨으면 좋겠어요."

"그래. 메이지가 나를 **애타게** 찾고 있긴 하구나." 폴린은 문간에서 실토했다.

문이 닫히고 노나는 한숨을 쉬며 눈을 감았다. 내일, 내일이면 혼자가 될 것이다! 그리고 1주일 후에는 아마도 시더리지로 돌아가서 주변에 개들을 데리고 테라스에 누워 있을 것이다. 그녀에

게 질문하거나, 넘겨짚으며 동정하거나, 조심하며 회피하는 사람
은 아무도 없을 것이다……

그랬다, 모든 것에도 불구하고 시더리지로 돌아간다는 생각이
지금은 가장 견딜 만한 일 같았다……

자세를 편하게 하려고 불안하게 시도하며 그녀는 손을 뻗었다.
오려놓은 신문 더미에 손이 닿았다. 시더리지의 그날 밤 이후 모
든 이들이 —심지어 메이지나 파우더도— 추기경의 환영연은 포
기해야 할 것이라고 추측했다. 그의 출발이 임박했기에 연기할
수 없었기 때문이었다. 하지만 파티는 지정된 날에 열렸고 —강
도 사건 후 겨우 나흘째였다— 폴린은 성공시켰다. 딸은 그에 대
해 어머니를 진정 존경했다. 바꿀 방도가 없는 응급 상황에 대처
하는 어머니의 에너지에, 노나 자신에게 내재되어 있는 기질적
특성이 감응했다. 파티는 화려했을 뿐만 아니라 즐거웠다. 모두
가 참석했다. 뉴욕 주교와 랍비장을 포함해서 모든 관료와 성직
자 저명인사들…… 심지어 일반적인 구경거리에 흥미를 더해주
는, 시베리아 사람처럼 보이는 거구의 '과학적 입문자'까지도 반
쯤 사제복 같은 옷을 입고 참석했다. 하지만 그날 저녁의 위엄과
쾌적함을 손상하는 붐비는 군중이나 혼란은 전혀 없었다. 노나는
어머니가 마하트마도 초대하기를 바라지 않았을까 생각했다. 그
의 오리엔탈풍 의상은 매우 효과적이었을 것이고 칭찬을 많이 받
았을 법했는데, 가엾은 사람 같으니라고! 그러나 어머니는 그걸

감행하지는 않았다. 거룩한 성직자들에 이어 막 도착한 미켈란젤로가 주목을 끌었다. 그는 고귀한 로마풍 아름다움에 더해 영화계의 화려함을 뿜어냈고, 그의 어머니는 곁에서 그에 대해 설명하면서 그를 과시했다.

"짐과 리타가 항해를 떠났다니 유감이군요." 후작 부인은 말을 들어주는 모든 이들에게 선언했다. "진짜 큰 실망이에요. 난 리타가 오늘 여기 있기를 정말 희망했거든요. 그녀와 나의 미켈란젤로는 멋진 커플이 되었을 거예요. 구세계와 신세계의 조합이죠. 혹은 안토니와 클레오파트라랄까, 그저 상상해보세요! 내 아들이 말하길 클로해머는 클레오파트라 역을 찾고 있다고 해요. 하지만 사랑스러운 리타는 곧 돌아올 테죠……." 그러면서 그녀는 퍼시랜디 씨 부인과 자신의 희망과 유감을 뒤섞었다.

32

노나는 다시 눈을 감았다. 견딜 수 없는 그 밤 이후로 잠을 잘
수 없어 끊임없는 피로로 고통받았다. 주변 사람들로부터 그녀가
잠깐씩 잠이 든 시간이 얼마나 짧았는가를 숨기려고 애쓰느라 피
로감이 심했다. 어둠의 시간 동안에는 마치 알지 못하는 도시의
미로에 있는 방랑자처럼 소음과 불빛을 찾기 위해 영원히 애쓰고
있는 것 같았다. 심지어 조각 잠들도 빛과 소음으로 붐비고 노출
감에 눈이 부셔서, 깰 때까지는 그 잠깐의 휴식을 의식하지도 못
했다. 오직 방에 혼자 있는 낮에 눈꺼풀이 닫혔을 때만 상황도 때
로 몰아낼 수 있었다…….

그런 짧은 휴식이 이제 그녀에게 찾아왔다. 그런데 정신을 차
려 놀라 일어나보니 곁에 아버지가 있는 걸 알았다. 부모님이 떠
나기 전에 아버지를 따로 보리라고 기대하진 않았었다. 그녀는

함께 작별하는 걸 부모님이 저녁 식사 후, 기차를 타러 출발하기 직전으로 어떻게든 미룰 것이라고 생각했었다. 잠시 동안 그가 거기 있다는 것을 명확히 인식하지 못한 채, 또 그가 있는 거라면 무슨 말을 해야 할지 모르는 채로 누워서 맨 퍼드를 올려다보았다.

그도 모르는 것 같았다. 아마도 그는 자신도 모르게, 헤어지기 전 단 한 번 단둘이 있고 싶다는 막연한 간절함에 이끌려 그녀 곁으로 왔을 것이다. 또는 어쩌면 그가 그러기를 두려워한다고 딸이 생각할까 봐 왔을 것이다. 그는 폴린이 떠난 의자에 말없이 앉아 있었다.

황혼이 내렸고, 노나는 곁의 존재를 오직 어두운 덩어리로 인식했다. 잠시 후 아버지가 손을 뻗어서 그녀의 손 위에 놓았다.

"아, 이제 거의 어두워졌네요." 그녀는 말했다. "이제 한 시간 정도 있으면 떠나시겠어요."

"그렇구나. 네 어머니와 나는 일찍 저녁을 먹을 거다."

그녀는 그의 손가락 사이로 손가락을 끼워 넣었고, 그들은 다시 침묵하며 앉아 있었다. 그녀는 이렇게 그가 곁에 있는 것이 좋았다. 하지만 그를 위해서, 또 그녀 자신을 위해서 황혼이 그의 얼굴이 또렷이 보이지 않게 만들고 있어 다행이었다. 그녀는 침묵이 깨지지 않기를 바랐다. 그를 보지 않고 그의 말을 듣지 않는 한, 그가 근처에 있는 건 말할 수 없이 편안했다. 마치 그가 전해주는 살아 있는 온기를 혼연일체로 나누는 것 같았다.

"이제 두 시간 후에⋯⋯." 그는 활달하려 노력하며 말을 시작했다. 그녀는 가만히 있었고, 그는 말을 이어갔다. "나는 이렇게 잠깐이라도 너와 둘이 있고 싶었단다. 내가 하고 싶었던 말은⋯⋯."

"아버지⋯⋯."

그는 의자에서 갑자기 몸을 돌려 그녀 쪽으로 굽히더니 이마를 이불에 댔다. 그녀는 손을 빼서 그의 관자놀이의 가느다란 머리카락을 어루만졌다.

"하지 마세요. 할 말은 아무것도 없어요."

그녀는 닿아 있는 그의 어깨가 떨리는 것을 느꼈고, 그 떨림이 자신의 몸을 관통해서 심장 섬유 조직들을 느슨하게 만드는 것 같았다.

"늙어가는 아버지."

"노나."

그 후에 그들은 다시 어둠 속 어디선가 시계가 울릴 때까지 말하지 않고 있었다. 맨퍼드는 일어섰다. 그는 성마르게 몸을 흔드는 몸짓을 하고는 몸을 굽혀 딸의 이마에 키스했다.

"가기 전에 다시 올라올 것 같진 않구나."

"네."

"그럴 필요는 없을 것 같아."

"그럼요."

"네 어머니는 내가 돌보마. 할 수 있는 모든 걸 할게…… 얘야, 안녕."

"아버지, 안녕히 가세요."

그는 다시 그녀의 이마에 키스하고는 방을 나갔다. 그녀는 눈을 감고 어둠 속에 누워 있었다. 그녀의 심장이 그에 대한 생각 주변에 두 손처럼 포개졌다.

"얘야, 노나!" 아직 어머니와의 작별을 치러야 했다. 글쎄, 그건 상대적으로 쉬울 것이다. 그리고 밝은 방에서 이루어질 것이다. 폴린은 날씬하고 꼿꼿하게, 여행을 위해 세심하게 차려입은 채로 문간에 서 있었다. 완벽하고 멋진 모습이었다! 그래, 이건 아주 쉬울 거다.

"아가, 시간이 됐구나. 우리는 몇 분 후에 떠난단다. 하지만 내가 모든 걸 준비해두었어. 메이지는 아래층에 있어. 내 모든 지시 사항을 알고 있고, 우리가 대륙을 건너는 동안에 네가 어떤지 전보를 칠 역의 목록을 갖고 있지."

"하지만, 어머니. 전 괜찮아요. 전혀 그럴 필요가 없어요……."

"세상에! 내가 네 소식을 듣고 싶어 하는 걸 막을 수는 없단다."

"그럼요. 알죠. 그저 걱정하지 않아도 된다는 뜻이에요."

"물론 걱정하지 않을 거란다. 나 자신이 걱정하도록 **내버려두지** 않을 거야. 그런 일에 대해 내가 어떻게 느끼는지 너도 잘 알고 있잖니." 맨퍼드 부인은 의기양양하게 덧붙였다. "게다가 도대체 걱정할 일이 뭐가 있니?"

"아무것도 없죠." 노나가 미소로 동의했다.

폴린은 몸을 굽혀서 맨퍼드의 입술이 막 닿았던 딸의 이마에 오래 키스했다. 폴린은 자신의 역할을 더 잘했다. 그리고 그에 상응하여 상대 배우들이 맡은 역할을 하는 것도 쉽게 만들어주었다.

"안녕히 가세요, 어머니. 여러가지로 즐거운 시간 보내세요, 그러실 거죠?"

"아주 재밌는 여행이 될 거야. 네 아버지처럼 영리하고 세련된 남자와 함께니까……. 네가 우리와 같이 갈 수만 있다면 좋을 텐데! 하지만 이집트에서 우리와 합류하겠다고 약속하는 거지?"

"아직은 아무런 약속도 요구하지 마세요, 어머니."

폴린은 몸을 완전히 펴고 딸을 빤히 내려다보면서 서 있었다. 그녀의 매끄러워진 새 얼굴 아래로 노나는 다시 불안감이 스쳐지나가는 것을 보았다. 마치 사람이 오래 살지 않은 집의 창문으로 이리저리 빛이 움직이는 것 같았다. 이걸 보자 딸은 놀랐고, 심장이 덜컥했다. 갑자기 그녀 안의 무언가가 부서졌다. 그녀는 아이처럼 입술을 꽉 다물었고, 눈물이 뺨을 타고 흐르는 걸 느꼈다.

"노나! 우는 건 아니지?" 폴린은 그녀 곁에 무릎을 꿇었다.

"아무것도 아니에요, 어머니, 아무것도요. 가세요! 제발 가세요!"

"애야, 조만간 네가 행복한 걸 볼 수 있다면 좋겠구나."

"행복이요?"

"그래. 내 말은 다른 사람들처럼 말이야. 결혼해서……." 어머니는 성급하게 둘러댔다.

노나는 눈물을 훔쳤다. 그녀는 고개를 들고 폴린을 똑바로 바라보았다.

"결혼이요? 어머니는 결혼하면 제가 행복해질 거라고 생각하세요? 무슨 근거로 그런 말씀을 하시는 거예요! 전 결혼하고 싶지 않아요. 제가 결혼하고 싶은 사람은 세상에 아무도 없어요." 그녀는 강경하고 확고한 시선으로 어머니를 계속해서 똑바로 응시했다. "결혼이라뇨! 차라리 수녀원에 들어가서 생을 마무리하는 게 몇천 배 나을 거예요." 그녀는 소리쳤다.

"수녀원이라고……. 노나! 정말 **수녀원에** 가겠다는 말은 아니지?"

폴린은 일어섰고, 난처함과 놀라움이 화장 사이사이로 삐져나오는 상태로 딸 앞에 서 있었다. "그렇게 끔찍한 이야기는 못 들어봤구나." 그녀가 말했다.

노나는 어머니의 얼굴 표면 위로 미끄러지듯, 사제들과 향료와 우상숭배에 대한 옛 청교도적인 공포가 떠오르는 것을 희미한 미소를 지으며 주시했다. 그건 폴린의 절충적인 종교성보다 더 깊이, 추기경을 영접하는 것에 대한 자부심보다 더 깊이, 너무 많이 사용해서 탄력이 생긴 양심의 피상적인 모순과 순응보다 더 깊이 숨어 있는 것이다. 아마도 그 공포가 그녀 안에 유일하게 남은 단단한 근성일 것이다.

"때로 네가 내 마음을 아프게 하고 싶어 하는 것 같구나, 노나. 지금 이런 말을 내게 하다니! ……수녀원에 간다니……." 어머니는 신음했다.

소녀는 머리를 쿠션들 사이로 다시 눕혔다.

"아, 하지만 사람들이 아무것도 믿지 않는 그런 수녀원 말이에요." 노나가 말했다.

소설 읽기: 씨앗 심기

소설을 읽는 것은 소설 속 시공간으로 들어가는 과정이며, 소설이 그리는 세계와 나의 시공간 사이의 접점을 찾는 일이다. 나에게 즉각 개인적으로 다가오는 의미가 내 안에 나의 시각으로 생성되었을 때, 소설 속 이야기는 내 삶 속에, 내 마음 안에 씨앗을 심는다. 작품을 읽은 그 시점에 심긴 씨앗이 싹을 틔우고 꽃을 피우고 열매를 맺을지, 아니면 씨앗의 상태로 그저 머물며 또 다른 씨앗을 심고 싹을 틔우기 위한 밑거름이 될지는 삶의 여정 속에서 각자가 다른 방식으로 갈무리하게 된다.

19세기 말에서 20세기 초에 미국과 유럽에서 살아간 이디스 워튼(1862~1937)이 그리는 작품 세계는 일견 나의 삶과 접점을 찾기 어려운 느낌을 주는 듯 보인다. 영화로도 만들어진《순수의 시대》에 그려진 화려한 뉴욕 사교계는 이디스 워튼 자신이 속했던 세계이기도 하다. 화려한 장면들은 볼거리를 풍성하게 해주지만, 그만큼 그 안에 그려진 세계와 내가 사는 세계 간의 거리감을 증폭하기도 한다.

역자는 이디스 워튼의 시골 별장이었던, 매사추세츠주에 위치한 레녹스의 마운트라 불리는 집을 방문했던 적이 있다. 잘 가꿔진 거대한 정원과 화려한 대저택을 거닐며 이디스 워튼이라는 작가의 숨결을 생생하게 느껴볼 수 있었다. 그러나 또한 저 멀리 떨어진 시공간을 살았던 작가와 나의 관계, 그 '거리'가 확연하게 느껴지기도 했다. 이 모든 것을 소유했던 그녀의 삶에 어떤 고민이 있었을까. 삶에 부족함이 없어 보였던 이디스 워튼이 아닌가. 하지만 그만큼 그 공간에서 나는 이디스 워튼이 그렸던 작품 속 인물들의 삶이 얼마나 생생하고 다채로운가를 환기했으며, 작가가 나의 삶으로 더 가까이 들어오는 경험을 했다. 작가는 직접 경험하든 아니든 온갖 다양한 삶을 상상력을 통해 확장하고 변형하여 작품에 담아, 인간 삶의 중요한 진실을 포착해 보여주고 있구나! 《반마취 상태》의 번역 작업을 진행하는 동안 그때가 종종 떠올랐다.

우리가 삶에서 겪는 모든 경험은 객관적 진실과 주관적 진실을 지닌다. 객관적이며 자명해 보이는 하나의 사실도 주관적인 각자의 시각으로 채색되어 전혀 다른 의미와 진실을 드러내기도 한다.

그런 점에서 모든 개인의 경험은 다른 누구의 것과도 비교되지 않는 절댓값을 지닌다. 따라서 이디스 워튼의 작품들은 그녀가 살아낸 삶의 총체적인 경험들과 상상력을 융합해 만들어낸 그녀의 '주관적 진실'을 담고 있을 것이다. 그리고 소설 읽기 경험을 통해 독자인 우리도 나만의 '주관적 진실'을 발견하고, 이를 각자의 삶에 씨앗으로 심어두는 것이다. 독자 여러분에게 《반마취 상태》를 읽는 것이 그렇게 각자의 씨앗을 심는 경험이 되었으면 한다.

'길 잃은 세대': 이정표를 찾아서

《반마취 상태》는 이디스 워튼의 작품 중 상대적으로 덜 알려진 작품이다. 이디스 워튼은 사실 50여 년의 작가 경력을 통해 장편소설 25편, 단편소설 86편, 시집 3권, 실내장식에 대한 책, 픽션 이론에 대한 연구서, 자서전 외에도 여행기와 에세이와 논평을 발표하는 등 매우 다작을 했으며, 글쓰기를 취미가 아니라 직업으로 삼았던 여성 작가 계보 속에서 단연코 독보적인 위상을 지닌다.* 당대에 베스트셀러이기도 했던 《순수의 시대》는 이디스 워튼에게 여성으로서는 처음으로 퓰리처상을 수상하는 영예를 안

---

*   Carol J. Singley, "Introduction." *A Historical Guide to Edith Wharton.* Ed. Carol J. Singley. New York: Oxford UP, 2003. p. 7.

겨주기도 했다.

《반마취 상태》는 1927년 작가가 프랑스 파리에 살고 있을 때 출간되었으며, 작가로서 긴 경력을 지닌 이디스 워튼이 60대가 되어서 출판했으니 작가 경력 후반기의 작품이다. 출판 당시 이 작품은 "미국의 삶과의 접점을 잃었다"는 혹평을 받았다.* 하지만 《반마취 상태》는 이디스 워튼의 대표 인기작으로 꼽히는《순수의 시대》와《환락의 집》이나《그 지방의 관습》에서도 특징적으로 나타났던, 당대의 미국 뉴욕 상류층 사회에 대한 특유의 풍자적 통찰력을 담고 있다. 그러면《반마취 상태》가 그리는 세계는 어떤 세계인가?

이디스 워튼이《반마취 상태》에서 그리는 세계는 1차 세계대전 이후의 전후 세대의 초상과 같다. 1차 세계대전은 '대전쟁'으로 지칭되는 것에서 알 수 있듯이, 정치, 경제, 사회 모든 면에서 전반적으로 세계에 큰 영향을 미친 역사적으로 중대한 사건이었다. 장기간 지속되었던 전쟁의 참담한 결과로 이전의 이성과 과학에 기반한 무한 진보에 대한 믿음은 해체되고, 전통적인 가치와 의미에 대한 강한 회의감이 사회 전반을 지배하게 된다.

한편 전후 1920년대 미국 사회는 초유의 경제적 번영과 풍요

---

* Cheryl Miller, "The Painless Peace of *Twilight Sleep.*" *New Atlantis* 18 (Fall 2007), p. 99.

의 시기를 누렸다. 그러나 기존 가치관의 전면적 해체와 붕괴로 극도의 정신적인 혼란과 공허가 팽배했던, 일명 '길 잃은 세대 (the Lost Generation)'의 시기이기도 했다.** 길을 잃거나, 어찌할 바를 모르는 상태를 뜻하는 'lost'라는 표현은 이 시대의 특징을 단적으로 표상한다. 무엇보다도 작품에는 구호처럼 '불안함'과 '지루함'을 반복적으로 호소하는 인물 군상들이 가득하다. 이들은 모두 목적지로 향하는 방향을 잃고, 안내해줄 이정표를 찾아 삶의 여정을 지속하는 상태를 보여준다. 《반마취 상태》에서 이디스 워튼은 어디에서도 '휴식이 없는', '불안한' 상태로 이 시기를 살고 있는 한 뉴욕 상류층 가족의 이야기를 통해 1차 세계대전 이후에 큰 변화를 겪고 있던 미국 사회에 대한 비판적 사유를 담아냈다.

책의 제목인 '반마취 상태(Twilight Sleep)'는 당대에 특히 상류층 사이에 유행했던, 여성의 산고를 줄여주기 위해 마취제를 사용하던 의학적 방법을 지칭한다. 작품의 도입부에서 폴린 맨퍼드는 며느리 리타 와이언트의 분만의 고통을 줄이기 위해 이러한 최신 의학 기술을 동원해 최선을 다하는 모습으로 그려진다. 통

**　파리에서 살고 있던 거트루드 스타인의 집에 당대 유명 작가와 예술가들이 자주 모였다. 스타인이 이들에게 "당신들은 모두 길 잃은 세대입니다"라고 했던 말에서 유래한 표현이다.

증과 아픔이 제거되어야 할 대상으로 규정되는 것은《반마취 상태》가 그리고 있는 세계의 특징을 잘 드러낸다. 마치 '황혼 녘의 잠'에 빠진 것처럼 반쯤 마취된 상태에서 통증 없이 생명을 탄생시키는 방법은 혼란의 미국 사회에서 고통을 줄이고 차단하는 데 사용한 방법으로서 매우 상징적이며, '반마취 상태'에 빠져 현실의 고통을 잊고자 하는 등장인물들의 심리적 상태를 그대로 표상한다.

더욱이 통증은 단지 육체적인 것만을 의미하지 않는다. 불안함, 걱정, 공허감, 의심, 시기심, 좌절감과 같은 부정적인 감정의 침입 또한 철저하게 차단해야 하는 대상이다. 대표적으로 폴린은 육체적, 심리적 쇠퇴와 노화에 동반되는 증상을 치유하는 과학적 요법과 심리적, 영적 치유의 방법을 끊임없이 탐색하며 추구한다. 그녀는 만병통치약을 믿는 세계에 살고 있다. 폴린은 끝없이 이어지는 다양한 활동으로 시간을 메움으로써 삶의 의미를 구축하려 노력한다. 그녀의 촘촘하게 채워진 일정표는 온갖 종류의 활동으로 가득 차 있다. 가장 최첨단의 현대적 기술을 활용하면서, 유행하는 최신 영적 치료법을 찾아다니는 폴린의 일견 모순적인 활동들은 그녀가 길을 잃고 목적지를 모르는 채로 이정표를 찾고자 애쓰고 있다는 것을 보여준다.

그러나 무한히 진보하는 "장밋빛 세계"에 대한 폴린의 믿음은 젊은 세대에게는 공유되지 않는다. 작품 속에는 세대 간 갈등과 균열, 가족 간 소통의 부재가 첨예하게 표출된다. 젊은 세대는 장밋빛 이상에 가득 찬 기성세대의 낙관적인 믿음에 환멸을 느낀다. 당대 젊은 세대의 대표 격인 리타는 삶의 목표를 상실한 채 음주, 춤, 스포츠, 섹스 등 즉흥적인 쾌락에 지나치게 탐닉한다. 리타는 폴린과 전남편 아서 와이언트 사이의 아들 짐 와이언트의 아내로서 전형적인 플래퍼* 여성이다. 그녀의 삶은 춤과 스포츠, 그리고 할리우드 문화에 몰입되어 있다. 그 외의 일상은 게으르고 나른하다. 리타가 "짜릿한 일들 사이의 권태감으로부터 습관적으로 도망치는 방법"으로서 즐기는 낮잠은 리타의 삶 전체를 압축적으로 표현한다. 심지어 쉽게 싫증 내고 계속해서 새로운 것을 추구하려는 성향으로 인해 리타는 자기 자신을 찾고 싶다는 이유로 남편에게 이혼을 요구한다.

즉흥적인 쾌락을 좇는 젊은 세대인 며느리 리타와, 진지한 열정으로 전통적인 질서를 옹호하려는 폴린의 세계는 대립 구도를 형성한다. 폴린은 스스로도 이혼과 재혼을 감행한 여성으로서, 전형적인 전통적 여성은 아니다. 오히려 그녀는 독자적인 재력을

---

* 짧은 단발머리와 진한 화장과 같은 특정한 스타일과 자유분방한 행동 양식을 표방하던 여성 집단을 의미한다. 이들은 1920년대를 대표하는 '새로운 여성 유형'으로 등장하여 미국의 '독특한 문화적 현상의 주도자로서 시대의 아이콘이 되었다. 손정희, 「플래퍼와 1920년대 미국 문화의 여성 이미지: 피츠제럴드를 중심으로」, 〈미국학논집〉, 제41권 2호, 2009, 134면.

갖춘, 가정의 영역 밖에서 활발한 사회 활동을 펼치는 '현대적인' 여성이다. 그러나 돌발적인 에너지와 변칙적 행동으로 개인적인 분출구를 찾는 리타와는 전혀 다른 세계에 속한다. 서로 다른 기준 아래, 자신만의 가치관을 고수하는 이들 사이에는 소통이 이루어질 수 없다.

꽉 짜인 폴린의 세계에서 숨 막혀 하는 것은 리타만이 아니다. 폴린의 두 번째 남편인 덱스터 맨퍼드 또한 그녀가 구축해놓은 "장밋빛 세계"로부터 일탈하고 싶어 한다. 그의 비밀스러운 욕망은 며느리 리타와의 위험한 불륜 관계로 이어진다. 덱스터가 보기에 폴린의 공간이란 돈으로 살 수 있는 최첨단 기술들로 고안된 것이며, 정확하게 울리는 시계들과 숨 막히는 일정표가 보여주듯 서두름이 지배하는 공간이다. 그러나 리타의 공간은 시계가 없고, 정해진 시간이나 약속 또는 해야 할 일이 없는 곳으로, 덱스터에게는 정신없는 하루 일과 후에 평안을 주는 공간으로 느껴진다. 서로 다른 것을 추구하는 덱스터와 폴린 사이에는 진정한 소통이 이루어지지 않는다.

작품의 독특한 서술 방식 또한 가정 내의 갈등을 잘 드러내준다. 작품은 순차적인 스토리 전개가 아니라, 폴린과 덱스터, 그리고 딸인 노나 맨퍼드의 의식을 통하여 중첩적으로 전개된다. 소설의 무질서한 전개 방식은 전후 미국 사회의 삶에 대한 혼란과 동요를 반영함과 동시에 개인화에 따른 소외와 분리 현상을 반영한다. 이들은 한 가정 안에 머물지만 각자 다른 가치관을 가진 인물들로, 서로를 이해하기에는 한계가 있는 평행선상에 머무른다. 이러한 가족 내의 소통 부재와 갈등은 모든 인물에게 좌절과 고통의 요인이 된다. 폴린의 가정은 외면상으로 화려한 사교 생활, 무도회와 파티, 골프나 낚시 등 부유한 경제적 여건하에 더없는 풍요로움을 누리고 있다. 하지만 이러한 생활상은 실은 가족 구성원들 각자에게는 자신만의 만족 추구를 위한 도피처가 될 뿐이다.

가족 간의 갈등과 인간관계의 복잡함을 마침내 풀어내는 인물이 노나이다. 노나 역시 리타와 같이 춤과 스포츠를 즐기는 젊은 세대이지만, 극히 대조되는 폴린과 리타의 중간 입장에서 객관적인 시선으로 상황을 바라보려고 한다. 리타가 이혼하고 싶어 한다는 것과 아버지가 은밀한 일탈을 꿈꾸고 있다는 것을 감지하고, '가족'의 외형을 유지하고 소통을 이끌려고 노력한다. 이러한 노나의 고민스러운 입장은 "인생의 모든 엉킨 매듭들이 풀 수 없게 치명적으로 얽혀 있었다. 어떻게 어린 소녀의 손으로 그것들을 풀 수 있겠는가?"라는 반문에 잘 드러나고 있다.

하지만 얽히고 얽혀 풀리지 않는 매듭과 같은 가족 내 관계가 덱스터와 리타의 불륜으로 파국에 이르는 것을 막는 역할은 결국 노나가 해낸다. 그녀는 결말에서 아서 와이언트에 의해 총상을 입은 몸을 치유하면서, 덱스터와 리타가 드리운 가족 내의 심각한 균열을 적어도 표면적으로는 봉합하는 역할을 한다. 하지만 작품의 결말은 여전히 '길 잃은' 각 인물이 또 다른 이정표를 찾아 여행을 떠나는 것으로, 여전히 이들의 삶에 내재된 균열과 갈등의 향방이 미완성으로 귀결되는 오픈 엔딩이다.

그러나 여기서 간과할 수 없는 것은 세대 간에 표현 양식은 다를지라도 결국 이러한 모든 행위는 불안감과 지루함을 상쇄하려는 노력을 의미한다는 점이다. 폴린의 가정에 노정된 소통 부재와 세대 갈등은 단지 개인에게 국한된 것이 아니라 하나의 삶의 양식으로서 당대의 문화 현상이었다. 1920년대 미국은 풍요로운 경제적 번영의 시기였다. 하지만 경제와 기술이 눈부시게 발전했던 이면의 정신적인 공황은 향락적이며 현실도피적인 문화양식으로 표출되고 있어, 모두에게 정신적인 허기를 상쇄할 '치유'가 필요했음을 입증하고 있다.

'서두름으로 목말라가는 영혼들'에게: 현재에 던지는 물음

한 시대의 문화 현상이 그 사회의 문제를 반영하는 하나의 증상이라고 한다면, 현재 우리가 살아가고 있는 이 시대는 다양한 종류의 정신적, 심리적 치유와 정신 건강의 돌봄을 요구하는 사회라는 점에서 작품 속에 그려진 세계와 크게 다르지 않다. 풀리지 않게 엉켜 있는 매듭 같은 인생 속에서 "우리 모두가 너무 많이 서두르기 때문에 우리의 영혼을 목마르게 하고 있다"는 작품의 표현은 숨 가쁜 생활양식이 인생과 자기 자신에 대한 깊은 통찰을 방해하고 차단하는 현대의 삶을 압축적으로 시사하는 듯하다. 이런 상황에서 회복하기 위한 치유와 상담 문화조차 상품화되어 소비되는 현상이 나타나는 것은 현재를 살아가는 사람들의 정신적 피로의 심각성을 잘 드러내는 것이다.

작품 속 폴린도 영혼의 평온을 찾아 하나의 치유 방법에서 또 다른 치유 방법으로 마치 쇼핑하듯이 이동한다. 바쁜 생활 속에 '명상'을 집어넣고, '정신적 심호흡'으로 생각의 방향을 조절하는 것이 중요함을 알고는 있지만, 폴린은 영적 치유도 하나의 일정으로 소화하는 데 치중한다. 그녀가 영적 치유에서도 일종의 '지름길'을 제시하는 것을 선호한다고 하거나, 새로 만난 영적 교감 방식이 "개선된 방식의 속기"를 닮아서 더 좋다고 생각하며, 빠르고 신속한 방식으로 자신의 좌절감을 덜어준 치유사를 "바쁜 사람들의 예수님"이라고 칭송하는 것은 폴린이 영적인 것에 대한 자신의 관심이 현실의 삶과 분리되어 있는 상태임을 명확하게 인식하지 못하고 있다는 것을 드러낸다.

폴린은 영혼의 평온을 위해 명상과 '정신 고양'과 같은 활동을 빼곡히 짜 넣은 바쁜 일정표에 포함하고 있지만, 이 모든 '서두름'이 정작 자신의 영혼을 더욱 '목마르게' 하고 있음을 인식하지 못한다. 갑자기 취소된 일정으로 한 시간의 여유 시간이 생기자 어쩔 줄 몰라 하고, 한 시간은 명상을 하기에는 너무 긴 시간이라고 생각하는 폴린은 자가당착에 빠져 있다. 폴린의 행태는 아이러니하게도 마음챙김(mindfulness)과 명상을 통해 마음의 평정과 평온을 찾고자 하는 현대인들의 치유 노력이 산업화되는 양태를 비꼬는 표현인 맥마인드풀니스(McMindfulness)*와 유사한 양태를 보인다.

하지만 이디스 워튼은 평정심의 회복과 영혼의 성장에 대한 용어들이 가득한 이 작품을 통해 현실 너머에 대해 질문을 던지고 있다. 궁극적으로 아마도 폴린이 갈구하는 것은 "영혼이 보내는 소리 없는 전보"의 내용을 알 수 있는 방법을 찾고자 하는 것이다. 길을 잃고 방향을 찾아 나선 폴린은 삶이 주는 모든 혼란과 불안을 극복하고 영혼의 평안을 갖기 위해 다양한 영적 치유 방법을 순례하고 있는 것이다. 마치 현대를 사는 우리가 그러하듯 말이다.

문학작품은 한 시대의 자화상이자 시대와의 소통을 담은 서사이다. 그러나 '오래된' 작품을 현재에 다시 읽는 것은 결국 현재를

---

* 불교 교사이자 심리 치료사인 마일스 닐이 만든 용어로, "당장은 배를 불리지만 오래 건강을 유지하는 데는 도움이 되지 않는 식탐 같은 영적 수행"을 의미한다. 로널드 퍼서, 《마음챙김의 배신》, 서민아 옮김, 필로소픽, 2021, 17면.

살고 있는 우리와 우리 사회에 반향되는 의미를 다시 한번 일깨워 '나의 스토리'에 접목하고 씨앗을 심는 작업이다. 거의 100세가 되어가는《반마취 상태》읽기를 통해, 지금을 살아가는 우리 모두 '영혼이 보내는 전보'의 의미에 닿을 수 있기를, 각자의 고유한 진실의 울림을 들을 수 있기를 희망한다.

2023년
손정희

은행나무세계문학 에세 • 9

반마취 상태

1판 1쇄 발행 2023년 5월 3일

지은이·이디스 워튼
옮긴이·손정희
펴낸이·주연선

(주)은행나무
04035 서울특별시 마포구 양화로11길 54
전화·02)3143-0651~3 | 팩스·02)3143-0654
신고번호·제 1997—000168호(1997. 12. 12)
www.ehbook.co.kr
ehbook@ehbook.co.kr

ISBN 979-11-6737-293-2 (04800)
ISBN 979-11-6737-117-1 (세트)